叶思芬 著

金瓶梅的读法

下

花山文艺出版社

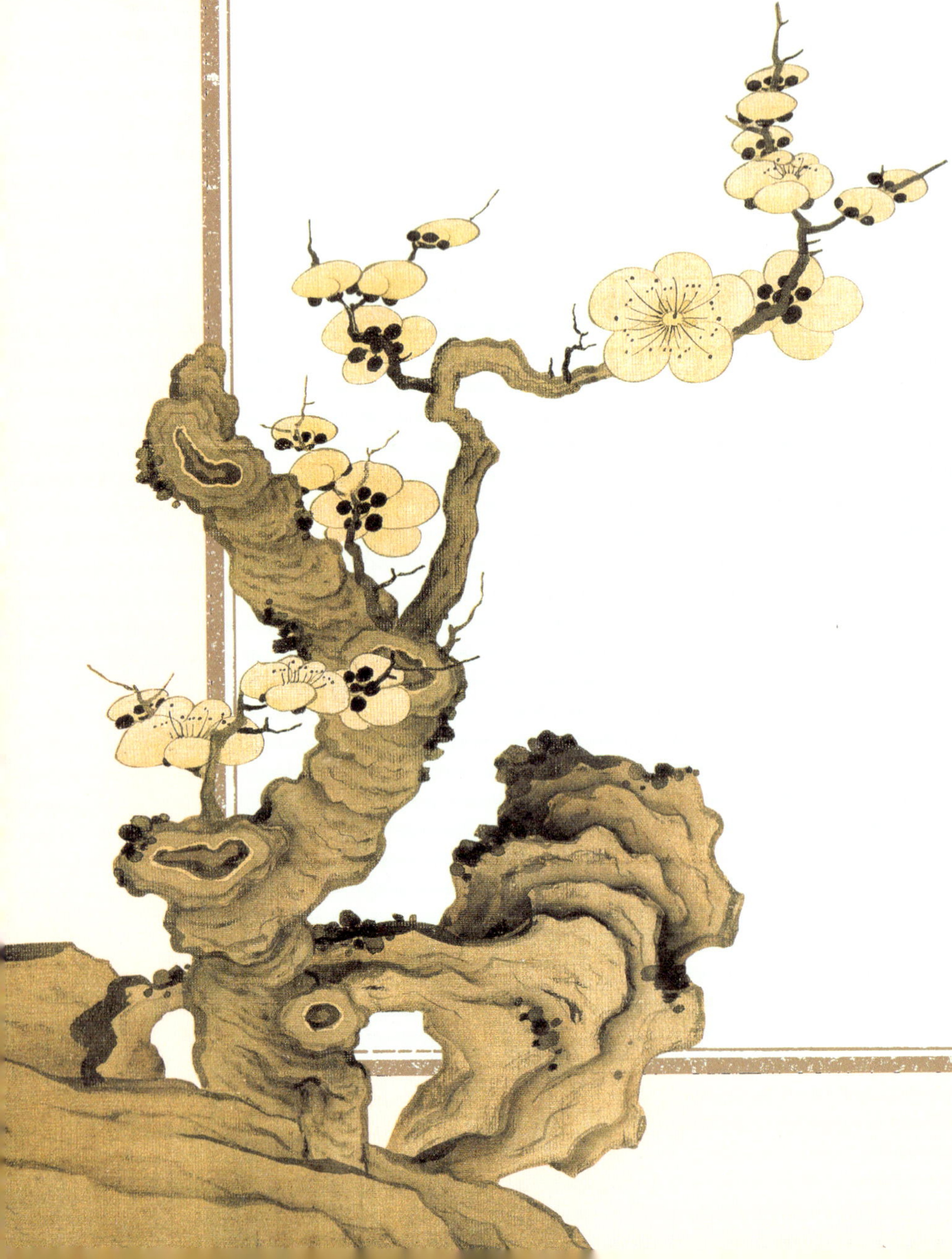

目 录 下

第一章　吴月娘的心事 /001

吴月娘的批评两极化 002 / 桂姐心寒、银儿乖巧 003 / 繁华背后的凄凉 007 / 月娘的酸楚：谁懂主妇心？ 009

第二章　僧尼道之名利场 /019

宗教的世俗化、功利化、商业化 020 / "热结"与"冷散" 024 / 佛门道场从来非清净之地 025 / 尼姑讲经，半信半疑 029 / 西门庆遇胡僧传妙药 033

第三章　从因到果的转折 /039

从因到果，由热转冷 040 / 西门庆的传人——玳安 041 / 死亡的预言 046 / 玳安的能干 050 / 将事实的自卑转化为虚幻的高位 051 / 李桂姐的告别演出 055 / 帮闲的悲哀 060

第四章　官哥儿之死 /065

五十三回至五十七回存疑 066 / 吴应元，无因缘 069 / 一只猫引发的悲剧 070 / 冷静而残酷的病历式书写 076 / 官哥儿的身后事 080

第五章　无缘大慈，同体大悲 /085

《金瓶梅》的死亡观 086 / 无处话凄凉——并写两面，使之相形 090 / 愧疚感、罪恶感：无法化解的苦痛 091 / 李瓶儿的寂寞女人心 098

第六章　李瓶儿之死谁关心 /105

文龙评点《金瓶梅》106 / 李瓶儿之死映照出的人间世态 109 / 西门庆的真情之哭 118

第七章　李瓶儿的热闹丧礼 /121

月娘之怨是爱，金莲之怨是恨 122 / 死的自死了，存者还要过日子 123 / 丧礼众生态 126 / 下人眼中的西门庆妻妾 132 / 书童的私情：西门府凋零的开始 133 / 热闹喧哗，终究烟消云散 136

第八章　《金瓶梅》的寻常与不寻常 /143

这就是人生，无关道德 144 / 前八十回与后二十回的区别 145 / 西门庆的大事小情 146 / 饮食如常，悲痛已逝 150

第九章　妓女、帮闲、尼姑、清客 /157

应伯爵的三重面目 158 / 妓女们的合纵连横 163 / 看似无意的闲话 169 / 尼姑假慈悲、师爷假斯文 171

第十章　西门庆的最后一场荒唐戏 /177

玳安殷勤寻文嫂 178 / 西门庆为什么要找林太太 182 / 林太太为什么没有拒绝西门庆？ 183 / 美好的回忆，还是一场游戏一场梦？ 186 / 王三官中诈求奸 192

第十一章　晚明官场现形记 /201

官场厮杀之比靠山 202 / 太监与皇朝密不可分 203 / 朱太尉的排场 205 / 来去言语中的官场炎凉 208 / 金瓶物语之飞鱼绿绒氅衣 209 / 李瓶儿二次入梦 211 / 繁华风光终归沧桑惨淡 214

第十二章　潘金莲再斗吴月娘 /219

西门庆房事日程 220 / 潘金莲的新焦虑与威胁 223 / 孟玉楼一句话胜千军 226 / 吴月娘的怨气 227 / 吴月娘与潘金莲的直接冲突 229 / 忙中闲笔之三尼姑 232 / 调解高手孟玉楼 235

第十三章　七十六回的布局之妙 /241

延续《水浒传》旧线，加入新的戏剧张力 242 / 潘金莲摆谱种下死因 244 / 云离守：替代西门庆的新角色 247 / 潘金莲和春梅"主仆易位" 248 / 潘姥姥预言春梅贵气袭人 250 / 潘金莲的硬气与尊严 253 / 西门庆最后的满心欢喜 255

第十四章　西门庆的贪欲与死亡 /261

最后一个快乐的除夕 262 / 纵欲得病 264 / 勾魂使者王六儿、潘金莲 267 / 西门庆之死 270 / 西门庆的人情味 272 / 西门庆死后众生相 274 / 物是人非皆风月 276

第十五章　西门府的众叛亲离 /279

逃脱不掉的世态炎凉 280 / 小人之朋 282 / 李娇儿：西门府第一个出走的女人 284 / 王六儿的告别演出 286 / 冷清的丧礼 288 / 韩道国贪污叛主 289 / 来保欺主背恩 292 / 历史和文学对女性的物化 296

第十六章　潘金莲的末路 /303

不确定的悲剧人生 305 / 潘金莲的危险处境 307 / 吴月娘大权在手 309 / 先卖春梅，孤立金莲 310 / 万金难买没想到 314 / 金莲惨死：武松的嫂子情结 317

第十七章　春梅：《金瓶梅》的一抹亮色 /323

春梅的人情义理 324 / 春梅的三场重头戏 327 / 风光的春梅、可怜的西门大姐 330 / 永福寺相见，不计前嫌 334 / 故地重游，物是人非 340

第十八章　两个女人迥然不同的命运 /343

孙雪娥的悲惨结局：小心眼作祟 344 / 孟玉楼的美与自主意识 347 / 清自清，浑自浑 348 / 孟玉楼再嫁李衙内 351 / 陈经济的飘荡人生 356

第十九章　沉重苍劲的结局 /363

混混韩二的真性情 364 /《金瓶梅》是一本秋天的书 366 /《金瓶梅》是明代的百科全书 368 /《金瓶梅》巧妙的布局结构 370 / 美学之要在"真" 372 / "美不胜收"的《金瓶梅》375

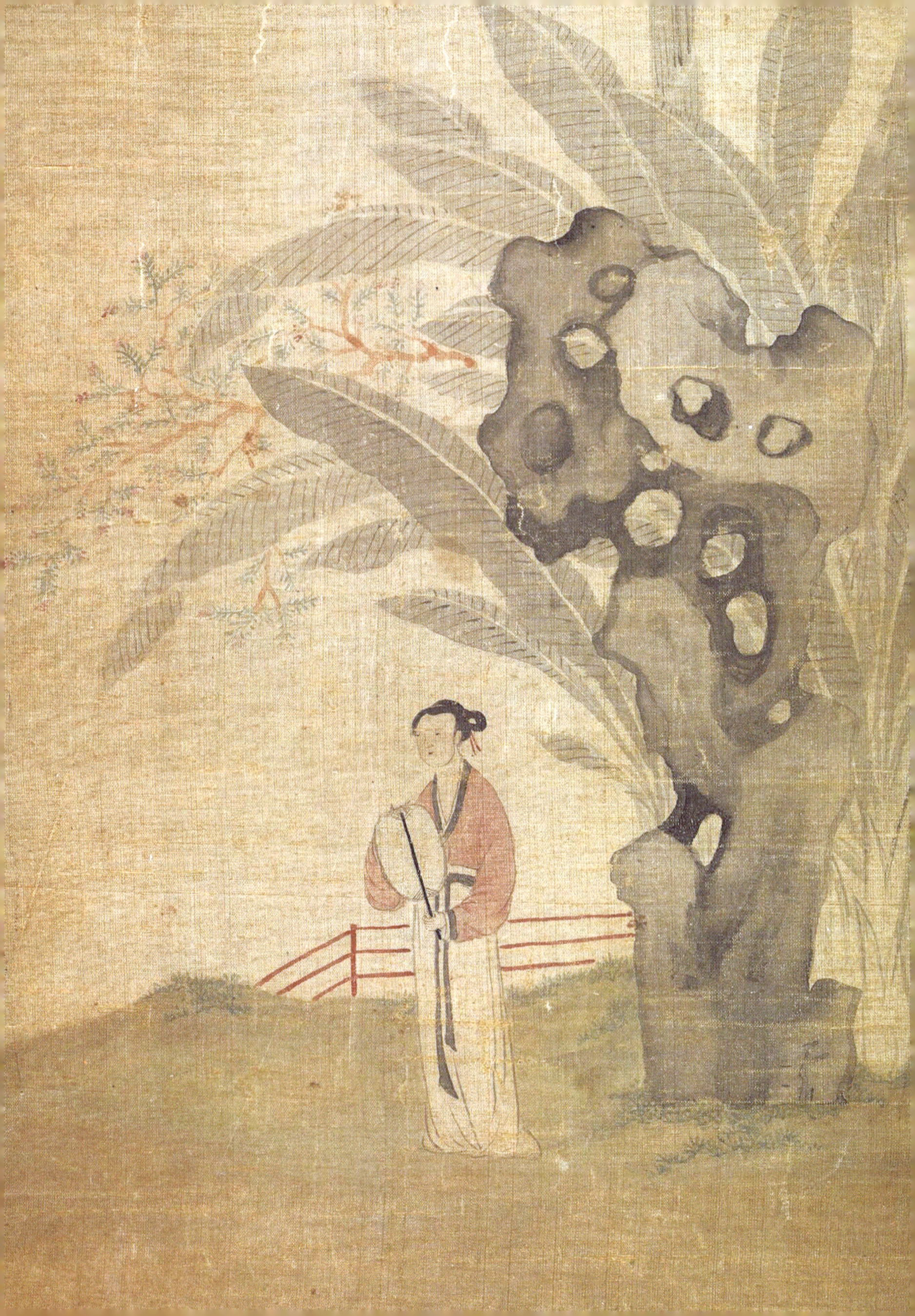

第一章

吴月娘的心事

吴月娘的批评两极化

点评《金瓶梅》的人，对吴月娘的态度大概分成两派。

一派以张竹坡为首，对吴月娘恨之入骨，认为她为人狡诈、心机深沉，是整个故事里最坏的人。就像金圣叹点评《水浒传》，见到宋江，不管他说什么、做什么，都要骂上几句。但是，张竹坡为后世贡献了一种崭新的文学批评手法，这一点比金圣叹还要厉害。他读《金瓶梅》的方法非常先进，已经运用到所谓比较文学的手段，对一部百万言的小说抽丝剥茧，超越了以往针对局部内容和单个人物的眉批方式，而是将故事后面的文学技巧、布局谋篇、人物心理等都抽绎出来。当然，张竹坡的缺点也很明显，就是太封建。比如，他肯定缠足，认为女人是祸水——他骂吴月娘时不遗余力，大概也有亡国怪妲己的思路，以此减轻西门庆的罪孽，等等。不过，毕竟他是三百多年前的人，我们也无法苛求。

另外一派则认为她不坏，但是蠢；反应慢，凡事都摆不平，但还算贤惠。在我看来，这一派的说法也不尽然。作为传统社会中大户人家的大妇，她已经很努力在扮演自己的角色，只是发挥的空间有限。她最大的缺点是贪财，而这或许是缺乏安全感的体现。除此之外，她心胸不算狭窄，对人也很和气。而"蠢"也好，反应"慢"也好，恰恰是作为大妇的必要条件之一，这其中包含着不足与外人道的辛苦，如果她锋芒太露，家中大概就永无宁日了。

桂姐心寒、银儿乖巧

为什么要选元宵节，不选中秋节或其他节日作为标志性的时间节点呢？因为元宵节要放烟火，而烟火都是稍纵即逝的，在短暂的热闹璀璨后，留下一片狼藉。正如西门庆经历的荣华富贵一般，乍起乍落，最终凄凉收场。

政和七年正月初九到正月十六，是西门庆家第三年的元宵节，作者从第四十回一直写到第四十六回。这几天，客来客去，众声喧哗，但转过身去，每个人都有各自的曲折，各自的心事。第四十四回至第四十六回几乎是吴月娘的"生气专场"，也是她的心情故事。

这个元宵节期间，西门庆也很忙，不仅要去衙门，还要放官吏债、亲戚往来、社会应酬、光顾外室，甚至连妻妾做几件衣服，他都要顾着。商人把钱看得比什么都重，吴月娘尽管握着钥匙，但只是像金钱鼠一样守着越来越多的钱，而没有发挥的余地。家里各种银钱出入，巨细靡遗，西门庆都要了解。日常支出账本原本由李娇儿掌管，但是在李桂姐替夏花儿求情后，账本就转到了孟玉楼手中，可见这件事还是让吴月娘和李娇儿结怨了。这对吴月娘来说不是好事，本来她和李娇儿相处时间较久，关系也比较和谐，此番有了嫌隙，便为西门庆死后李娇儿的所作所为埋下伏笔。

作者以妓女李桂姐和吴银儿为线索，将吴月娘、李瓶儿、李娇儿各自的心事和她们之间的矛盾呈现出来，写得体贴而婉转。李瓶儿的干女儿吴银儿温柔听话；吴月娘的干女儿李桂姐则完全不贴心，让她很不是滋味。在第四十四回至第四十六回，吴月娘气的是李桂姐，恼的是李娇儿，骂的却是玳安。

李桂姐此时尚是西门庆的心上人，纵使吴月娘对她有所不满，也不敢当面重创对方。归根结底，她得罪不起的还是西门庆。李娇儿是李桂姐名义上的姑姑，也是西门庆的妾，即便这姑侄二人有算计，如果她对李娇儿大肆责骂，也容易落下嫉妒的名声。玳安是家里的下人，此时就活该成了出气筒；就像潘金莲受气之后，秋菊便要倒霉。

但就算是对玳安发脾气,吴月娘也要拐几个弯。说起来,现在的女人也差不多,要发泄委屈,最多是砸一面镜子,摔几个玻璃杯,真正贵重的东西,也下不了手。

当初,李瓶儿生了官哥儿,这对西门家的其他妻妾来讲,都是一个重磅炸弹,月娘也难免生出人单势孤的感觉。官哥儿满月时,李桂姐主动上门认比她大不了几岁的吴月娘做干娘,也就表示与她站在一边,吴月娘当然是乐意的。吴银儿发现后,心有不快,后在应伯爵的指点下也认了李瓶儿做干娘。早先,西门庆专宠李桂姐时,花子虚包下吴银儿,此次各自认了干亲,仍是"平分秋色"。

吴银儿也有耐心,从当年七月二十八日一直等到来年正月十四日,才借着为李瓶儿祝贺生日的名义,上门认了干娘——当然是瞒着李桂姐的。正月十五日,李桂姐、吴银儿、董娇儿、韩玉钏儿到西门庆家里助兴,因西门庆不在家,李桂姐便急着离去。

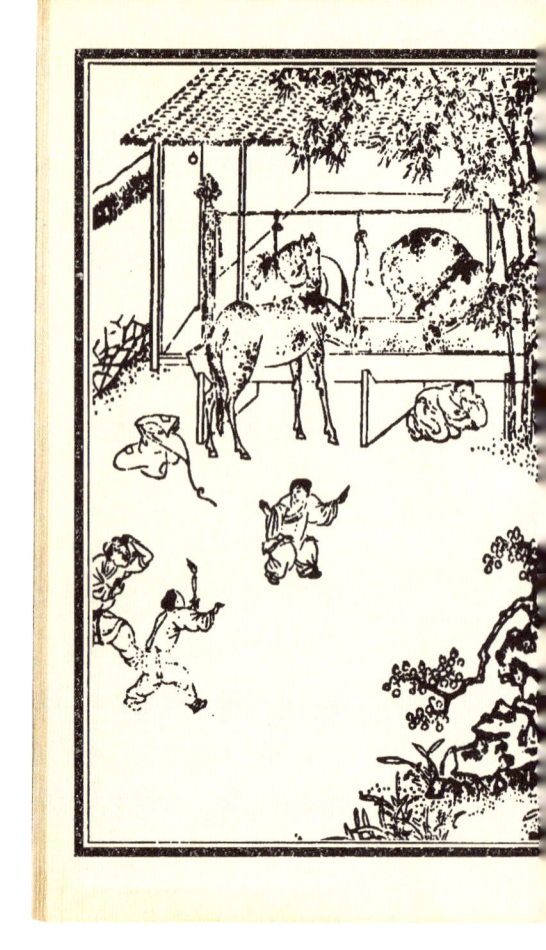

图1-跑马房侍女偷金

> 桂姐道:"爹去吃酒,到多咱晚来家?俺们原等的他,娘先教我和吴银儿先去罢。他两个今日才来,俺们住了两日,妈在家里不知怎么盼望。"月娘道:"可可的就是你妈盼望,这一夜儿等不的?"李桂姐道:"娘且是说的好。我家里没人,俺姐姐又被人包住了。宁可拿器来唱个与娘听,娘放了奴去罢!"(第四十四回)

第一章 ● 吴月娘的心事

李桂姐称吴月娘为"娘",管鸨母叫"妈";吴月娘响应时用"你妈"二字,便带着对她的不满:你李桂姐不是我的干女儿吗?这时候怎么只想起那个妈呢?你把我这个娘放在哪里?两人正说着,西门庆进门。"那桂姐把脸儿苦低着,不言语",就算心中仍不乐意,也是不敢走了。西门庆听罢几曲,打发董娇儿和韩玉钏儿先回。

西门庆从李智、黄四那里拿来四个金镯,取一个给官哥儿玩,突然不见了,后来证实是李娇儿房中丫鬟夏花儿偷拿的(如图1)。西门庆将夏花拶了一顿,预备次日叫媒人将其发卖,"那李娇儿没的话儿说"。事毕,各人自去安歇,李桂姐和李娇儿住在一处,没和吴月娘在一起。吴银儿却陪在李瓶儿身边。

且说李娇儿领夏花儿到房里,李桂姐晚间甚是说夏花儿:"你原来是个俗孩子,你怎十五六岁,也知道些人事儿,还这等懵懂?要着俺里边,才使不的。这里没人,你就拾了些东西,来屋里悄悄交与你娘。似这等把出来,他在傍边也好救你。你怎的不望他题一字儿?刚才这等拶打着,好么?干净俊丫头!常言道:'穿青衣,抱黑柱。'你不是他这屋里人,就不管他。刚才这等掠掣着你,你娘脸上有光没光?"又说他姑娘:"你也忒不长俊。要着是我,怎教他把我房里丫头对众拶恁一顿拶子?又不是拉到房里来,等我打。前边几个房里丫头怎的不拶,只拶你房里丫头?你是好欺负

图2-卜象模佳人消夜

的，就鼻子口里没些气儿？等不到明日真个教他拉出这丫头去罢，你也就没句话儿说？你不说，等我说，休教他领出去，教别人好笑话。你看看孟家的和潘家的，两家一似狐狸一般，你原斗的过他了？"因叫个夏花儿过来，问他："你出去不出去？"那丫头道："我不出去。"桂姐道："你不出去，今后要贴你娘的心，凡事要你和他一心一计。不拘拿了甚么，交付与他，教似元宵一般抬举你。"那夏花儿说："姐分付我知道了。"（第四十四回）

李桂姐的意思是，偷可以，但要偷得高明一些，而且要主仆同心。经过这番调教，李娇儿果然"长进"。第七十九回中，西门庆刚死，吴月娘昏沉，李娇儿趁乱从吴月娘屋中箱子里偷了五锭元宝，还骗过了孟玉楼。后面府里给西门庆办丧事时，她又将大批财物搬回了自己出身的妓院。

这一晚，李瓶儿将从未向人倾诉过的心事，都说给吴银儿了，两人当真就像一对母女。相形之下吴月娘的伤心失落就可以理解了，因为她从未有过这样的时刻（如图2）。

  吴银儿道："娘，也罢。你看爹的面上，你守着哥儿慢慢过，到哪里是哪里！论起后边大娘没甚言语，也罢了。倒只是别人见娘生了哥儿，未免都有些儿气。爹他老人家有些主就好。"李瓶儿道："若不是你爹和你大娘看觑，这孩子也活不到如今。"（第四十四回）

孙述宇先生说，《金瓶梅》的一个好处，是让读者看到妓女也是普通人。李桂姐、吴银儿等人，既不像李娃、杜十娘那样像个神，也不和传统戏曲中的反面角色一样像个鬼；她们就是普通人，妓女也只是一份职业。上面那番家常话里，两人对吴月娘的看法都还不错，尤其是李瓶儿，心里明白月娘是护着官哥儿的。

繁华背后的凄凉

正月十六，西门庆休假，一早就张罗着给乔大户家送桌面。应伯爵替李智、黄四来西门庆家送酒礼，西门庆叫人去请谢希大来。等谢希大的工夫，西门庆先和应伯爵吃了一顿。

> 不一时，书童儿放桌儿摆饭，画童儿用罩漆方盒儿拿了四碟小菜儿，都是里外花靠小碟儿：精致一碟美甘甘十香瓜茄、一碟甜孜孜五方豆豉、一碟香喷喷的橘酱、一碟红馥馥的糟笋；四大碗下饭：一碗大燎羊头、一碗卤炖的炙鸭、一碗黄芽菜，并烱的馄饨鸡蛋汤、一碗山药脍的红肉圆子；上下安放了两双金箸牙儿。伯爵面前是一盏上新白米饭儿，西门庆面前是一瓯儿香喷喷软稻粳米粥儿。两个同吃了饭，收了家火去，揩抹的桌儿干净。（第四十五回）

西门庆有时候并不饿，但看着帮闲们吃得欢，就也来凑趣。作者写大餐时，往往是应景文字，反而是描绘家常菜时很写实。饭后，应伯爵帮李智、黄四向西门庆多借了一千两银子。

> 两个正打双陆，忽见玳安儿走来说道："贲四拿了一座大螺钿大理石屏风，两架铜锣铜鼓，连钤儿，说是白皇亲家的，要当三十两银子。爹当与他不当他？"西门庆道："你教贲四拿进来我瞧。"不一时，贲四同两个人抬进去，放在厅堂上。西门庆与伯爵放下双陆，走出来撇看，原来是三尺阔、五尺高，可桌放的螺钿描金大理石屏风，端的是一样黑白分明。伯爵观了一回，悄与西门庆道："哥，你仔细瞧，恰相好似蹲着个镇宅狮子一般。"两架铜锣铜鼓，都是彩画生妆雕刻云头，十分齐整。在傍一力撺掇说道："哥，该当下他的。休说两架

铜鼓,只一架屏风,五十两银子还没处寻去。"西门庆道:"不知他明日赎不赎?"伯爵道:"没的说,赎甚么?下坡车儿营生,及到三年过来,七八本利相等。"西门庆道:"也罢!教你姐夫前边铺子里,兑三十两与他罢。"刚打发去了,西门庆把屏风抹干净,安在大厅正面,左右看视,金碧彩霞交辉。(第四十五回)

西门庆刚和乔五太太这门皇亲扯上关系,得意得很。但另外这位皇亲,已经要靠典当度日,而且根本无力赎当。这正应了人们常说的那句"人无千日好,花无百日红",西门庆现在用上了皇亲的家私,自家的物件很快也要贱卖出去。日后春梅嫁与周守备,回返旧家,想要当年潘金莲用的那张床时,却发现已经被月娘折价售出。

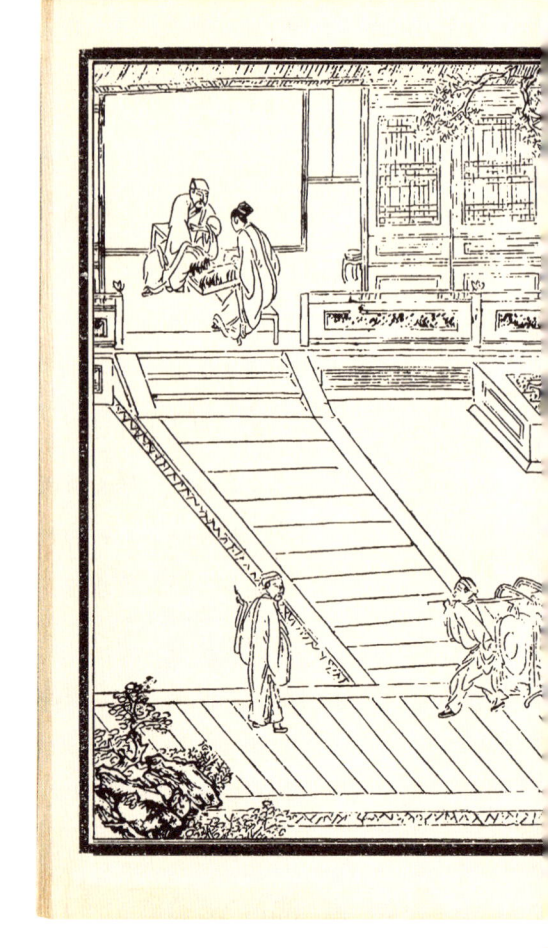

图3- 应伯爵劝当铜锣

"厅内抬出大鼓来,穿廊下边一架,安放铜锣铜鼓,吹打起来,端的声震云霄,韵惊鱼鸟。"想想看,官哥儿虽然生于富贵之家,但在他短短的一生里,大概难有几天清净。看这锣鼓的架势,大概又要惊吓着他了。

谢希大到了,又与应伯爵一唱一和,将这笔买卖吹捧一番(如图3)。

西门庆道:"谢子纯你过来,估估这座屏风儿值多少价?"谢希大近前观看了半日,口里只顾夸奖不已,说道:"哥,你这屏风买

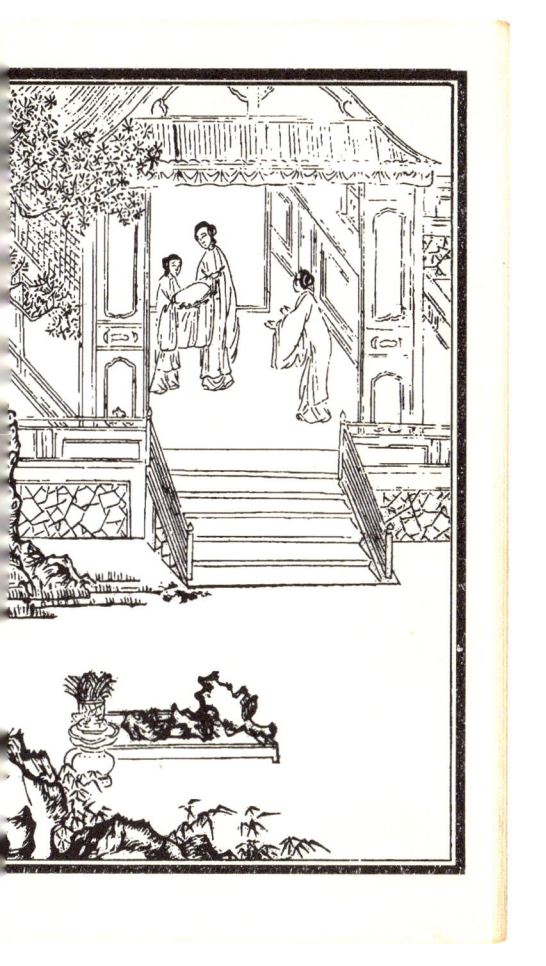

的巧,也得一百两银子与他,少了他不肯。"伯爵道:"你看,连这外边两架铜锣铜鼓,带铛铛儿,通共与了三十两银子。"那谢希大拍着手儿叫道:"我的南无耶,哪里寻本儿利儿!休说屏风;三十两银子,还搅给不起这两架铜锣铜鼓来。你看这两座架,做的这工夫,朱红彩漆,都照依官司里的样范,少说也有四十斤响铜,该值多少银子?怪不的一物一主,哪里有哥这等大福,偏这样巧价儿来寻你的!"说了一回,西门庆请入书房里坐的。(第四十五回)

谢希大的话真是肉麻到极点。但此时西门庆越显得有福气,后面就越觉出凄凉。

图4-李瓶儿解衣银姐

月娘的酸楚:谁懂主妇心?

不久,李桂姐家的保儿和吴银儿家的腊梅都带着轿子来接。李桂姐不顾月娘挽留,执意辞去,收下一两银子回家。临走时,她仗着自己和西门庆的情分,替夏花儿向他求情。

(桂姐)又道:"我还有一件事对爹说。俺姑娘房里那孩子,休要领出去罢!俺姑娘昨日晚夕,又打了他几下。说起来还小哩,恁怎么不知道。吃我说了他几句，从今改了，他也再不敢。不争打发他出去，大节间俺娘房中没个人使，你心里不急么？自古木杓火杖儿短，强如手拨刺。爹好歹看我分上，留下这丫头罢。"（第四十五回）

西门庆同意了。吴月娘从小厮画童儿口中得知西门庆应允李桂姐求情一事，"就有几分恼在心中"。本来，吴月娘连着两天留她，她都不情不愿，已经让吴月娘心里有了疙瘩。这次她又跳过吴月娘，直接跟西门庆讲情，完全没把干娘放在眼里嘛。

画童儿道："刚才小的抱着桂姨毡包。桂姨临去对爹说，央及留下了，'且将就使着罢，休领出去了。'爹使玳安进来对娘说。玳安不进来，在爹根前使小的进来了；夺过毡包送桂姨去了。"这月娘听了，就有几分恼在心中。骂玳安道："恁贼两头弑番献勤欺主的奴才！嗔道他头里使他教媒人，他就说道：'爹教领出去。'原来都是他弄鬼，如今又干办着送他去了。住回等他进后来，我和他答话！"（第四十五回）

吴银儿没有和腊梅回去，继续留在西门庆家里，准备随吴月娘往吴大妗子家走百病去。干娘李瓶儿，一下子就给了她整匹的松江阔机尖素白绫（如图4）。

月娘便说："银姐，你这等我才喜欢。你休学李桂儿那等乔张致，昨日和今早，只相卧不住虎子一般，留不住的，只要家去，可可儿家里就忙的恁样儿？连唱也不用心唱了！见他家人来接，饭也不吃就去了，就不待见了。银姐，你快休学他！"吴银儿道："好娘，这里一个爹娘宅里，是哪里去处？就有虚实，放着别处，便敢在这里使！桂

姐年幼，他不知事，俺娘休要恼。"（第四十五回）

吴银儿知道吴月娘在生李桂姐的气，便顺着话茬儿安慰她。之前也没见李娇儿哪里不舒服，这时突然推说腿疼，不去吴大妗子那儿了。也许是心虚，也许是和吴月娘心存芥蒂，也许是使小性儿，总之她要使自己免于更尴尬的局面。吴月娘当然也不是很盼望她去，便由着她。

西门府众妻妾及吴银儿到了吴大妗子家，照例吃酒听唱。没多久，玳安、陈经济便带人去接吴月娘等人回家。听了玳安的话，吴月娘"就一声儿没言语答他"。

《金瓶梅》中"一声儿没言语"的背后，其实是千言万语。吴大妗子安排玳安用饭，吴月娘也不允，"教他前边站着"，并表示她们很快就走。她是故意给玳安难堪。吴大妗子来劝吴月娘，又让失明的说唱艺人郁大姐"唱个好曲儿伏侍"。

孟玉楼道："他六娘好不恼他哩！不与他做生日。"郁大姐连忙下席来与李瓶儿磕了四个头，说道："自从与五娘做了生日，家去就不好起来。昨日妗奶奶这里接我去，教我才收拾阑阇（同'挣挫'）了来。若好时，怎的不与你老人家磕头？"金莲道："郁大姐，你六娘不自在哩！你唱个好的与他听，他就不恼你了。"那李瓶儿在旁只是笑，不做声。（第四十六回）

孟玉楼表面上说刚过完生日的李瓶儿气恼郁大姐"不与他做生日"，实则暗指月娘正在生气。但郁大姐搞不清状况，忙着磕头和解释。潘金莲的生日是正月初九，李瓶儿的生日是正月十五，郁大姐的解释很合理。奈何众人都知道李瓶儿不是真正生气的人，所以还要继续戏弄她，李瓶儿也配合演戏。

如果你是吴月娘，经得起别人这样打趣吗？一个逗哏，一个捧哏，还有一

金瓶梅的读法

个看热闹不嫌事大——做的人也许没有恶意,只是觉得好玩,但对一个火气已经攒了几天的人来说,无异于又添了一把干柴。郁大姐在边上唱《一江风》,最后一首唱道:

> 酉时下,不由人心牵挂,谁说几句知心话?谎冤家,你在谢馆秦楼倚翠偎红,色胆天来大。戌时点上烛,早晚不见他。亥时去卜个龟儿卦。

(第四十六回)

各位都有这样的经验,听别人唱歌,突然就被一两句歌词戳中了心房。此时在吴月娘耳中,"谎冤家,你在谢馆秦楼倚翠偎红,色胆天来大",分明在说西门庆与李桂姐纠缠不断,而李桂姐也借着这份关系,根本不将她这干娘放在眼里。"亥时去卜个龟儿卦"则启发了气恼的吴月娘,稍后真的就去卜卦算命了(如图5)。

图5-妻妾戏笑卜龟儿

正唱着,月娘便道:"怎的这一回子凄凉凄凄的起来?"来安在旁说道:"外边天寒下雪哩!"孟玉楼道:"姐姐,你身上穿的不单薄?我倒带了个绵披袄子来了,咱这一回夜深不冷么?"月娘道:"见是下雪,叫个小厮,家里取皮袄来咱们穿。"那来安连忙走下来,对玳安说:"娘分付教人家去取娘们皮袄哩。"那玳安便叫琴童儿:"你取去罢,等我在这里伺候。"那琴童也不问,一直家去了。少顷,月娘

第一章 ● 吴月娘的心事

想起金莲的皮袄，因问来安儿："谁取皮袄去了？"来安道："琴童取去了。"月娘道："也不问我就去了。"玉楼道："刚才短了一句话，就教他拿俺的皮袄。他五娘没皮袄，只取姐姐的来罢。"月娘道："怎的家中没有？还有当的人家一件皮袄，取来与六娘穿就是了。"月娘便问："玳安那奴才怎的不去，都使这奴才去了？你叫他来。"一面把玳安叫到根前，吃月娘尽力骂了几句："好奴才！使你怎的不动？又遣将儿，使了那个奴才去了，也不问我声儿，三不知就去了。但坐坛遣将儿，怪不的你做了大官儿，恐怕打动他展指儿巾，就只遣他去。"玳安道："娘错怪了小的，头里娘分付教小的去，小的敢不去？若使来安下来，只说教一个家里去。"月娘道："哪来安小奴才，敢分付你？俺们恁大老婆，还不敢使你哩！如今但的你这奴才们，想有些折儿也怎的！一来主子烟

图6-元夜游行赏雪街

熏的佛像挂在墙上，有恁施主，有恁和尚？你说你恁行动，两头戳舌献动出尖儿，外合里表，奸懒贪馋，背地瞒官作弊，干的那茧儿，我不知道？头里你家主子没使你送李桂儿家去，你怎的送他？人拿着毡包，你还匹甚手夺过去了。留丫头不留丫头不在你，使你进来说，你怎的不进来？你使就恁送他，里面图嘴吃去了，都使别人进来。须知我若骂，只骂那个人了，你还说你不久惯牢成？"玳安道："这个也没人，就是画童儿过的舌。爹见他抱着毡包，教我：'你送送你桂姨

去罢.'使了他进来时,娘说留丫头,不留丫头,不在于小的,小的管他怎的?"月娘大怒骂道:"贼奴才还要说嘴哩!我可不这里闲着,和你犯牙儿哩!你这奴才脱脖倒坳过扬了。我使着不动,要嘴儿!我就不信,到明日不对他说,把这欺心奴才打与他个烂羊头也不算!"吴大妗子道:"玳安儿,还不快替你娘们取皮袄去!他恼了。"又道:"姐姐,你分付他拿哪里皮袄与五娘穿?"潘金莲接过来说道:"姐姐不要取去,我不穿皮袄。教他家里捎了我的披袄子来我穿罢。人家当的赤色好也歹也,黄狗皮也似的,穿在身上教人笑话,也不气长久,后还赎的去了。"月娘道:"这皮袄才不是当,倒是当人李智少十六两银子,准折的皮袄。当的王招宣府里那件皮袄,与李娇儿穿了。"因分付玳安:"皮袄在大橱里,教玉箫寻与你,就把大姐的披袄也带了来。"那玳安把嘴谷都走出来。陈经济问道:"你往哪去?"玳安道:"精是攘气的营生!一遍生活两遍做。这咱晚又往家里跑一遭。"径走到家。(第四十六回)

吴月娘忽然觉得一阵冷,一方面是因为孟玉楼、潘金莲、李瓶儿联合起来揶揄她,一方面是因为真的下雪了。这既是写景,也是喻情,暗示属于西门庆家元宵节的欢乐就要走到尽头,也将当家女主人心里的酸楚透露出来(如图6)。连着几天了,吴月娘的心情都很不好,这次在自己哥哥家,借着一件取皮袄的小事爆发了。她忍了西门庆,忍了李桂姐,现在胆子终于壮起来,对着玳安骂了个干脆利落。这不关智商和情商的事,只说明她也得小心求生,在西门府里骂玳安只能点到为止,要结结实实发顿脾气,还得找个安全的场所。

也合该玳安倒霉。吴月娘已经罚他站了,他还不加小心;这回吴月娘支使他回家取皮袄,他竟然打发琴童去了。吴月娘毕竟是西门府里的女主人,对下人可以随意支配,玳安不听调遣,在她看来是严重侵犯了自己的权力。就像之

明 张纪《人面桃花图》

前要卖夏花儿，李桂姐和西门庆讲两句，也没再和她商量，竟然就不卖了——连李桂姐都比她说话管用，这让她怎么继续当主家娘子呢？何况，玳安还顶嘴了。她心里恨着李桂姐，迁怒于李娇儿，最后责骂都落在眼前的玳安头上。

潘金莲没有皮袄，又不愿穿别人穿过的，经孟玉楼劝说，才穿上身。西门大姐也没有皮袄，只有披袄；而且，后来西门大姐要做鞋，连鞋面大小的布都要靠李瓶儿接济。可见吴月娘和西门庆虽然吞了陈经济和西门大姐带来的箱笼，但对陈氏留下的这个女儿并不尽心。西门大姐对李瓶儿也不错，在潘金莲搬弄是非的时候，会替李瓶儿说话。

玳安回家取皮袄一段，还透露出他和丫鬟小玉的私情。小玉不仅弄酒食给玳安充饥，"无人处，两个就搂着咂舌亲嘴"。小说结局，在西门府败落后，吴月娘收玳安为义子，改名西门安，并将小玉许配给他。

众人穿上御寒衣物，辞了吴大妗子等，往家里去。途中，吴银儿告辞，吴月娘和李瓶儿各自给她一两银子，吴大妗子给她一对银花，加上之前李瓶儿给的一两银子和布料，吴银儿此次收获颇丰。这还不算，路上听说吴银儿家不远了，吴月娘就让陈经济和玳安送她回去——相当于表彰这姑娘的乖巧，也反衬出对李桂姐的心寒。而陈经济对吴银儿家熟门熟路，可见也是常来常往，开开心心地就去了。

吴月娘到家后，李娇儿和孙雪娥就来磕头，向她道辛苦。

> 月娘因问："他爹在哪里？"李娇儿道："刚才在我那屋里，我打发他睡了。"月娘一声儿没言语。只见春梅、迎春、玉箫、兰香进来磕头。李娇儿便说："今日前边贲四嫂请了四个出去，坐了回儿就来了。"月娘听了，半日没言语，骂道："恁成精狗肉们，平白去做甚么？谁教他去来？"李娇儿道："问过他爹才去来。"月娘道："问他好有张主的货，你家初一十五开的庙门早了，都放出些小鬼来了！"大师父道："我的奶奶，恁四个上画儿的姐姐，还说是小鬼？"月娘道：

"上画儿只画儿半边儿,平白放出做甚么?与人家喂眼儿!"孟玉楼见月娘说来的不好,就先走了。落后金莲见玉楼起身,和李瓶儿、大姐也走了。止落大师父和月娘同在一处睡了。(第四十六回)

吴月娘又是"一声儿没言语"——先是李桂姐无视她,现在西门庆还睡到李娇儿房里了,姑侄两个都得罪了她;她心里有气,却不能对李娇儿说什么。但暴风雨到来前的宁静最可怕,她憋了半天,终于拿四个丫鬟开刀了。吴月娘骂得突然,旁边的尼姑完全摸不清来龙去脉。孟玉楼等人见情况不妙,先后离去。家里女人虽多,但称姐道妹的妻妾之间,心里隔着千山万水;当晚留下陪伴月娘的只有一个尼姑。真个是:

香消烛冷楼台夜,挑菜烧灯扫雪天。(第四十六回)

雪下成霰,到四更天才止歇。如果说前半夜还只是"凉凄凄",此时天地大概都冻透了。这最热闹的一次元宵节,就在令人惴惴的阴寒中落幕了。

正月十七日一早,吴月娘便找人算命(如图5)。《金瓶梅》中每次算命都暗示着西门府众妻妾今后的人生走向。第四十六回这次算命,算出了吴月娘未来的儿子孝哥儿将会出家。

参与算命的只有三个人——吴月娘、孟玉楼和李瓶儿,仍然没有李娇儿。这件事说大不大,说小不小,可能是吴月娘在继续冷落李娇儿,也可能是李娇儿在继续躲着吴月娘。在家庭中被冷落不是令人愉快的事,吴月娘作为大老婆,即便曾经被一个妓女占了上风,但她要冷落谁,还是可以办到的。

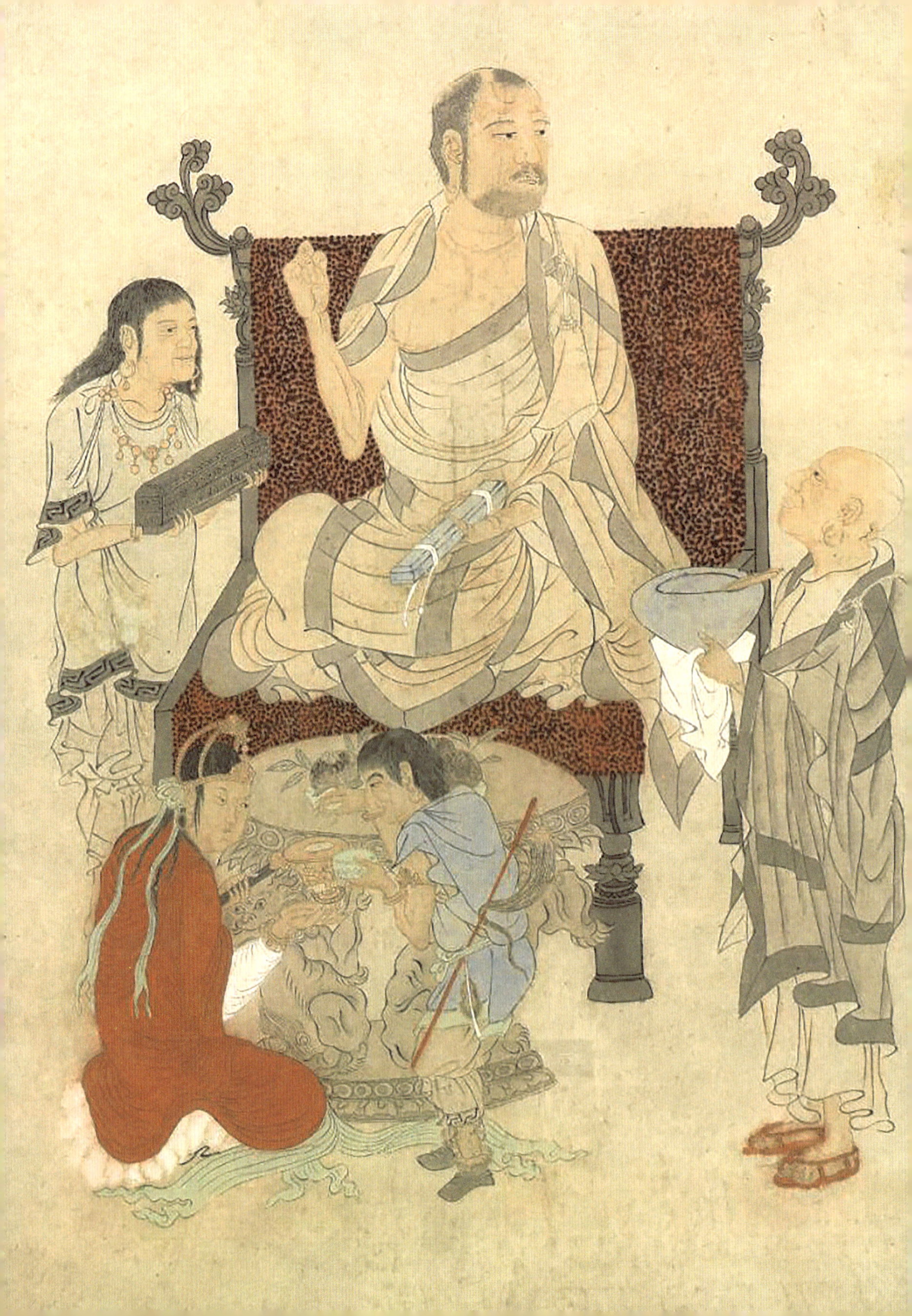

第二章

僧尼道之名利场

宗教的世俗化、功利化、商业化

我们的社会对于宗教的态度，总是半信半疑、半敬半嘲。人们祈求平安发达，会在精神上依赖于宗教；但在依赖宗教的同时，却又常把宗教给世俗化了。说句有趣的话，某人带着一串香蕉去向神佛许愿，唠唠叨叨、无所不求了半天，最后还要把香蕉拿回自家吃掉。《金瓶梅》的时代如此，《红楼梦》的时代如此，今天依然如此。

明朝有一部小说叫作《僧尼孽海》，很有讽刺性的名字。宗教所代表的，应该是一片净土、一个境界，却往往走向全然相反的世界。真正的宗教应该属于哲学层次，希望通过教义教理使人获得内心的安顿。但一般人无法理解，便退而求其次，追求形式上的满足。在《金瓶梅》的世界里，人的内心空洞、茫然，于是向宗教寻求安乐和解脱，耗费了不少金钱不说，宗教于是显得更功利化、世俗化和商业化，真是成了一片孽海。

正德下江南的故事听起来浪漫，但明武宗朱厚照其实是个荒淫无道的皇帝。锦衣卫头目钱宁组织了一批番僧，"以秘戏进"，颇得朱厚照欢心。秘戏即房中术，番僧即《金瓶梅》中的胡僧。明世宗朱厚熜崇信道教，"好鬼神事，日事斋醮"。他在位四十五年中，超过一半时间在宫外修道，每年采买的香蜡达数十万斤，对国库来说是一笔很大的消耗。《金瓶梅》中的李智、黄四，曾向西门庆借钱拿下每年为宫里购买三万斤香蜡的权利，反映的正是这一历史背景。

生于嘉靖年间的湛然圆澄和尚写过一本《慨古录》，记下了当时的佛门乱象：

> 或为打劫事露而为僧者；或牢狱脱逃而为僧者；或悖逆父母而为僧者；或妻子斗气而为僧者；或负债无还而为僧者；或衣食所窘而为僧者；或妻为僧而夫戴发者，或夫为僧而妻戴发者，谓之'双修'；或夫妻皆削发，而共住庵庙，称为'住持'者；或男女路遇而同住者。以至奸盗诈伪，技艺百工，皆有僧在焉。……如此之辈，既不经于学问，则礼义廉耻，皆不之顾。惟于人前，装假善知识，说大妄语，或言我已成佛。或言我知过去未来，反指学问之师，谓是口头三昧，杜撰谓是真实修行，哄诱男女，致生他事。

明末清初的小说集"三言二拍"中也有不少不守清规戒律的和尚尼姑，故事更加生动。其中的《醒世恒言》里有一篇"汪大尹火焚宝莲寺"。汪大尹是一名清官，辖地有一座宝莲寺。该寺香火鼎盛，无子的妇人前去参拜，再住上一晚，回来就会怀孕。许多人因此千里迢迢去求子。汪大尹感到事有蹊跷，便让两名妓女伪装成良家妇女，到寺里一探究竟。和尚喂二女服下"绝妙春意丸"，轮番上阵，一夜春风。来求子的妇女是怎样怀孕的，也可想而知了。俗话说"母凭子贵"，妇女生子后，在家中的地位会更加稳固，所以也不会将秘密讲出来。获悉真相的汪大尹传唤涉事妇女及其家属到案，又将寺里的和尚斩首示众，再将寺付之一炬。故事最后提到，"往时之妇女，曾在寺求子，生男育女者，丈夫皆不肯认，大者逐出，小者溺死。多有妇女怀羞自缢，民风自此始正"。小说难免有所夸张，但背后也有一定的真实性。《金瓶梅》后二十回中也借用了这个故事。吴月娘到庙里还愿，半夜就见和尚从后面跑出来。

在这样的背景下，"化外"即是"法外"，"化外修行"成了"法外逍遥"。《金瓶梅》第八回中，潘金莲给武大烧灵时，与西门庆偷情。来做法事的和尚个个是色中饿鬼，听得神魂颠倒。《水浒传》里，鲁智深杀人后跑到庙里做和尚，武松杀人后扮作行者，都是拿宗教身份当护身符。

对于真正的得道高僧，人们内心是尊敬的。中国古代没有发生过宗教战争，不是因为中国人比西方人更文明或更宽容，而是因为大家内心对宗教并不较真。你信你的，我信我的，关起门来，大家还可以一起吃火锅。旧时候女人轻易不能出门，但去庙里烧香拜佛是可以的，所谓"借佛游春"，出去散心游玩即是。

第三十回中，李瓶儿生下官哥儿，西门庆赶快净手焚香，上告天地祖先。第三十九回中，他漠视潘金莲的生日，去庙里替官哥儿打醮，还特意吃了一天素，念了一夜经。这一方面说明他珍惜儿子官哥儿，愿意为他虔诚礼拜；一方面说明他认为神佛是可以用钱买通的。我们一直说《金瓶梅》中的妓女只是一个职业，无关道德，敬业乐群是她们的本分；宗教人员也一样，"做一天和尚，敲一天钟"，无关身心灵的修养，只是世俗中人的生计而已。

有学者做过统计，《金瓶梅》中将近五分之一的回目与佛道有关，可见至少当时城市商人阶层的日常起居与宗教有很密切的关系。有意思的是，这些宗教人员不是被动等待客户上门，而是主动走街串巷，到大街小巷的各个角落去找生意。仇英的《清明上河图》里，不是有番僧在表演杂耍吗？那其实就是一种引人注意的营销行为。明朝以后，虽然礼教越发严苛，大户人家的女性大门不出、二门不迈，但还是常常会被穿门越户的尼姑道婆耍得团团转。

看官听说：但凡大人家，似这样僧尼牙婆，决不可抬举。在深官大院相伴着妇女，俱以讲天堂地狱、谈经说典为由；背地里说条念款，送暖偷寒，甚么事儿不干出来！十个九个，都被他送上灾厄。有诗为证：

最有缁流不可言，深宫大院哄婵娟，

此辈若皆成佛道，西方依旧黑漫漫。（第四十回）

"淄流"即黑衣，代表僧尼，这一回指的就是薛姑子、王姑子等人了。如果这样的人也能修得正果，那极乐净土无非另一个晦暗俗世罢了。第五十回中，西门庆从胡僧那里得了"妙药"后，薛姑子和王姑子也给吴月娘献上生子的法子。

> 月娘和薛姑子、王姑子，在上房宿睡。王姑子把整治的头男衣胞，并薛姑子的药，悄悄递与月娘。薛姑子教月娘拣个壬子日，用酒儿吃下去，晚夕与官人同床一次，就是胎气，不可交一人知道。（第五十回）

对于这些骗人钱财的勾当，作者引用了一句当时的俗语："十日卖一担真卖不得，一日卖三担假倒卖了。"意思是，真材实料的东西没有销路，弄虚作假的东西反而大行其道。

末了，作者评论：

若教此辈成佛道，天下僧尼似水流。（第五十回）

这些僧尼获利的切入点，通常是讲经宣教，也会按主顾需求插科打诨，甚至讲荤段子。如果主顾愿意出钱助印佛经、购买灵符、举办法事等，他们就算没有白费工夫。李瓶儿曾用自己压被子的银狮子助印佛经。第四十回中，王姑子称有一种灵验的符药，可以帮助吴月娘怀孕，吴月娘便偷偷给了她一两银子，央她带来。武大是个穷人，李瓶儿是大户的宠妾，二人死后都有和尚参与的超度仪式，区别只在于规模。

听尼姑讲经其实是当时城市中产女性日常生活中的重要消遣。女眷们听讲的时候，还常有妓女陪伴在侧。尼姑唱完妓女唱，妓女唱完尼姑唱，连用的琵琶都是同一把。在词话本的第三十九回和第五十一回，都能够看到大段的经卷内容，但是在崇祯本中被删掉了。对于今天的读者来说，这是很重要的关于风俗史的内容。小说中经常是尼姑刚讲完佛法，西门庆就和潘金莲宽衣解带去了，真真是一出荒谬剧。

"热结"与"冷散"

玉皇庙的主持吴道官，经常在西门府走动的王姑子和薛姑子，以及献出妙药的胡僧等等，是《金瓶梅》里僧尼道形象的代表。

这些人主要的活动地点，首先是家里，这是他们的庞大受众群体——妇女的主要活动空间；其次是永福寺和玉皇庙。从《金瓶梅》的空间地图来看，一端是玉皇庙，一端是永福寺，中间点是西门府，加上那条很重要的街道——狮子街，就构成了《金瓶梅》故事的主要场景。在玉皇庙里发生的事情，大体是令人愉快的，属于"热结"，如为官哥儿做醮，如西门庆与众人结拜等。而在永福寺发生的事情，则往往是"冷散"，家破人亡之类。玉皇庙与永福寺，一边意味着最快乐，一边意味着最悲惨。

永福寺原本是周守备的家寺，后来潘金莲和陈经济先后都埋在这里。西门庆碰到胡僧，也是在永福寺。西门庆从胡僧那里得到妙药后，第一个用在王六儿身上，接下来是李瓶儿，第三个是潘金莲；最后死也是因为潘金莲一次给他用了太多妙药。有道是福祸相倚，西门庆通过妙药得到一时的欢乐，却也吞下了通往死亡的催命丹；对西门庆而言，胡僧简直是死神的使者。第四十九回中西门庆急欲向胡僧索求房术之药，就为他的结局埋下了伏笔。不仅是西门庆，李瓶儿也是死在这胡僧的妙药上面。李瓶儿来月事，而西门庆硬要行房，导致她被感染得病，后来又遭遇丧子之痛，终于不治而亡。坐胎药助人生子，春药让人淫死，刚好一生一死，暗示着人的生死都有力量在操控。

佛门道场从来非清净之地

我们现在由第三十九回看起,看看年关时西门庆家的实况录像。

> 看看腊月时分,西门庆在家乱着送东京并府县军卫本卫衙门中节礼。有玉皇庙吴道官使徒弟送了四盒礼物,一盒肉,一盒银鱼,两盒果馅蒸酥;并天地疏,新春符,谢灶诰。(第三十九回)

西门府忙着给官员按不同层级准备不同的节礼;寺观也不甘寂寞,来西门府送上荤素吃食和吉祥祝愿表示心意,实际上是为了讨要香火钱。《红楼梦》第四十九回"琉璃世界白雪红梅,脂粉香娃割腥啖膻"中,女孩子们在芦雪亭烤鹿肉,贾母和王熙凤也先后闻讯而来。王熙凤还打趣道:"我因为到了老祖宗那里,鸦没鹊静的,问小丫头子们,他又不肯叫我找到园里来。我正疑惑,忽然又来了两个姑子,我心里才明白了:那姑子必是来送年疏,或要年例香例银子,老祖宗年下的事也多,一定是躲债来了。我赶忙问了那姑子,果然不错,我才就把年例给了他们去了。这会子老祖宗的债主儿已去了,不用躲着了。"由此可见,到了清朝,寺庙在年关打秋风的习惯仍然存在。

如果不是吴月娘提醒,西门庆已将官哥儿出生时自己许愿做醮的事忘记了。这会儿听闻玉皇庙主持吴道官的二徒弟吴应春正在自己家里,西门庆便走出来。

> 西门庆一面走出外边来,那应春儿连忙跨马磕头,说:"家师父多拜上老爹,没什么孝顺,使小徒来送这天地疏,并些微礼儿,与老爹赏人。"西门庆止还了半礼,说道:"多谢你师父厚礼。"让他坐。说道:"小道怎么敢坐?"西门庆道:"你坐,我有话和你说。"那道士头戴小帽,身穿青布直裰,下边履鞋净袜,谦逊数次,方才把椅

儿挪到旁边坐下。西门庆唤茶来吃了，说道："老爹有甚钧语分付？"西门庆道："正月里，我有些醮愿，要烦你师父替我还还儿，在你本院，也是那日，就送小儿寄名。不知你师父闲不闲？"徒弟连忙立起身来，说道："老爹分付，随问有甚人家经事，不敢应承。请问老爹，订在正月几时？"西门庆道："就订在初九爷旦日那个日子罢。"徒弟道："此日又是天诞。《玉匣记》上，就讲'律爷交庆，五福骈臻'，修斋建醮甚好。那日开大殿与老爹铺坛。请问老爹，多少醮款？"西门庆道："也是今岁七月，为生小儿，许了一百廿分清醮。一向不得个心净，趁着正月里还了罢！就把小儿送与你师父，向三宝座下讨个外名。"徒弟又问："请问那日，延请多少道众？"西门庆道："教你师父请十六众罢。"说毕，左右放桌儿待茶，先封十五两经钱，另外又封了一两酬答他的节礼。又说："道众的衬施，你师父不消备办。我这里连阡张香烛，一事带去。"喜欢的道士屁滚尿流，临出门谢了又谢，磕了头儿又磕。

到正月初八，先使玳安儿送了一石白米，一担阡张，十斤官烛，五斤沉檀马牙香，十二匹生眼布做衬施；又送了一对京缎，两坛南酒，四只鲜鹅，四只鲜鸡，一对豚蹄，一脚羊肉，十两银子，与官哥儿寄名之礼。西门庆预先发帖儿，请下吴大舅、花大舅、应伯爵、谢希大四位相陪。陈经济骑头口先到庙中，替西门庆瞻拜。到初九日，西门庆也没往衙中去，绝早冠带，骑大白马，仆从跟随，前呼后拥，送出东门，往玉皇庙来。（第三十九回）

寺观送来的东西通常很少，但往往能得到很大回报。吴应春说话哪里像出家人，完全是一派生意人口气，又一口一个"老爹"，姿态放得极低。西门庆要为官哥儿做醮、寄名，都是能给玉皇庙带来丰厚报酬的事情。吴应春向西门庆询问时间、醮款和需要的人手，西门庆也很上道，在十五两银子的经钱之外，还给了吴应春一两作为节礼。吴应春开心得不得了。正月初八，做醮、寄名的物资先由玳安送到庙里，陈经济则替西门庆打前站。到了约定的正月初九，西门庆起个大早，穿戴整齐，天没亮就带人往玉皇庙去。

西门庆进入坛中香案前，旁边一小童捧盆巾盥手毕，铺排跪请上香，铺毡褥行礼叩坛毕。原来吴道官讳宗嘉，法名道真，生的魁伟身材，一脸胡须，襟怀洒落，广结交，好施舍。见作本宫住持，以此高贵达官，多往投之，做醮席设甚齐整，迎宾待客，一团和气。手下也有三五个徒弟徒孙，一呼百诺。西门庆会中，常在此建醮，每生辰节令，疏礼不缺。何况西门庆又做了刑名官，来此做好事，送公子寄名，受其大礼，如何不敬？那日就是他做斋功主行法事，头戴玉环九阳雷巾，身披天青二十四宿大袖鹤氅，腰系丝带，忙下经筵来与西门庆稽首："小道蒙老爹错爱，迭受重礼，使小道却之不恭，受之有愧！就是哥儿寄名，小道礼当叩祝三宝，保安增延寿命，尚不能以报老爹大恩；何以又叨受老爹厚赏许多厚礼，诚有愧报！经衬又且过厚，令小道愈不安。"（第三十九回）

吴道官也一口一个"老爹"，小道士吴应春完全是有样学样。但老道士毕竟矜持一些，不至于乐得"屁滚尿流"。《红楼梦》第二十九回中，贾母替贾元春到清虚观做醮，张道士百般阿谀巴结，还借了贾宝玉的玉，出去搜刮了一圈回来献宝。这两幕其实是一回事，反映的都是这些寺观的生意手法和商业行为。

关于做醮过程的描述是研究中国道教史的第一手资料，但是在崇祯本中都被删掉了。应伯爵和谢希大"每人封了一星折茶银子"的礼，西门庆不收，说两人来陪自己坐坐即可。应伯爵故作天真，嗔怪谢希大："都是你干这营生，我说哥不受，拿出来倒惹他讪两句好的！"一星银子收好，两人又白吃白喝一天。

> 吃毕茶,一同摆斋,放了两张桌。桌上堆的咸食斋馔,点心汤饭,甚是丰洁。西门庆宽去衣服,同吃了早斋。原来吴道官叫了个说书的,说西汉评话《鸿门会》。(第三十九回)

道观还兼有娱乐场所的功能。《红楼梦》第二十九回中,贾母一行人做醮完毕,就在清虚观里看戏。《金瓶梅》中玉皇庙为西门庆等人准备的节目则是说书。西门庆与吴道官说话,谈及官哥儿胆小,"猫狗都不敢到他跟前",这里也是为后面的官哥儿之死埋下伏笔。妓女李桂姐和吴银儿分别派了李铭、吴惠前来随礼,"都是顶皮饼、松花饼、白糖万寿糕、玫瑰搽穰卷儿,西门庆俱令吴道官收了"。当时做妓女也不容易,随时都要讨好主顾,光应酬也是笔不小的花费。

吴道官也给西门庆家里回了礼。

> 到了午朝拜表毕,吴道官预备了一张大插桌,簇盘定胜,高顶方糖果品,各样托荤蒸碟咸食素馔,点心汤饭,又有四十碟碗;又是一坛金华酒,哥儿的一顶黑青缎子绡金道髻,一件玄色纻丝道衣,一件绿云缎小衬衣,一双白绫小袜,一双青潞绸纳脸小履鞋,一根黄绒线绦,一道三宝位下的黄线索,一道子孙娘娘面前紫线索,一付银项圈条脱,刻着"金玉满堂,长命富贵"一道朱书辟非黄绫符,上书着"太乙司命,桃延合唐"八字,就扎在黄线索上,都用方盘盛着;又是四盘美果,摆在桌上。差小童经袱内包着宛红布经疏,将三朝做过法事,一一开载节次,请西门庆过了目,方才装入盒担内,共约八抬,送到西门庆家。西门庆甚是欢喜,快使棋童儿家去,赏了道童两方手帕,一两银子。(第三十九回)

做醮用去正月初九一整天的时间，西门庆正月初十才回到家里，正好错过潘金莲的生日。

尼姑讲经，半信半疑

男人在外边做醮，女人则在家中听经。众妻妾和亲戚给潘金莲过完生日，"月娘分付小玉把仪门关了，炕上放下小桌儿。众人围定，两个姑子在正中间，焚下香，秉着一对蜡烛，都听他说因果"。

尼姑讲的经，其实是五祖投胎的故事。先讲某员外有八名妻妾，暗指西门庆家的情况。

念了一回，吴月娘道："师父饿了，且把经请过，吃些甚么？"一面令小玉安排了四碟素菜儿，两碟咸食儿，四碟儿糖，薄脆蒸酥，菊花饼，扳搭馓子，请大妗子、杨姑娘、潘姥姥陪着二位师父用一个儿。大妗子说："俺每不当家的，都刚吃的饱。教杨姑娘陪个儿罢。他老人家又吃着个斋。"月娘连忙用小描金碟儿，每样拣了个点心，放在碟儿里，先递与两位师父，然后递与杨姑娘，说道："你老人家陪二位请些儿。"婆子道："我的佛爷，不当家！老身吃的可勾了。"又道："这碟儿里是烧骨秃，姐姐你拿过去。只怕错拣到口里。"把众人笑的了不得。月娘道："奶奶，这个是头里庙上送来的，托荤咸食，你老人家只顾用，不妨事。"杨姑娘道："既是素的，等老身吃。老身干净眼花了，只当做荤的来！"（第三十九回）

"请"这个字很细致，表明月娘对经书很恭敬。现在我们从寺庙里拿到经书，也是用这个字，而且回家后不能乱扔，要如法保存。素食里已经包括"仿荤"，足以以假乱真。吃过点心茶水，休息一阵，尼姑接着讲五祖的故事。

明 佚名《萧翼赚兰亭图》

潘金莲第一个受不了了，"熬的磕困上来，就往房里睡去了"。李瓶儿因为官哥儿醒了，也回房了。念到"五祖一佛性，投胎在腹中；权住十个月，转凡度众生"，"月娘见大姐也睡去了，大妗子搓在月娘里间床上睡着了，杨姑娘也打起欠呵来"。到了第五十一回也有类似情景，王姑子和薛姑子也是唱佛曲、念偈子，"那潘金莲不住在傍，先拉玉楼不动，又扯李瓶儿，又怕月娘说"。弄得吴月娘看不下去，让李瓶儿随着潘金莲去。孟玉楼是"乖人"，犯不上得罪吴月娘，所以潘金莲拉她也不动；李瓶儿性情比较懦弱，潘金莲一撺掇，她就左右为难；吴月娘看在眼里，瞧不上潘金莲的毛躁，潘金莲离开，她也落个清净。两人走后，吴月娘说："拔了萝卜地皮宽，交他去了，省的他在这里，跑兔子一般，原不是那听佛法的人！"其实何止潘金莲心不在焉，家里这些女眷，大概只有吴月娘一个人对听经有兴趣。潘金莲虽然语言刻薄，却也说出了其他人的心里话："大姐姐好干这营生！你家又不死人，平白交姑子家中宣起卷来了！"人们说起潘金莲的冥顽不灵，总会引用月娘的那句话，倒是很少关心不得不坐下听经的人在想什么。

王姑子和薛姑子的形象也很有趣，尤其是薛姑子。吴月娘眼中的薛姑子是庄严的"薛爷"。

话说那日李娇儿上寿，观音庵王姑子请了莲花庵薛姑子来了，又带了他两个徒弟妙凤、妙趣。月娘听薛师父来了，知道他是个有道行的姑子，连忙出来迎接。见他戴着清净僧帽，披着茶褐袈裟，剃的青旋旋头儿，生的魁肥胖大，鱼口豚腮，进来与月娘众人合掌问讯。王姑子便道："这个就是主家大娘，与列位娘。"慌的月娘众人，连忙磕下头去。见他在人前，铺眉苦眼，拿班做势，口里咬文嚼字，一口一声只称呼他薛爷。他便叫月娘是在家菩萨，或称官人娘子。月娘敬重他十分。（第五十回）

西门庆的态度可就完全不一样了。早在第三十四回，他已经向李瓶儿提起过薛姑子；在第五十一回，他又讲了一次。

> 只见西门庆掀帘子进来，慌的吴妗子和薛姑子、王姑子，往李娇儿屋里走不迭。早被西门庆看见，问月娘："那个薛姑子，贼胖秃淫妇，来我这里做什么？"月娘道："你好恁枉口拔舌，不当家化化的，骂他怎的！他惹着你来？你怎的知道他姓薛？"西门庆道："你还不知他弄的乾坤儿哩！他把陈参政家小姐，七月十五日，吊在地藏庵儿里，和一个小伙阮三偷奸。不想那阮三就死在女子身上，他知情受了三两银子。事发拿到衙门里，被我褪衣打了二十板，交他嫁汉子还俗。他怎的还不还俗？好不好拿到衙门里，再与他几捞子！"月娘道："你有要没紧，恁毁神谤佛的？他一个佛家弟子，想必善根还在。他平白还甚么俗？你还不知，他好有道行！"西门庆道："你问他，有道行一夜接几个汉子？"月娘道："你就休汗邪，又讨我那没好口的骂你！"（第五十一回）

西门庆的话没有改变吴月娘的想法，她仍是信任薛姑子的。第五十回中，她从王姑子和薛姑子那里得了坐胎药，第五十三回里吃下去，后来果然怀孕。吴月娘和西门庆的不同看法正好代表了人们对宗教半敬半嘲、半信半疑的心态。在相信的人眼里，薛姑子慈眉善目，是佛菩萨的化身；在不信的人眼里，就不是那么回事了。

李瓶儿死后，王姑子和薛姑子的劣行变本加厉。这样看来，反倒是"恶人"西门庆更通晓她们的本色。

西门庆遇胡僧传妙药

吴月娘从王姑子、薛姑子手中拿到坐胎药的同一天——四月十七日,西门庆也从胡僧手中获得了妙药。

第四十九回中,西门庆在永福寺为蔡御史饯行,随后遇到带给他极乐,也将他送上死路的胡僧(如图7)。

西门庆更了衣,因见方丈后面五间大禅堂,有许多云游和尚,在那里敲着木鱼念经。西门庆不因不由,信步走入里面观看。见一个和尚,形骨古怪,相貌抬搜;生的豹头凹眼,色若紫肝。戴了鸡蜡箍儿,穿一领肉红直裰。颔下髭须乱拃,头上有一脑光檐。就是个形容古怪真罗汉,未除火性独眼龙。在禅床上旋定过去了。垂着头,把脖子缩到腔子里,鼻口中流下玉箸来。西门庆口中不言,心内暗道:"此僧必然是个有手段

图7-遇胡僧现身施药

的高僧；不然，如何有此异相？等我叫醒他，问他个端的。"于是扬声叫："那位僧人，你是哪里人氏，何处高僧，云游到此？"叫了头一声，不答应；第二声也不言语；第三声，只见这个僧人，在禅床上把身子打了个挺，伸了伸腰，睁开一只眼，跳将起来，向西门庆点了点头儿，粗声应道："你问我怎的？贫僧行不问名，坐不改姓，乃西域天竺国密松林齐腰峰寒庭寺下来的胡僧，云游至此，施药济人。官人，你叫我有甚话说？"西门庆道："你既是施药济人，我问你求些滋补的药儿，你有也没有？"胡僧道："我有，我有。"又道："我如今请你到家，你去不去？"胡僧道："我去，我去。"西门庆道："你说去，即此就行。"那胡僧直竖起身来，向床头取过他的铁柱杖来拄着，背上他的皮褡裢，褡裢内盛着两个药葫芦儿，下的禅堂，就往外走。西门庆分付玳安，叫了两个驴子，同师父先往家去，等着我就来。胡僧道："官人不消如此。你骑马只顾先行，贫僧也不骑头口，管情比你先到。"西门庆道："一定是个有手段的高僧，不然如何开这等朗言。"恐怕他走了，分付玳安好歹跟着他同行。于是作辞长老上马，仆从跟随，径直进城来家。（第四十九回）

这位胡僧的整体形象有如男性的外生殖器，堪称绝品，崇祯本就说"直是个性器官"。西门庆认定胡僧是位高人，于是请他到家。

那胡僧睁眼观见厅堂高远，院宇深沉，门上挂的是龟背纹、虾须织、抹绿珠帘，地下铺狮子滚绣球绒毛线毯，正当中放一张蜻蜓腿、螳螂肚、肥皂色起楞的桌子，桌子上安着绦环样、须弥座大理石屏风，周围摆的都是泥鳅头、楠木靶肿筋的校椅，两壁挂的画，都是紫竹杆儿绫边玛瑙轴头。（第四十九回）

龟、虾、狮子、蜻蜓、螳螂、泥鳅都意有所指,用张竹坡的话讲,即"《水浒传》中人所云一片鸟东西也"。"鸟东西"这句粗话是黑旋风李逵的口头禅,西门庆家富丽堂皇,但在这里却用反讽的手法,暗示着都是些某物的化身。而胡僧也是酒肉不忌。

先绰边儿放了四碟果子,四碟小菜,又是四碟案酒:一碟头鱼,一碟糟鸭,一碟乌皮鸡,一碟舞鲈公。又拿了四样下饭来:一碟羊角葱炒的核桃肉,一碟细切的馅馓样子肉,一碟肥肥的羊贯肠,一碟光溜溜的滑鳅。次又拿了一道汤饭出来,一个碗内两个肉圆子,夹着一条花筋滚子肉,名唤一龙戏二珠汤;一大盘裂破头高装肉包子。西门庆让胡僧吃了,教琴童拿过团靶钩头鸡脖壶来,打开腰州精制的红泥头,一股一股邈出滋阴摔白酒来,倾在那倒垂莲蓬高脚钟内,递与胡僧。那胡僧接放口内,一吸而饮之。随即又是两样添换上来:一碟寸扎的骑马肠儿,一碟子腌腊鹅脖子。又是两样艳物,与胡僧下酒:一碟子癞葡萄,一碟流心红李子。落后又是一大碗鳝鱼面与菜卷儿,一齐拿上来,与胡僧打散。登时把胡僧吃的楞子眼儿,便道:"贫僧酒醉饭饱,足可以够了。"(第四十九回)

羊贯肠、滑鳅、一龙戏二珠汤、裂破头高装肉包子、团靶钩头鸡脖壶、倒垂莲蓬高脚钟、寸扎的骑马肠儿、腌腊鹅脖子、癞葡萄、流心红李子等,种种都是性器官的拟形;鳝鱼面所用的鳝鱼,就更不用说了。《金瓶梅》这种对性近乎明示的层层铺排,在《红楼梦》里是不可能出现的,就像曹雪芹笔下的"海上仙方儿"冷香丸,兰陵笑笑生也写不出来。但无论是冷香丸,还是一龙戏二珠,都是让人暗呼精彩的妙笔。

西门庆叫左右拿过酒桌去,因问他求房术的药儿。胡僧道:"我有一枝药，乃老君炼就，王母传方，非人不度，非人不传，专度有缘。既是官人厚待于我，我与你几丸罢。"于是向褡裢内取出葫芦儿，倾出百十九，分付："每次只一粒，不可多了。用烧酒送下。"又搬向那一个葫儿捏取二钱一块粉红膏儿，分付："每次只许用二厘，不可多用。若是胀的慌，用手捏着两边腿上，只顾摔打百十下，方得通。你可樽节用之，不可轻泄于人。"西门庆双手接了，说道："我且问你，这药有何功效？"胡僧说："形如鸡卵，色似鹅黄。三次老君炮炼，王母亲手传方。外视轻如粪土，内觑贵乎玕琅。比金金岂换，比玉玉何偿。任你腰金衣紫，任你大厦高堂。任你轻裘肥马，任你才俊栋梁。此药用托掌内，飘然身入洞房。洞中春不老，物外景长芳。玉山无颓败，丹田夜有光。一战精神爽，再战气血刚。不拘娇艳宠，十二美红妆。交接从吾好，彻夜硬如枪。服久宽脾胃，滋肾又扶阳。百日须发黑，千朝体自强。固齿能明目，阳生姤始藏。恐君如不信，拌饭与猫尝。三日淫无度，四日热难当，白猫变为黑，尿粪俱停亡。夏月当风卧，冬天水里藏。若还不解泄，毛脱尽精光。每服一厘半，阳兴愈健强。一夜歇十女，其精永不伤。老妇颦眉蹙，淫娼不可当。有时心倦怠，收兵罢战场。冷水吞一口，阳回精不伤。快美终宵乐，春色满兰房。赠与知音客，永做保身方。"西门庆听了，要问他求方，说道："请医须请良，传药须传方。吾师不传于我方儿，倘或我久后用没了，哪里寻师父去？随师父要多少东西，我与师父。"因令玳安："后边快取二十两白金来。"递与胡僧，要问他求这一枝药方。那胡僧笑道："贫僧乃出家之人，云游四方，要这资财何用？官人趁早收回去！"一面就要起身。西门庆见他不肯传方，便道："师父，你不受资财。我有一匹四丈长大布，与师父做件衣服罢。"即令左右取来，双手递与胡僧。僧方才打问讯谢了。临出门，又分付："不可多用。戒之！戒之！"言毕，背上褡裢，拴定拐杖，出门扬长而去。（第四十九回）

虽有胡僧的告诫,但西门庆毫不理会,最后也就是死在这上面了。

第四十回中,吴月娘和王姑子讨论生子秘方,王姑子就向她推荐了薛姑子的符药,并说得配合头男衣胞(胎盘),炮制后在壬子日服用。李瓶儿当时刚生了官哥儿,王姑子建议吴月娘"不如把前头这孩子的房儿,借情刨出来使了罢"。旧时的人认为婴儿胎盘落下后,应当埋入土中,如果给别人用,对孩子是不吉利的,因此吴月娘表示反对——"缘何损别人,安自己的",但她也不愿放过这个机会,便给王姑子银子,帮她另寻别家孩子的胎盘。其实,用谁家孩子的胎盘并无本质区别,还是"损人"。

第五十回中,别人家的头男衣胞找到了。胡僧前脚刚走,薛姑子和王姑子后脚就到了西门庆家里。吴月娘对胡僧也没好话:"(他爹)门外寺里带来的一个和尚,酒肉都吃。问他求甚么药方,与他银子也不要,钱也不受。谁知他干的甚么营生?"尼姑和胡僧名义上都是佛门中人,她敬尼姑而嘲胡僧,也是半敬半嘲。

> 那薛姑子听见,便说道:"茹荤饮酒,这两件事也难。倒还是俺这比丘尼,还有些戒行。他这汉僧们哪里管?《大藏经》上不说的:'如你吃他一口,到转世过来,须还这他。'"吴大妗听了道:"像俺们终日吃肉,却不知转世有多少罪业?"薛姑子道:"似老菩萨,都是前生修来的福,享荣华,受富贵。譬如五谷,你春天不种下,到那有秋之时,怎望收成?"(第五十回)

吴大妗子问得好,薛姑子回答得更妙。毕竟是在主顾家中,她不能跟对方说你下辈子要变猪变狗,而用一段无法验证的因果,给对方吃了颗定心丸。我们现在面对一个受苦的人,也会劝对方多积德,下辈子或许会转好;面对一个享福的人,则会说这是上辈子好事做得多,这一世就好好享受吧。太阳底下真是没有新鲜事。

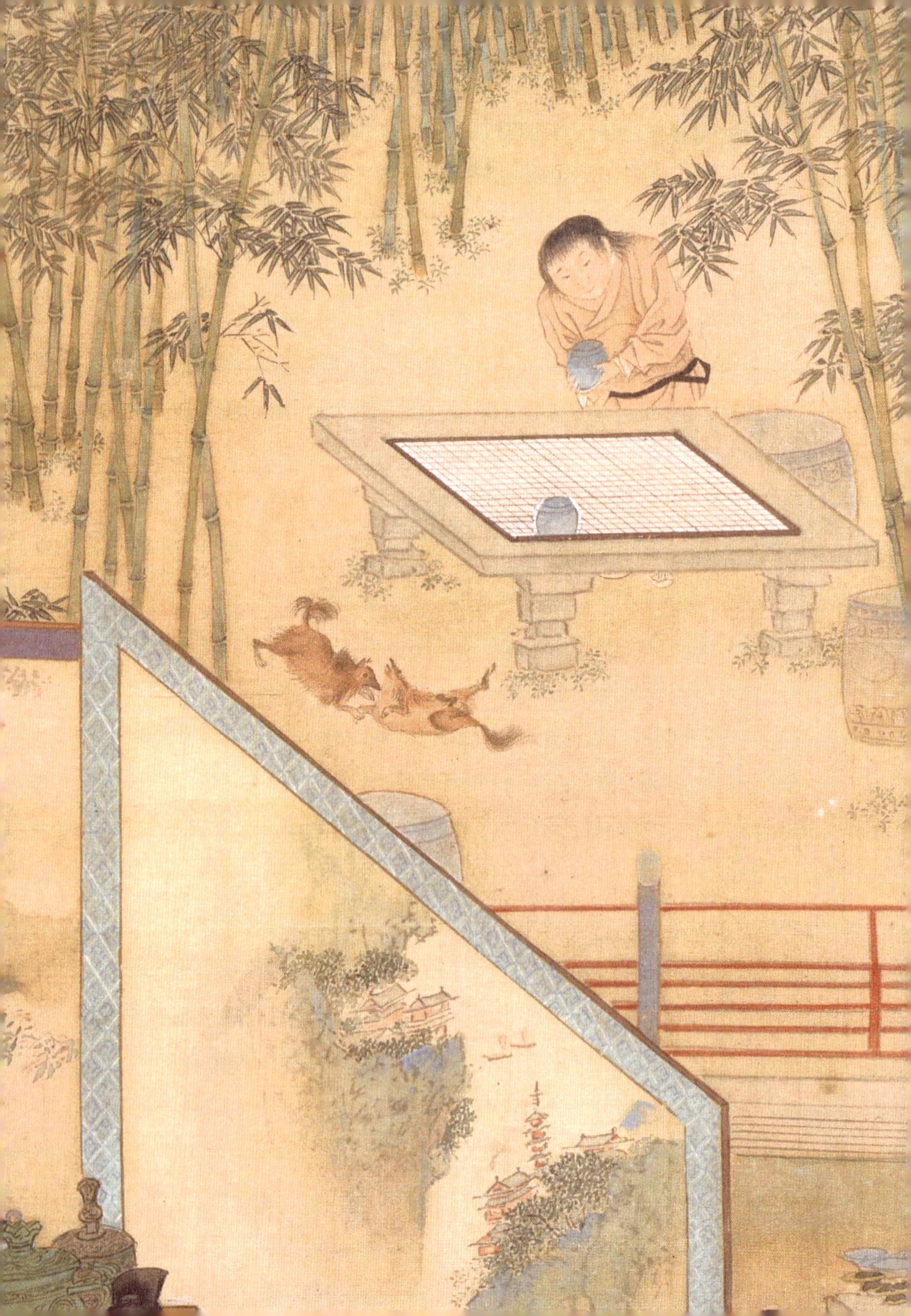

第三章 从因到果的转折

从因到果，由热转冷

如果各位真的对人生有兴趣，对人有兴趣，就会觉得《金瓶梅》很有趣。如果从来对人都不太关心的话，读起来大概会觉得很枯燥。

张竹坡对《金瓶梅》全书有极其精炼的概括："上五十回是因，下五十回是果。"从第五十回开始，我们会看到越来越多的死亡；背景时间也会从四月一下子跳到秋寒，越来越冷，而西门庆死在元宵节期间，正是最冷的时候。

西门庆从胡僧那里得到妙药，第一个用在王六儿身上，第二个就是李瓶儿。

> 西门庆坐不移时，提起脚儿，还径到前边李瓶儿房里来。原来在王六儿那里，因吃了胡僧药，被药性把住了。与老婆弄耸了一日，恰好过没曾去身子，那话越发坚硬，形如铁杵。进房交迎春脱了衣裳，上床就要和李瓶儿睡，李瓶儿只说他不来，和官哥在床上已睡下了。回过头来，见是他，便道："你在后边睡罢了，又来做甚么？孩子才睡下了，睡的甜甜儿的，我心里不奈烦；又身上来了，不方便。你往别人屋里睡去不是？好来这里缠。"被西门庆搂过脖子来，按着就亲了个嘴，说道："怪奴才，你达心里要和你睡睡儿。"……西门庆笑着告他，说吃了胡僧药

一节:"你若不和我睡,我就急死了。"李瓶儿道:"可怎样的?我身上才来了两日,还没去。亦发等等着儿,去了我和你睡罢。你今日且往他五娘屋里歇一夜儿,也是一般。"西门庆道:"我今日不知怎的,一心只要和你睡。我如今杀个鸡儿,央及你央及儿,再不你交丫头掇些水来洗洗,和我睡睡也罢了。"李瓶儿道:"我到好笑起来。你今日哪里吃了酒?吃的恁醉醉儿的来家,恁歪厮缠!我就是洗了,也不干净。一个老婆的月经,沾污在男子汉身上,膌刺刺的也晦气。我到明日死了,你也只寻我。"于是乞逼勒不过,交迎春掇了水……方上床与西门庆交欢。(第五十回)

我们身体健康的时候,死啊活啊随口就讲,并不当回事;身体抱恙的时候,就会有忌讳。李瓶儿年纪轻轻,平时身体不错,又刚生了一个儿子,各方面都算如意,尽管当日不宜行房,也不至于认为自己将因此死掉,才会在无意中讲出"我到明日死了,你也只寻我"这句死亡预言。

李瓶儿和西门庆在性事上最快乐的时候,大概是两人的偷情时期。李瓶儿嫁入西门庆家之后,书中关于她的性描写反而少了,一共只有两次:一次是在第二十七回,一次是在第五十回。第二十七回中,西门庆和李瓶儿在花园交合,中途李瓶儿喊痛,跟着就揭晓了她怀孕这件事。第五十回中,李瓶儿有月事在身,整个过程中都很紧张,后来又喊疼,西门庆就草草作罢了。这两次,李瓶儿身体都不舒服,也暗示着属于她的快乐不多了。

西门庆的传人——玳安

第五十回的回目以琴童和玳安两个小厮为主角,也远望着故事的结局。西门庆死后,孝哥儿被普静和尚带走,吴月娘收玳安为义子,改名西门安,继承家业。

明 文徵明《松石高士图》(局部)

其实打从故事一开始，机灵的玳安就跟着西门庆鞍前马后，该遮的遮，该掩的掩。第四十五回元宵节吴月娘发脾气的时候，都是冲着玳安，后面关于他的描写越来越多，即暗示着他在西门家的地位越来越重要。玳安的作风、行为，甚至口气，根本就是一个小西门庆，聪明灵巧，又嚣张霸气。不少评论者说陈经济是第二个西门庆，但在我看来，他和西门庆的相似度远远比不上玳安。

第五十回中，玳安走路送胡僧回永福寺，累得不轻，还要帮正和王六儿寻欢作乐的西门庆圆谎。吴月娘知道韩道国家小厮来过，心里已有疑惑，骂玳安："贼囚根子，你又不知弄甚么鬼！"玳安也只能由着主家娘子出气，"不敢多言"。但他心里也窝着火，要发泄出去。

>来到前边铺子里，只见书童儿和傅伙计坐着，水柜上放着一瓶酒，两双钟箸，几个碗碟，一盘牛肚子。平安儿从外边拿了两瓶鲜来。正饮酒中间，只见玳安走来，把灯笼掠下，说道："好呀！我赶着了！"因见书童儿，戏道："好淫妇，你在这里做甚么？交我哪里没寻你，你原来躲在这里吃酒儿！"书童道："你寻我做甚么？心里要与我做半日孙子儿？"玳安骂道："秫秫小厮，你也回嘴。我寻你要合你屁股！"于是走向前，按在椅子上，就亲嘴。那书童用手推开，说道："怪行货子！我不好骂出来的。把人牙花都磕破了。帽子都抓落了人的！"傅伙计见他帽子在地下，说道："新一盏灯帽儿。"叫平安儿："你替他拾起来，只怕蹋了。"被书童拿过，往炕上只一摔，把脸通红了。玳安道："好淫妇，我斗了你斗儿，你恼了？"不由分说，掀起腿把他按在炕上，尽力向他口里吐了一口唾沫，把酒推撒了，流在水柜上。傅伙计恐怕他湿了账簿，连忙取手巾来抹。说道："管情住回，两个顽恼了。"玳安道："好淫妇，你今日讨了谁口里话，这等扭手扭脚？"那书童把头发都揉乱了，说道："要便要，笑便笑。

臢刺刺的尿水子，吐了人恁一口！"玳安道："贼秫秫秫，你今日才吃尿，你从前已后，把尿不知吃了多少！"平安筛了一瓯子酒，递与玳安说道："你快吃了，接爹去罢，有话回来和他说。"玳安道："等我接了爹回来，和他答话。我不把秫秫小厮，不摆布的见神见鬼的，他也不怕我！使一些唾沫，也不是养的。我只一味干粘！"于是吃了酒，门班房内叫了个小伴当，拿着灯笼，他便骑马到了王六儿家。（第五十回）

张竹坡批道："两写书童、玳安相骂，见二人同宠，而一春花、一秋实也。"书童和玳安都是得西门庆欢心的小厮，书童基本是以色侍主，也能唱戏唱曲，讨客人（如安进士）欢心；玳安主要靠灵活应变，是西门庆得力的随从。等到西门庆一死，书童就跑掉了，如春花般开也匆匆，败也匆匆；玳安则被吴月娘收为义子，继承了西门家，算是劳有所报，修成正果。明朝奸相严嵩的家里美女如云，当他想吐痰的时候，就吐在美女口中；玳安的做法与严嵩如出一辙，对书童可算是身心上的侮辱，看他这样强横凶残，我们就知道西门庆后继有人了。

叫开门，问琴童儿："爹在哪里？"琴童道："爹在屋里睡哩！"于是关上门，两个走到后边厨下。老冯便道："安官儿来。你韩大婶只顾等你不见来，替你留下分儿了。"向厨柜里拿了一盘驴肉，一碟腊烧鸡，两碗寿面，一素子酒。玳安吃了一回，又让琴童吃酒，叫道："你过来，这酒我吃不下了，咱两个嗦了这素子酒罢！"琴童道："留与你的，你自吃罢！"玳安道："我刚才吃了瓯子来了。"于是二人吃毕。玳安便叫道："冯奶奶，我有句话儿说，你休恼我！想着你老人家在六娘那里，与俺六娘当家。如今在韩大婶这里，又与韩大婶当家。等我到家，看我对六娘说不对六娘说！"那老冯便向他身上拍

了一下，说道："怪倒路死猴儿，休要是言不是语！到家里说出来，就教他恼我一生，我也不敢见他去。"（第五十回）

老冯（冯妈妈）是李瓶儿的奶妈，玳安在她面前，也是一派嚣张，还故意威胁她一下。冯妈妈左右逢源，里外的好处都要占上，别人也许看不出来，也许不敢讲，但玳安既能看出来，也敢讲出来。

图8-玳安嫖游蝴蝶巷

到了蝴蝶巷，玳安更不得了了。蝴蝶巷是下等妓院聚集的地方，玳安带着琴童进了一家，里面的妓女已有客人，却被他活活赶了出去（如图8）。

玳安叫掌起灯来，骂道："贼野蛮流民，他倒问我是哪里人！刚才把毛搞净了他的才好，平白放了他去了！好不好拿到衙门里去，且交他且试试新夹棍着！"（第五十回）

玳安只不过是西门庆的一个小厮，口气却像衙门是他自家开的，谁得罪了他，他可以把他抓走。他对待书童、冯妈妈和做嫖客时的嚣张霸气，都显出了西门庆的轮廓。

死亡的预言

张竹坡有言："此书（指《金瓶梅》）至五十回以后，便一节节冷了去。今看他此回，先把后五十回冷局的大头绪，一一题清，如开首金莲两舌，伏后文官哥、瓶儿之死；李三、黄四谆谆借账，伏后文赖账之由；李桂姐伏王三官、林太太；来保、王六儿饮酒一段，伏后文二人结亲，拐财背主之故；郁大姐伏申二姐；品玉伏西门之死；而斗叶子伏经济之飘零；二尼讲经，伏孝哥之幻化，盖此一回，又后五十回之枢纽也。"而直接导致官哥儿丧命的那只白猫，在这一回也出现了。

李桂姐迎来了她的谢幕演出。虽然后面她还会出现，但其作用已经变成牵引出其他人物，如王三官、林太太。有妓女就会有帮闲，而妓女的悲哀和帮闲的悲哀也是如影随形的。

在《秋水堂论金瓶梅》中，田晓菲女士特别谈到了第五十一回中的几个死亡预言。比如，潘金莲挑拨吴月娘和李瓶儿的关系，吴月娘信以为真。

话说潘金莲见西门庆拿了淫器包儿在李瓶儿房里歇了，足恼了一夜没睡，怀恨在心。到第二日，打听西门庆往衙门里去了，李瓶儿在屋里梳头，老早走到后边，对月娘说："李瓶儿背地好不说姐姐哩。说姐姐会那等虔婆势、乔作衙，别人生日乔作家管。你汉子吃醉了，进我屋里来，我又不曾在前边，平白对着人羞我，望着我丢脸儿。交我恼了，走到前边把他爹赶到后边来。落后他怎的也不在后边，还往我房里来了？咱两个黑夜说了一夜梯己话儿。只有心肠五脏，没曾倒与我罢了。"这月娘听了，如何不恼！因向大妗子、孟玉楼说："果是你昨日也在根前看，我又没曾说他甚么！小厮交灯笼进来，我只问了一声：'你爹怎的不进来？'小厮倒说往六娘屋里去了。我便说：'你二娘这里等着，恁没槽道，却不进来。'论起来也不伤他，怎的说我虔婆势、乔作衙？我是淫妇老婆？我还把他当好人看承，原来知人知面不知心，哪里看人去！干净是个绵里针、肉里刺的货！还不知背地在汉子根前，架的甚么舌儿哩？怪道他昨日决烈的就往前走了。傻姐姐，那怕汉子成日在你哪屋里不出门，休想我这心动一动儿。一个汉子丢与你们，随你们去，守寡的不过！想着一娶来之时，贼强人和我门里门外不相逢，哪等怎么过来。"大妗子在傍劝道："姑娘罢么，都看着孩儿的分上罢。自古宰相肚里好行船，当家人是个恶水缸儿，好的也放在你心里，歹的也放在心里。"月娘道："不拘几时，我也要对这两句话，等我问着他。我怎么虔婆势、乔作衙。"金莲慌的没口子说道："姐姐宽恕他罢！常言大人不责小人过。哪个小人没罪过？他在屋里背地调唆汉子，俺每这几个，谁没吃他排说过？我和他紧隔着壁儿，要与他一般见识起来，倒了不成，行动只倚逞着孩子降人！他还说的好话儿哩，说他的孩儿到明日长大了，有恩报恩，有仇报仇，俺们都是饿死的数儿，你还不知道哩！"吴大妗子道："我的奶奶，哪里有此话说！"月娘一声儿也没言语。（第五十一回）

吴月娘在气头上，头一次说出了"守寡"二字，不料后来一语成谶。陈经济和西门大姐来投奔时，虽带了不少箱笼，但吴月娘对二人颇为吝啬；反倒是李瓶儿，对西门大姐常有照顾。

不想西门大姐平日与李瓶儿最好，常没针线鞋面，李瓶儿不拘好绫罗缎帛，就与之。好汗巾手帕两三方，背地与大姐；银钱是不消说。当日听了此话，如何不告诉他？（第五十一回）

对于西门大姐的窘迫，张竹坡毫不客气地送给后母吴月娘二字批语："可杀。"西门庆死后，陈经济和吴月娘都不愿收留西门大姐，将她像皮球一样踢来踢去，陈经济还虐待她，逼得她只好上吊自杀。而就是西门庆活着的时候，他和西门大姐的父女情分也很薄，根本顾不上亲生女儿过着什么样的日子。逮着机会就要在"花丛"中飞来飞去的陈经济就更不用说了。李瓶儿是西门大姐在西门府中有限的温暖来源，于是，她马上将潘金莲的行为告诉了李瓶儿。

当天是四月十八日，"李瓶儿正在屋里，与孩子做那端午戴的那绒线符牌儿，及各色纱小粽子儿，并解毒艾虎儿"。这些都是当时认为可以趋吉避凶的饰物。西门大姐给李瓶儿传话，是一番好心，但是好心有时只会让对方更加伤心。

> 这李瓶儿不听便罢，听了此言，手中拿着那针儿，通拿不起来，两只胳膊都软了，半日说不出话来，对着大姐掉眼泪，说道："大姑娘，我哪里有一字儿闲话！昨晚我在后边，听见小厮说他爹往我这边来了，我就来到前边催他往后边去了，再谁说一句话儿来？你娘怎觑我一场，莫不我恁不识好歹，敢说这个话！设使我就说，对着谁说来？也有个下落。"（第五十一回）

西门大姐鼓励李瓶儿和潘金莲"当面锣，对面鼓的对不是"。

> 李瓶儿道："我对的过他那嘴头子？自凭天罢了！他左右昼夜算计的我。只是俺娘儿两个，到明日科里吃他算计了一个去，也是了当！"说毕哭了。（第五十一回）

让李瓶儿没想到的是，自己和儿子最后真都被潘金莲算计了。这又是一个死亡的预言。

晚间，西门庆吃了胡僧药，便来找潘金莲，二人一夜缠绵。

> 妇人因向西门庆说："你每常使的颤声娇在里头，只是一味热痒不可当，怎如和尚这药使进去，从子宫冷森森，直掣到心上，这一回把浑身上下都酥麻了。我晓的今日之命，死在你手里了，好难挨忍也！"（第五十一回）

前一天李瓶儿在承受胡僧药的效力之时，忍不住喊痛；此时潘金莲从下往上都"冷森森"的，直冷到心里，这个心，不仅指心脏，也指她的心情。联系到第三十八回"潘金莲雪夜弄琵琶"一节，更能想见她的身心俱寒。"我晓的今日之命，死在你手里了"，则又是另一个死亡的暗示。

薛姑子和王姑子带着徒弟，来给吴月娘等人演说佛法。

先是薛姑子道：

> 盖闻电光易灭，石火难消。落花无返树之期，逝水绝归源之路。画堂绣阁，命尽有若风灯；极品高官，禄绝犹如做梦。黄金白玉，空为祸患之资；红粉轻裘，总是尘劳之费。妻孥无百载之欢，黑暗有千重之苦。一朝枕上，命掩黄泉。空榜扬虚假之名，黄土埋不坚之骨。田园百顷，其终被儿女争夺；绫锦千厢，死后无寸丝之分。青春未半，而白发来侵；贺者才闻，而吊者随至。苦苦苦，气化清风尘归土！点点轮回唤不回，改头换面无遍数。（第五十一回）

西门家的荣华富贵就像这段诵词里讲的，很快就要过去。只是这一刻，西门庆、潘金莲、李瓶儿、吴月娘等人对自己的命运尚一无所知，女眷们的明争暗斗，除了暂时打发掉长居深宅大院的无聊，再无任何意义。

玳安的能干

月娘正听到热闹处，只见平安儿慌慌张张走来，说道："巡按宋爷家，差了两个快手、一个门子送礼来。"月娘慌了，说道："你爹往夏家吃酒去了，谁人打发他？"正乱着，只见玳安儿放进毡包来，说道："不打紧，等我拿帖儿，对爹说去。教姐夫且让那门子进来，管待他些酒饭儿着。"这玳安交下毡包，拿着帖子，骑马云飞般走到夏提刑家，如此这般说了："巡按宋老爷送礼来。"西门庆看了帖子，上面写着：鲜猪一口，金酒二尊，公纸四刀，小书一部。下书"侍生宋乔年拜"。连忙分付："到家教书童快拿我的官衔双折手本回去。门子答赏他三两银子，两方手帕，抬盒的每人与他五钱。"玳安来家，到处寻书童儿，哪里得来？急的只牛回磨转。陈经济又不在，交傅伙计陪着人吃酒。玳安旋打后边楼房里讨了手帕银子出来，又没人封，自家在柜上弥封停当，交傅伙计写了，大小三包。因向平安儿道："你就不知往哪去了？"平安道："头里姐夫在家时，他还在家来。落后姐夫往门外讨银子去了，他也不见了！"玳安道："别要题，已定秫秫小厮在外边胡行乱走的，养老婆去了！"正在急躁之门，只见陈经济与书童两个，叠骑着骡子才来，被玳安骂了几句，教他写了官衔手本，打发送礼人去了。玳安道："贼秫秫小厮，仰攞着挣了，合蓬着去。爹不在，家里不看，跟着人养老婆去了！爹又没使你和姐夫门外讨银子，你平白跟了去做甚么？看我对爹说不说！"书童道："你说不是，我怕你？你不说，就是我的儿！"玳安道："贼狗攘的秫秫小厮，你赌几个真个！"走向前，一个泼脚撤翻倒，两个就确磙成一块

子。那玳安得手，吐了他一口唾沫才罢了，说道："我接爹去。等我来家，和淫妇算账！"骑马一直去了。（第五十一回）

面对宋巡按家人的突然造访，女主人吴月娘"慌了"，小厮玳安却说"不打紧"，还发号施令，安排陈经济招待来客，自己去报知西门庆。西门庆看过礼帖，即命玳安让书童回帖。玳安回家后遍寻书童不见，陈经济也不在，只得请傅日新陪同来人，自行凑齐了回礼。正急着，书童却和陈经济一起回来了。二人同骑一头骡子，暗示他们的关系不同寻常。第六十八回中，玳安寻得媒婆文嫂儿，要和她骑同一匹马去见西门庆，文嫂儿说："怪小短命儿，我又不是你影射的。街上人看着，怪刺刺的。"可见这是一件很暧昧、很不成体统的事。不仅如此，西门庆死后，陈经济先后被任道士的大徒弟金宗明和乞丐头儿侯林儿看上，重蹈了此时与他同骑一头驴的书童的命运。

玳安责骂书童，其实将西门庆的女婿陈经济也同时带上了。

将事实的自卑转化为虚幻的高位

这里潘金莲听不进讲经，拉着李瓶儿出来，就走到西门大姐和陈经济的住处。

从第二十四回开始，潘金莲就和陈经济逗来逗去的。起初多是玩笑性质，毕竟闲着也是闲着。但随着潘金莲的心对西门庆渐渐冷下来，她便开始主动去找陈经济了。这一次，"只见厢房内点着灯，大姐和经济正在里面絮聒，说不见了银子了"（第五十一回）。

《金瓶梅》中写到西门大姐和陈经济这一对小夫妻的关系只有两次，一次是在第二十四回，一次是在第五十一回，两人都是在吵架，而且都是西门大姐痛骂陈经济。由此可见，两人的关系并不和睦。而西门大姐又很不明智，自己在娘家要什么没什么，夹缝中生存，还偏要用"不存在"的背景压自己丈夫，越发引起对方的痛恨。后来她被陈经济扫地出门,也不能全赖对方。

第五十一回中,西门大姐拿了三钱银子,叫陈经济帮她买销金汗巾子(嵌金线的手帕),出门钱却不见了。后来虽然钱在家中找到了,但西门大姐仍要陈经济买汗巾回来,却不肯再把这三钱银子给他。说起来也是大户人家的女儿女婿,一条汗巾子的钱也要斤斤计较,可见手头真是拮据,西门庆、吴月娘夫妇对他们真是抠门。潘金莲和李瓶儿闻言,也各自报出中意的汗巾花色,要陈经济一道买回来。潘金莲先说自己"没银子",只要两方就好,其中有"一方玉色绫琐子地儿销金汗巾儿"。陈经济哪壶不开提哪壶,嫌弃道:"你又不是老人家,白刺刺的,要他做甚么?"潘金莲的防卫心理被挑动起来,立刻反击:"你管他怎的?戴不的,等我往后吃孝戴!"跟着,她报复似的讲出另外一方的花色:"那一方,我要娇滴滴紫葡萄颜色四川绫汗巾儿,上销金间点翠,十样锦,同心结,方胜地儿,一个方胜儿里面一对儿喜相逢,两边栏子儿都是缨络出珠碎八宝儿。"听得陈经济直喊"耶哝,耶哝"。潘金莲自己说自己穷,只是在平静地陈述一个事实;可是如果别人也注意到,她就感到受伤了,何况她对陈经济还有几分意思。所以,她要的第二方汗巾一定得是极其华丽、非常昂贵的那种,把自己能想到的零碎全放上,以扳回几分面子。——她完全是和自己过不去。

李瓶儿要息事宁人,便说三人的汗巾钱都由她出。潘金莲推辞不过,便应承下来。但她不会就此甘心,她要扭转风头,反宾为主,争取主控权(如图9)。

  金莲道:"你六娘替大姐买了汗巾儿,把那三钱银子拿出来,你两口儿斗叶儿,赌了东道儿罢。少便叫你六娘贴些出来儿,明日等你爷不在了,买烧鸭子、白酒咱每吃。"经济道:"既是五娘说,拿出来。"大姐递与金莲,金莲交付与李瓶儿收着。拿出纸牌来,灯下大姐与经济斗。金莲又在傍替大姐指点,登时赢了经济三桌。(第

第三章 从因到果的转折

《金瓶梅》插画图册－经济元夜戏娇姿

图 9- 斗叶子经济输金

五十一回）

西门大姐受了李瓶儿的好处，知道感恩；潘金莲则不仅毫无谢意，反而伸手操纵别人的银钱。她特别需要用这种支配者的心理感受，将事实上的自卑转化为虚幻的高位,来转移自己的痛点。像这种借着小小的对象反映出每个人的心理背景与互动情况,都是书中的精彩处。

李桂姐的告别演出

李桂姐是西门庆梳拢的一个红牌妓女,两人起初很热络。可是当西门庆有了王六儿之后,就渐渐冷落了李桂姐。一个妓女要在有限的青春里尽可能赚钱,当然不能只为西门庆一个人服务,因此她也偷偷接其他客人。西门庆做官之后,她认了吴月娘做干娘。第三年元宵节,乔大户家里人到西门府回礼,李桂姐也来唱曲,吴月娘留她住下,被百般推托。后来虽不得不留宿一夜,次日一早还是匆匆离去。原来那个同样让她得罪不起的客人叫王三官,娶了六黄太尉的侄女做娘子。

话说这王三官将娘子的头面也拿去讨好妓女,他娘子气不过,趁给六黄太尉过生日,告了他一状。六黄太尉闻讯很生气,将相关妓女和帮闲的名字都知会了朱太尉,朱太尉又令清河县拿人。孙寡嘴、祝日念等人都被抓了,李桂姐在隔壁人家躲了一夜,准备向西门庆求救。这事是应伯爵对西门庆讲的,可见李桂姐和他事先已经沟通过,由他先来铺垫一番。果然,应伯爵离开时,就见李桂姐的轿子停在门口,而人已经进到后面去了。

这西门庆走到后边,只见李桂姐身穿茶色衣裳,也不搽脸,用白挑线汗子搭着头,云鬟不整,花容淹淡,与西门庆磕着头,哭起来说道:"爹可怎么样儿的?恁造化低的营生!正是关着门儿家里坐,祸从天上来!一个王三官儿,俺每又不认的他,平白的祝麻子、孙寡嘴领了来俺家来讨茶吃。俺姐姐又不在家,依着我说,别要招惹他。那些儿不是俺这妈,越发老的韶刀了。就是来宅里与俺姑娘做生日的这一日,你上轿来了就是了,见祝麻子打旋磨儿跟着,从新又回去。对我说，姐姐，你不出去待他钟茶儿，却不难为罢了人了。他便往爹这里来了，交我把门插了不出来。谁想从外边撞了一伙人来，把他三个，不由分说都拿的去了。王三官儿便夺门走了，我便走在隔壁人家躲了，家里有个人牙儿！才使保儿来这里，接的他家去。到家把妈唬的魂儿也没了，只要寻死。今日县里皂隶，又拿着票喝啰了一清早，起身去了。如今坐名儿，只要我往东京回话去。爹，你老人家不可怜见救救儿，却怎么样儿的？娘在傍边也替我说说儿。"西门庆笑道："你起来。"因问："票上还有谁的名字？"桂姐道："还有齐香儿的名字，他梳拢了齐香儿，在他家使钱着，便该当。俺家若见了他一个钱儿，就把眼睛珠子掉了！若是沾他沾身子儿，一个毛孔儿里生一个天疱疮！"（第五十一回）

李桂姐太会讲话，大家都知道是怎么一回事了，她还能一本正经地瞎掰。西门庆当然不信，但也没有拆穿，还和她笑着说话。李桂姐也知道这笑的意味，可还要继续装糊涂，甚至不惜发毒誓。"一个毛孔儿里生一个天疱疮"，意思就是生梅毒。梅毒是妓女很容易得的病，而且得了之后难以医治。吴月娘听不下去了，央西门庆帮李桂姐想想办法，虽然之前这个人让她很不痛快。但是大家都有各自的曲折，很难用简单的喜欢不喜欢做决断。

西门庆只救了李桂姐的急，至于被抓走的孙寡嘴和祝日念，就撒手不管了。李桂姐暂时有了避风港，接下来当然要力求表现。

且说后边大妗子、杨姑娘、李娇儿、孟玉楼、潘金莲、李瓶儿、大姐，都伴桂姐在月娘房里吃酒。先是郁大姐数了回《张生游宝塔》，放下琵琶。孟玉楼在傍斟酒，哺菜儿与他吃，说道："贼瞎贱磨的！唱了这一日，又说我不疼你。"那潘金莲又大箸子夹腿肉，放在他鼻子上，戏弄他顽耍。桂姐因叫："玉箫姐，你递过那郁大姐琵琶来，我唱个曲儿与姑奶奶和大姈子听。"月娘道："桂姐，你心里热剌剌的，不唱罢。"桂姐道："不妨事，等我唱。见爹娘替我说人情去了，我这回不焦了。"孟玉楼笑道："李桂姐，倒还是院中人家娃娃，做脸儿快，头里一来时，把眉头忔绉着，焦的茶儿也吃不下去。这回说也有，笑也有。"当下桂姐轻舒玉指，顷拨冰弦，唱了一回。（第五十一回）

孟玉楼是个"乖人"，但因为生活条件一直很不错，不晓得在外面讨生活的人的辛酸。逗弄郁大姐，取笑李桂姐，她都不当回事。兰陵笑笑生借孟玉楼之口写出李桂姐在人前的表现，其中也有他的悲悯情怀：作为一个妓女，她没有办法把内心真正的苦放在脸上，"说也有，笑也有"，是真的开心，还是所谓"职业素质"，大家心里自有判断。而除了取悦西门府的妻妾，李桂姐还要应付西门庆。

前面我们讲过，薛姑子和王姑子给了吴月娘一服坐胎药，让她在壬子日服下。吴月娘不识字，她该怎样不露痕迹地知晓哪天是壬子日呢？这里面就有作者的周密心思了。

四月二十一日，篦头小周儿来西门府服务。篦头有清洁头发、按摩头皮的功效，在当时也是一个行当。这个小周儿不仅会篦头、理发、按摩，而且会"观其泥垢，辨其风雪"。当天是庚戌日，黄历上说适合剃头的日子。于是，小周先伺候好西门庆，又替官哥儿剃头。就是这么一件简单的事，又把官哥儿惊吓到了。

那里才剃得几刀儿下来，这官哥儿呱的声怪哭起来。那小周连忙赶着他哭，只顾剃。不想把孩子哭的那口气憋下去，不言语了，脸便胀的红了。李瓶儿也唬慌手脚，连忙说："不剃罢，不剃罢！"那小周儿唬的收不迭家活，往外没脚子跑。月娘道："我说这孩子，有些不长俊，护头，自家替他剪剪罢。平白交进来剃，剃的好么？"天假其便,那孩子憋了半日气,放出声来了。李瓶儿一块石头方才落地,只顾抱在怀里,拍哄着他,说道:"好小周儿,恁大胆,平白进来,把哥哥头来剃了去了!剃的恁半落不合的,欺负我的哥哥!还不拿回来,等我打与哥哥出气!"于是抱到月娘跟前。月娘道:"不长俊的小花子儿,剃头耍子,你便益了,这等哭,剩下这些,到明日做剪毛贼!"引斗了一回,李瓶儿交与奶子。月娘分付:"且休与他奶吃,等他睡一回儿与他吃。"奶子抱的他前边去了。只见来安儿进来,取小周儿的家活,说:"门首唬的小周儿脸焦黄的。"月娘问道:"他吃了饭不曾?"来安道:"他吃了饭,爹赏他五钱银子。"月娘交来安:"你拿一瓯子酒出去与他。唬着人家,好容易讨这几个钱!"小玉连忙筛了一盏,拿了一碟腊肉,交来安与他吃了,往家去了。吴月娘因交金莲:"你看看历头,几时是壬子日?"金莲看了,说道:"二十三是壬子日,交芒种五月节。"便道:"姐姐,你问他怎的?"月娘道:"我不怎的,问一声儿。"(第五十二回)

吴月娘只想知道哪天是壬子日,却要先扯一堆别的;旁人问了,也装得若无其事。张竹坡在这里批了两个字:"无痕。"小周这个人物的出现,完全是为道出四月二十三日是壬子日做铺垫。张竹坡对《金瓶梅》作品结构和文学技巧的解读,实在比他对人物的批判要高明多了。因为这个话头,李桂姐又得到了表现的机会。

李桂姐接过历头来看了,说道:"这二十四日苦恼,是俺娘的生日,我不得在家。"月娘道:"前月初十日,是你姐姐生日,过了。这二十四日,可可儿又是你妈的生日了。原来你院中人家,一日害这样病,做三个生日,日里害思钱病,黑夜思汉子的病;早晨是妈的生日,晌午是姐姐生日,晚夕是自家生日。怎的都挤在一块儿?趁着姐夫有钱，审揌着都生日了罢。"桂姐只是笑，不做声。只见西门庆使了画童儿来请，桂姐方向月娘房中妆点匀了脸，往花园中来。（第五十二回）

李桂姐曾经是众妻妾强劲的情敌，此时却落魄了，要躲藏在她们家里。吴月娘对她虽有一念之仁，但有嘲笑她的机会，还是不放过。接下来，应伯爵也要奚落她了。

李桂姐唱曲时，应伯爵一直和她拌嘴，暗讽她躲在西门庆家里，心里想的却是别人。李桂姐耐不住，向西门庆求救，应伯爵却给她一句："你这回才认得爹了？"跟着，他还自己编了一段词：

伯爵道："傻小淫妇儿，如今年程在这里，小岁小孩儿出来，也哄不过，何况风月中子弟，你和他认真？你且住了，等我唱个南枝儿你听：'风月事，我说与你听，如今年程，论不的假真，个个人古怪精灵，个个人久惯牢成。倒将计活埋把瞎缸暗顶。老虔婆只要图财，小淫妇儿少不的拽着脖子往前挣！苦似投河，愁如觅井。几时得把业罐子填完，就变驴变马也不干这个营生！'"（第五十二回）

正是这段词，迫得李桂姐哭了起来。她落入风尘也是身不由己，如今却要承受这么多难堪。西门庆见状，向应伯爵头上打了一扇子，笑骂几句，又让李桂姐接着唱。李桂姐私下接客的事，他原本就知道，应伯爵不过替他说出了心里话而已。应伯爵进一步指出了李桂姐心中所想之人的身份："前程也不敢指望他，到明日，少不了他个招宣袭了罢！"明明白白就是王招宣的儿子王三官。

西门庆当然也不会放过和她寻欢作乐的机会。两人正在藏春坞雪洞办事，应伯爵来了，对着李桂姐"亲讫一嘴，才走出来"。"神女生涯原是梦"，却是接二连三的噩梦。

帮闲的悲哀

妓女的人生这样悲哀，欺负她的帮闲也没有好到哪儿去。应伯爵就像张爱玲小说《等》里的童太太，"是一大块稳妥的悲哀"。这次，他的悲哀因一口鲜猪透露出来。

> 西门庆道："昨日我在夏龙溪家吃酒，大巡宋道长那里差人送礼，送了一口鲜猪。我恐怕放不的，今早旋叫了厨子来卸开，用椒料连猪头烧了。你休去了！如今请了谢子纯来，咱每打双陆同享了罢。"一面使琴童儿："快请你谢爹去，你说应二爹在这里。"琴童儿应诺，一直去了。伯爵因问："徐家银子，讨了来了？"西门庆道："贼没行止的狗骨秃！明日才有。先与二百五十两，你教他两个后日来，少的我家里凑与他罢。"伯爵道："这等又好了。怕不的他今日买些鲜物儿来孝顺你！"西门庆道："倒不消教他费心。"说了一回。西门庆问道："老孙、祝麻子两个，都起身去了不曾？"伯爵道："这咱哩，从李桂儿家拿出来，在县里监了一夜。第二日，三个一条铁索，都解上东京去了。到那里，没个清洁来家的。你只说成日图饮酒块肉娼家串，好容易吃的果子儿！似这等苦儿也是他受。路上这等大热天，着铁索扛着，又没盘缠，有甚么要紧！"（第五十二回）

帮闲这行饭，看起来耍耍嘴皮子就吃到了，其实不仅得能察言观色、左右逢源，还要面临意想不到的风险。如果你跟错了主子，或者在主子心目中可有可无，当事情发生时，没有人会救你。孙寡嘴和祝日念这一去，身披枷锁，又没有钱，八成要被打成花瓜了。只是，应伯爵的这番感慨，西门庆不以为然。

> 西门庆笑道："怪狗材，充军摆站的不过。谁交他成日跟着王家小厮，只胡撞来？本亦他寻的苦儿他受！"伯爵道："哥，你说的有理。苍蝇不钻没缝的鸡蛋。他怎的不寻我和谢子纯？清的只是清，浑的只是浑。"（第五十二回）

西门庆先笑李桂姐，又笑应伯爵等人，正透出这些小人物的悲哀来。应伯爵所谓的"清"与"浑"，自然也是为了巴结西门庆。谢希大到来之后，两人又有一番针对孙寡嘴和王三官的闲话。

> 说毕，小厮拿茶上来吃了。西门庆道："你两个打双陆，后边做着过水面，等我叫小厮拿面来咱每吃。"不一时，琴童来放桌儿，画童儿用方盒拿上四个靠山小碟儿，盛着四样小菜儿，一碟十香瓜茄，一碟五方豆豉，一碟酱油浸的鲜花椒，一碟糖蒜，三碟儿蒜汁，一大碗猪肉卤，一张银汤匙，三双牙箸，摆放停当。西门庆走来坐下，然后拿上三碗面来，各人自取浇卤，倾上蒜醋。那应伯爵与谢希大，拿起箸来，只三扒两咽，就是一碗。两人登时狠了七碗。西门庆两碗还吃不了，说道："我的儿，你两个吃这些！"伯爵道："哥，今日这面是哪位姐儿下的？又爽口，又好吃。"谢希大道："本等卤打的停当。我只是刚才家里吃了饭来了，不然，我还禁一碗。"两个吃的热上来，把衣服脱了，搭在椅子上。见琴童儿收家活，便道："大官儿，到后边取些水来，俺每漱漱口。"谢希大道："温茶儿又好，热的烫的死蒜臭。"少顷，画童儿拿茶至。三人吃了茶，出来外边松墙外各花台边走了一遭。（第五十二回）

将食物写得这般细致，实际上只是为了烘托那句"好容易吃的果子儿"。两人吃相难看，边吃还要边夸，西门庆在一边看着，大概又是带着笑的。

西门庆、应伯爵和谢希大散步消食的时候，黄四家有人送礼物来了，包括"一盒鲜乌菱，一盒鲜荸荠，四尾冰湃的大鲥鱼，一盒枇杷果"。应伯爵立刻抢了几个果子，还分给谢希大。西门庆说："怪狗材，还没供养佛，就先挺了吃。"应伯爵一副满不在乎："甚么没供佛，我且入口无赃着。"西门庆便算了。他本也无意追究，有人在他面前像小猫小狗一样抢东西吃，对他来说还是个乐子。

西门庆和李桂姐完事之后，乐工李铭来了。

> 谢希大又拿两盘烧猪头肉和鸭子，递与他。李铭双手接的，下边吃去了。伯爵用箸子又拨了半段鲥鱼与他，说道："我见你今年还没食这个哩，且尝新着。"西门庆道："怪狗材，都拿与他吃罢了，又留下做甚么？"伯爵道："等住回吃的酒阑上来，饿了，我不会吃饭儿？你每那里晓得，江南此鱼，一年只过一遭儿！吃到牙缝儿里，剔出来，都是香的，好容易！公道说，就是朝廷还没吃哩！不是哥这里，谁家有？"正说着，只见画童儿拿出四碟鲜物儿来：一碟乌菱，一碟荸荠，一碟雪藕，一碟枇杷。西门庆还没曾放到口里，被应伯爵连碟子都挺过去，倒的袖了。谢希大道："你也留两个儿我吃。"也将手挺一碟子乌菱来，只落下藕在桌子上。西门庆掐了一块，放在口内，别的与了李铭吃了。分付画童，后边再取两个枇杷来赏李铭。李铭接的袖了，"到家我与三妈吃。"李铭吃了点心上来，拿筝过来，才弹唱了。

（第五十二回）

这里的写法与张爱玲的《秧歌》异曲同工。《秧歌》里，月香在上海帮佣，丈夫金根来找她。金根常常在月香的主人家里吃饭，"有时候去晚了，错过了一顿午饭，她就炒点冷饭给他吃，带着一种挑战的神气拿起油瓶来倒点油在锅里"。月香挑战的是精明的主人，用自己的身家赌气，目的却只是用一点儿油和米。"挑战的神气"背后是小人物的悲哀。而应伯爵和谢希大努力表演了一天，在面对李铭时，也带着类似"挑战的神气"——看起来是半个主子，其实心理上很低很低。

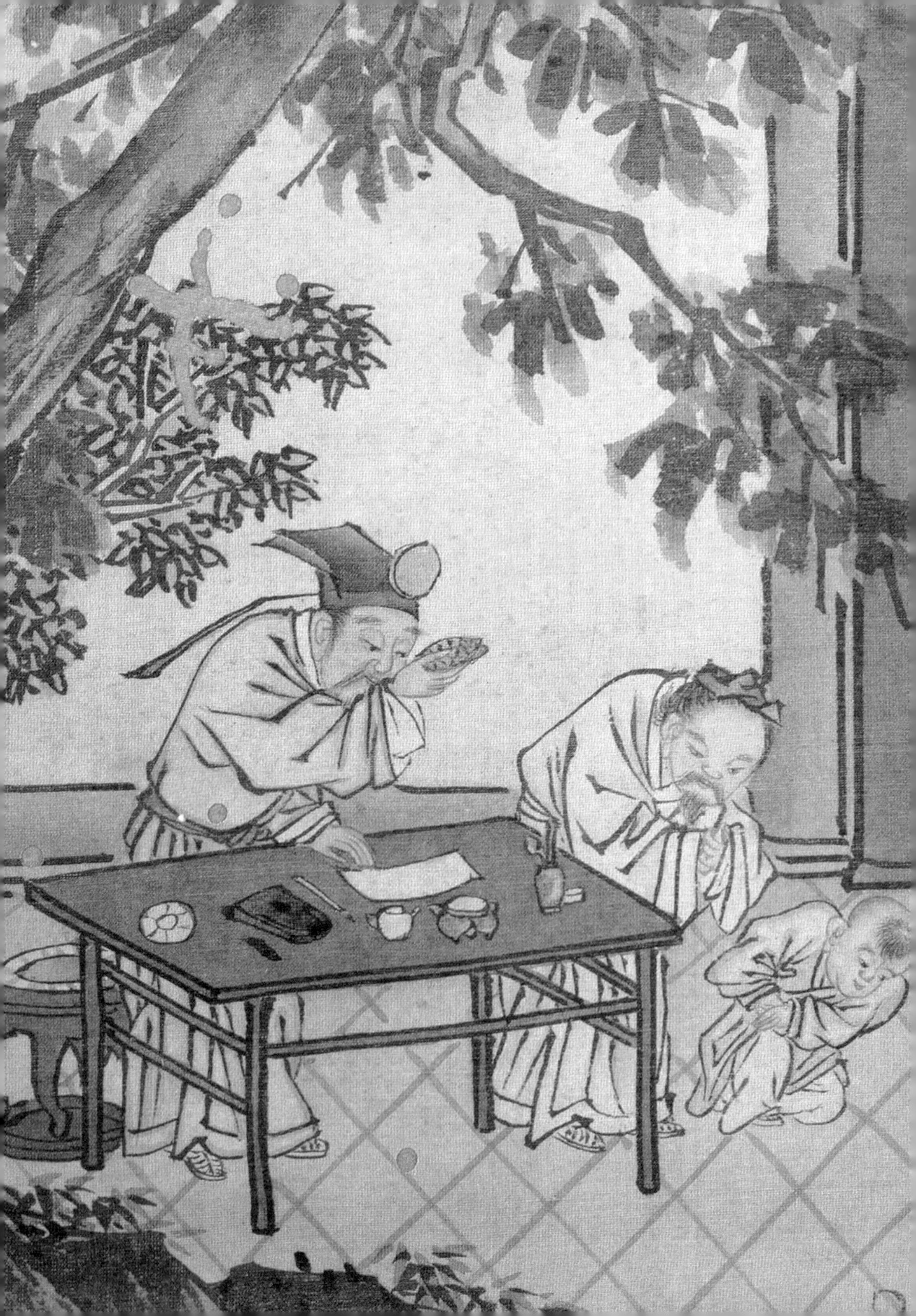

第四章

官哥儿之死

《金瓶梅》真是一本很奇怪的书。在我们年轻的时候，既期待，又怕受伤害，不敢翻开它；中年以后，事事繁忙，不会想到要去看它。也是因缘际会，越来越体会到《金瓶梅》的好。读这部书真的需要一些耐心，因为里面多是琐碎的家常，是你我熟悉的一些事实，可是又要在这样一部"淫书"当中去寻找它的美。有生之年可以和大家一起读《金瓶梅》，一起发现其中的美，也是一种幸福。

五十三回至五十七回存疑

　　沈德符，浙江秀水（今浙江嘉兴）人，生于1578年，死于1642年，是万历四十六年（1618年）的举人。他生活的年代，大体与《金瓶梅》的写作时间重合。在他编写的《万历野获编》中，提到了《金瓶梅》，"然原本实少五十三回至五十七回，遍觅不得，有陋儒补以入刻。无论肤浅鄙俚，时作吴语，即前后血脉亦绝不贯串，一见知其赝作矣"。"陋儒"原本是一个名词，说这个补写者水平不怎么样，后来反而成了这五回作者的代称。沈德符在这五回中发现了不少自己熟悉的方言，与其他回目惯用语言不同，他认为这是他人补写的证据。

　　其实这个理由有待商榷。我们知道，《金瓶梅》最初是由说书先生讲给台下的观众听的，而说书先生遍布整个京杭运河沿线，上至北京，下到杭州。每个人讲这个故事的时候，用的都是自己熟悉的方言，再加上自己设定的细节，以符合听众的口味。不能因此就说这五回是某特定人士臆造出来的。不过，这五回确实很有问题。

至于"前后血脉亦绝不贯串"这点，张爱玲在《红楼梦魇》里也讲到了。

> 我本来一直想着，至少《金瓶梅》是完整的。也是八九年前才听见专研究中国小说的汉学家派屈克·韩南（Hanan）说第五十三至五十七回是两个不相干的人写的。我非常震动。回想起来，也立刻记起当时看书的时候有那么一块灰色的一截，枯燥乏味而不大清楚——其实那就是驴头不对马嘴的地方使人迷惑。游东京，送歌僮，送十五岁的歌女楚云，结果都没有戏，使人毫无印象，心里想："怎么回事？这书怎么了？"正纳闷儿，另一回开始了，忽然眼前一亮，像钻出了隧道。我看见我捧着厚厚一大册的小字石印本坐在那熟悉的房间里。"喂，是假的。"我伸手去碰碰那十来岁的人的肩膀。（《红楼梦魇·序》）

她接着说，《金瓶梅》和《红楼梦》"这两部书在我是一切的泉源"，尽管她个人更看重《红楼梦》，但能够看出《金瓶梅》对她的影响也很大，令她时隔多年后还念念不忘，对那些冲突矛盾的地方又如梦初醒。

就我个人来讲，首先对第五十三回至第五十七回的内容是无感的，其次觉得文字烦琐枯燥，人物也不太对劲儿。我们举几个例子来看。

第一，西门庆尊重道士，对和尚也还不错，对尼姑则没什么好话。在他眼里，薛姑子是"贼胖秃淫妇"，薛姑子一见到他，就急着要走。但在第五十七回里，他好像突然转性，居然称薛姑子为"姑姑"，还笑着说"姑姑且坐下"，后来又拿出三十两银子给她印佛经。

第二，应伯爵帮李智、黄四借钱，替他们说好话，重复了太多次，第五十三回讲过，第五十六回又讲；而且，他居然敢骂西门庆。

第三，第五十五回中，突然出来一位"扬州苗员外"。他是先前杀害主人并最终逍遥法外的苗青吗？送歌僮又是怎么回事，和前后文完全搭不上。

第四，白来创、常时节等龙套人物的戏份突然增加，看得人云里雾里。如第五十六回中，西门庆应常时节请求，借钱给他买房子；第六十回中，官哥儿断气的一刹那，这件事又讲了一次。而且，第五十六回中，常时节借到钱后，买米卖肉，又和老婆开心地讲话，完全是游离于故事主线之外的情节。

第五，第五十三回中，潘金莲正与陈经济交合，"却认是西门庆吃酒回来了，两个慌得一滚烟走开了"。但是，到了第八十回，西门庆死后，潘金莲讲了一句："我儿，你娘今日可成就了你罢！"西门庆活着的时候，两人虽然就已勾勾搭搭，但大概没有真正入港的胆量，因此第五十三回那一段，应该是补写者的疏忽。

第六，第五十五回写西门庆拜见蔡太师，不仅累赘，而且耗费的时间也对不上。来保、来旺等人去东京，单程都是七八天；西门庆这趟，五月下旬出发，六月十三日才到，也没提半路去做别的事或发生什么意外，显然是不合理的。

此外，这五回突然变得鬼话连篇，出现了各种求神问卜的方式；生病的李瓶儿时隐时现，情节乱七八糟；甚至出现了令人非常不愉快的低俗描写，确是败笔。

接下来，我们还可以从空间与时间两个不同的角度来探讨。

先从空间上来看，这五回的内容发生在西门庆家里的并不多，而是分散在应伯爵家、太监家的后花园、东京翟管家府邸、常时节家等地，我们因此可以合理地怀疑，补写者不熟悉西门庆家的空间布局，没有办法在里面展开情节，干脆就节外生枝。小说中，故事再一次大规模游离于西门府之外，是在西门庆死后，届时故事的色彩也随之由彩色变为黑白。

再由时间的角度看：

第五十三回始于四月二十一日，至第五十七回结束，已是七月二十八日——西门庆的生日。本来，小说第三十九回至七十八回是西门庆有生之年中最鼎盛也是最后的一年，所以作者数着日子一天一天写得非常详细，但在这五回里，三个多月的时间却一下子就过去了。

吴应元，无因缘

我们综观全书，会发现《金瓶梅》中故事的进行不仅有自然的时序，也暗示着人间的温寒，甚至还呼应着属于西门庆个人生命中的兴盛与衰亡。例如，西门庆起初娶妇得财、买房置地等，时间点都刚巧发生在春夏之交。李瓶儿怀孕、潘金莲醉闹葡萄架，这两个西门庆得意的情节是在炎热的六月一日，而"西门庆生子喜加官"双喜临门，在七月天。来年夏秋之交的八月，官哥儿受惊吓不治而死，于是病势加重的李瓶儿一再梦见花子虚，凄凉的夜晚酝酿着秋深的气氛。九月中李瓶儿殁，秋月孤灯，西门庆"伴灵宿歇，大哭不止"，转年元宵节没到，西门庆也死了。天寒地冻的时节，西门庆家的气数也耗尽了。每个季节的详写或略写，都是经过作者精心安排的。

小说有时候很有趣，其中的关键人物不见得是占篇幅最长、动作最大、语言最多的那个人，以《金瓶梅》中的官哥儿为例。他只活了一岁零两个月，从头到尾未发一语，出场不多，却牵连起几个人的命运，甚至可以说是西门家由盛转衰的标志性人物。再如鲁迅小说《药》里面夏大妈的儿子夏瑜和华大妈的儿子小栓，两个年轻人，一个先被关在监狱里面，后来被斩首示众，另一个从头到尾只负责"音效"——不停地咳嗽。他们只存在于其他人的讲述里，但没有这两个人的话，整个故事就无法存在。

官哥儿出生时，"生的甚是白净"，被认为"脚硬"（命好），又逢西门庆当上副提刑，因此得名官哥儿。他表面风光，但打从出生，就生活在嫉妒与恐惧之中，如果给他一个特写镜头，大概唯一的表情就是"哭"。生张熟魏都拿他当玩具一样抱来抱去，成日喧天的鼓乐声几乎要把小胆震破，潘金莲还经常趁他睡着的时候打骂秋菊造成他的惊吓，凡此种种，不一而足。西门庆到玉皇庙做醮的时候，特别提到官哥儿胆子小，所以没带他来。她的母亲李瓶儿又很软弱，无力拒绝那些明显不利于孩子生长发育的行为。玉皇庙的道士给他取名"吴应元"，谐音"无因缘"，似在预告他是活不长的。可怜小小的官哥儿，还没来得及练出粗神经，就成为"意外事件"的受害者，一命呜呼。

一只猫引发的悲剧

官哥儿死于意外事件，肇事者是一只白猫。在世界上许多族群的传统文化当中，猫都是一个既神秘又有些邪恶的角色。我们民间常说"猫有九条命"，又说"猫往下看人，狗往上看人"。猫常常蹲踞在屋顶或墙头，冷冷地看着经过的人；狗在地上跑来跑去，看人的时候总要抬着头。这给人一种暗示：猫比狗不易驯服，且容易对人不利。

《太平广记》中收录了不少与猫有关的异闻，兹举一例。

> 进士归系，暑月与一小孩子于厅中寝，忽有一猫大叫，恐惊孩子，使仆以枕击之，猫偶中枕而毙。孩子应时作猫声，数日而殒。
> （《太平广记·闻奇录》）

这个故事代表了中国传统文化中对猫的典型印象。稗官野史中用猫惊吓孕妇，使其落胎，或用猫吓死婴儿的，也时有所见。但人有时就是很矛盾，一边记下猫的许多"劣迹"，一边又要养猫避鼠或取乐。潘金莲的院子里有猫也有狗，狗是用来打的，猫则要派大用场。

> 却说潘金莲房中养活的一只白狮子猫儿，浑身纯白，只额儿上带龟背一道黑，名唤"雪里送炭"，又名"雪狮子"，又善会口衔汗巾儿，拾扇儿。西门庆不在房中，妇人晚夕常抱着他在被窝里睡，又不撒尿

> 屎在衣服上。妇人吃饭，常蹲在肩上喂他饭，呼之即至，挥之即去。妇人常唤他是"雪贼"。每日不吃牛肝干鱼，只吃生肉半斤，调养得十分肥壮，毛内可藏一鸡蛋。甚是爱惜他，终日抱在膝上摸弄，不是生好意。因李瓶儿、官哥儿平昔怕猫，寻常无人处，在房里用红绢裹肉，令猫扑而挝食。（第五十九回）

鲁迅曾经说过："中国的孩子，只要生，不管他好不好；只要多，不管他才不才。生他的人，不负教他的责任。虽然'人口众多'这一句话，很可以闭了眼睛自负，然而这许多人口，便只在尘土中辗转。小的时候，不把他当人；大了以后，也做不了人。"（《热风·随感录二十五》）孩子从小得不到尊重，长大后也不知如何有尊严地生活，不会尊重后来的生命。官哥儿就是这样，表面上被捧在手心里，但他作为个体的独立性是没人关心的。因此，《金瓶梅》对官哥儿之死的书写就显得很特别：文学作品中写到婴幼儿夭折的有很多，但像《金瓶梅》这样花大力气铺陈的，几乎没有。

第三十二回的绣像中，西门府正在给官哥儿办满月酒，潘金莲将官哥儿举得高高的，预示了二者的联结。西门庆曾经和吴道士说，官哥儿生来胆子小，平常不敢亲近猫狗，但在第三十四回的绣像中，我们看到李瓶儿正和官哥儿一起逗猫，并不把它当回事（如图10）。如果真的严防死守，潘金莲的雪狮子也很难接近官哥儿的。

第五十一回的绣像中，白猫第一次出现，看到西门庆和潘金莲在交欢，也扑向前用爪子抓弄。西门庆不知深浅，还很开心地逗猫；潘金莲却一扇子尽力将猫赶走，说明她深知此猫的凶险。第五十二回的绣像中，则出现了一只黑猫（如图11）。原本李瓶儿正和潘金莲在席上抹牌，李瓶儿被吴月娘叫走，留下潘金莲照看官哥儿。

> 那小玉和玉楼走到芭蕉丛处，孩子便躺在席上，登手登脚的怪

哭,并不知金莲在那里。只见傍边大黑猫,见人来,一滚烟跑了。(第五十二回)

原来,"那金莲记挂经济在洞儿里,哪里又去顾那孩子",李瓶儿一走,她就赶紧钻洞找人去了。这件事,李瓶儿自己有很大责任,不久前刚被潘金莲气哭,转头就敢把孩子交给她。所以,一个悲剧会发生,往往不是独立事件,而是由许多人、许多关节有意无意地推动至不可收拾的地步。

图10- 献芳樽内室乞恩

黑猫将官哥儿吓成这样,也提示潘金莲此招可用,从此专意训练自己的小小"杀手"。官哥儿常穿红衣服,潘金莲训练雪狮子时便用红绢裹肉,使它形成条件反射。

接下来的日子里,西门府里戏没少唱,饭没少吃,但死亡的阴影正在慢慢笼罩过来。八月初二这天,出事了。

也是合当有事，官哥儿心中不自在，连日吃刘婆子药，略觉好些。李瓶儿与他穿上红缎衫儿，安顿在外间炕上，铺着小褥子儿顽耍。迎春守着，奶子便在旁拿着碗吃饭。不料金莲房中这雪狮子，正蹲在护炕上。看见官哥儿在炕上穿着红衫儿，一动动的顽耍，只当平日哄喂他肉食一般，猛然望下一跳，扑将官哥儿，身上皆抓破了。只听那官哥儿呱的一声，倒咽了一口气，就不言语了，手脚俱被风搐起来。慌的奶子丢下饭碗，搂抱在怀，只顾唾哕，与他收惊。那猫还来赶着他要挝，被迎春打出外边去了。如意儿实承望孩子搐过一阵好了。谁想只顾常连；一阵不了，一阵搐起来。李瓶儿入在后边，一面使迎春："后边请娘去，哥儿不好了，风搐着哩，叫娘快来。"那李瓶儿不听便罢。听了，正是：

> 惊损六叶连肝肺，唬坏三毛七孔心。

　　连月娘慌的两步做一步走，径扑到房中。见孩子搐的两只眼直往上吊，通不见黑眼睛珠儿，口中白沫流出，咿咿犹如小鸡叫，手足皆动。一见，心中犹如刀割相侵一般，连忙搂抱起来，脸揾着他嘴儿，大哭道："我的哥哥，我出去好好儿，怎么的搐起来！"迎春与奶子悉把被五娘房里猫所唬一节说了。那李瓶儿越发哭起来，说道："我的哥哥，你紧不可公婆意，今日你只当脱不了打这条路儿去了。"月娘听了，一声儿没言语。（第五十九回）

　　李瓶儿那句"我的哥哥，你紧不可公婆意，今日你只当脱不了打这条路儿去了"，说明她一直知道有人要陷害她们母子，平时为了避免祸端，才隐忍不说破。在这个紧要关头，她内心的真实想法终于冲口而出，可是一切都来不及了。吴月娘又是"一声儿没言语"。作为主家娘子，她不能急着站在某一方，要先问询一番。

　　一面叫将金莲来问他说："是你屋里的猫唬了孩子。"金莲问："是谁说的？"月娘指着："是奶子和迎春说来。"金莲道："你看这老婆子这等张睛，俺猫在屋里好好儿的卧着不是？你每乱道怎的！把孩子唬了，没的赖人起来。爪儿只拣软处捏，俺每这屋里是好缠的。"月娘道："他的猫，怎得来这屋里？"迎春道："每常也来这边屋里走跳。"那金莲接过来道："早时你说，每常怎的不挝他？可可今日儿就挝起来？你这丫头，也跟着他恁张眉瞪眼儿六说白道的。将就些儿罢了，怎的要把弓儿扯满了，可可儿俺每自恁没时运来。"于是使性子抽身往房里去了。看官听说：常言道："花枝叶下犹藏刺，人心怎保不怀毒？"这潘金莲平日见李瓶儿从有了官哥儿，西门庆百依百随，要一奉十,每日争妍竞宠,心中常怀嫉妒不平之气。今日故行此阴谋之事,驯养此猫。必欲唬死其子,使李瓶儿宠衰,教西门庆复亲于己。就如昔日屠岸贾养神獒害赵盾丞相一般。(第五十九回)

潘金莲当然打死也不承认,凶巴巴地反驳之后,就回房了。刘婆子被急请来,一帖药下去,不见好转,遂建议用针灸。吴月娘怕西门庆责怪,本不赞成,但李瓶儿是亲娘,病急乱投医,她也不好阻拦。刘婆子折腾一番后,可怜官哥儿满身火艾仍不见好,正赶上西门庆回家,她便拿上五钱银子溜了。吴月娘将来龙去脉讲与西门庆听,"西门庆不听便罢,听了此言,三尸暴跳,五脏气冲;怒从心上起,恶向胆边生。直走到潘金莲房中,不由分说,寻着猫,提溜着脚,走向穿廊,望石台基抡起来只一摔,只听响亮一声,脑浆迸万朵桃花,满口牙零嚼碎玉"。

先报仇再说,这是男人的反应。潘金莲看在眼里,却像没事一样。

那潘金莲见他拿出猫去摔死了,坐在炕上风纹也不动。待西门庆出了门,口里喃喃呐呐骂道:"贼作死的强盗,把人妆出去杀了才是好汉!一个猫儿碍得你味屎,亡神也似走的来摔死了。他到阴司里,明日边问你要命,你慌怎的!贼不逢好死变心的强盗!"(第五十九回)

事发之后到西门庆回来这段时间,潘金莲都在严阵以待。她没有参与对官哥儿的救治,也不能先行将雪狮子藏起、弄死或赶走,对她来说,没有反应就是最好的反应。主人公的心理活动都留给作者去想象,这是小说的不写之写。在等待的过程中,她的心一定已经提到了嗓子眼儿,她只能守着这个凶手,再不露痕迹地以适当的方式将其牺牲。西门庆将猫摔死就走,潘金莲的心也归位了,才一个人嘟囔着骂几句。她不是骂给西门庆听,而是在心理上给自己找台阶下，同时也在下人面前挽回一些面子。

有学者说，潘金莲这一刻已经不怎么在乎西门庆了。因为西门庆的大部分感情已经转移到李瓶儿和王六儿身上，而潘金莲也有了整日和她眉来眼去的陈经济，起初对西门庆的激情现在变成直接的咒骂。这里又有一个不写之写：猫可以找西门庆偿命，那官哥儿要找谁呢？两个无辜的小生灵，其实都是被阴险黑暗的人性所害。

冷静而残酷的病历式书写

对于官哥儿的症状，按照医师出身的侯文咏先生的说法，他认为作者进行的是"冷静而残酷的病历式书写"。

> （月娘）见孩子搐的两只眼直往上吊，通不见黑眼睛珠儿，口中白沫流出，咿咿犹如小鸡叫，手足皆动。（第五十九回）

> 不料被艾火把风气反于内，变为慢风。内里抽搐的肠肚儿皆动，尿屎皆出。大便屙出五花颜色，眼目忽睁忽闭，中朝只是昏沉不省，奶也不吃了。（第五十九回）

对于这些症状，侯文咏还进行了现代医学上的推断："如果要在四百年后，为官哥儿的病情做个医疗上的诊断，我们从内文描述，可以确定这些是脑部受损，进一步发生脑水肿之后的反应。我们很难给出确切的诊断。惊吓过度所导致的神经性休克，当然是一个可能的推论。不过光是这样，后遗症应不至于那么严重。我怀疑官哥儿被猫扑倒在地之后，是否有进一步的碰撞，导致脑震荡或颅内出血，或原先就有先天性的脑部疾病，再受到惊吓导致的后遗症。当然，这些诊断还需要进一步做计算机断层摄影才能证实。"侯医师的诊断"同样冷静而残酷"。

眼看着孩子情况凶险，吴月娘等人纷纷行动起来。

李瓶儿慌了，到处求神问卜打卦，皆有凶无吉。月娘瞒着西门庆又请刘婆子来家跳神，又请小儿科太医来看，都用接鼻散试之。若吹在鼻孔内打鼻涕，还看得；若无鼻涕出来，则看阴鸷守他罢了。于是吹下去，茫然无知，并无一个喷涕出来。越发昼夜守着哭涕不止，连饮食都减了。

看看到八月十五日将近。月娘因他不好，连自家生日都回了不做。亲戚内眷就送礼来，也不请。家中止有吴大妗、杨姑娘并大师父来相伴。那薛姑子和王姑子两个，在印经处争分钱不平，又使性儿，彼此互相揭调。十四日，贲四同薛姑子催讨，将经卷挑将来，一千五百卷都完了。李瓶儿又与了一吊钱买布马香烛，十五日同陈经济早往岳庙里进香纸。把经来看着都散施尽了，走来回李瓶儿话。乔大户家一日一遍使孔嫂儿来看。又举荐了一个看小儿的鲍太医来看，说道："这个变成天吊客忤，治不得了。"白与了他五钱银子，打发去了。灌下药去也不受，还吐出来了。只是把眼合着，口中咬的牙格支支响。李瓶儿通衣不解带，昼夜只搂在怀中，眼泪不干的只是哭。西门庆也不往哪里去，每日衙门中来家，就进来看孩儿。那时正值八月下旬天气。李瓶儿守着官哥儿，睡在床上，桌上点着银灯。丫鬟、养娘都睡熟了。觑着满窗月色，更漏沉沉。见那孩儿只是昏昏不省人事，一向愁肠万结，离思千端。（第五十九回）

就官哥儿详细的病况，现代的医师断言："太医上门时，官哥儿的昏迷指数已经达到了三分，即深度昏迷。"后面李瓶儿和西门庆的死因，经过作者细腻的描述，同样也都能在医学上找到根据，显见不是信口开河。

官哥儿不省人事这段时间，家里伤心的伤心，痛快的痛快；愿意出力的想了各种办法，均不奏效。我们和李瓶儿一起，看着稚子无可挽回地步步离去，这种无力感比文学的夸饰更令人惊悚。八月二十三日，官哥儿的生命走到了尽头。

我们平常看到的电视剧里，男主角或女主角的死亡画面通常会被模式化——要说的话说完了，就安详地死掉，画面该漂亮还是漂亮，甚至要打上柔光。但是，真正死亡的脸是这样的吗？舍温·努兰在《外科医生手记：死亡的脸》中展示了人死后三十分钟的面孔，意在使人了解死亡的真相，没有美化，也没有丑化。现在，我们可以借助发达的医学手段维持人的生命体征，但也有ICU（重症监护室）的医生说，不知道自己是在抢救生命，还是仅仅在延长死亡的过程，增加不必要的痛苦。

如果官哥儿可以表达自己的想法，他未必愿意经受这二十多天连番的折腾。

西门庆听见后边官哥儿重了，就打发常时节起身，说："我不送你罢！改日我使人拿银子和你看去。"急急走到李瓶儿房中。月娘众人，连吴银儿、大妗子，都在房里瞧着。那孩子在他娘怀里，把嘴一口口搐气儿。西门庆不忍看他，走到明间椅子上坐着，只长吁短叹。哪消半盏茶时，官哥儿呜呼哀哉，断气身亡。时八月廿三日申时也，只活了一年零两个月。合家大小，放声号哭。那李瓶儿挝耳挠腮，一头撞在地下，哭的昏过去，半日方才苏省。揍着他大放声哭，叫道："我的没救星儿，心疼杀我了！宁可我同你一答儿里死了罢！我也不久活于世上了！我的抛闪杀人的心肝，撇的我好苦也！"那奶子如意儿和迎春，在旁哭的言不得，动不得。西门庆即令小厮收拾前厅西厢房干净，放下两条宽凳，要把孩子连枕席被褥抬出去那里挺放。那李瓶儿躺在孩儿身上，两手搂抱着，哪里肯放，口口声声直叫："没救星的冤家，娇娇的儿，生摘了我的心肝去了！撇的我枉费辛苦，干生受一场，再不得见你了。我的心肝！"月娘众人哭了一回，在旁劝他不住。西门庆走来，见他把脸抓破了，滚的宝髻鬅松，乌云散乱，便道："你看蛮的！他既然不是你我的儿女，干养活他一场。他短命死了，哭两声丢开罢了。如何只顾哭不完？又哭不活他！你的身子也要紧。如今抬出去，好叫小厮请阴阳来看。那是甚么时候？"月娘道："这个也有申时前后。"玉楼道："我头里怎么说来，他管情还等他这个时候才去。原是申时生，还是申时死。日子又相同，都是二十三日。只是月分差些，圆圆的一年零两个月。"李瓶儿见小厮每伺候两旁要抬他，又哭了，说道："慌抬他出去怎么的？大妈妈，你伸手摸摸，他身上还热的。"叫了一声："我的儿哎，你教我怎生割舍的你去？坑得我好苦也！"一头又撞倒在地下，放声哭道……（第五十九回）

相信再铁石心肠的读者，到这里也开始同情李瓶儿了。这个时候的李瓶儿，不再是一个荡妇，也不是一个宠妾，更不是一个富婆，她就是一个母亲，而且是一个刚刚失去了孩子的伤心、可怜的母亲。《金瓶梅》有很多高明的地方，其中很重要的一点在于，人是立体的、厚实的，而不是扁平的好人或坏人。说书先生都是男性，词话本的作者纵然有争议，但也绝没人怀疑他是女性，但是他们对于母亲角色的揣摩这样到位，很难得。

田晓菲在《秋水堂论金瓶梅》里说法更高，她觉得从这一段可以看出父亲和母亲对孩子过世的不同反应。对母亲来讲，孩子真的是自己身上掉下来的一块肉，他死了，简直比自己死还要痛苦；可是父亲呢，伤心是伤心，但还要责怪母亲过分悲恸，然后就冷静地安排其他事情去了。官哥儿八月二十三日断气，八月二十七日出殡。"九月初旬，天气凄凉，金风渐渐。李瓶儿夜间独宿在房中。银床枕冷，纱窗月浸。不觉思想孩儿，歇歇长叹"；西门庆呢？九月四日，缎子铺开张，"西门庆穿大红、冠带着"，"满心欢喜"（第六十回），与众亲友摆宴庆贺。

官哥儿的身后事

《金瓶梅》中最隆重的一场丧事，是为李瓶儿办的；最可怜的一场，当属西门庆；为官哥儿办的这一场，则是神神道道的。身强体壮、春风得意的时候，人对仙佛鬼神不以为意；衰弱、受挫的时候，就要向冥冥中寻找慰藉。

八月二十三日当天，西门庆"一面使玳安往乔大户家说了，一面使人请了徐阴阳来批书。又拿出十两银子与贲四，教他快抬了一付平头杉板，令匠人随即攒造了一具小棺椁儿，就要入殓"。乔大户娘子得知消息，立刻上门慰问。"批毕书，一面就收拾入殓。已有三更天气。李瓶儿哭着往房中寻出他几件小道衣、道髻、鞋袜之类，替他安放在棺椁内。钉了长命钉，合家大小又哭了一场，打发阴阳去了。"第二天，夏提刑、薛姑子、吴大舅、花大舅、应伯爵、韩道国、甘出身、李智、黄四、吴银儿、李桂姐等人都来参与官哥儿的丧礼。同僚、尼姑、亲戚、帮闲、伙计、债务人、妓女等凑在一处，又有提偶表演，生前不时受到惊吓的官哥儿，身后的白事也是乱哄哄一片。

李瓶儿哭哑了嗓子，西门庆一连三夜陪在她身边劝解。薛姑子夜里替李瓶儿念《楞严经》《解冤咒》，"当世他不是你的儿女，都是宿世冤家债主托出来化财化物"云云，劝她不要再哭。讲的虽是迷信，对当事人却或多或少是种安慰。下葬时，西门庆恐怕李瓶儿到坟上悲恸，不叫她去，留下孙雪娥、吴银儿并个姑子在家与她做伴。细论起来，孙雪娥可以张罗饭食，吴银儿是说过体己话的干女儿，姑子或可扮演"心理医生"的角色，各有用处。

那李瓶儿见不放他去，见棺材起身，送出到大门首，赶着棺材大放声，一口一声，只叫："不来家亏心的儿哝！"叫的连声气破了。不防一头撞在门底下，把粉额磕伤，金钗坠地。慌了吴银儿与孙雪娥，向前掺扶起来，劝归后边去了。到了房中，见炕上空落落的，只有他耍的那寿星博浪鼓儿，还挂在床头上。一面想将起来，拍了桌

《金瓶梅》插画图册 - 李瓶儿睹物哭官哥

子，由不的又哭了。（第五十九回）

就在几十年前，如有白发人送黑发人，棺木抬起的时候，父母还会用扫把或棍子敲打棺木，口中骂着"不孝儿"，心情大体与此时的李瓶儿相类。李瓶儿睹物思人，吴银儿首先开口。

那吴银儿在旁，一面拉着他手，劝说道："娘，少哭了。哥哥已是抛闪了你去了，哪里再哭得活？你须自解自叹，休要只顾烦恼了。"雪娥道："你又年少青春，愁到明日养不出来也怎的？这里墙有缝，壁有眼，俺每不好说的。他使心用心，反累己身。谁不知他气不忿你养这孩子？若果是他害了哥哥，来世教他一还一报，问他要命。不止你，我也被他活埋了几遭哩。只要汉子常守着他便好。到人屋里睡一夜儿，他就气生气死。早时前者你每都知道，汉子等闲不到我后边。到了一遭儿，你看背地都乱唧喳成一块。对着他姐儿每说我长，道我短。那个纸包儿里包着哩。俺每也不言语，每日洗着眼儿看着他。这个淫妇，到明日还不知怎么死哩。"李瓶儿道："罢了！我也惹了一身病在这里，不知在今日明日死也。和他也争执不得了。随他罢！"正说着，只见奶子如意儿向前跪下，哭道："小媳妇有句话，不敢对娘说。今日哥儿死了，乃是小媳妇没造化，只怕往后爹与大娘打发小媳妇出去。小媳妇男子汉又没了，哪里投奔？"李瓶儿见他这般说，又心中伤痛起来，说："我有那冤家在一日占用他一日，他岂有此话说？"便道："怪老婆，你放心，孩子便没了，我还没死哩。总然我到明日死了，你凭在我手下一场，我也不教你出门。往后你大娘身子若是生下哥儿小姐来，你就接了奶，就是一般了。你慌乱的是些甚么？"那如意儿方才不言语了。这李瓶儿良久又悲恸哭起来。（第五十九回）

三人的话语，处处透出人心的隔膜与寒凉来。吴银儿的劝解不着边际、无关痛痒，说了等于没说。李瓶儿如能"自解自叹"，也没这些止不住的眼泪了。孙雪娥的话甚至算不上安慰，一句"汉子等闲不到我后边"就暴露了她是在借题发挥，只顾诉自己的委屈。如意儿则全在担忧日后"哪里投奔"，急着要个结论。李瓶儿这边呢？吴银儿的话，她没有反应；孙雪娥说了许多，她根本无心听取；如意儿的话则将她惹恼了——"孩子便没了，我还没死哩"，虽然承诺不会让对方失业，口气是带着怨念的。面对着这些叽叽喳喳的人，李瓶儿的内心更加寂寞，她才会"又悲恸哭起来"。

那个和官哥儿一样从头到尾没说过一句话，却被他人几句话就定了终身的小女孩，此时也被人提起。

> 来家，李瓶儿与月娘、乔大户娘子、大妗子磕着头又哭了，向乔大户娘子说道："亲家，谁似奴养的孩儿不气长，短命死了。既死了，你家姐姐做了望门寡，劳而无功。亲家休要笑话。"那乔大户娘子说道："亲家怎的这般说话？孩儿每各人寿数，谁人保得后来的事！常言'先亲后不改'，亲家每又不老，往后愁没子孙？须得慢慢来，亲家也少要烦恼了。"说毕，做辞回家去了。（第五十九回）

双方一来一去，话里都是机锋。当初是吴大妗子撮合这事，所以李瓶儿要当着她的面试探所谓的亲家。乔大户娘子看似态度坚决，但"谁人保得后来的事"才是她的真心话，至于是不是"先亲后不改"，要不要守"望门寡"，都"慢慢来"吧。

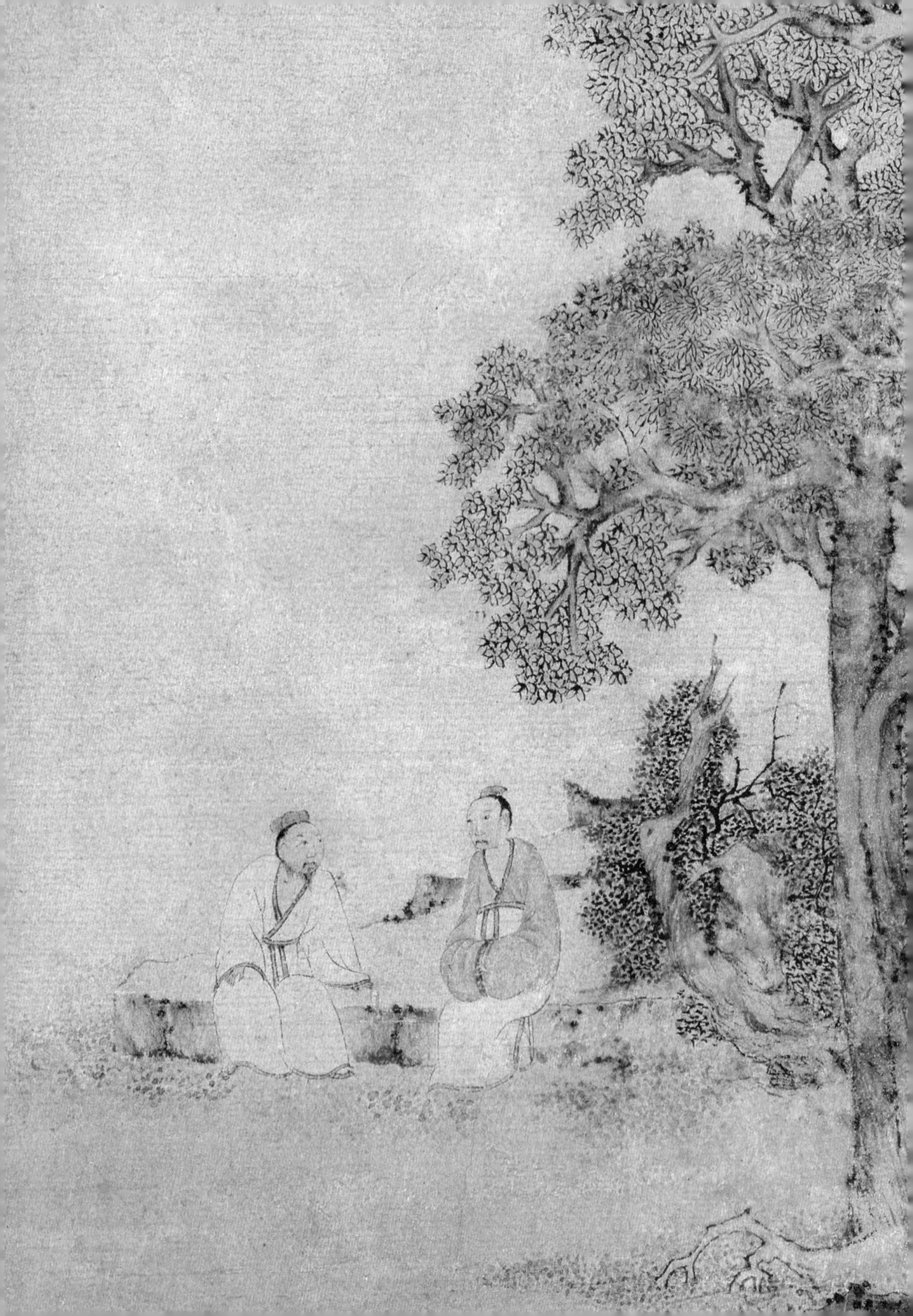

第五章

无缘大慈,同体大悲

《金瓶梅》的死亡观

清代张潮的《幽梦影》中评说："《水浒传》是一部怒书，《西游记》是一部悟书，《金瓶梅》是一部哀书。"他是懂《金瓶梅》的，才会通过声色纵情，读出人世间的悲哀来。很难有人会在读过这部书后摩拳擦掌、起而效尤吧？所谓"无缘大慈，同体大悲"，我们看着《金瓶梅》中这些人，为欲望而生，为欲望而死，如果能因此也生出一些悲悯之心，那就像东吴弄珠客说的，是在行菩萨道了。

西方人看《金瓶梅》，概括了两点，即情欲与死亡。前五十回中，故事的主要人物在欲海中翻腾；后五十回中，他们以不同的方式结束了生命。

任何宗教、任何哲学、任何艺术形式，都在不停地追问生与死的话题。人在年少的时候，常常会抱怨父母为何将自己生下来，这是怀疑生的阶段；后来慢慢明白，人该不该活是一回事，怎么活又是一回事。等经过更多的历练，又会进入怀疑死的阶段，思考会如何死掉、自己一生的意义何在，以及会获得怎样的追悼，等等。夹在这两个阶段中间的，是一种生不容易死不甘的状态。即便是最普通的人，在一生当中也难免会涉及对于生与死的思考。

不同的文学作品，对于死亡的定义是不一样的。我们还是用中国古典小说举例。《三国演义》讲帝王将相，各人背负各自国家的使命，所以里面的死亡强调"重于泰山"，以诸葛亮"鞠躬尽瘁，死而后已"的利他精神为典范，比较接近"知其不可为而为之"的悲剧意义。"人生自古谁无死，留取丹心照汗青。"也许在死亡的那一刻，这些人反而会重新获得生命。如果只是平平常常地终老，死亡形而上的意义就难以展现。

《水浒传》中的江湖好汉最重视"义"，最瞧不上人的世俗情感，包括对钱、对名位、对女人，甚或对生命的眷恋。例如，阮小五和阮小七初次登场，就拍着脖颈对吴用说："这腔热血，只要卖与识货的！"这种对待生命与死亡的态度，好像只有两个字可以概括——荒谬。痛快倒是痛快，却是一种荒谬的痛快，也不是一般人做得到的。

无论是已经绑缚法场还能洋洋得意地大叫"十八年后又是一条好汉"的梦幻式的血气，还是将家国天下背负于己身的强大使命感，老实说都离我们很远。《西游记》更不必说，孙悟空一个跟斗就十万八千里，不知远到哪里去了。唐三藏在经历第八十难之后，赫然见到河里漂着自己的尸首。众人祝贺他终于脱去了凡胎。他必须经历死亡，才能得到永生，这也是凡人无法获得的体验。《红楼梦》的故事看起来比较容易接近，但是其中的女子多是出口成章的才女，你搥心挠肝，半句也讲不出。而且，《红楼梦》是充满诗意的，以艺术的手法去呈现生命的感触。"寒塘渡鹤影"是史湘云讲的，"冷月葬花魂"是林黛玉所对，字字有玄机。林黛玉刚过世时，死亡在诗意的笔触下生出美感："一时，大家痛哭了一阵，只听得远远一阵音乐之声，侧耳一听，却又没有了。探春、李纨走出院外再听时，惟有竹梢风动，月影移墙，好不凄凉冷淡。"宝玉闻讯昏死过去，碧落黄泉遍寻黛玉不着，始知黛玉"生不同人，死不同鬼"，乃是"无魂无魄"的。这是纯粹艺术家的手法，既不是宗教，也不是哲学。这种空灵的美感很能打动人。但是，在现实里，我们大多数人不可能死得像一首诗，我们就只能在艺术表达中得到暂时的安顿。

与这些知名度相当的中国古典长篇小说相比，你不得不承认，《金瓶梅》中的死亡是最接近现实的。生，那就生吧，活着就活着，日子总是要过的；死，那就死吧，随顺着宿命，而活着的人还是要过日子。送葬归来，戏还要唱，酒还要喝，想那么多做什么呢？人难免惧怕死亡，能躲就躲，但真撞到了也没办法，伤心落泪之后，还是要像圣严法师讲的那样，"接受他、面对他、处理他、放下他"。官哥儿、李瓶儿、西门庆、潘金莲、庞春梅等人，无论生前煊赫还是卑下，归根结底都是卑微而渺小的，死就死了。

这样的生命观在中国当代小说里写得最多，没有好高骛远，却让人感动；而那些伟人、神怪，或者英雄豪侠快马一刀之类的死法，读时觉得震动，却难有切身之感。

我在台大读中文系的时候，系主任是台静农先生。他教我们《楚辞》，小说也写得很好。创作于1927年的《拜堂》是他的短篇小说代表作，两千多字，情节也不复杂。故事中，汪二和寡嫂珠胎暗结，两人要通过拜堂来缔结婚姻关系。对穷人来说，礼教是奢侈的，现实的安顿才要紧。事情虽不体面，汪二还是张罗来香烛；寡嫂即使心中有愧，也找人来牵亲。寡嫂、田大娘和赵二嫂在路上走时，"灯笼残烛的微光，更加黯弱。柳条迎着夜风摇摆，荻柴沙沙地响，好像幽灵出现在黑夜中的一种阴森的可怕"。汪二和寡嫂在夜里拜堂，依次拜过天地、祖宗、父亲，以及死去的母亲和汪大。这些艰难的小人物总用一句话来开解自己——"总得图个吉利，将来还要过活的"，通过拜堂昭告祖先神明，便是寡嫂能够合情合理合法地活下去的依据。待到父亲睡醒，也只好由着二人获得这卑微的安顿。

萧红的《呼兰河传》也会让人觉得生死不过是普通的事。譬如其中有个小人物——卖豆芽的王寡妇，只占几行字。

比方就是东二道街南头，那卖豆芽菜的王寡妇吧：她在房脊上插了一个很高的杆子，杆子头上挑着一个破筐。因为那杆子很高，差不多和龙王庙的铁马铃子一般高了。来了风，庙上的铃子格棱格棱地响。王寡妇的破筐子虽是它不会响，但是它也会东摇西摆地做着态。

就这样一年一年地过去，王寡妇一年一年地卖着豆芽菜，平静无事，过着安详的日子，忽然有一年夏天，她的独子到河边去洗澡，掉河淹死了。

这事情似乎轰动了一时，家传户晓，可是不久也就平静下去了。不但邻人、街坊，就是她的亲戚朋友也都把这回事情忘记了。

再说那王寡妇，虽然她从此以后就疯了，但她到底还晓得卖豆芽菜，她仍还是静静地活着，虽然偶尔她的菜被偷了，在大街上或是在庙台上狂哭一场，但一哭过了之后，她还是平平静静地活着。

至于邻人街坊们，或是过路人看见了她在庙台上哭，也会引起一点恻隐之心来的，不过为时甚短罢了。（《呼兰河传》第一章）

寡妇死了儿子，人也疯了，但日子还是要过。卖了豆芽，才有饭吃，吃饭、睡觉、哭泣、发疯、卖豆芽，就是她生命的次序。这样的人生似乎用什么样的形容词都无法概括。我们现在生活在台北这样的大都会，很少见到类似可怜的老太婆。但在我小的时候，经常能遇见那些腰折成九十度，沿街拾荒或卖香、卖小东西的老人。直到现在，那个画面还在我眼前晃来晃去。这样一个生命，没有《水浒传》的快意，没有《西游记》的离奇，也没有《三国演义》的豪壮，只是单纯的连接生与死的过程。

又回到那句话——"无缘大慈，同体大悲"，我认为《金瓶梅》最了不起的地方在于，其中的悲欢生死都是最人间性的，最接近我们自身。官哥儿之死是一个小孩子的夭折。三大淫妇中，潘金莲的死亡场面充满血腥；庞春梅的死与前面的铺陈相比，有些虎头蛇尾；而最先死去的李瓶儿是作者花费许多心血经营的人物，她生前虽有谋害亲夫、占人财产的行为，但在死去的那一刻，却让人几乎忘记她的过错，转而怜惜她、同情她。这是文学史上很精彩的创意，从中可以看到作者的勇气。我们见过的文学作品，尤其是俗文学、传统文学、民间说唱文学，通常会比较简单化、一元化，好人就是好人，坏人就是坏人。可是《金瓶梅》打破了这样的成规。

无处话凄凉——并写两面，使之相形

《红楼梦》里有挑战，比如戏子柳湘莲可以有爱情，出家的妙玉也可以有爱情。但是《金瓶梅》挑战得更早，在故事里，"最坏的人也可以有情有义，最好的人也可以伤天害理"（侯文咏语）。李瓶儿和西门庆是所谓的坏女人和坏男人，但在生离死别的时刻，那种情深义重、难分难解也是真的，展现了生命的多种可能性。这在当时算是离经叛道式的书写。李瓶儿从生病到死亡，占了六回的篇幅，道尽了寂寞女人心与贪欲男人相，以及人情冷暖、世态炎凉的众生面目。

白先勇先生有一次讲到琦君的小说《橘子红了》，说大伯母和大伯父都是好人，但好人有时会做很坏的事。大伯母找了一个女孩给大伯父做妾，表面上对她很照顾，事实上却断送了这个女孩的一生。最可怕的是，他们从头到尾不认为自己在做坏事，大伯母一直讲自己在积德，如果女孩没有被选中，就还在受穷。她要说服别人，更要说服自己。好与坏就这样纠缠在同一个人身上。

鲁迅说《金瓶梅》的好处之一，是"一时并写两面，使之相形"。比如官哥儿死时李瓶儿和潘金莲的反应，一个无比伤心，一个兴奋到不行。又如官哥儿的丧事还没办完，西门庆的缎子铺已经在准备开张。作为官哥儿母亲的李瓶儿和作为父亲的西门庆也是并写的两面。李瓶儿的活动空间几乎是闭锁的，每天除了哭还是哭。西门庆则不然，天地开阔许多，失去儿子固然是伤心事，但他身边有一群人围绕，缎子铺开业首日又赚了几百两银子，让他满心欢喜——狠不狠另当别论。此外，官哥儿夭折后的这几回中，在西门庆与王六儿、潘金莲的激烈性爱画面之间，夹带着李瓶儿在房间里哭到天明的场景。西门庆似乎不知餍足的欲望与李瓶儿的悲伤落寞，又是"一时并写两面"。第六十一回，丧事后不久，便是重阳节，家里人喝酒，吃重阳糕，品尝当令的螃蟹，还要赏菊，申二姐在旁边唱曲；李瓶儿的状态则只有回目中的那两个字——苦痛，在热闹的欢宴之中更显凄凉。

愧疚感、罪恶感：无法化解的苦痛

李瓶儿的病，全因西门庆而起。四月十七日，西门庆得了胡僧药后，先与王六儿一试；意犹未尽，不顾李瓶儿正来月事，强行与她同房。按照侯文咏的说法，她正是因此得了子宫内膜炎。要是现在，大概用两个礼拜的抗生素就解决了，可是那个时候没有抗生素，想要痊愈基本靠自身的免疫力。如果她生活顺心，能够保持愉快的心情，或许会慢慢好起来。但是官哥儿身体不好，她隔壁又住着可怕的潘金莲，一下打狗，一下打丫鬟，一下又把官哥儿吓得昏死过去，让她终日不得安宁，身心俱疲。

李瓶儿第一次梦见花子虚，是在八月二十三日。

> 当下李瓶儿卧在床上，似睡不睡，梦见花子虚从前门外来，身穿白衣，恰活时一般。见了李瓶儿，厉声骂道："泼贼淫妇，你如何抵盗我财物与西门庆？如今我告你去也！"被李瓶儿一手扯住他衣袖，央及道："好哥哥，你饶恕我则个！"花子虚一顿，撒手惊觉，却是南柯一梦。醒来，手里扯着却是官哥儿的衣衫袖子，连哕了几口，道："怪哉，怪哉！"一听更鼓时，正打三更三点。这李瓶儿唬的浑身冷汗，毛发皆竖起来。（第五十九回）

她将这个梦讲给西门庆听，西门庆不以为意，说："知道他死到哪里去了！此是你梦想旧境。只把心来放正着，休要理他。"又使玳安接吴银儿来与她做伴。当天，官哥儿就断了气。

> 那潘金莲见孩子没了，李瓶儿死了生儿，每日抖擞精神，百般的称快，指着丫头骂道："贼淫妇，我只说你日头常晌午，却怎的今日也有错了的时节？你斑鸠跌了弹，也嘴答谷了；春凳折了靠背儿，没

金 瓶 梅 的 读 法

《金瓶梅》插画图册－花子虚因气丧身

的倚了；王婆子卖了磨，推不的了；老鸨子死了粉头，没指望了。却怎的也和我一般。"李瓶儿这边屋里分明听见，不敢声言，背地里只是掉泪。着了这暗气暗恼，又加之烦恼忧戚，渐渐心神恍乱，梦魂颠倒。且每日茶饭都减少了……这李瓶儿一者思念孩儿，二者着了重气，把旧时病症，又发起来，照旧下边经水淋漓不止。西门庆请任医官来看一遍，讨将药来吃下去如水浇石一般，越吃药越旺。哪消半月之间，渐渐容颜顿减，肌肤消瘦，而精彩丰标，无复昔时之态矣。（第六十回）

面对潘金莲的指桑骂槐，李瓶儿无力也无心回击，苦都吞到肚子里，旧疾复起，且更重了。此时，她再次"看见"了自己的前夫。

一日九月初旬，天气凄凉，金风渐渐。李瓶儿夜间独宿在房中。银床枕冷，纱窗月浸。不觉思想孩儿，欷歔长叹。似睡不睡，恍恍然恰似有人弹的窗棂响。李瓶儿呼唤丫鬟，都睡熟了不答。乃自下床来，倒鞔弓鞋，翻披绣袄，开了房门，出户视之。仿佛见花子虚抱着官哥儿叫他，新寻了房儿，同去居住。这李瓶儿还舍不的西门庆，不肯去，双手就去抱那孩儿。被花子虚只一推，跌倒在地。撒手惊觉，却是南柯一梦。吓了一身冷汗，呜呜咽咽，直哭到天明。（第六十回）

传统小说很擅长通过天气状况来传达主人公的心情。对于李瓶儿这种情况，中医会说是因为体虚、气虚，才会被冤魂打扰；但是从精神医学的角度来讲，这是潜意识的体现。在她得意的时候、身体健康的时候，从来没有想到过这位前夫；现在她儿子没了，自己又病重，这个因自己而死的男人的样子就浮现出来（如图12）。从李瓶儿嫁给西门庆之后的表现来看，她并不是真正心狠手辣的人。当初她青春貌美，在花子虚那里得不到性的满足，因此在遇到西门庆之后，急需宣泄的情欲一下子爆发出来，不仅积极转移财产，还在事实上逼死了花子虚。愧疚感，或者说罪恶感，其实一直在她心里。快乐时光来得疾去得也快，悲伤、焦虑、疾病和愧疚拧成无法化解的苦痛，最终将她的身体和心理击垮。与此形成鲜明对比的是，潘金莲从来没有梦见过武大。

与这凄凉的"南柯一梦"几乎同时存在的,是九月初四缎子铺开张的热闹景象。

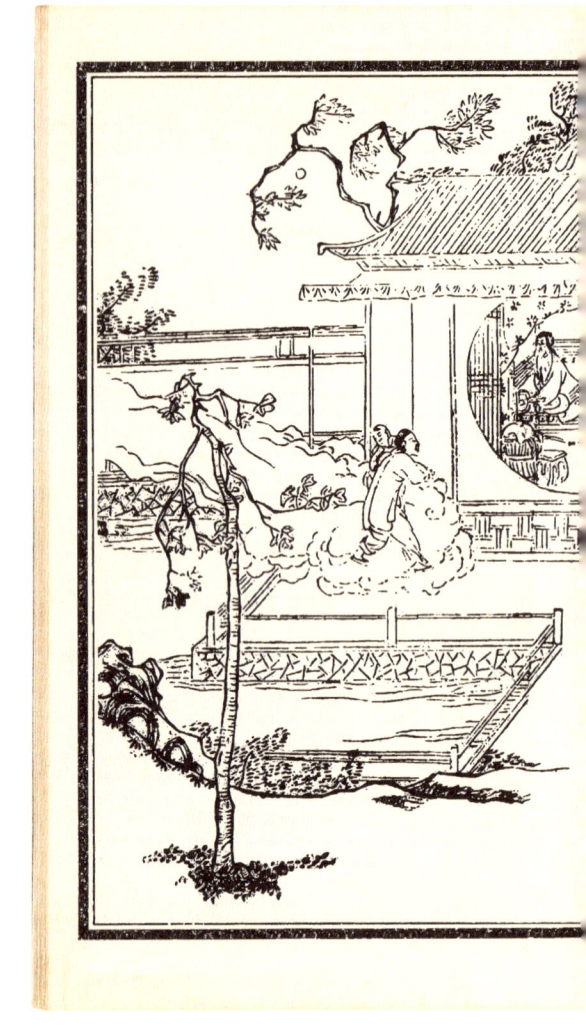

> 那日亲朋递果盒、挂红者,约有三十多人。乔大户叫了十二名吹打的乐工,杂耍撮弄。西门庆这里,李铭、吴惠、郑春三个小优儿弹唱。甘伙计与韩伙计都在柜上发卖。一个看银子,一个讲说价钱。崔本专管收生活,不拘经纪、买主进来,让进去,每人饮酒二杯。西门庆穿大红、冠带着。烧罢纸,各亲友都递果盒。把盏毕,后边厅上安放十五张桌席,五果五菜,三汤五割,从新递酒上坐,鼓乐喧天。(第六十回)

图12-李瓶儿病缠花夕

每个人的日子还是照样过,该摆宴摆宴,该赚钱赚钱。乔大户、吴大舅、吴二舅、花大舅、沈姨夫、韩姨夫、吴道官、倪秀才、温葵轩、应伯爵、谢希大、常时节,还有李智、黄四、伙计傅自新、众街坊邻居等,都在吃酒庆祝,无人想到刚刚经历了丧子之痛的李瓶儿。"那日新开张,伙计攒帐,就卖了五百余两银子",使得"西门庆满心欢喜"(如图13)。李瓶儿无处移情,自然无法像西门庆一样似乎什么也没发生过,更不要说感受他的喜悦了。这也是当时社会不公平之所在。

"十兄弟"之一的常时节通过应伯爵向西门庆借钱买房子。西门庆便"拿一封五十两银子"给他,吩咐三十五两买房子,剩下的还可以做个小买卖。应伯爵提出应有人和他同去,将银子交给常时节。这是他的仔细处,既怕西门庆认为他会把钱吞了,又怕将来常时节说自己没拿到五十两这么多,所以需要一个见证人。西门庆当然听懂了他的话外之音,回道:"没的扯淡,你袖了去就是了。"应伯爵不放松,说自己还要去给表弟杜三哥过生日,有人跟着去送钱给常时节,完事正好到西门庆这儿回话。他说的合情合理,西门庆便派了王六儿的弟弟王经和他同去。到了常时节那里,"吃毕茶,叫了房中人来,同到新市街兑与卖主银子,写立房契"。王经带房契回去给西门庆过目。西门庆又使他送还常时节。应伯爵毕竟是应伯爵,他要得到自己想要的东西,有他自己的方式;对于这种容易出现纰漏的金钱往来,则一定要做得非常干净。这样他才能取信于西门庆,才能有更多更好的机会。

第六十一回中,西门庆先和王六儿鬼混,到家又找李瓶儿,李瓶儿不愿意,才去找潘金莲。当初李瓶儿一天到晚等西门庆翻墙过来,此时往昔的欢乐都已烟消云散。

韩道国和王六儿靠西门庆发家,现在房子有了,钱有了,使唤丫头也有了，觉得应该请西门庆来坐坐，顺便帮他排遣失去儿子的愁闷。次日，韩道国将请柬呈与西门庆，西门庆收了。宴请之时，又请了申二姐唱曲。申二姐技艺了得，"小的大小也记百十套曲子"。"西门庆听了这两个《锁南枝》，正打着他初请了郑月儿那一节事来，心中甚喜。"这个人真是容易开心。宴罢，韩道国识趣地去了铺子里，西门庆便和王六儿混在一处，待他回到家中，已是二更天。

　　走到李瓶儿房中。李瓶儿睡在床上，见他吃的酣酣儿的进来，说道："你今日在谁家吃酒来？"西门庆悉把"韩道国请我，见我丢了孩子，与我释闷。他家叫了个女先生申二姐来，年纪小小，好不会唱。又不数郁大姐，等到明日重阳，使小厮拿轿子，接他来家唱两日你每听，就与你解解闷。你紧自心里不好，休要只顾思想他了"。说着，就要叫迎春来脱衣裳，和李瓶儿睡。李瓶儿道："你没的说，我下边不住的长流，丫头火上替我煎药哩。你往别人屋里睡去罢！你看着我成日好模样儿罢了，只有一口游气儿在这里，还来缠我起来。"西门庆道："我的心肝！我心里舍不的你，只要和你睡，如之奈何？"李瓶儿瞟了他一眼，笑了笑儿："谁信你那虚嘴掠舌的？我到明日死了，你也舍不的我罢！"又道："亦发等我好好儿，你再进来和我睡，也是不迟。"那西门庆坐了一回，说道："罢罢！你不留我，等我往潘六儿那边睡去罢。"李瓶儿道："着来！你去，省的屈着你那心肠儿。他那里正等的你火里火发，你不去，都忙惚儿来我这屋里缠。"西门庆道："你怎说，我又不去了。"那李瓶儿微笑道："我哄你哩，你去么？"于是打发西门庆过去了。这李瓶儿起来，坐在床上，迎春伺候他吃药。拿起那药来，止不住扑簌簌从香腮边滚下泪来，长吁了一口气，方才吃那盏药。（第六十一回）

西门庆哪壶不开提哪壶，一开口，那话就像箭一样射到了李瓶儿心上。他可以通过吃喝玩乐振作精神，李瓶儿却没有这些出口。西门庆体会不了李瓶儿的心，偏还要大大咧咧地讲出来。不仅如此，他来找李瓶儿，只是想和她上床。李瓶儿的哀怨，他似懂非懂，但他故意将其淡化了。他不是没情，也不是没爱，但他的情和爱就像浅浅的碟子，想有更多的容量也不可能。

李瓶儿"瞭了他一眼，笑了笑儿"，如果说此前李瓶儿还只是心灰意冷，此刻面对这个或者不懂自己，或者装着不懂自己的男人，大概已经毫无生念了。她又一次提到死："我到明日死了，你也舍不的我罢！"虽然对西门庆感到失望，但她是真爱西门庆的，觉得自己话说重了，于是退一步安抚他："亦发等我好好儿，你再进来和我睡，也是不迟。"男人常常就是这样被女人宠坏的。

李瓶儿生了儿子之后，好几次赶西门庆去潘金莲房里，都是指名道姓的。这一次，她只用"别人"代替潘金莲的名字，可见已被伤透了心，也恨透了那个人，提都不要提。很多时候，希望感同身受是一种奢求。她明明比西门庆要伤心得多，还一直笑着和他说话，这笑里有伤心无奈，也有温柔包容：你终究是不懂我，那就算了吧。

第四十四回中，李瓶儿曾有一次向人吐露心声的经历，对象是吴银儿。现在，她病了，作者又通过言语、表情，给了她一次展示内心的机会。在我看来，这是李瓶儿这条故事线里最感人的一段，甚至让人可以不计较她此前的所作所为。出现在我们眼前的，只是一个"无处话凄凉"的女人，而她那口无遮拦又没心没肺的男人，正赶着去和别人寻欢作乐。

西门庆到了潘金莲那里，又说起韩道国宴请一事，立刻遭到奚落："他便在外边。你在家却照顾了他老婆了。"跟着，潘金莲翻出王六儿来给西门庆祝寿时头戴金寿字簪的事。这款式的簪子原是李瓶儿带来的，潘金莲看见了，她自然也看见了。作者没有直接写李瓶儿的反应，但我们完全可以想象当时她内心的翻腾。

李瓶儿的寂寞女人心

转眼到了九月初九。西门庆"吩咐厨下,收拾酒果肴馔。在花园大卷棚聚景堂内,安放大八仙桌席,放下帘来,合家宅眷在那里饮酒,庆赏重阳佳节",又让王经请了申二姐来唱曲。

按照潘金莲的说法,申二姐是专门为李瓶儿请来的。但"那李瓶儿在房中身上不方便,请了半日,才请了来",勉强坐下,仍是"面带忧容,眉头不展"。众人让她点曲子,她也不说话。这个当口,王经来向西门庆通报:应伯爵和常时节来了。临走,他吩咐申二姐"好歹唱个好曲儿与他六娘听",不能说不算体贴,但还是"浅碟子"。李瓶儿一直无动于衷,潘金莲指她"辜负他爹的心"。在潘金莲看来,李瓶儿是在装腔作势,我们则跟着她言语的节奏,触摸到李瓶儿的心痛(如图14)。

催逼的李瓶儿急了,半日才说出来:"你唱个'紫陌红径'俺每听罢。"那申二姐道:"这个不打紧,我有。"于是取过筝来,排开雁柱,调定冰弦,顿开喉音,唱〔折腰一枝花〕:

紫陌红径,丹青妙手难画成。触目繁华如铺锦,料应是春负我,我非是辜负了春。为着我心上人,对景越添愁闷。

〔东瓯令〕花零乱,柳成阴,蝶因蜂迷莺倦吟。方才眼睁,心儿里忘了想。啾啾唧唧呢喃燕,重将旧恨又题醒,扑簌簌泪珠儿暗倾。

〔满园春〕悄悄的庭院深,默默的情挂心。凉亭水阁,果是堪宜宴饮。不见我情人,和谁两个开樽?把丝弦再理,将琵琶自拨,是奴欲宽闷情,怎如侬听?

〔东瓯令〕榴如火,簇红锦,有焰无烟烧碎我心。怀忧

图 14-李瓶儿带病宴重阳

向前,欲待要摘一朵,触揣揣不堪戴。怕奴家花貌不似旧时容。伶伶仃仃,怎宜样簪?

〔梧桐树〕梧叶儿飘,金风动,渐渐害相思,落入深深井。一旦夜长,难捱孤枕。懒上危楼望我情人,未必薄情与奴心相应。知他在哪里，哪里贪欢恋饮？

〔东瓯令〕菊花绽，桂花零，如今露冷风寒秋意渐深。蓦听的窗儿外，几声孤雁，悲悲切切如人诉。最嫌花下砌畔小蛩吟。咭咭咶咶，恼碎奴心。

〔浣溪沙〕风渐急，寒威凛，害相思最恐怕黄昏。没情没绪对着一盏孤灯。窗棂儿数遍还再轮。画角悠悠声透耳，一声声哽咽难听。愁来把酒强重斟，酒入闷怀珠泪倾。

〔东瓯令〕长吁气，两三声，斜倚定帏屏儿思量那个人。一心指望梦儿里，略略重相见。扑扑簌簌雪儿下，风吹檐马把奴梦魂惊。叮叮当当，搅碎了奴心。

〔尾声〕为多情，牵挂心。朝思暮想泪珠倾，恨杀多才不见影。（第六十一回）

"催逼"背后是李瓶儿的勉强与痛苦。她哪有心情听唱，却要顾着场面，点一首出来。如果是《红楼梦》的话，遇到类似情境，贾宝玉也好，林黛玉也好，会自己写一首诗词表达心境。但俗人如你我，如李瓶儿，无法出口成章，只能借他人的现成语句浇自己心中块垒。在《秋水堂论金瓶梅》中田晓菲说得好，《紫陌红径》等一系列曲子其实是李瓶儿的伤心告白，而且是最后告白。她最想让西门庆听到，偏偏西门庆不在。众妻妾中，潘金莲最通曲词，但这个人听到了，不仅不会同情他，还只会觉得痛快。吴月娘听了也就听了，谁知有没有上心，待声收曲敛，随口让李瓶儿吃甜酒，但甜酒就能慰藉苦涩的心吗？"那李瓶儿又不敢违阻了月娘，拿起钟儿来，咽了一口儿，又放下了，强打着精神儿与众人坐的。坐不多时，下边一阵热热的来，又往屋里去了。"（如图13）

那边厢，刘太监送的菊花在松墙下开得正好，且个个有名目，应伯爵和常时节在一旁观瞧。常时节带了用四十只大螃蟹做的螃蟹鲜和两只炉烧鸭来，感谢西门庆接济他五十两银子。西门庆出现后，众人开始话家常，商量着要替常时节暖房，也就是说又要热闹热闹。稍后，吴大舅也来了，众人一起开开心心地享用美味佳肴。席间，西门庆想起申二姐，于是请来唱曲。

"且说李瓶儿归到房中，坐净桶，下边似尿也一般只顾流将起来，登时流的眼黑了。起来穿裙子，忽然一阵旋晕的，向前一头搭倒在地。饶是迎春在旁挡扶着，还把额角上磕伤了皮。"家里赶快请医生，先后来了四个人：任医官、胡太医、何老人和赵捣鬼。其中，何老人看出了李瓶儿的病因。

那何老人看了脉息，出来外边厅上，向西门庆、乔大户说道："这位娘子乃是精冲了血管起，然后着了气恼。气与血相博则血如崩。细思当初得病之由，看是也不是？"西门庆道："是便是，你老人家如何治疗？"（第六十一回）

"是便是"三字很妙，西门庆心知肚明是怎么回事，又不太好意思承认，于是含糊带过，只要对方拿出治疗方案来。正说话，赵捣鬼来了，先絮絮叨叨一通个人履历，又诌出几句歪词：

"我做太医姓赵，门前常有人叫。只会卖杖摇铃，哪有真材实料。行医不按良方，看脉全凭嘴调。撮药治病无能，下手取积不妙。头疼须用绳箍，害眼全凭艾醮。心疼定教刀剜，耳聋宜将针捣。得钱一昧胡医，图利不图见效。寻我的少吉多凶，到人家有哭无笑。"正是：

半积阴功半养身，古来医道通仙道（第六十一回）

看到这里，作为局外人的读者明白，这家人已经是病急乱投医，什么法子都要试一下。赵捣鬼就像苦药里的甘草，也像戏曲舞台上的丑角，给沉重的气氛增添了一抹诙谐，读者的情绪也随之得到舒缓。不仅是读者，故事里的人也被他逗笑了。

> 这赵太医先诊其左手，次诊右手。便教老夫人抬起头来，看看气色。那李瓶儿真个把头儿扬起来。赵太医教西门庆："老爹，你问声老夫人，我是谁？"西门庆便问李瓶儿："你看这位是谁？"那李瓶儿抬头看了一眼，便低声说道："他敢是太医？"赵先生道："老爹不妨事，死不成。还认的人哩。"西门庆笑道："赵先生你用心看，我重谢你。"一面看视了半日，说道："老夫人此病，休怪我说。据看其面色，又诊其脉息，非伤寒则为杂症，不是产后，定然胎前。"西门庆道："不是此疾，先生你再仔细诊一诊。"先生道："敢是饱闷伤食，饮馔多了？"西门庆道："他连日饭食，通不十分进。"赵先生又道："莫不是黄病？"西门庆道："不是。"赵先生道："不是，如何面色这等黄？"又道："多管是脾虚泄泻。"西门庆道："也不是泄疾。"赵先生道："不泄泻，却是甚么？怎生的害个病也教人摸不着头脑？"坐想了半日，说道："我想起来了。不是便毒鱼口，定然是经水不调匀。"西门庆道："女妇人，哪里便毒鱼口来？你说这经事不调，倒有些近理。"赵先生道："南无佛耶，小人可怎的也猜着一桩儿了！"（第六十一回）

瞎猫撞上死耗子，赵捣鬼见好就收，赶紧开药，方中有巴豆、半夏、乌头等。何老人道："这等药吃了，不药杀人了？"赵捣鬼倒不在乎："自古毒药苦口利于病。若早得摔手伶俐，强如只顾牵缠。"西门庆此时才反应过来，此人分明是个庸医，给他两钱银子，打发走了。何老人给李瓶儿开了药方，但也为她的死亡发出预警："只怕下边不止，饮食再不进，就难为矣！"

送走何老人，吴月娘劝西门庆先不要给李瓶儿服药："你也省可里与他药吃。他饮食先阻住了，肚腹中有甚么儿？只顾拿药淘渌他。"她记起当初给众妻妾算命的吴神仙曾说，李瓶儿"三九前后定见哭声"，想请他来替李瓶儿消灾。此人却不知云游到哪里去了，只好请了另一位黄先生上门。崇祯本对这一段有批点："此言若出口金莲，吾便以为妒心下石；出自月娘，当是圣人之心。"张竹坡提起月娘便无好话，崇祯本的批点者却比较欣赏她。

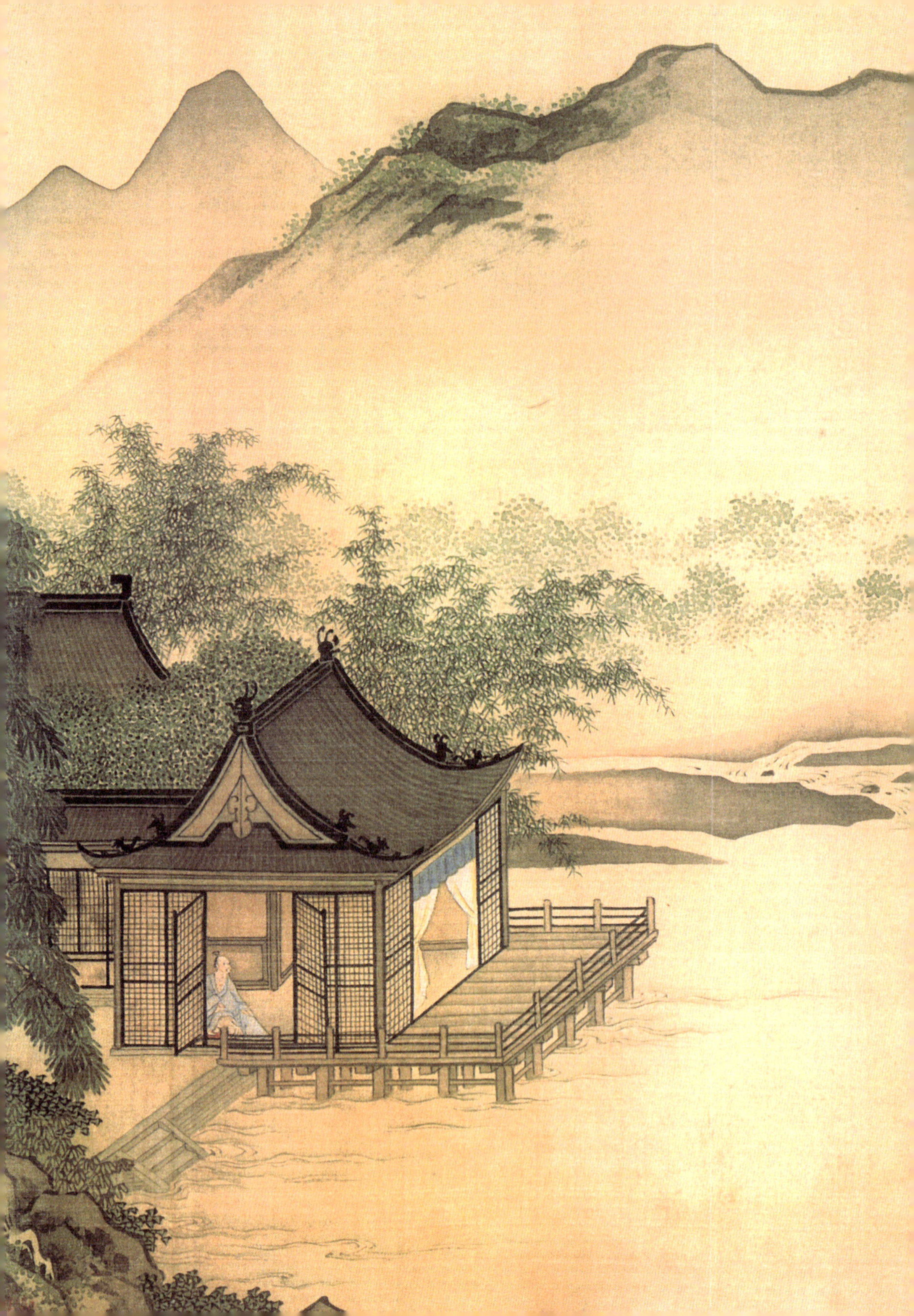

第六章

李瓶儿之死谁关心

文龙评点《金瓶梅》

我深深地觉得，我们花了二十年的工夫，把自己教成一个中规中矩的淑女，接下来可能要通过四十年的努力，看透自己，回复我们本来应该有的样子。

在历史上，《金瓶梅》有三位重要的批评者，一是我们前面多次提到的张竹坡，一是崇祯本的批点者李渔，还有一位名叫文龙。其中，文龙的批点是最晚出现的，我们至今尚不清楚他准确的生卒年，只知道他大概生活在清道光十年（1830）至光绪十二年（1886）间。因为自从光绪十二年之后，就再也没有发现他的只言片语。

文龙，字禹门，清末时一小县官，深知官场的黑暗及民生疾苦，算是清廉的好官，每次离任，当地百姓都依依不舍。他虽深知官场黑暗，也了解民间疾苦，但在当时的环境下，好官、清官在官场上很难生存。不过，他的个人生活还算不错，有妻有妾，有子有孙，后来还能安享晚年。他自谓"有闲书癖"，广涉"杂书"，因此在点评《金瓶梅》时可以与他书比较。文龙的《金瓶梅》批点始于光绪五年（1879）五月，每一回有总评，并夹有眉批。到光绪八年，他先后三评《金瓶梅》，批点字数达六万余。他进行批点的底本，是张竹坡的"第一奇书本"，批语混在张竹坡的批语中间，因此迟迟没有被发现。直到20世纪80年代，人们发现这些批语颇有见地，才将其整理出来。张竹坡的很多见解，文龙并不同意，也直接批在旁边。比如，张竹坡认为吴月娘是一个很坏的女人，文龙就不同意。

总体来说，文龙特别的地方在于，他认为《金瓶梅》不是西门庆一个人的事情，不是西门庆一家人的事情，而是明朝末年社会的一个切片，浓缩了整个社会的图景。譬如，他认为蔡状元、安进士等人对社会风气的败坏影响远比西门庆更大。

> 蔡蕴告帮，秋风一路。观其言谈举止，令人欲呕。或谓姓蔡的状元，方是如此，诸进士中，自有矫矫者，故又添一安忱陪之。若曰：三百名中，不过尔尔，此加一层着墨也。有识者戚然而心忧，西门庆则欣然而色喜，以为我何人斯？居然宰相门下士，而与状元周旋，从此声价顿增，骄矜更甚，皆宰相、状元有以怡之也。时事如斯，尚可问乎？（第三十六回"在兹堂"评语）

张竹坡称《金瓶梅》为"第一奇书"，文龙则点出了其中的不奇之奇。

> 或谓《金瓶梅》淫书也，非也。淫者见之谓之淫，不淫者不谓之淫，但睹一群鸟兽孳尾而已。或谓《金瓶梅》善书也，非也。善者见善谓之善，不善者谓之不善，但觉一生快活随心而已。然则《金瓶梅》果奇书乎？曰：不奇也。人为世间常有之人，事为世间常有之事，且自古及今，普天之下，为处处时时常有之人事。既不同《封神榜》之变化迷离，又不似《西游记》之妖魔鬼怪，夫何奇之有？故善读书者，当置身于书中，而是非羞恶之心不可泯，斯好恶得其真矣。又当置身于书外，而彰瘅劝惩之心不可紊，斯见解超于众矣。又须于未看之前，先将作者之意，体贴一番；更须于看书之际，总将作者之语，思索几遍。看第一回，眼光已射到百回上；看到百回，心思复忆到第一回先。书自为我运化，我不为书细缚，此可谓能看书者矣。曰淫书也

可，曰善书也可，曰奇书也亦无不可。（第一百回"在兹堂"评语）

文龙生活的年代，清朝已经腐朽得无可挽救。他所看到的当世风情，与《金瓶梅》中的情景若合符节。有人说，明朝表面上亡于崇祯，实际上亡于万历，而嘉靖、万历年间正是《金瓶梅》的时代背景。《金瓶梅》出而明亡，《二十年目睹之怪现状》出而清亡，并不是说这两部作品害死自身所处的朝代，而是说它们刚好见证了王朝行将崩溃时的社会风气。

他对人心的揣摩也颇见功力。

> 文禹门云：看至此回，忽忽不乐。或问曰：岂以西门庆死已晚乎？曰：非也。西门庆早死，安得有许多书看。曰：然则以西门庆死得太早乎？曰：非也。西门庆不死，天地尚有日月乎？曰：然而奚为不乐也？予乃叹曰：世上何曾有西门庆哉！《水浒传》出，西门庆始在人口中，《金瓶梅》作，西门庆乃在人心中。《金瓶梅》盛行时，遂无人不有一西门庆在目中意中焉。其为人不足道也，其事迹不足传也，而其名遂与日月同不朽，是何故乎？作《金瓶梅》者，人或不知其为谁，而但知为西门庆作也。批《金瓶梅》者，人或不知其为谁，而但知为西门庆批也。西门庆何幸，而得作者之形容，而得批者之唾骂。世界恒河沙数之人，皆不知其谁，反不如西门庆之在人口中、目中、心意中，是西门庆未死之时便该死，既死之后转不死，西门庆亦幸矣哉！夫人生世上，终有死日，乃生不愿与西门庆同生，而死竟与西门庆同死，是可哀也。（第七十九回"在兹堂"评语）

西门庆虽是虚构人物，可是他每一个细节来源于最真实的世间的人的个性，甚至比真的还要真，就像曹操，就像王熙凤。西门庆做人没什么值得称道，事迹也不值得流传，但他的名字居然闪闪发光，原因在于《金瓶梅》的作者就是为了这个人物才写了这部书。批评《金瓶梅》的张三、李四，也是为西门庆而批评。真实存在过的芸芸众生，反而不如虚构出来的西门庆深入人心，"活"得长久。他"活着"的时候该死，"死"后却获得永生。

西门庆本身也有很多面，这次我们就来看看他的软弱和他的真情流露。

李瓶儿之死映照出的人间世态

第六十二回，围绕李瓶儿之死，展开了好几场群戏。西门庆从李瓶儿弥留时哭到她断气后，吴月娘时不时就要发火，孟玉楼非常平静，潘金莲逮着机会就要说风凉话。对于各人的表现，张竹坡评道："西门是痛，月娘是假，玉楼是淡，金莲是快。故西门之言，月娘便恼；西门之哭，玉楼不见；金莲之言，西门发怒也。情事如画。伯爵梦簪折，西门亦梦簪折，盖言瓶坠也。点题之妙，如此生动，谁能如此？"

话说李瓶儿，一个二十七岁的"美色佳人"，现在已经无法下床如厕，"只在裀褥上铺垫草布"。在这样的污秽中等待死亡，对她来讲本身就是一个很大的惩罚。

她的精神已经濒临崩溃，又向西门庆提起前次梦到花子虚的情形："我要对你说，也没与你说。我不知怎的，但没人在房里，心中只害怕。恰似影影绰绰，有人在我跟前一般。夜里要便梦见他，恰似好时的拿刀弄杖，和我厮嚷；孩子也在他怀里，我去夺，反被他推我一跤。说他那里又买了房子，来缠了好几遍，只叫我去。只不好对你说。"西门庆使玳安替李瓶儿求灵符镇祟；又想叫吴银儿来与她做伴，但是李瓶儿没有同意，"只怕误了他家里勾当"，是担心她错过赚钱的机会；又提议让冯妈妈来，李瓶儿答应了。

次日，观音庵的王姑子先来了。

只见观音庵王姑子挎着一盒儿粳米、二十块大乳饼、一小盒儿十香瓜茄来看。李瓶儿见他来，连忙教迎春挡扶起来坐的。王姑子道了问讯，李瓶儿请他坐下，道："王师父，你自印经时去了，影边儿通不见你。我恁不好，你就不来看我看儿？"王姑子道："我的奶奶，我通不知你不好。昨日他大娘使了大官儿到庵里，我才晓得的。又说印经来，你不知道，我和薛姑子老淫妇，合了一场好气！与你老人家印了一场经，只替他赶了网儿。背地里和印经家打了五两银子夹账，我通没见一个钱儿！你老人家作福，这老淫妇到明日堕阿鼻地狱！为他气的我不好了，把大娘的寿日都误了，没曾来。"李瓶儿道："他各人作业，随他罢，你休与他争执了。"王姑子道："谁和他争执甚么！"李瓶儿道："大娘好不恼你哩，说你把他受生的经都误了。"王姑子道："我的菩萨，我虽不好，敢误了他的经？在家整诵了一个月受生，昨日才圆满了。今日才来，先到后边见了他，把我这些屈气告诉了他一遍。我说不知他六娘不好，没甚么，这盒粳米和些十香瓜茄，几块乳饼，与老人家吃粥儿。大娘才教小玉姐领我来看你老人家。"（第六十二回）

她表面上是来探望李瓶儿的，一坐下便开始絮叨自己和薛姑子的纠葛，反倒变成李瓶儿安慰她。家里闹闹哄哄，是不是众人也没了吃食的心思。从第六十二回至第六十六回，只有此处出现了具体食物，即王姑子带来的粳米、十香瓜茄和乳饼。六十五回中宋御史宴请六黄太尉时排场多大，但写到宴席时只有虚文，完全看不到吃了些什么。

李瓶儿吃了几口，便吃不下去了。"王姑子揭开被，看李瓶儿身上肌体，都瘦的没了，唬了一跳"，一旁的如意儿遂将李瓶儿卧病因由讲说一番。她将矛头完全对准了潘金莲。由如意儿来充当这个解说的角色，意味着她接下来的戏份将要增加。而她之后与西门庆上床，那样能屈能伸，活脱脱又是一个潘金莲。眼看李瓶儿行将就木，潘金莲认为她今后最大的对手是吴月娘，不曾想还有个如意儿等着她。

待她讲完，李瓶儿才开口。

  李瓶儿听见，便嗔如意儿："你这老婆，平白只顾说他怎的？我已是死去的人了，随他罢了！天不言而自高，地不言而自卑。"王姑子道："我的佛爷，谁知道你老人家这等好心！天也有眼，望下看着哩，你老人家往后来还有好处。"李瓶儿道："王师父，还有甚么好处！一个孩儿也存不住，去了。我如今又不得命，身底下弄这等疾，就是做鬼，走一步也不得个伶俐！我心里还要与王师父些银子儿，望你到明日我死了，你替我在家请几位师父，多诵些《血盆经》忏我这罪业。还不知堕多少罪业哩！"王姑子道："我的菩萨，你老人家忒多虑了！天可怜见，到明日假若好了是的。你好心人，龙天自有加护。"（第六十二回）

我们在探病的时候，也会像王姑子劝说对方"一定会好起来"，因为除了这些也不知该说些什么。越讲越没底气，越讲越惭愧，越讲声音越小。人在面对生死关头，总是渺小而无奈的。

第二个来探望的是花大舅，即花子虚的哥哥花子由。李瓶儿道一句"多有起动"，就面朝里躺着了。我们不妨揣测一下，一般来说，兄弟俩多少会有相像，是不是花大舅使她想到了花子虚，而花子虚正是令她恐惧的冤鬼。她不理花大舅，其实是不敢看他。花大舅得知自己先前提供的偏方对李瓶儿并不奏效，便提醒西门庆及早准备后事。

第三个来探望的是冯妈妈。如意儿再次出场，讥讽冯妈妈。

  如意儿道："冯妈妈贵人，怎的不来看看娘？昨日爹使来安儿叫你去来，说你锁着门，往哪里去来？"冯婆子道："说不得我这苦，成日往庙里修法。早晨出去了，是也直到黑，不是也直到黑来家。偏有那些张和尚、李和尚、王和尚。"如意儿道："你老人家，怎的这些和尚？早是没王师父在这里！"那李瓶儿听了，微笑了一笑儿，说道："这妈妈子，单管只撒风！"如意儿道："冯妈妈，叫着你还不来。娘这几日粥儿也不吃，只是心内不耐烦。你刚才来到，就引的娘笑了一笑儿。你老人家伏侍娘两日，管情娘这病就好了。"冯妈妈道："我是你娘退灾的博士。"又笑了一回。（第六十二回）

李瓶儿原本就不是刻薄的人，此时人之将死，更加宽容。冯妈妈的脸皮之厚也超出常人，接过话头便说自己能为李瓶儿消灾。西门庆进来，问起为何整天不见她人影，她又换了一套说辞："我的爷，我怎不来？这两日腌菜的时候，挣两个钱儿腌些菜在屋里，遇着人家领来的业障，好与他吃。不然我哪讨闲钱买菜儿与他吃？"冯妈妈、王婆、潘姥姥等人，兼做人口贩子，冯妈妈口中的"业障"，便是在她家等待买主的女孩。她向西门庆诉苦，等的便是他的回话："你不对我说，昨日俺庄子上起菜，拨两三畦与你也勾了。"作者没有直接指责冯妈妈，但每句话都显出她的刻薄寡恩。和王姑子一样，她名义上是来探望李瓶儿，实际上扯的都是自己的事情，想趁着李瓶儿还有一口气在，为自己多谋一些利益。

李瓶儿交给王姑子五两银子和一匹绸子，请她在自己亡故后替自己念诵《血盆经》，并特别叮嘱她不要告诉吴月娘。此举透露了即将发生的残酷事实和李瓶儿的内心曲折：李瓶儿死后，她的全部财产都会归吴月娘所有，她要趁着自己还能支配这些钱，为自己身后做些打算。她这样向王姑子示好，无非希望将来她替自己念经时，能用心一些。

她给了从小跟她到如今的"旧人"冯妈妈四两银子，并一套衣服、一件首饰留念；还先给对方吃定心丸："你放心那房子，等我对你爹说，你只顾住着，只当替他看房儿，他莫不就撵你不成！"冯妈妈跪在地上边哭边说话，重点还是落在自己将来"哪里归着"上面。

她又将一些衣物首饰赠予如意儿，再次讲明"我还对你爹和你大娘说，到明日我死了，你大娘生了哥儿，也不打发你出去了，就教接你的奶儿罢"。如意儿倒好，没有表达半点儿感激之情，只顾着让李瓶儿在死前"好歹对大娘说，小媳妇男子汉又没了，死活只在爹娘这里答应了"。她句句都只关心自己的出路，试想一下，李瓶儿心里该有多难过。

贴身丫鬟迎春、绣春各自得到"两对金裹头簪儿、两枝金花儿，做一念儿"。迎春"已是他爹收用过的，出不去了"，李瓶儿要请吴月娘帮忙，给绣春寻个人家。绣春年纪小，倒比上面三人有情义，先是哭着说"我娘，我就死也不出这个门"，又说"我守着娘的灵"；迎春收受赠物，也"哭的言语说不出来"。

随后，李瓶儿向西门庆和吴月娘交代遗言。她对西门庆讲的那些话，让人觉得两人就只是一对寻常的恩爱夫妻，正在经历生离死别。

> 那李瓶儿双手搂抱着西门庆脖子，呜呜咽咽悲哭，半日哭不出声，说道："我的哥哥，奴承望和你并头相守，谁知奴家今日死去也！趁奴不闭眼，我和你说几句话儿。你家事大，孤身无靠，又没帮手，凡事斟酌，休要那一冲性儿。大娘等，你也少要亏了他的。他身上不方便，早晚替你生下个根绊儿，庶不散了你家事。你又居着个官，今后也少要往那里去吃酒，早些儿来家，你家事要紧。比不的有奴在，还早晚劝你。奴若死了，谁肯只顾的苦口说你？"西门庆听了，如刀剜心肝相似，哭道："我的姐姐，你所言我知道。你休挂虑我了。我西门庆那世里绝缘短幸，今世里与你夫妻不到头，疼杀我也！天杀我也！"（第六十二回）

李瓶儿来西门庆家三年，吴月娘对她算是不错的。她先是叮嘱西门庆要"凡事斟酌"，又帮吴月娘讲话，让西门庆莫要亏待这正头娘子。西门庆后来去郑爱月儿那里，完事之后想起李瓶儿的话，便未作停留，乖乖回家。《秋水堂论金瓶梅》中说："瓶儿死后，似乎反而比生前更加活跃于西门庆的生活中。从第六十二回到七十九回，她的存在以各种方式——听曲、唱戏、遗像、梦寐、灵位、奶子如意儿的得宠、金莲的吃醋、皮袄风波——幽灵一般反复出现在西门府。一直到西门庆自己死亡，瓶儿才算真正消逝。"换句话说，她的形体虽然即将消灭，但精神上的影响直到全书的核心人物死去，才随之结束。

李瓶儿先是向吴月娘托付了两个丫鬟和如意儿，又和孟玉楼、潘金莲等人"留了几句姊妹仁义之言"，待众人散去，只有吴月娘留下陪伴时，她终于说出了肺腑之言。

> 李瓶儿悄悄向月娘哭泣说道："娘到明日生下哥儿，好生看养着，与他爹做个根蒂儿，休要似奴心粗，吃人暗算了！"（第六十二回）

从生下官哥儿的那一刻，她心知肚明，西门府里的众妻妾对她多多少少都或嫉或恨，尤其是潘金莲，处心积虑要算计她。她现在一定很懊悔，是自己粗心、软弱，才没有保住儿子。临死之时，她真心真意地告诫吴月娘。果然，待西门庆死后，吴月娘观潘金莲形状，马上想起李瓶儿这句话来。于是，"金莲就在家中住不牢"了。

李瓶儿特别交代，自己不要火葬，埋在"先头大娘坟旁"就好。在当时的人看来，火葬等于神形俱灭，是很可怕的事情。她先是叮嘱西门庆不要耽误公事，又让他不要在买棺材这件事上花冤枉钱。

> 李瓶儿道："我的哥哥，你依我还往衙门去，休要误了，你公事要紧。我知道几时死，还早哩。"西门庆道："我不在家守你两日儿，其心安忍！你把心来放开，不要只管多虑了。刚才他花大舅和我说，教我早与你看下副寿木，冲你冲，管情你就好了。"李瓶儿点头

儿，便道："也罢，你休要信着人，使那憨钱。将就使十来两银子，买副熟料材儿，把我埋在先头大娘坟旁，只休把我烧化了，就是夫妻之情。早晚我就抢些浆水，也方便些。你偌多人口，往后还要过日子哩！"这西门庆不听便罢，听了如刀剜肝胆、剑挫身心相似，哭道："我的姐姐，你说的是哪里话？我西门庆就穷死了，也不肯亏负了你！"（第六十二回）

西门庆说到做到，花了三百二十两银子为李瓶儿置办棺材。常时节房子的买入价是三十五两，春梅后来被卖了十六两，可见这副棺材之昂贵。西门庆见到这副棺材，"满心欢喜"，应伯爵也"不住口只顾喝采不已"，外在的形式似乎比将要躺在里面那个人更重要。

接下来上场的是潘道士。按照词话本的写法，潘道士做法时，天神鬼怪即现身于每个人眼前。崇祯本将它改成了只有潘道士能够"看到"鬼神，神神道道地与对方沟通。如"见一阵狂风所过，一黄巾力士现于面前"一句，崇祯本即作"忽阶下卷起一阵狂风，仿佛似有神将现于面前一般"，我认为这样的改动更符合实际。毕竟潘道士会"通灵"，李瓶儿已经精神恍惚，他们说"看见"也就"看见"了；如果人人都能"看见"，那可真是活见鬼了（如图15）。

九月十七日，三更天，李瓶儿在无人发觉的情况下走了。孟玉楼说："不知晚夕多咱死了，恰好衣服儿也不曾得穿一件在身上。"可惜一个美色佳人，却化作一场春梦，赤条条来到人间，又赤条条告别世界。此时距离八月二十三日官哥儿过世还不满一个月。

西门庆痛哭不止，女眷们忙着帮李瓶儿穿衣服（如图16）。而直到李瓶儿死，潘金莲对她都没有安一点儿好心。

李娇儿因问："寻双甚么颜色鞋，与他穿了去？"潘金莲道："姐姐，他心里只爱穿那双大红遍地金鹦鹉摘桃白绫高底鞋儿，只穿了没多两遭儿，倒寻那双鞋出来，与他穿了去罢。"吴月娘道："不好，倒没的穿上阴司里，好教他跳火炕。你把前日门外往他嫂子家去，穿的那双紫罗遍地金高底鞋，也是扣的鹦鹉摘桃鞋，寻出来与他装绑了去罢。"（第六十二回）

从这里可以看出，明朝妇女下葬时，鞋子是最重要的，因为三寸金莲是其身体美感的来源，也是其作为女性的象征。打开明朝妇女的抽屉，看到的往往不是衣服，不是包包，不是首饰，而是各种花色的绣鞋，这是和内衣一样私密的东西。潘金莲提议给李瓶儿穿红鞋，吴月娘明确反对。传说十八层地狱中有一层是专为淫妇准备的，李瓶儿如果穿着大红鞋到了阴曹地府，一下子就会被阎罗王看出来，直接丢去受罪。潘金莲一心让李瓶儿死后也不得安生，吴月娘则有意为她遮掩，可见她还比较有恻隐之心。

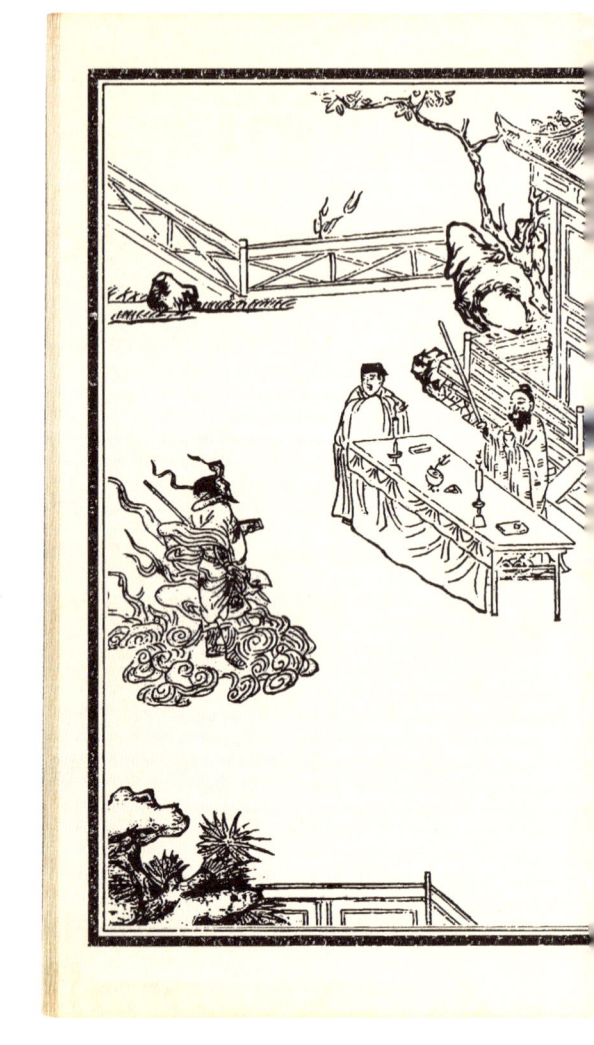

图15- 潘道士法遣黄巾士

月娘打点出装绑衣服来，就把李瓶儿床房门锁了。只留炕屋里，交付与丫头养娘。那冯妈妈见没了主儿，哭的三个鼻头两个眼泪。王姑子且口里喃喃呐呐，替李瓶儿念《密多心经》《药师经》《解冤经》《楞严经》并大悲中道神咒，请引路王菩萨与他接引冥途。西门庆在

前厅,手拍着胸膛,由不的抚尸大恸,哭了又哭,把声都呼哑了。口口声声,只叫我的好性儿有仁义的姐姐不住。比及乱着,鸡就叫了。(第六十二回)

爱财是吴月娘一个比较明显的短处,她觊觎李瓶儿的财产应该也挺久了,现在,这些东西都属于吴月娘了,她立刻行使权利,锁了屋子。冯妈妈这时大概还是在哭自己,主人不在了,纵使她屋子里有再多的好东西,自己也一点儿都捞不到了。

对于鸡叫一笔,张竹坡有夹批:"自上文黄昏点灯,直写至四更,再写至四更将终,至此一笔写'鸡就叫了'四字,真有千钧之力。"如果你经历过亲人的往生,整晚伤心、慌乱、忙碌,忽然间抬眼看窗外,天亮了,然后你走到马路上,发现这个世界依然如常。一夜之间,你自己的天地明明发生了很大的变化,但地球还在转,太阳在那里,人群在那里,每天搭乘的公交车也在那里,什么都没有变。这让人觉得这个世界既熟悉又陌生,甚至无情。那你要不要跟上日常的轨道呢?"鸡就叫了",将人带回现实,发现平淡无奇的一天又要开始;虽然心情变了,对待世界的看法,也不一样了,可是日子就是要这样过下去。此中滋味,真是如何与外人道。

西门庆的真情之哭

从第六十二回开始，我们经常看到西门庆在哭。

如果我们将四大奇书以及《红楼梦》作一比较，会发现各书中"哭"的表现各有不同。《三国演义》里的哭常常很假，背后是政治的尔虞我诈；《水浒传》中人很少落泪，毕竟大多是打落牙齿和血吞的英雄好汉；《西游记》中通常是唐三藏在哭，人绑得结结实实，眼泪一滴一滴掉到要用来煮他的锅里；《红楼梦》中的哭被充分美化，林黛玉是来还泪的绛珠仙草，每一颗眼泪都带着仙气；只有《金瓶梅》中的眼泪是最生活化的，带着人间烟火的温度。

再坏、再粗俗的人，也有真情流露的时候。在失去心爱女人的刹那，西门庆"在房里离地跳的有三尺高，大放声号哭"。他踢小厮，骂丫鬟，不吃饭，令众妻妾很不高兴——不过后来也吃了，但仍是令人感到心酸。人伤心到极致的时候，觉得自己再也不要活了，可是隔没多久，肚子饿了，这就是人生无奈的地方。遇到这种情况，自己都会生自己的气。

他原本不认为李瓶儿会死，还在外面胡混，后来医生告诉他没救了，潘道士也告诉他没救了。而且潘道士还说，"忌不可往病人房里去，恐祸及汝身"。

> 那西门庆独自一个坐在书房内，掌着一枝蜡烛，心中哀恸，口里只长吁气。寻思道："法官戒我休往房里去，我怎生忍得？宁可我死了也罢，须得厮守着，和他说句话儿。"于是进入房中，见李瓶儿面朝里睡。听见西门庆进来，翻过身来，便道："我的哥哥，你怎的就不进来了？"因问："那道士点的灯怎么说？"西门庆道："你放心，灯上不妨事。"李瓶儿道："我的哥哥，你还哄我哩。刚才那厮领着两个人，又来在我跟前闹了一回，说道：'你请法师来遣我，我已告准在阴司，决不容你！'发恨而去，明日便来拿我也。"西门庆听了，两泪交流，放声大哭道："我的姐姐，你把心来放正着，休要理他。

> 我实指望和你相伴几年,谁知你又抛闪了我去了,宁教我西门庆口眼闭了,倒也没这等割肚牵肠!"(第六十二回)

"掌着一枝蜡烛",这是最平白、最朴素的语言,却要引出西门庆一生中经历的最深的悲伤,而这份悲伤就像先前李瓶儿时时感受着的苦痛一样,无从消解,也无人可诉。他是一个粗人,不会写贾宝玉《芙蓉女儿诔》之类,能做的除了哭,便是不顾潘道士的警告,到李瓶儿身边陪伴她最后一程。

待到李瓶儿死去,西门庆的感情完全迸发出来。

> 月娘因见西门庆磕伏在他身上,挺脸儿那等哭,只叫:"天杀了我西门庆了!姐姐,你在我家三年光景,一日好日子没过,都是我坑陷了你了。"月娘听了,心中就有些不耐烦了。说道:"你看韶刀,哭两声儿去开手罢了。一个死人身上,也没个忌讳,就脸挺着脸儿哭。倘忽口里恶气,扑着你怎的。他没过好日子,谁过好日子来?人死如灯灭。半晌时不借,留的住他倒好。各人寿数到了,谁人不打这条路儿来?"(第六十二回)

西门庆对李瓶儿,也怀着愧疚吧。但他的话刺痛了吴月娘,遭她抢白了一顿。

西门庆请人给李瓶儿画了遗像,还常常梦到她,看戏听曲时突然被触动,也会潸然泪下。吃饭的时候,他总要先去拜祭李瓶儿。李瓶儿不仅没有像吴月娘说的"人死如灯灭",反而在西门庆的生活中更有存在感了。她之于西门庆,就像张爱玲在《对照记》描述的祖先与自己的关系:"他们只静静地躺在我的血液里,等我死的时候再死一次。"西门庆的这些举动令吴月娘难以忍受,等他一死,她立刻将李瓶儿的牌位和遗像烧个精光,彻底了断她和西门家的关联。

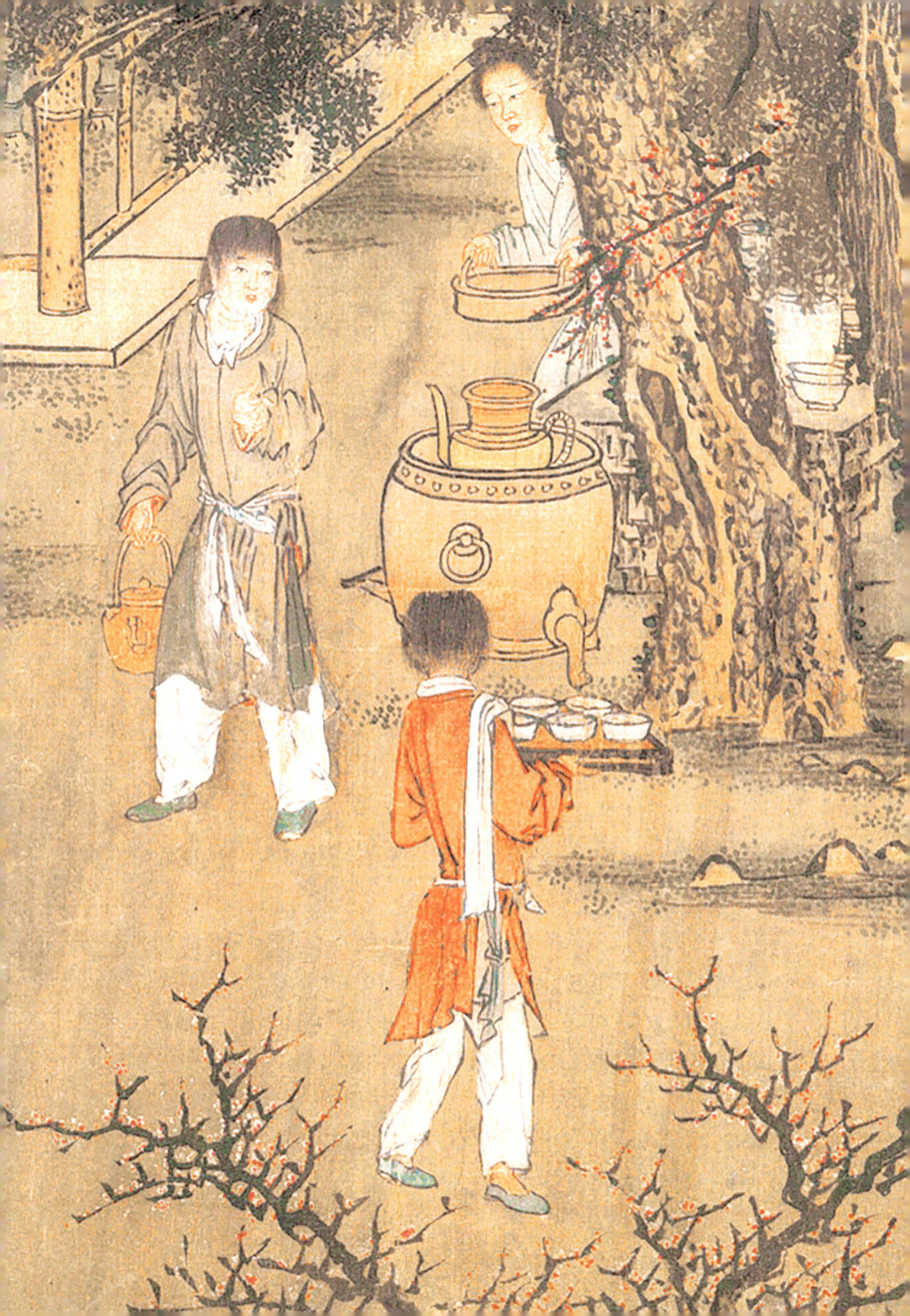

第七章

李瓶儿的热闹丧礼

月娘之怨是爱，金莲之怨是恨

作者对李瓶儿丧事的描述巨细靡遗，足可作社会史的参考数据。而丧礼上众人的表现，则是西门府小天地中反映出的世情百态。

吴月娘正和李娇儿、孟玉楼、潘金莲在帐子后，打伙儿分孝与各房里丫头并家人媳妇。看见西门庆只顾哭起来，把喉音也叫哑了，问他，与茶也不吃，只顾没好气。月娘便道："你看恁劳叨。死也死了，你没的哭的他活。哭两声丢开手罢了，只顾扯长绊儿哭起来了。三两夜没睡，头也没梳，脸也还没洗，乱了恁五更，黄汤辣水还没尝着，就是铁人也禁不的。把头梳了，出来吃些甚么，还有个主张。好小身子，一时摔倒了，都怎样儿的。"玉楼道："他原来还没梳头洗脸哩。"月娘道："洗了脸倒好。我头里使小厮请他后边洗脸，他把小厮踢进来，谁再问他来？"金莲接过来道："你还没见头里进他屋里寻衣裳，教我是不是倒好意说他，都相恁一个死了，你恁般起来，把骨秃肉儿也没了。你在屋里吃些甚么儿，出去再乱也不迟。他倒把眼睁红了的骂我：'狗攮的淫妇，管你甚么事！'我如今镇日不教狗攮，却教谁攮哩！恁不合理的行货子，只说人和他合气。"月娘道："热突突死了，怎么不疼？你就疼，也还放心里，哪里就这般显出来？人也死了，不管那有恶气没恶气，就口挓着那口那等叫唤，不知甚么张致。吃我说了两句。他可可儿来三年，没过一日好日子？镇日教他挑水挨磨来？"孟玉楼道："娘不是这等说。李大姐倒也罢了，没甚么，倒吃了他爹恁三等九格的。"金莲道："他没过好日子，哪个偏受用着甚么哩？都是一个跳板儿上人。"（第六十二回）

吴月娘和潘金莲对西门庆的表现都有抱怨，但崇祯本有评："月娘之怨自爱出，与金莲不同。"孟玉楼向来不关心别人，或者说装得不关心别人，刚"发现"西门庆还没有洗脸梳头，被张竹坡用"冷淡"二字形容。潘金莲对西门庆毫无体贴之意，如连珠炮般数落那位对李瓶儿恋恋不舍的男人，张竹坡评曰"是畅语"。吴月娘接过潘金莲的话茬儿，责怪西门庆在李瓶儿去世时的表现，在崇祯本中进一步得到"月娘毕竟爱他"的评价。这爱里，有对西门庆的心疼，也有对李瓶儿的嫉妒。再怎么贤惠的女人，看到自己的丈夫为别的女人哭成那样子，总不会是很好的滋味吧。接着，孟玉楼出来安抚月娘，意思是李瓶儿也没有故意分高低，是西门庆自己哭傻了，才说出李瓶儿三年里没过过好日子的话。偏潘金莲不依不饶，对死人也要踩一头。

死的自死了，存者还要过日子

到了吃饭的时候，吴月娘让陈经济去叫西门庆，陈经济不敢去；又让玳安去，玳安告知已劳动应伯爵和谢希大去请了。

说了一回，棋童儿请了应伯爵、谢希大二人来到，进门扑倒灵前地下，哭了半日，只哭："我的有仁义的嫂子！"被金莲和玉楼道："贼油嘴的囚根子，俺每都是没仁义的。"（第六十二回）

这个画面如果拍成电视的话，真是又好气又好笑。

> 伯爵道："我到家已是四更多了。房下问我，我说：'看阴骘，嫂子这病已在七八了。'不想刚睡就做了一梦，梦见哥使大官儿来请我，说家里吃庆官酒，教我急急来到。见哥儿穿着一身大红衣服，向袖中取出两根玉簪儿与我瞧，说：'一根折了。'教我瞧了半日，对哥说：'可惜了，这折了是玉的，完全的倒是硝子石。'哥说：'两根都是玉的。'俺两个正说着，我就醒了。教我说此梦做的不好，房下见我只顾咂嘴，便问：'你和谁说话？'我道：'你不知，等我到天晓告诉你。'等到天明，只见大官儿到了，戴着白，教我只顾跌脚。果然哥有孝服。"（第六十二回）

在这种生死大关，应伯爵完全是鬼话连篇，但刚好可以暗示西门庆"天意如此"之类。

> 西门庆道："我前夜也做了恁个梦，和你这个一样儿。梦见东京翟亲家那里寄送了六根簪儿，内有一根砟折了。我说：'可惜儿的！'教我夜里告诉房下。不想前边断了气，好不睁眼的天，撇的我真好苦！宁可教我西门庆死了，眼不见就罢了。到明日，一时半霎想起来，你教我怎不心疼？平时我又没曾亏欠了人，天何今日夺吾所爱之甚也！先是一个孩儿也没了，今日他又长伸脚子去了，我还活在世上做甚么？虽有钱过北斗，成何大用？"（第六十二回）

西门庆究竟是真的做了这个梦，还是顺着应伯爵的话头开解自己，是可以讨论的。看到西门庆自诩"平时我又没曾亏欠了人"，读者会忍不住笑出来——"明明你就是亏欠了太多人"。可是不要忘记，西门庆真的是这样想的，觉得自己对人很好。但他这些话，只能对善解人意的应伯爵讲，换成吴月娘、潘金莲，甚至孟玉楼，都会招来一顿白眼。应伯爵和西门庆对上"暗号"之后，从鬼话说回人话，顺势对他好一番劝说。

  伯爵道："哥，你这话就不是了。我这嫂子与你是那样夫妻，热突突死了，怎的不心疼？争耐你偌大的家事，又居着前程，这一家大小泰山也似靠着你。你若有好歹，怎么了得？就是这些嫂子都没主儿。常言：'一在三在，一亡三亡。'哥你聪明，你伶俐，何消兄弟每说。就是嫂子他青春年少，你疼不过，越不过他的情，成服，令僧道念几卷经，大发送葬，埋在坟里，哥的心也尽了，也是嫂子一场的事，再还要怎样的？哥，你且把心放开。"当时被伯爵一席话，说的西门庆心地透澈，茅塞顿开，也不哭了。须臾拿上茶来吃了，便唤玳安："后边说去，看饭来，我和你应二爹、温师父、谢爹吃。"伯爵道："哥原来还未吃饭哩。"西门庆道："自从你去了，乱了一夜，到如今谁尝甚么儿来！"伯爵道："哥，你还不吃饭，这个就糊突了。常言道：'宁可折本，休要饥损。'《孝经》上不说的：'教民无以死伤生，毁不灭性。'死的自死了，存者还要过日子。哥要做个张主！"（第六十二回）

  应伯爵深谙开解他人的技巧。首先，伤心的人最忌讳别人说自己想太多，或者太闲了才生出负面情绪，这样只会让当事人更有挫败感。要安慰人，先要有同理心，要相信对方正承受着巨大的痛苦。你拉着对方的手，给他一杯热水，让他相信你和他在同一立场，你懂他的痛苦，一定强于一味地让对方想开一点儿。然后，你要晓以利害，告诉对方如果继续沉浸在负面情绪中，会牵扯出更糟糕的情况。最后，你要设身处地地帮对方解决问题。应伯爵虽然没有上过心理咨询课，但是这三步他都做到了。他还适时总结陈词："死的自死了，存者还要过日子。"至此，西门庆堵塞的心路已经顺畅，又可以生活下去了。

至少在这场丧事中，应伯爵是西门庆不可多得的好朋友，他真的为西门庆做了好些事，也真正安慰到对方心里去。就这件事，他虽然是个帮闲，但不是像宠物一样的哈巴狗。

丧礼众生态

西门庆请人为李瓶儿绘制遗容，并由玳安拿给众妻妾看（如图17）。吴月娘首先发难。

> 月娘道："成精鼓捣，人也不知死到哪里去了，又描起影来了！看画的哪些儿不像？"潘金莲接过来道："那个是他的儿女，画下影，传下神来，好替他磕头礼拜。到明日六个老婆死了，画下六个影才好。"（第六十三回）

这一场丧礼，不时触犯吴月娘所处的位置。李瓶儿只是一个小妾，排行老六，可是她身后享有的一些礼节、一些阵仗，原本是独属于正妻的。潘金莲添油加醋，明知道李瓶儿的独子官哥儿已经夭折，还故意说"那个是他的儿女"。而当时吴月娘正怀孕，听了这话，心里难免会有想法。李瓶儿虽然不在了，但她的遗像倒是比形体更加具体、积极地存在。

> 应伯爵与温秀才相陪，铺大红官纻题旌。西门庆要写"诏封锦衣西门庆恭人李氏柩"十一字。伯爵再三不肯，说："见有正室夫人在，如何使得？"杜中书道说："既曾生过子，于礼也无碍。"讲了半日，去了"恭"字，改了"室人"。温秀才道："恭人系命妇，有爵。室人乃室内之人，只是个浑然通常之称。"于是用白粉题毕，"诏封"二字

贴了金，悬于灵前，又题了神主。叩谢杜中书，管待酒馔，拜辞而去。（第六十三回）

应伯爵难得与西门庆唱反调，而且十分坚持，因为给故去的李瓶儿用"恭人"的称谓，是对正室吴月娘的不敬，是对礼法的破坏。应伯爵这样做，正是在为西门庆着想。如果应伯爵不阻止西门庆，按他的心意写牌位，各路官员来祭拜的时候，西门庆的脸就丢大了，别人会笑他是大老粗、不懂礼法。而且，西门庆现在称李瓶儿为"恭人"，一时痛快，却得罪了还活着的众妻妾，过后一天到晚冷箭热箭，也会够他受的。另一方面，应伯爵也得替自己着想。在西门府，正妻吴月娘仍有她的名位、权力，而且她的哥哥吴大舅也当了官。西门庆和吴大舅，哪位活得长久还不一定；西门庆未来的仕途如何，应伯爵也没有把握，他要给自己留后路。他现在替吴月娘争取，等于给了吴月娘一个人情，吴月娘会感谢他，以后遇到事情，吴大舅这条路也可以走一走。西门庆因为伤心太过"哭的呆了"，遂不多做坚持，接受了应伯爵的意见。

就像李瓶儿交代遗言时，探视者想的都是自己一样，来吊唁的诸位也是各有所图。我们来看看勾栏院中的几位女子。

那日院中李桂姐打听得知，坐轿子也来上纸。看见吴银儿在这里，说道："你几时来的？怎的也不会我会儿？好人来，原来只顾你。"吴银儿道："我也不知道娘没了，早知道也来看看儿。"……到第二日，院中郑爱月儿家来上纸。爱月儿下了轿子，穿着白云绢对衿袄儿，蓝罗裙子，头上勒着珠子箍子，白挑线汗巾子，进至灵前烧了纸。月娘见他抬了八盘饼馓，三牲汤饭来祭奠，连忙讨了一匹整绢孝裙与他。吴银儿与李桂姐都是三钱奠仪，告西门庆说。西门庆道："值甚么，每人都与他一匹整绢、头须系腰，后边房儿里摆茶管待、过夜。"（第六十三回）

这一场丧礼，几位姑娘在乎的是谁来得早、谁更能给人留下印象、谁能获得更多回馈，而死的是谁，反而无所谓。李桂姐见吴银儿来得早，暗忖对方或许会因此捞到好处。郑爱月儿打扮得花枝招展，带来丰厚祭礼，吴月娘赶紧给她"一匹整绢孝裙"；李桂姐和吴银儿交出的是三钱银子奠仪，起先什么也没得着，后来西门庆大手一挥，"每人都与一匹整绢，头须系腰"。张竹坡据此讽刺吴月娘爱财，其实未必；作为丧礼的主持者，她更在乎的是礼节，回礼的考虑，取决于对方带什么来祭奠。郑爱月儿是西门庆的新欢，阵仗特别大，送的礼也特别多，月娘当然回赠的也比较多。这是月娘的知礼处，也是当家娘子需要把握的，不然就乱了章法。可是西门庆不管这些，统一对待，这里面有男人的计较。

除了有人来祭拜，丧礼上还有百戏杂耍。"晚夕亲朋伙计来伴宿，叫了一起海盐子弟搬演戏文。"众人守在灵前，一边吃喝，一边看戏。应伯爵像以往一样，和陪酒的妓女打情骂俏，西门庆见状，说："且看戏罢，且说甚么。再言语，罚一大杯酒。"通常这种场合，西门庆会被应伯爵逗得笑到眼睛眯成一条缝，还要骂几句"怪狗才"之类，开心得不行。这一次，他却让人噤声。古典文学与现代文学最大的不同在于，古典文学讲情节，现代文学讲心理。西方古典文学，比如大仲马、小仲马的作品，往往用情节带出人物心情，而少直接描写。

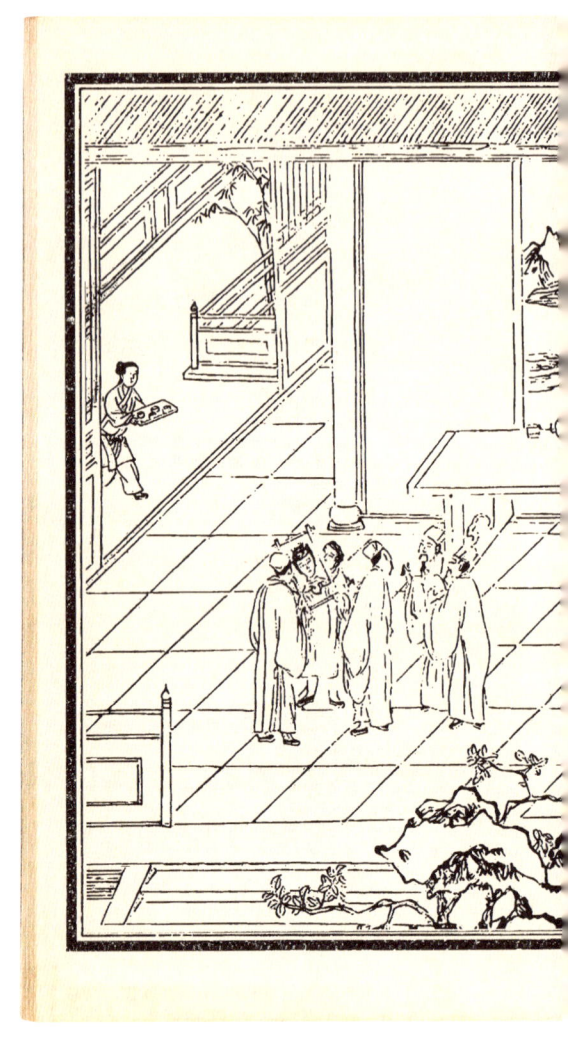

图17-韩画士传真伴遗要

这与前面提到的"鸡就叫了",和此处的"且看戏罢"类似。如果是现代文学作家,如王文兴、白先勇、苏伟贞、朱天心等,总是会专注描摹人物当时内心的千回百转,要读者多加揣摩。这里,西门庆的反常,源自他内心的烦闷,虽然让应伯爵"且看戏吧",其实他连看戏的心情都没有,更别说听应伯爵插科打诨了。应伯爵心领神会,不再说话。

戏台上正演《韦皋、玉箫女两世姻缘玉环记》,府中的丫鬟看戏看得开心。对她们而言,丧事倒好像是喜事。

图18-西门庆残戏动深疑

不想小玉听见下边扮戏的旦儿名子也叫玉箫,便把玉箫拉着说道:"淫妇,你的孤老汉子来了,鸨子叫你接客哩。你还不出去!"使力往下一推,直推出帘子外。春梅手里拿着茶,推泼一身。骂玉箫:"怪淫妇,不知甚么张致,都顽的这等,把人的茶都推泼了。早是没曾打碎盏儿。"西门庆听得,使下来安儿来问:"谁在里面喧嚷?"春梅坐在椅上道:"你去就说:玉箫浪淫妇面见了汉子,这等浪相。"那西门庆问了一回,乱着席上递酒就罢了。(第六十三回)

玉箫和小玉都是吴月娘的贴身丫鬟。玉箫的位置与潘金莲身边的春梅相

《金瓶梅》插画图册－玉箫跪受三章约

当，小玉是花五两银子买的，地位要低一些。但是，小玉后来被许配给继承了西门家的玳安，成为新一代主家娘子。这里她将玉箫推出帘外，看似闲闲一笔，其实伏线已搭到千里之外——西门庆死后，玉箫和迎春一起被送到京城太师府，离开了西门家。

春梅一向看不惯丫鬟们嬉笑打闹，在吴月娘过来管束时，她第一个发言："娘，你问他，都一个个只像有风病来，狂的通没些成色儿，嘻嘻哈哈，也不顾人看见。"春梅的口气已经非常像一个主子，似乎她和吴月娘是同一位阶的。如果是电影里，这个画面大概只有几秒，但是已经有强烈的暗示在其中。

有几位来吊唁的客人意欲离去，应伯爵不让他们走。他刚被责备了一回，安静了一阵，但他最了解西门庆，知道哥心中烦闷，又很怕寂寞，于是再次开口挽留众人，使场面不致太冷清。对于要上什么戏码，西门庆说"我不管你，只要热闹"，证明应伯爵猜对了他的心思。

> 西门庆看唱到"今生难会，固此上寄丹青"一句，忽想起李瓶儿病时模样，不觉心中感触起来，止不住眼中泪落，袖中不住取汗巾儿擦拭（如图18）。又早被潘金莲在帘内冷眼看见，指与月娘瞧，说道："大娘，你看他，好个没来头的行货子。如何吃着酒，看见扮戏的哭起来。孟玉楼道："你聪明一场，这些儿就不知道。乐有悲欢离合，想必看见那一段儿触着他心，他觑物思人，见鞍思马，才落泪来。"金莲道："我不信。打谈的吊眼泪，替古人耽忧。这个都是虚，他若唱的我泪出来，我才算他好戏子。"月娘道："六姐，悄悄儿，咱每听罢。"玉楼因向大妗子道："俺六姐不知怎的，只好快说嘴。"（第六十三回）

潘金莲声称戏都是假的，自己不会为戏而感动。她的心真如铁石一般，不易熔化。吴月娘也不让人多言，对潘金莲讲了一句"悄悄儿，咱每听吧"，但她的心理又与西门庆不同。西门庆是因为烦闷，无法融入热闹的气氛中去；吴月娘是因为孟玉楼和潘金莲已经讲出了她的心里话，她感到满足，因此无须再让对方说下去。但孟玉楼还是找补一句，说潘金莲心直口快，暗示她讲的都是真心话。各人都有各人的想头，人情义理写得非常有意思。

下人眼中的西门庆妻妾

就西门家众妻妾所扮演的角色，玳安对着傅伙计有一番分说。

> 傅伙计老头子熬到这咱，已是不乐坐，搭下铺，倒在炕上就睡了。因向玳安道："你自和平安两个吃罢，陈姐夫想是也不来了。"这玳安柜上点着夜烛，叫进平安来，两个把那壶酒，你一钟、我一盏都吃了。把家火收过一边，平安便去门房里去睡了。玳安一面关上铺子门，上炕和傅伙计两个通厮脚儿睡下。傅伙计闲中因话提起，问起玳安说道："你六娘没了，这等样棺椁，祭祀念经发送，也够他了！"玳安道："一来他是福好，只是不长寿。俺爹饶使了这些钱，还使不着俺爹的哩。俺六娘嫁俺爹，瞒不过你老人家，该带了多少带头来。别人不知道，我知道。把银子休说，光金珠玩好，玉带绦环髩髻，值钱宝石，还不知有多少。为甚俺爹心里疼？不是疼人，是疼钱。是便是说起，俺这过世的六娘，性格儿这一家子都不如他，又有谦让，又和气，见了人只是一面儿笑。俺每下人，自来也不曾呵俺每一呵，并没失口骂俺每一句奴才，要的誓也没赌一个。使俺每买东西，只拈块儿。俺每但说：'娘拿等子你称称，俺每好使。'他便笑道：'拿去罢，称甚么？你不图落，图甚么来？只要替我买值着。'这一家子，都哪个不借他银使？只有借出来，没有个还进去的。还也罢，不还也罢。俺大娘和俺三娘使钱也好，只是五娘和二娘悭吝些。他当家，俺每就

遭瘟来，会把腿磨细了！会胜买东西，也不与你个足数，绑着鬼，一钱银子拿出来只称九分半，着紧只九分，俺每莫不赔出来？"傅伙计道："就是你大娘还好些。"玳安道："虽做俺大娘好，毛司火性儿。一回家好，娘儿每亲亲哒哒说话儿，你只休恼狠着他，不论谁，他也骂你几句儿。总不如六娘，万人无怨。又常在爹根前替俺们说方便儿。谁问天来大事，受不的人央。俺们央他央儿对爹说，无有个不依。只是五娘快戳无路儿，行动就说：'你看我对你爹说。'把这'打'只题在口里。如今春梅姐又是个合气星，天生的都出在他一屋里！"傅伙计道："你五娘来这里也好几年了？"玳安道："你老人家是知道他，想的起哪咱来哩？他一个亲娘也不认的，来一遭要便像的哭了家去。如今六娘死了，这前边又是他的世界。哪个管打扫花园，又说地不干净，一清早辰吃他骂的狗血喷了头。"（第六十四回）

玳安的"别人不知道，我知道"，相当于春梅常讲的那句"他还不知道我是谁呢"，都是重要人物的关键语言。但是，他说"为甚俺爹心里疼？不是疼人，是疼钱"就不对了。毕竟玳安不是西门庆，身份低，年龄小，阅历尚浅，在"情"字上参悟还不够。这一刻的西门庆，只是一个失去心爱女子的男人，他的眼泪发自真心，并非鳄鱼的眼泪。也许再过二十年，玳安才能明白此时西门庆的心痛。一味说西门庆"疼钱"，难免浅薄了。

书童的私情：西门府凋零的开始

接下来，还有一个很关键的地方。

玳安亦有酒了，合上眼，不知天高地下，直至红日三竿，都还未起来。原来西门庆每常在前边灵前睡，早晨玉箫出来收叠床铺，西门

> 庆便往后边梳头去。书童蓬着头要便和他两个在前边打牙犯嘴，互相嘲逗，半日才进后边去。不想今日西门庆归后边上歇去，这玉箫赶人没起来，暗暗走出来与书童递了眼色，两个走在花园书房里干营生去了。不料潘金莲起的早，蓦地走到厅上，只见灵前灯儿也没了，大棚里丢的桌椅横三竖四，没一个人儿。（第六十四回）

家里每个人都累坏了，但是潘金莲不累。她人逢喜事精神爽，不仅不累，还很兴奋，早早就起来了。正因为她起得早，才会撞破玉箫和书童的私情。玉箫被潘金莲带走，书童搜罗细软银两，逃往原籍苏州去了。

书童离开西门府，有几个原因。第一，他失去了靠山。书童曾替人向李瓶儿关说，与其他妻妾几乎没有往来，李瓶儿一死，这条路就算是绝了。第二，他和玉箫的私情落在了潘金莲手上。从经验来看，什么事落在潘金莲手里，都会不得超生。书童见潘金莲冷笑，心知不妙，干脆三十六计，走为上策。同时，书童的出走暗示西门家已经开始凋零。鼎盛的时候，人潮纷纷，现在又是死人，又是走人，作鸟兽散只是时间问题。

玉箫不是在上回才刚刚和小玉发生了一段有趣的插曲吗？但作者塑造这个人物的用意不止于此。

李瓶儿在世时，和潘金莲都住在前面。那时，她是潘金莲的头号敌人，两人在前面斗就是了。李瓶儿死后，前面成为潘金莲一个人的世界，她要开辟新战场，头号敌人变成了吴月娘。因此她要随时知道后面的情况。玉箫被潘金莲逮到她和书童的私情后，被迫成了潘金莲的"情报员"。从这个角度来说，和书童有私情的必须是吴月娘的贴身丫鬟玉箫，这是情节的需要。

潘金莲急于挑战月娘，先和玉箫约定两件事，又问了一个大概困扰她很久的问题："一件，你娘房里但凡大小事儿，就来告我说。你不说，我打听出，定不饶你。第二件，我但问你要甚么，你就捎出来与我。第三件，你娘向来没有身孕，如今他怎生便有了？"人生很吊诡的是，知道得太多，如果又没有能

第七章　李瓶儿的热闹丧礼

《金瓶梅》插画图册-书童私挂一帆风

力排兵布阵，反而会自讨苦吃。潘金莲后来几次挑事，都铩羽而归，尤其是月娘快生的时候，还被罚跪。接二连三的冲撞，也是潘金莲最终自取死路的重要原因。归根究底，玉箫到底是帮了她，还是害了她？！

热闹喧哗，终究烟消云散

第六十五回开头，丧礼已进行到二七。三七由永福寺和尚念经，四七由宝庆寺的喇嘛念经，接着便是出殡。

> 那日官员士夫，亲邻朋友，来送殡者，车马喧呼，填街塞巷。本家并亲眷堂客，轿子也有百十余顶；三院鸨子粉头，小轿也有数十。徐阴阳择定辰时起棺。西门庆留下孙雪娥并二女僧看家。平安儿同两名排军把前门，那女婿陈经济跪在柩前摔盆。六十四人上扛，有件作一员官，立于增架上，敲响板，指拨抬材人上肩。先是请了报恩寺朗僧官来起棺，刚转过大街口望南走，那两边观看的，人山人海。那日正值晴明天气，果然好殡！（第六十五回）

出殡之时，道路交通几乎打结。我们现在或许觉得有妓女在这样悲伤的场合出现很不和谐，但当时是正常现象。可怜的陈经济扮演孝子，心中对西门庆的不满大概又积累了一重。一切就绪，李瓶儿的棺材热热闹闹地上路了（如图19）。

> 吴月娘坐大轿在头里，后面李娇儿等，本家轿子十余顶，一字儿紧跟材后走。西门庆总冠孝衣，同众亲朋在材后里。陈经济紧扶棺舆。走出东街口，西门庆具礼请玉皇庙吴道官来悬真，身穿大红五彩云霞二十四鹤鹤氅，头戴九阳玉环雷巾，脚蹬丹舄，手执牙笏，坐在四人肩舆上，迎殡而来。将李瓶儿大影捧于手内，陈经济跪在面前，那殡停住了，众人听他在上高声宣念：

> 兔走乌飞西复东，百年光景似风灯。

第七章 李瓶儿的热闹丧礼

图19- 借同穴一时丧礼盛

时人不悟无生理，到此方知色是空

恭惟

故锦衣西门恭人李氏之灵，存日阳年二十七岁，元命辛未相正月十五日午时受生，大限于政和七年，九月十七

> 日丑时分身故。伏以尊灵，名家秀质，绮阁娇姝。禀花月之仪容，蕴蕙兰之佳气。郁德柔婉，赋性温和。配我西君，克谐伉俪。处闺门而贤淑，资琴瑟以好和。曾种蓝田，寻嗟楚畹。正宜享福百年，可惜春光三九。呜呼！明月易缺，好物难全。善类无常，修短有数。今则棺舆载道，丹旐迎风。良夫踯躅于柩前，孝眷哀矜于巷陌。离别情深而难已，音容日远以日忘。某等谬忝冠簪，愧领玄教。愧无新坦平之神术，恪遵玄元始之遗风。徒展崔徽镜里之容，难返庄周梦中之蝶。漱甘露而沃琼浆，超仙识登于紫府；披百宝而面七真，引净魄出于冥途。一心无挂，四大皆空。苦苦苦，气化清风形归土。一灵真性去弗回，改头换面无遍数。众听末后一句喽，精爽不知归何处，真容留与后人传。（第六十五回）

吴道官这段话，表面上是讲李瓶儿，其实是在用嘲讽的态度讲整部《金瓶梅》，讲西门庆这家人，讲人生的岁月。一连三个"苦"字，解开了人生的底色——纵使如何热闹喧哗，最后还不是烟消云散。下葬后，众人返家，"到家门首，燎火而入"。李瓶儿的灵位安放在她原先的房间里，"徐先生前厅祭神酒扫，各门户皆贴辟非黄符。管待徐先生，备一匹尺头，五两银子，相谢出门。各项人役，打发散了"。但是，西门庆的痛苦并没有随着出殡结束而消失。

> 西门庆不忍遽舍，晚夕还来李瓶儿房中要伴灵宿歇。见灵床安在正面，大影挂在傍边。灵床内安着半身，里面小锦被褥床几衣服妆奁之类，无不毕具。下边放着他的一对小小金莲，桌上香花灯烛，金碟樽俎，般般供养。西门庆大哭不止，令迎春就在对面炕上搭铺。到夜半对着孤灯，半窗斜月，翻复无寐，长吁短叹，思想佳人。（第六十五回）

《金瓶梅》插画图册 - 守孤灵半夜口脂香

《金瓶梅》插画图册－黄真人发牒荐亡

　　每当用饭时，西门庆还要和李瓶儿"面对面"同"吃"，"举起箸儿来：'你请些饭儿？'行'如在'之礼"。一个失去所爱的男人，再也没法借着外界的热闹逃遁，不得不独自面对自己的内心。原本已上心的如意儿，因此有了可乘之机。

第七章　李瓶儿的热闹丧礼

　　传统中，女人死了丈夫，通常就独居度日；男人可不一定了。如意儿是一个替代品，西门庆看到她，回想起官哥儿，也想起李瓶儿。原本她只是帮西门庆盖被子，却被拉上了床。西门庆是一个立体复杂的角色，他的伤心是真的，但是下半身也还在，何况他本来就是一个为所欲为的人，经不起一点点撩拨。对李瓶儿的思念和宣泄肉欲的需要，并存于他的内心。此外，办丧礼这些日子，众妻妾没给过他什么好脸色。这回半夜起来吃茶，迎春睡死了，是如意儿起身服侍；随后，她又给西门庆盖被子，对一个寂寞的男人来说，这个动作是何等温暖。

　　花团锦簇时，他或许没那么多想头，但在这样一个冷清的夜晚，有一个人主动替他盖被，这一刹那，他的心解冻了。李瓶儿的遗像就挂在旁边，西门庆已在和如意儿颠鸾倒凤。后来他还对如意儿讲，她和李瓶儿面貌相像，和她办事，就像和李瓶儿在一起一样。他将自己的行为合理化了，所以心安理得。

　　为办丧事而搭起的卷棚，在李瓶儿下葬后，接着用来接待朝廷来的大太监——六黄太尉。一件丧事连着一件喜事，都在同一个地方。但无论丧事也好，喜事也好，本质上都是铺张和炫耀。《金瓶梅》发挥了这种悲喜交加的叙事方法，写尽人生起伏。

　　待到李瓶儿五七，西门庆为她做了一个大型道场。黄真人念念有词，提及十种死法，暗示了《金瓶梅》中大多数人物的结局。例如，春梅后来的丈夫周守备是阵亡的，杨提督是刑死的，武大郎是药死的，李瓶儿是病死的，宋惠莲、西门大姐是屈死的，苗员外是溺死的，等等。其他如饥死、客死、产死和焚死，在《金瓶梅》里没有人物可以对应。作者最初或许想将各种死法写全，但因故没能实现。

　　"人生有酒须当醉，一滴何曾到九泉。"这话到今天仍然是金科玉律。我们没有过去，没有未来，只有当下是能够把握的。

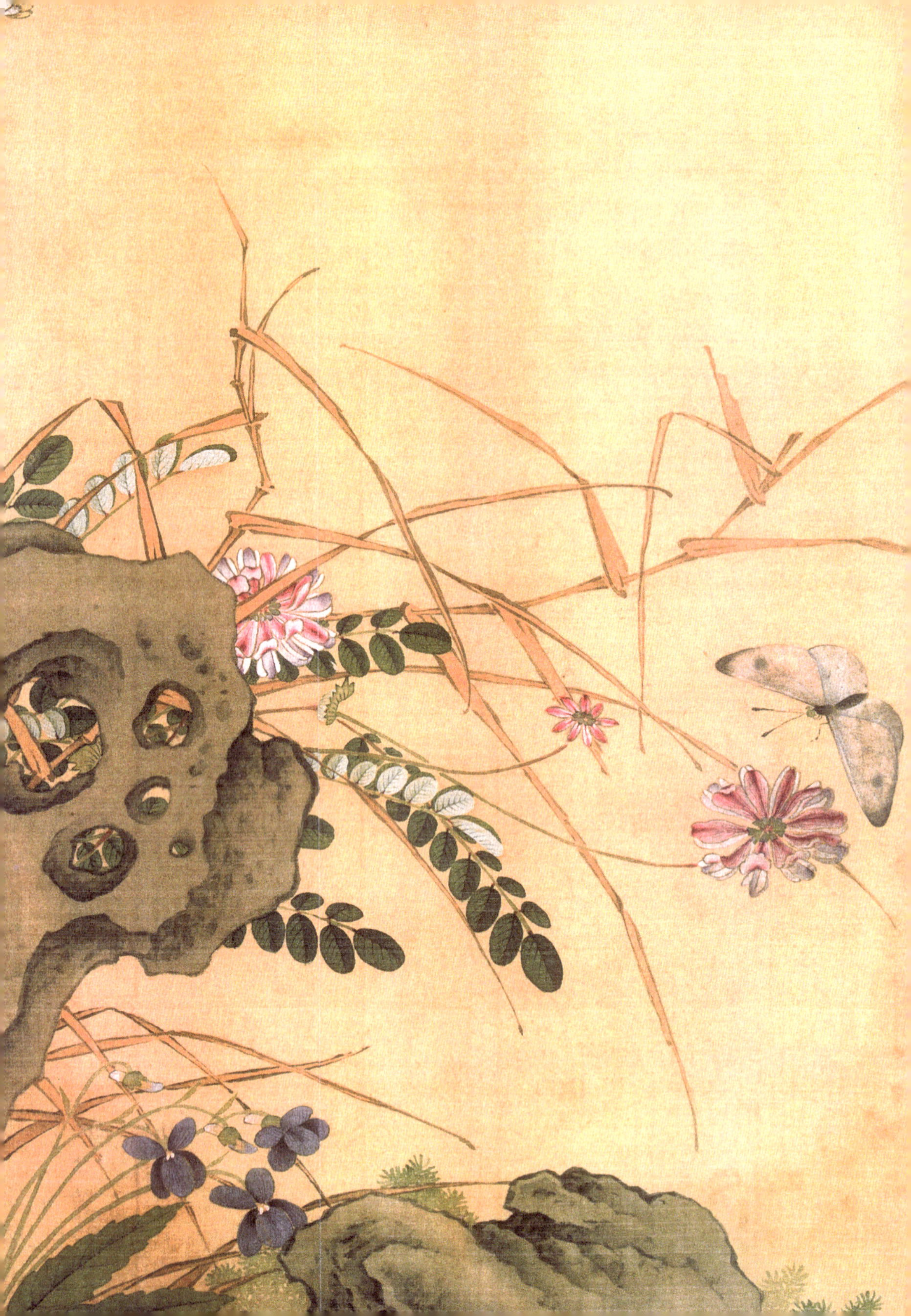

第八章 《金瓶梅》的寻常与不寻常

这就是人生，无关道德

读《金瓶梅》的次数越多，就越会发现它的了不起。《红楼梦》里多的是浪漫的神仙眷侣，《金瓶梅》里只有凡俗的柴米夫妻；而生活的真容，通常就是日常的柴米夫妻。柴米油盐、爱恨情愁、贪嗔痴慢、生离死别，都是人间最平常事，却是在无奇中蕴藏着出奇。

从第六十回开始到第八十回，是属于西门庆的最后一场荒唐梦。他先是和如意儿，后来又和郑爱月儿，并由郑爱月儿牵扯出林太太、王三官等；王六儿也和他继续纠缠，而且非常主动；其他店铺伙计、家中仆人的老婆他也不放过；除此之外，他一见何副提刑官的夫人蓝氏便魂飞魄散，只是没能得手。这时的西门庆已经有些力不从心，经常服用胡僧药。他在药力驱使下的最后一个交欢对象是潘金莲，随后便一命呜呼——潘金莲第二次"谋害"亲夫。

王三官号"三泉"，谐音"三全"，和西门庆的"四泉"（谐音"四全"）相比，少了酒、色、财、气中的"气"。他居然认西门庆为义父，跪在对方面前称儿。《金瓶梅》里还有"一泉"和"二泉"，前者是蔡状元的号，后者是尚举人的号。

在这二十回里，我们会看到西门庆的死，会看到月娘终于生了一个儿子，会看到西门家树倒猢狲散。对于一个大多数人生活艰难、弱肉强食的时代，不适合站在天理昭彰、恶有恶报一类泛道德的角度进行观察。商业社会中的人总是在尽力谋求更多利益，大家像鳄鱼一样互咬。主子一旦不在了，无论家人、伙计还是仆人，都得各凭本事与机缘，自寻出路。一个一个，有的功成名就，有的身败名裂，有的生，有的死，各自曲折。但这就是人生，说不上道德还是不道德。

前八十回与后二十回的区别

前八十回讲了六年间的事情，尤其是第六十回至第七十八回，几乎是数着日子在过，每一天都讲得很详细。田晓菲说，这样的写法，让人感觉冥冥当中有一种来日不多的恓恓惶惶。属于西门庆的日子是不多了，可是他当然不知道。等到西门庆的丧礼结束，接下去的十年用二十回就写完了。终于，夜已经凉了，人也疲困了，戏总要散场。

前八十回的风俗、人文、地理等内容都比较明确，大概是山东方圆几百里之内——山东的喜筵、山东的丧礼、山东的应酬事务，具有地方特色。但是在后二十回里，这些信息模糊了，有人认为是这部分内容以流行于江南一带的版本为底本的缘故。

此外，《金瓶梅》中大量引用前人或者当时人的诗词、歌曲、戏剧。前八十回里，"唱"的都是妓女；但在后二十回中，其他人物也唱起来了。第七十九回中，西门庆向吴月娘交代临终遗言，西门庆唱完吴月娘唱，形式就像苏州评弹或扬州鼓词，有较多说唱艺术的痕迹。

而且，后二十回引用别人的故事特别多。有些学者认为，这是作者在偷懒，反正核心人物已经死了，就赶快把故事结束吧。比如陈经济在临清大酒店的几个桥段，都是借用别人的。陈经济和潘金莲开始偷情，互赠定情物，好像真的谈起恋爱来，完全落入才子佳人的俗套。反而之前二人因着身边的眼睛和嘴巴，我偷瞄你一眼、你偷看我一眼的时候，让人意犹未尽。现在春梅居中跑来跑去，活生生变成《西厢记》里的红娘，一贯的傲气和贵气似乎都不见了。我个人认为，之前对这个角色铺排得那么用心，后面三两下就变了个人，是一个很大的遗憾。

被骂得最多的是吴月娘的泰山行，也是用了别人的桥段；而且还硬把宋江扯进来，成为词话本最为人诟病的地方。崇祯本将宋江出场的半回全部删掉，也是因为觉得太牵强了。

不过，后二十回也有精彩的部分。就像高鹗被张爱玲骂得那么惨，但越来越多学者认为《红楼梦》后四十回还是颇有佳处的。比如，大观园内林黛玉奄奄一息终至死亡，大观园外宝玉和宝钗正热热闹闹地结婚，两件事以蒙太奇手法呈现，在阅读时很有冲击力。回头看《金瓶梅》，第八十五回的"薛嫂月夜卖春梅"，春梅一滴眼泪也没有掉，而且表现得很有骨气，令人印象深刻。又如第八十九回的"清明节寡妇上新坟"，吴月娘来到永福寺，撞见一位新少奶奶，正是今非昔比的春梅。吴月娘称春梅为"姐姐"，春梅表现得十分大度，令读者仿佛看到一颗星的坠落与另一颗星的升起。再如第九十一回的"孟玉楼爱嫁李衙内"，回目中的"爱嫁"二字，点出孟玉楼终于嫁得真心人，而且是做正室。她一共嫁了三次，一次比一次嫁得好，最后这次她格外小心，再三向薛嫂确认细节。还有第九十六回的"春梅游旧家池馆"，春梅衣锦荣归西门府故地，特意去看潘金莲住的地方，情真意切，令人动容。

西门庆的大事小情

第五十九回至第六十六回，纷纷扰扰，又是丧事，又是大官要来。筵席办了不少，就是不说他们吃了什么。到第六十七回，那些家常食物才又在故事中出现，西门庆也重新当回第一主角。第六十七回的前半回详细讲述十月二十一日这天西门庆的大事小情，好像他的日记，此时距西门庆死去还剩不到三个月。

这一天，西门庆的主要活动地点是藏春阁书房。当年的头场雪飘落下来，这场雪带着他进入生命中最后一个冬天。天气越来越冷，雪从无到有，从小雪变成大雪，又停下。书房里温暖、安全、舒适，刚刚经历了生离死别之痛，被僧、道、官摆弄一番的西门庆，在这里重新做回自己的主人。西门庆的伙计、"机要秘书"、小厮、商业上的下属、官吏债的借债人，以及服务业人员、勾栏院的龟公，包括篦头小周儿、应伯爵、韩道国、温秀才、陈经济、郑春、李三、黄四，还有春鸿、王经、来兴儿、来安儿等，都围着他打转。这种"复原"很不容易，值得好好记上一笔（如图20）。

作者一开头就称连日为公事、家事、私事操劳的西门庆为"辛苦的人"，很体谅他。被众妻妾摆了几天坏脸色之后，他的眼前终于换上了那些能嘲讽、能打骂的人。请示过西门庆后，刚办过丧事也办过喜事的卷棚被拆除了，"搭彩匠一面外边七手八脚，卸下席绳松条，拆了送到对门房子里堆放"——谁能预知，这些不久后就将再用到。西门庆没去衙门，早早起来给翟管家回信。因为李瓶儿死的时候，翟管家曾有书信来致哀。

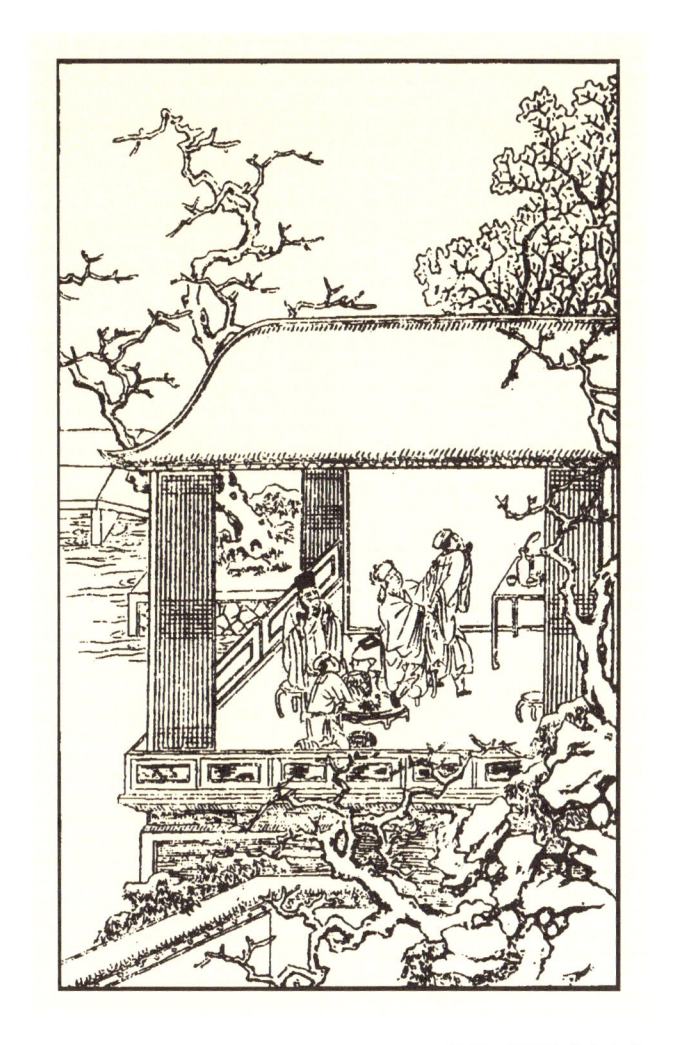

图20 西门庆书房宴客

冬月间，西门庆只在藏春阁书房中坐。那里烧下的地炉暖炕，地平上又安放着黄铜火盆，放下梅梢月油单绢暖帘来。明间内摆着夹枝桃，各色菊花，清清瘦竹，翠翠幽兰。里面笔砚瓶梅，琴书潇洒。床炕上茜红毡条，银花锦褥，枕横鹓鹅，帐挂鲛绡。西门庆挺在床上，王经连忙向桌上象牙盒内炷蒸龙涎于流金小篆内。（第六十七回）

西门庆虽然是个粗人，书房倒布置得十分雅致。丧礼期间，应伯爵陪伴西门庆左右，十月二十一日一大早又被来安儿请来。身心俱疲的西门庆，很需要这样一个可以依赖的人在身边。而且，不可否认，应伯爵这段时间表现很好，很够一个朋友的义气，该帮的都帮，该说的也敢说。西门庆死后，应伯爵很快投靠了张二官，被人指摘；但他本就只是一个帮闲，唯有依附富贵之人才能生存，不能坐等饿死。

西门庆讲几句心疼李瓶儿的话，其他妻妾就对他骂声一片，而应伯爵理解他，安慰他，鼓励他，提醒他（如不能给李瓶儿用"恭人"的称谓），帮他渡过了难熬的关口，也多少替他挽回了吴月娘等人的心。应伯爵在看戏的时候插科打诨，被西门庆责备，也不顶撞。因此，对于西门庆来说，这个人简直须臾不可离。

伯爵道："你不知外边飘雪花儿哩，好不寒冷！昨日家去晚了，鸡也叫了。你还使出大官儿来拉，俺每就走不的了。我见天阴上来，还付了个灯笼，和他大舅一路家去了。今日白扒不起来，不是来安儿去叫，我还睡哩。哥，你好汉！还起的早，若着我，成不的。"（第六十七回）

连日不得心闲的西门庆，向应伯爵絮絮诉说自己的辛苦。他又向应伯爵提起谢孝的事，应伯爵已替他想过，而且办法十分贴心："正是我愁着哥谢孝这一节，少不的也谢，只摘拨谢几家要紧的，胡乱也罢了。其余相厚，若会见，告过就是了。谁不知你府上事多，彼此心照罢。"

篦头小周儿又上门了。他上一次来，李瓶儿抱着官哥儿让他剃头，中途官哥儿哭到闭气，把他吓跑了。而世事如白云苍狗，这次再见，官哥儿已经不在，李瓶儿也不在了。

仆人送来"两盏酥油白糖熬的牛奶子"，应伯爵吃了一盏。但他一直在关注着另一盏，见对方"只顾不吃"，终于按捺不住，开了腔。

> 伯爵道："哥，且吃些不是，可惜放冷了。像你清晨吃恁一盏儿，倒也滋补身子。"西门庆道："我且不吃，你吃了，停会我吃粥罢！"那伯爵得不的一声，拿在手中，一吸而尽。（第六十七回）

牛奶子"呷在口里，香甜美味"，西门庆不想吃，单等粥，是不是身体已经出现了问题，难以消化这"白潋潋鹅脂一般，酥油飘浮盏内"的食物。

小周儿替西门庆篦头取耳，又"拿木滚子滚身上，行按摩导引之术"。

> 伯爵问道："哥滚着身子，也通泰自在些么？"西门庆道："不瞒你说，相我晚夕身上常时发酸起来，腰背疼痛。不着这般按捏，通了不得。"伯爵道："你这胖大身子，日逐吃了这等厚味，岂无痰火？"西门庆道："近日任后溪常说，老先生虽故身体魁伟，而虚之太极，送了我一罐儿百补延龄丹，说是林真人合与圣上吃的，教我用人乳常清晨服；我这两日心上乱乱的，也还不曾吃。你每只说我身边人多，终日有此事；自从他死了，谁有甚么心绪理论此事？"（第六十七回）

方才应伯爵说西门庆是"好汉"，但二人的对话，透露出西门庆的身体已经出现问题。"自从他死了，谁有甚么心绪理论此事"之类，幸亏没有被众妻妾听到，否则又少不了背后对西门庆的咒骂。作者不忙着批判这个男人，而是先将他的不易摆了个淋漓尽致。

饮食如常，悲痛已逝

韩道国来和西门庆讲生意经，接着温秀才来帮西门庆写回信。

> 叙礼已毕，左右放桌儿，拿粥上来，四碟小菜，一碗炖烂蹄子，一碗黄芽韭炒驴肉，一碗鲊炒馄饨鸡，一碗炖烂鸽子雏儿，四瓯软稻粳米粥儿，安放四双牙筯。伯爵与温秀才上坐，西门庆关席，韩道国打横。西门庆分付来安儿再取一盏粥，一双筷儿，请你姐夫来吃粥。不一时，陈经济来到，头戴孝巾，身穿白绸道袍，葱白段氅衣，蒲鞋绒袜，与伯爵等作揖，打横坐下。须臾，吃了粥，收下家火去，韩道国起身去了。只有伯爵、温秀才，在书房坐的。（第六十七回）

西门府的饮食描写恢复如常，说明家里的日子已经回到正轨。

西门庆将陈经济叫来。陈经济依旧是一副孝子打扮，对他来讲真是情何以堪，毕竟他真正的父母仍然健在。他后来对西门家、对西门大姐那样绝情，根源还在于西门庆。

写完信，妓院郑春送来"姐姐"郑爱月儿亲手制作的"一盒果馅顶皮酥，一盒酥油泡螺儿"，以及另一种暧昧的吃食——"一方回纹锦双拦子细撮穗古碌钱同心方胜结，桃红绫汗巾儿，里面裹着一包亲口嗑的瓜仁儿"，应伯爵抢着吃了。西门庆口中嗔他道："温先儿在此，我不好骂出来。你这狗材，忒不像模样！"随后收好汗巾，也没真怪罪。郑爱月儿在引诱西门庆，西门庆也坦然接受了引诱。这样的西门庆，又是我们熟悉的那个大官人了。应伯爵多日来苦心开导、逗乐，终于把西门庆的魂招了回来。

李三、黄四先前向西门庆借了官吏债，这天也来还钱了。黄四还为自己岳父的事情关说了一阵。诸般杂事一件一件，"一面觑那门外雪，纷纷扬扬，犹如风飘柳絮，乱舞朵花相似"。

> 西门庆另打开一坛双料麻姑酒，教春鸿用布甑筛上来。郑春在傍弹筝低唱。西门庆令他唱一套"柳底风微"。正唱着，只见琴童进来说："韩大叔教小的拿了这个帖儿与爹瞧。"西门庆看了，分付："你就拿往门外任医官家，替他说说去，教他明日到府中承奉处替他说说，注销差事。"琴童道："今日晚了，小的明早去罢。"西门庆道："是了。"不一时，来安儿用方盒拿了八碗下饭：一碗黄熬山药鸡，一碗臊子韭，一碗山药肉圆子，一碗炖烂羊头，一碗烧猪肉，一碗肚肺羹，一碗血脏汤，一碗牛肚儿，一碗爆炒猪腰子；又是两大盘玫瑰鹅油烫面蒸饼儿，连陈经济共四人吃了。西门庆教王经拿盘儿，拿两碗下饭，一盘点心，与郑春吃，又赏了他两大钟酒。（第六十七回）

我们现在看这些吃食，只看到满满八碗胆固醇和高嘌呤，但在四百年前，说书先生绘声绘色地一样一样讲出来，下面的听众大概就要流口水了。不仅有酒肉，还有点心。

> 伯爵才待拿起酒来吃，只见来安儿后边拿了几碟果食：一碟果馅饼，一碟顶皮酥，一碟炒栗子，一碟晒干枣，一碟榛仁，一碟瓜仁，一碟雪梨，一碟苹婆，一碟风菱，一碟荸荠，一碟酥油泡螺，一碟黑黑的团儿，用橘叶裹着。伯爵拈将起来，闻着喷鼻香，吃了到口，犹如饴蜜，细甜美味，不知甚物。西门庆道："你猜。"伯爵道："莫非是糖肥皂？"西门庆笑道："糖肥皂哪有这等好吃？"伯爵道："待要说是梅苏丸，里面又有核儿。"西门庆道："狗材，过来！我说与你罢。你做梦也梦不着，是昨日小价杭州船上捎来，名唤作衣梅。都是

各样药料，用蜜炼制过，滚在杨梅上，外用薄荷橘叶包裹，才有这般美味。每日清晨，呷一枚在口内，生津补肺，去恶味，煞痰火，解酒克食，比梅苏丸甚妙。"（第六十七回）

西门府似乎还是从前的西门府，富贵又热闹，人来人往，吃吃喝喝。但这繁华景象就如"好汉"西门庆一般，已是不自知的外强中干。

当晚，西门庆"从潘金莲门首所过，见角门关着"，就悄悄进了李瓶儿房门，再次与如意儿成事，并对她说："我儿，你原来身体皮肉也和你娘一般白净，我搂着你，就如同和他睡一般。你须用心服侍我，我看顾你。"如意儿会讲话，勤服侍，果然从西门庆这里得了不少好处。次日，潘金莲就打听得知，报告吴月娘。吴月娘不愿多事，她只好暂时作罢。几天后，潘金莲才找到机会和西门庆斗嘴，说："李瓶儿是心上的，奶子是心下的。俺每是心外的人，入不上数。"西门庆被说穿心事，胡乱应付几句，便用一贯的手段"安抚"。

这天，西门庆梦见了李瓶儿（如图21）。

玳安磕头而出，西门庆就摇在床炕上眠着了。王经在桌上小篆内炷了香，悄悄出来了。良久，忽听有人掀的帘儿响，只见李瓶儿蓦地进来，身穿糁紫衫，白绢裙，乱挽乌云，黄惨惨面容，向床前叫道："我的哥哥，你在这里睡哩！奴来见你一面。我被那厮告了我一状，把我监在狱中，血水淋漓，与秽污在一处，整受了这些时苦。昨日蒙你堂上说了人情，减了我三等之罪。那厮再三不肯，发恨还要告了来拿你。我待要不来对你说，诚恐你早晚暗遭他毒手。我今寻安身之处去也，你须防范来！没事，少要在外吃夜酒。往哪去，早早来家。千万牢记奴言，休要忘了。"说毕，两人抱头放声而哭。西门庆便问："姐姐，你往哪去？对我说。"李瓶儿顿然撒手，却是南柯一梦。西门庆从睡梦中直哭醒来，看见帘影射入书斋，正当卓午，追思起，由不

明　陈洪绶《蕉林酌酒图》

的心中痛切,正是:

> 花落土埋香不见,镜空鸾影梦初醒。

有诗为证:

> 残雪初晴照纸窗,地炉灰烬冷侵床。
> 个中邂逅相思梦,风扑梅花斗帐香。(第六十七回)

梦里人口中的"那厮",无疑是花子虚,她又让西门庆不要在外多逗留,西门庆后来外出玩耍,回想此梦,果然乖乖回家了。

李瓶儿的六七到了。

只见买了两座箱库来,西门庆委付陈经济装库,问月娘寻出李瓶儿两套锦衣,搅金银钱纸装在库内。因向伯爵说:"今日是他六七,不念经,替他烧座库儿。"伯爵道:"好快光阴,嫂子又早没了个半月了。"西门庆道:"这出月初五日,是他断七,少不的替他念个经儿。"伯爵道:"这遭哥念佛经罢了。"西门庆道:"大房下说,他在时因生小儿,许了些《血盆经》忏;许下家中走的两个女僧做首座,请几众尼僧,替他礼拜几卷忏儿。"说毕,伯爵见天晚,说道:"我去罢,只怕你与嫂子烧纸。"又深深打恭,说:"蒙哥厚情,死生难忘!"西门庆道:"难忘不难忘,我儿,你休推梦里睡哩。你众娘到满月那日,买礼都要去哩。"伯爵道:"又买礼做甚?我就头着地,好歹请众嫂子到寒家光降光降。"西门庆道:"到那日,好歹把春花儿那奴才收拾起来,牵了来我瞧瞧。"伯爵道:"你春姨他说来,有了儿子,不用着你了。"西门庆道:"别要慌,我见了那奴才,和他答话。"伯爵佯长笑的去了。西门庆令小厮收了家火,走到李瓶儿房里。陈经济和玳安,已把库装封停当。那日玉皇庙、永福寺、报恩寺都送疏。道家是宝肃昭成真君像,佛家是冥府第六殿变成大王。门外花大舅家,送了一盒匾食,十分冥纸。吴大舅子家也是如此。西门庆看着迎春摆设羹饭完备,下出匾食来,点上香烛,使绣春请了后边吴月娘众人来。西门庆与李瓶儿烧了纸,抬出库去,教经济看着大门首焚化,不在话下。正是:

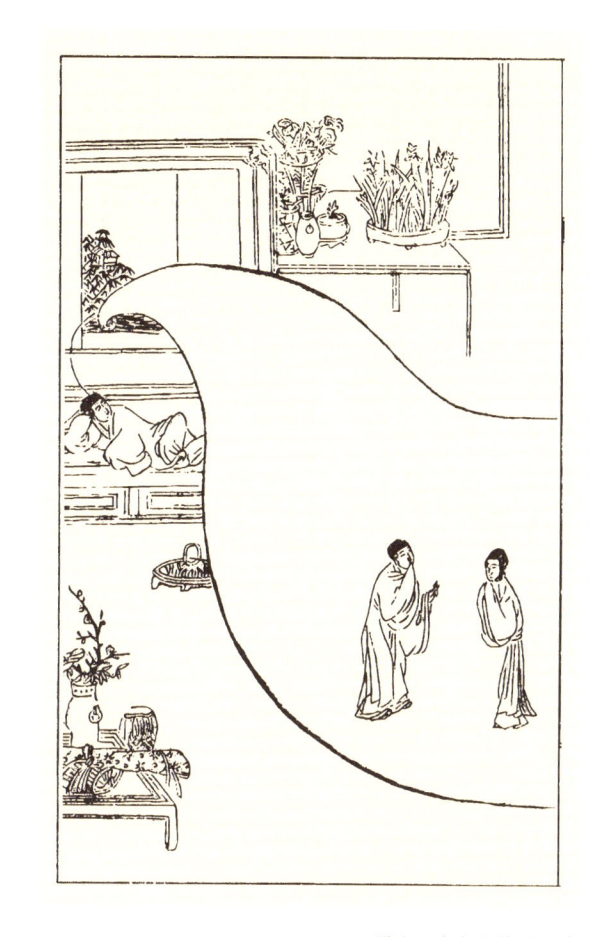

图21-李瓶儿梦诉幽情

芳魂料不随灰死,再结来生未了缘。(第六十七回)

随着时间的推移,西门庆内心的痛苦在逐渐痊愈。曾经的墙里墙外、你侬我侬,还有此时应伯爵奉承的"死生难忘",终将化为死灰。而来生的事,谁又说得准呢?

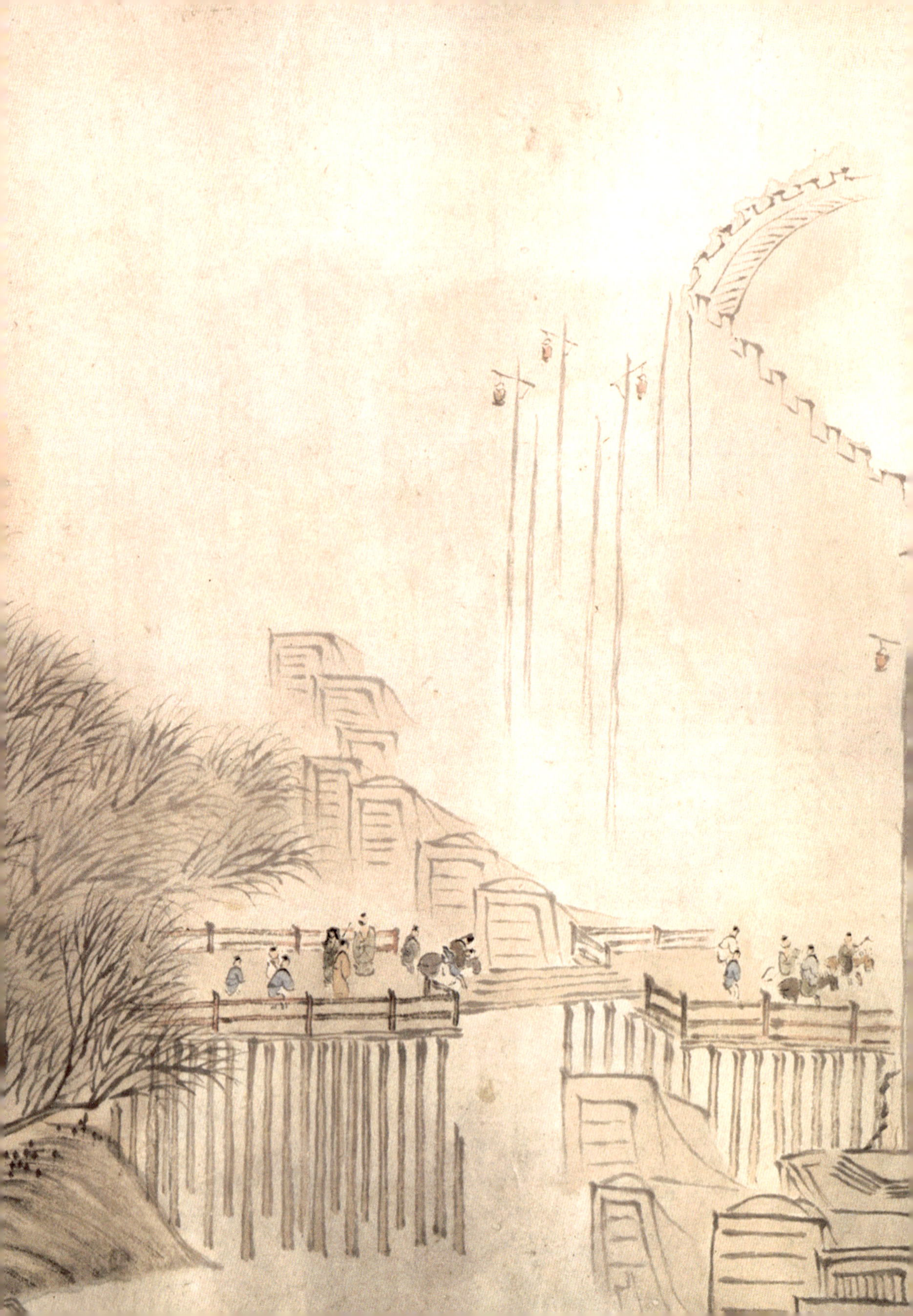

第九章

妓女、帮闲、尼姑、清客

我们走在路上，或者坐在地铁上，总会忍不住揣测其他人身上所背负的故事。足够的阅历、对人生的诚意，以及对他人的兴趣，都使得我们放不下《金瓶梅》这部书。

应伯爵的三重面目

应伯爵这个人物太特别了，古往今来很少有文学作品可以把这样一个人物写得如此精彩。

他有三重面目。在李瓶儿的丧事中和宴请六黄太尉时，他对西门庆很够意思，该说的说，该劝的劝，该化解的化解，该捧场的捧场。丧事已经令西门庆身心俱疲，各路大小官员到来时，多亏应伯爵整天待在西门府，充当必不可少的陪客。这是他的第一重面目——西门庆的朋友，此时他们的关系是平等的。

他的第二重面目，是要靠西门庆接济的穷朋友，可以哭穷、装可怜。

> 伯爵进来，见西门庆唱喏，坐下。西门庆道："你连日怎的不来？"伯爵道："哥，恼的我要不的在这里。"西门庆问道："又怎的恼？你告我说。"伯爵道："不告你说，紧自家中没钱，昨日俺房下那个，平日又捅出个孩儿来！但是人家白日里还好挺挠，半夜三更，房下又七痛八病，少不得爬起来收拾草纸被褥，陆续看他，叫老娘去。打紧

应宝又不在家，俺家兄使了他往庄子上驮草去了。百忙扯不着个人，我自家打着灯笼，叫了巷口儿上邓老娘来。及至进门，养下来了。"西门庆问："养个甚么？"伯爵道："养了个小厮。"西门庆骂道："傻狗材，生了儿子倒不好，如何反恼？是春花儿那奴才生的？"伯爵笑道："是你春姨人家。"西门庆道："那贼狗掇腿的奴才，谁教你要他来？叫叫老娘还抱怨。"伯爵道："哥，你不知，冬寒时月，比不的你每有钱的人家；家道又有钱，又有若大前程官职，生个儿子上来，锦上添花，便喜欢。俺如今自家还多着个影儿哩，要他做甚么？家中一窝子人口要吃穿盘搅。自这两日，忙巴结的魂也没了。应宝逐日该操，当他的差事去了。家中哪里是不管的，大小姐便打发出去了。天理在头上，多亏了哥你，眼见的这第二个孩子又大了，交年便是十三岁。昨日媒人来讨帖儿，我说早哩，你且去着。紧自焦的魂也没了，猛可半夜又钻出这个业障来！那黑天摸地，哪里活变钱去？房下见我抱怨，没计奈何，把他一根银插儿与了老娘，发落去了。明日洗三，嚷的人家知道了，到满月拿甚么使？到那日我也不在家，信信拖拖往那寺院里且住几日去罢。"西门庆笑道："你去了，好了和尚，却打发来好赶热被窝儿。你这狗材，到底占小便益儿。"

又笑了一回。那应伯爵故意把嘴谷嘟着，不做声。（第六十七回）

有钱人家不在乎多一张嘴吃饭，得了孩子会很开心，而穷人家多一个孩子，意味着增加了不小的生活负担。西门庆表面上和应伯爵说说笑笑，但心里大概很不是滋味：自己的儿子刚刚夭折，对方家里却"捅出个孩儿来"。"捅"这个字，真是又粗俗又活泼。应伯爵穷归穷，但在妻子之外还有一房小妾——春花，孩子就是这个妾生的。此前，他家里已经有两个女儿，后面春梅帮陈经济娶妻时还会提起。

得知对方这次生的是个儿子，西门庆心里又添了几分羡慕；外人看来如此光鲜的西门庆，偏偏膝下无子。应伯爵打蛇随棍上，进入哭穷戏份，末了还要噘着嘴表现无辜、无助和无奈。

  西门庆道："我的儿，不要恼。你用多少银，一发对我说，等我与你处。"伯爵道："有甚多少？"西门庆道："也够你搅缠是的，到其间不够了，又拿衣服当去。"伯爵道："哥若肯下顾，二十两银子就够了。我写个符儿在此，费烦的哥多了，不好开口的，也不敢填数儿，随哥尊意便了。"那西门庆也不接他文约，说："没的扯淡，朋友家，什么符儿？"正说着，只见来安儿拿茶进来。西门庆叫小厮："你放下盏儿，唤王经来。"不一时，王经来到，西门庆分付："你往后边对你大娘说，我里间床背阁上，有前日巡按宋老爹摆酒两封银子，拿一封来。"王经应诺，去不多时，拿银子来。西门庆就递与应伯爵，说："这封五十两，你都拿了使去，省的我又拆开他。原封未动，你打开看看。"伯爵道："忒多了。"西门庆道："多的你收着。眼下你二令爱不大了？你可也替他做些鞋脚衣裳，到满月也好看。"伯爵道："哥说的是。"将银子拆开，都是两司各府倾就分资，三两一锭，松纹足色。满心欢喜，连忙打恭致谢，说道："哥的盛情，谁肯！真个不收符儿？"西门庆道："傻孩儿，谁和你一般计较？左右我是你老爷老娘家。不然，你但有事来，就来缠我？这孩子也不是你的孩子，自是咱两个合养的，实和你说，过了满月，把春花儿那奴才叫了来，且答应我些时儿，只当利钱，不算兑了账。"（第六十七回）

两个好朋友之间，可以嬉笑怒骂而不计较。西门庆已经把自己这里当成应伯爵的"老爷老娘家"，这样的身份几乎意味着有求必应。崇祯本的整理者在这一回批道："西门庆不独结交乌纱帽、红绣鞋，而冷亲戚、穷朋友无不周济，亦可谓有财而会使鬼矣！"戴乌纱帽的是官场中人，穿红绣鞋的是欢场中人，

第九章　妓女、帮闲、尼姑、清客

在这两方面，西门庆一向出手大方；而对像应伯爵这样的穷朋友，他也是慷慨的，除了我们前面提到的朋友情义，也有"有钱能使鬼推磨"的考虑。

应伯爵的第三重面目，也是我们最熟悉的，用一个词形容就是"下作"。西门庆归位了，应伯爵也随之归位，继续发挥他插科打诨的本事，像哈巴狗一样娱乐主人。

李三、黄四和应伯爵之间有官吏债的勾结，与此同时，黄四的岳父身上还有官司，也是通过西门庆解决的。黄四要答谢恩公，应伯爵授意对方在妓院请客，这样一来，他也可以陪吃、陪喝、陪嫖，都有了。

妓女需要拉拢帮闲，但她们内心压根瞧不起这种人，觉得他们更加下作。

这应伯爵用酒碟安三个钟儿，说："我儿，你们在我手里吃两钟；不吃，望身上只一泼。"爱香道："我今日忌酒。"爱月儿道："你跪着月姨儿，教我打个嘴巴儿，我才吃。"伯爵道："银姐，你怎的说？"吴银儿道："二爹，我今日心内不自在，吃半盏儿罢。"那爱月儿道："花子，你不跪，我一百年也不吃。"黄四道："二爷，你不跪，显的不是趣人。也罢，跪着不打罢。"爱月儿道："不，他只教我打两个嘴巴儿，我方吃这钟酒儿。"伯爵道："温老先儿这里看着，怪小淫妇儿，只顾赶尽杀绝！"于是奈何不过，真个直撅儿跪在地下。那爱月儿轻揎彩袖，款露春纤，骂道："贼花子，再敢无礼伤犯月姨儿不敢？高声儿答应！你不答应，我也不吃。"那伯爵无法可处，只得应声道："再不敢伤犯月姨了。"这爱月儿一连打了两个嘴巴，方才吃那杯酒。伯爵起来道："好个没仁义的小淫妇儿，你也剩一口儿我吃。把一钟酒都吃的净净儿的。"爱月儿道："你跪下，等我赏你一钟酒。"于是满满斟上一杯，笑望伯爵口里只一灌，伯爵道："怪小淫妇儿，使促狭灌撒了我一身酒。我老道只这件衣服，新穿了才头一日儿，就污浊了我的。我问你家汉子要！"乱了一回，各归席上坐定。（第六十八回）

郑爱月叫应伯爵下跪，他就真的跪了，而且郑爱月还打了他两个巴掌。但应伯爵也不会吃亏，随后就找补了回来（如图22）。

> 两个正说得入港，猛然应伯爵走入来，大叫一声："你两个好人儿，撇了俺每，走在这里说梯己话儿。"爱月儿啐道："好个不得人意怪讪脸花子。猛可走来，唬了人恁一跳！"西门庆骂道："怪狗才，前边去罢，丢的葵轩和银姐在那里，都往后头来了。"这伯爵一屁股坐在床上，说："你拿胳膊来，我且咬口儿我才去。你两个在这里尽着合捣。"于是不由分说，向爱月儿袖口边，勒出那赛鹅脂雪白的手腕儿来，带着银镯子，犹若美玉，尖溜溜十指春葱，手上笼着金戒指儿，夸道："我儿，你这两只手儿，天生下就是发髽髻的肥一般。"爱月儿道："怪刀攮的，我不好骂出来的！"被伯爵拉过来，咬了

图22 应伯爵戏衔玉臂

一口,走了。(第六十八回)

这种粗俗、带有娱乐性的插科打诨,大概是西门庆最喜欢,所以也是应伯爵最常表现出来的。他不仅通过讲各种荤话使得场面更加热闹,还趁机又吃又拿:"须臾,拿上各样果碟儿来,那伯爵推让温秀才,只顾不住手拈放在口里,一壁又往袖中褪。"西门庆看在眼里,不过他毫不介意,还乐在其中。但对于这种偷食、偷色,又囊中羞涩的客人,妓院中人就没什么好话了。

李瓶儿丧事的气氛已经淡化,西门庆从需要应伯爵安慰、提醒的朋友,变回了那个高高在上的主人。换作我们自己,有没有应伯爵这份能屈能伸的"能耐"?该朋友就是朋友,该哈巴狗就成哈巴狗,该装可怜就装得可怜。作为局外人,看着他在有限的文字里不动声色地完成三次变脸,也是很过瘾的。

妓女们的合纵连横

在西门庆的一生中,出场最多的三名妓女是李桂姐、吴银儿和郑爱月儿。张竹坡有篇"批评第一奇书《金瓶梅》读法",共计一百零八条,其中第二十二条专论此三妓:

> 然则写桂姐、银儿、月儿诸妓,何哉?此则总写西门无厌,又见其为浮薄立品,市井为习。而于中写桂姐,特犯金莲;写银姐,特犯瓶儿;又见金、瓶二人,其气味声息,已全通娼家。虽未身为倚门之人,而淫心乱行,实臭味相投,彼娼妇犹步后尘矣。其写月儿,则另用香温玉软之笔,见西门一味粗鄙,虽章台春色,犹不能细心领略,故写月儿,又反衬西门也。

又在第四十五条中说:

《金瓶梅》妙在善于用犯笔而不犯也。如写一伯爵，更写一希大，然毕竟伯爵是伯爵，希大是希大，各人的身分，各人的谈吐，一丝不紊。写一金莲，更写一瓶儿，可谓犯矣，然又始终聚散，其言语举动，又各各不乱一丝。写一王六儿，偏又写一贲四嫂。写一李桂姐，偏又写一吴银姐、郑月儿。写一王婆，偏又写一薛媒婆、一冯妈妈、一文嫂儿、一陶媒婆。写一薛姑子，偏又写一王姑子、刘姑子。诸如此类，皆妙在特特犯手，却又各各一款，绝不相同也。

　　"善于用犯笔而不犯"后来成为大家在文学批评中经常引用的言论，而且不仅用在《金瓶梅》上。"犯笔"的意思，简而言之，即同中求异。应伯爵和谢希大，都是围绕在西门庆身边的帮闲，但做的事情毫不重复。潘金莲和李瓶儿，前夫皆因其殒命，又都再嫁西门庆，可是两人各有各的际遇，行动、性情、话语全不相同。其他如王六儿、贲四嫂，都是西门庆伙计的妻子，先后被西门庆染指，但形象很难混淆；王婆、薛媒婆、冯妈妈、文嫂儿、陶媒婆，则各有不同的手法与段位。同样，李桂姐、吴银儿和郑爱月儿，也是各具面目。每人都有每人的样子，这是《金瓶梅》了不起的地方。

　　脂砚斋有评："雪芹撰《红楼梦》，深得《金瓶》壶奥。"《红楼梦》也很善于运用犯笔。其中的年轻女子，可大体分为"性灵派"和"务实派"。我个人认为，"性灵派"的最高点是妙玉，只是她孤绝太过。其他如林黛玉、晴雯、尤三姐等也在此列。薛宝钗、袭人、麝月等人则是务实派的。但无论属于哪一派，其人都是"各各一款，绝不相同"；身份、历练、背景不同，能耐也不一样。当然，拿《金瓶梅》和《红楼梦》比较，是比不完的，不如我们暂时放下这件事。

　　对于这三名妓女的形象，文龙也提出了自己的看法。

　　　　桂儿之狠，胜似银儿；月儿之毒，更甚于桂儿。银儿温柔，桂儿刁滑，月儿奸险，只此三人，互相报复，已陷西门庆于不赦之条，永无超生之路矣。然而西门庆固乐此而不悔也，阅者其慎旃！（第六十八回"在兹堂"评语）

当初，李桂姐和吴银儿为了自己的利益，分别认吴月娘和李瓶儿做干娘。李瓶儿和吴银儿的感情比较亲近；李桂姐则一直在挑衅吴月娘，令对方很不愉快。郑爱月儿的心机、手段又在李桂姐之上。三人各自在西门庆身上下功夫，左拉右扯，直使其无回身余地。西门庆最后的死与林太太、王六儿和潘金莲三人密切相关，而林太太就是由郑爱月儿和她的火山孝子牵引出来的。

清末韩邦庆的《海上花列传》，巨细靡遗地描摹了当时上海的风尘文化。这部书原本使用吴语写成，后来被张爱玲以国语改写，分为《海上花开》《海上花落》。20世纪末，侯孝贤又把这个故事拍成了电影。整部片子光线昏暗，可能不少人看得睡着了吧。但是有一点，影片相当程度还原了当年上海书寓的景象。书寓也叫长三堂子，在清末民初很是风光。无聊文人会对书寓名花进行评比，选出状元（花魁）、榜眼、探花等。原来，在风尘之中，是有可能发展出两性间真正的爱情。而这样的爱情一旦发生，妓女和嫖客的关系就倒过来了：嫖客在一边赔笑，妓女则可以端着架子，爱理不理。在《金瓶梅》里，好像已经出现了《海上花列传》中书寓的写作范本。

我们以郑爱月儿家为例。第五十九回中，西门庆第一次到郑爱月儿家。当时，我们看到了明朝后期名妓家中的布置装潢、待客饮食、娱人之道。你到了这里，时间似乎就不存在了，有的只是这样一个温柔乡、安乐窝。第六十八回中，黄四答谢西门庆的宴席也摆在郑爱月儿家，但切入角度与前次完全不同。

> 西门庆即出门上轿，左右跟随，径往院中郑爱月儿家来。比及进院门，架儿门头都躲过一边……西门庆分付不消吹打，止住鼓乐……西门庆令排军和轿子多回去。（第六十八回）

西门庆做官了，按律不能到妓院去，所以行事鬼鬼祟祟，息了鼓乐，抬回轿子，免得露出马脚。

> 只见几个青衣圆社，听见西门庆老爹进来在郑家吃酒，走来门首伺候，探头舒脑，不敢进去。有认的玳安儿，向玳安打恭，央及作成作成。玳安悄悄进来，替他禀问，被西门庆喝了一声，唬的众人一溜烟走了。（第六十八回）

当初在李桂姐家里，也有圆社，西门庆并没有排斥，还让李桂姐和他们踢一场，看得兴致勃勃。现在，也因为要低调行事，他回绝了这些想赚取好处的人。但"喝了一声"，又显出他身上好大的官威。连这样的最小处，作者也没有忽略。而西门庆能够成功，一定有他的过人之处，比如必要的谨慎。

关起门来，众人吃喝听唱，应伯爵不时和郑爱月儿斗嘴，炒热气氛。郑爱月儿重新装扮后，越发俊俏，西门庆很是喜欢。但就在半醉半醒之间，他想起了李瓶儿的"梦中之言"："少贪在外夜饮。"各位看看李瓶儿死了都还在为西门庆担心！怪不得崇祯本的批点者评道："由此方见瓶儿情深。"稍后，西门庆虽与郑爱月儿云雨欢畅，仍坚持回家："我还去。今日一者银儿在这里，不好意思；二者我居着官，今年考察在迩，恐惹是非，只是白日来和你坐坐罢了。"当天是黄四请客，西门庆是最重要的客人，不用消费，但是要给小费。

> 唱毕，都饮过，西门庆起身。一面令玳安向书袋内取出大小十一包赏赐来。四个妓女，每人三钱，叫上厨役赏了五钱。吴惠、郑奉、郑春，每人三钱，撺掇打茶的，每人二钱。丫头桃花儿，也与了他三钱。俱磕头谢了。（第六十八回）

给小费的对象不包括当天陪客的妓女——郑爱月儿、郑爱香儿和吴银儿，因为她们的费用要由黄四结算。我们现在到某某俱乐部,也要给泊车小弟好处,通常是一千元(新台币)起步,可以跟16世纪后半期京杭运河沿岸工商业很发达的城市比价看看。

前面文龙说,"银儿温柔,桂儿刁滑,月儿奸险",实际情形如何,我们不妨来稍作了解。

黄四在郑爱月家请客,可是吴银儿不请自来。

> 不一时,汤饭上来,黄芽韭烧卖,八宝攒汤,姜醋碟儿。两个小优儿弹唱一回下去。端的酒斟绿蚁,词歌金缕。四个妓女才上来唱了二折"游艺中原"。只见玳安来说:"后边银姨那里,使了吴惠和蜡梅送茶来了。"原来吴银儿就在郑家后边住,止隔一条巷。听见西门庆在这里吃酒,故使送茶。(第六十八回)

吴银儿送茶是故意的,表面上是妓女之间的普通走动,实际上藏着较劲拉客的心机。妓女这个行业竞争很激烈,肥羊就在近前,断不能让对方白白走了,至少也要提醒西门庆:这里还有一个人,你别忘了。吴银儿送来的是"瓜仁栗丝盐笋芝麻玫瑰香茶",每人一盏。西门庆果然问来人吴银儿"在家做甚么",得知吴银儿没出门,赶快让玳安请人过来。

郑爱月儿的情商够高,当即对丫鬟说:"你也跟了去,好歹缠了银姨来。他若不来,你就说我到明日就不和他做伙计了。"多厉害的社交手腕。应伯爵当然知道这是什么把戏,抓住机会又损了她两句。

吴银儿接受邀请,"笑嘻嘻进门",身上却穿着一身孝服。她有意为之,西门庆也注意到了。

> 西门庆见了戴着白鬏髻,问:"你戴的谁人孝?"吴银儿道:"爹故意又问,今儿与娘戴孝一向了。"西门庆一闻与李瓶儿戴孝,不觉

满心欢喜,与他侧席而坐,两个说话。(第六十八回)

西门庆注意到吴银儿,请她来,而且因为她的举动感到开心——吴银儿送茶的目的完全达到。她也在发动攻势,却不动声色。所谓"与娘戴孝一向",大概也是说说罢了,毕竟吴银儿也要开门做生意的。但西门庆就很受用。吴银儿的确算是温柔的,但她并不迟钝或蠢笨,遇到利益相关的事,也会毫不犹豫。

郑爱月儿将西门庆带到她屋里的时候,吴银儿也没有离开。吴银儿原不是黄四的饭局中人,因为若是受邀,用《海上花列传》里的话讲,叫"出局",要给局票。但吴银儿不仅自导自演地来了,而且结结实实待到底。

西门庆要走了,吴银儿也出来送行。郑爱月儿特别叮嘱郑春"送老爹到家"——她心知肚明,吴银儿像守在老鼠洞口的猫一样等到此时,无非为了接着做后面的生意,她偏不让对方如愿。这里又是不写之写。吴银儿也知道没戏了,但她陪了这么久,黄四不会没有表示,一个不大不小的红包总能到手。所以,她并不恼,而是接着郑爱月儿的话,请郑春也代自己"多上覆大娘"。

妓女生涯是很辛苦的,能成为名妓的都不简单。对郑爱月儿和吴银儿来说,欢场即职场,她们表面上很和谐,实则暗潮汹涌。这一局,郑爱月儿胜利了,但吴银儿也不会太吃亏。在看似顺理成章的情节中,我们窥探到了这个行业中的竞争关系。

郑春"押着"西门庆走了,吴银儿也不必再待下去。

那吴银儿就在门首作辞了众人并郑家姐儿两个,吴惠打着灯回家去了。郑月儿便叫:"银姐,见了那个流人儿,好歹休要说。"吴银儿道:"我知道。"(第六十八回)

郑爱月儿口中的"流人儿",便是李桂姐。这种合纵连横,着实有趣。

看似无意的闲话

郑爱月儿和西门庆在一处时，还引出了故事后半段的两个重要人物，一是林太太，一是张二官。

李桂姐收了西门庆的包银，还一直和王三官牵扯不清，令西门庆非常生气。郑爱月儿火上浇油，将二人往来细节告知西门庆，再次勾起他的心头火。瞅准时机，她顺水推舟，向西门庆"举荐"了林太太。

爱月便把李桂姐如今又和王三官儿子女一节，说与西门庆："怎的有孙寡嘴、祝麻子、小张闲，架儿于宽、聂锡钹，踢行头白回子、向三，日逐标着在他家行走。如今丢开齐香儿，又和秦家玉芝儿打热。两下里使钱，使没了，包了皮袄，当了三十两银子，拿着他娘子儿一副金镯子，放在李桂姐家，算了一个月歇钱。"西门庆听了，口中骂道："恁小淫妇儿，我分付和这小厮缠，他不听，还对着我赌身发咒，恰好只哄我。"爱月儿道："爹也别要恼。我说与爹个门路儿，管情教王官打了嘴，替爹出气。"西门庆把他搂在怀里，用白绫袖子兜着他粉项，搵着他香腮，他便一手拿着铜丝火笼儿，内烧着沉速香饼儿，将袖口笼着熏热身上，便道："我说与爹，休教一人知道。就是应花子也休望他题，只怕走了风。"西门庆问："我的儿，你告我说，我傻了，肯教人知道。端的甚门路儿？"郑爱月道："王三官娘林太太，今年不上四十岁，生的好不乔样，描眉画眼，打扮狐狸也似。他儿子镇日在院里，他专在家只送外卖，假托在个姑姑庵儿打斋，但去就在他说媒的文嫂儿家落脚。文嫂儿单管与他做牵儿，只说好风月。我说与爹，到明日遇他遇儿也不难。又一个巧宗儿，王三官儿娘子儿，今才十九岁，是东京六黄太尉侄女儿，上画般标致，双陆棋子都会，三官常不在家，他如同守寡一般，好不气生气死。为他也上了两三遭吊，救下来了。爹难得先刮剌上了他娘，不愁媳妇儿不是你的。"
当下被他一席话，说的西门庆心邪意乱……（第六十八回）

郑爱月儿的奸险，在这番布置周密的"举荐"里可见一斑。李桂姐只是西门庆交往的众多妓女之一，林太太可是王三官的亲娘，西门庆如果和她搞上，不仅出气，似乎还占了王三官的便宜。况且，搞上林太太，王三官的漂亮娘子也能到手。婆媳一起上，对西门庆来说是天大的刺激，郑爱月儿了解他，早就替他计算好，他付诸行动便是。妓女只管讨恩客欢喜，哪管别人家里的伦理道德。当然，"他儿子镇日在院里，他专在家只送外卖"的林太太，也谈不上什么伦理道德。

两人接着说话，又引出在西门庆死后继任提刑的张二官。

（西门庆）搂着粉头说："我的亲亲，我又问你怎的晓的就里？"这爱月儿就不说常在他家唱，只说我一个熟人儿，如此这般和他娘在其处会过一遍，也是文嫂儿说合。西门庆问："那人是谁？莫不是大街坊张大户侄儿张二官儿？"爱月儿道："那张懋德儿好合的货！麻着七八个脸弹子，密缝两个眼，可不碜磣杀我罢了！只好樊家百家奴儿接他，一向董金儿也与他丁八了。"（第六十八回）

郑爱月儿没有说明自己了解王三官家中情形的原因，编了套说辞遮掩过去。她、王三官和西门庆的三角关系，后面才会暴露出来。西门庆追问"熟人儿"是不是张二官，郑爱月儿当即将此人奚落一番。作为城中名妓，会自行提升身价也是必要的职业技能。张二官长得非常丑，郑爱月儿完全看不上，说他只配当下等妓女的主顾。至于"丁八"，就只可意会，不可言传了。

张二官此时只是一个名字，但他的故事线索已经埋下。第八十回之后，他不仅接收了西门庆的官位，还接收了西门庆的女人（李娇儿）、买卖（李三、黄四承揽的朝廷香蜡生意）、小厮（春鸿）和"朋友"（应伯爵）。应伯爵会将西门庆有关的大事小情悉数告知张二官，从此傍上新主子。张二官原本还要娶潘金莲，由于李娇儿说潘金莲有谋杀亲夫和乱伦的前科而作罢。

这样一个角色，通过一个妓女看似无意的闲话带出来，令人不得不佩服文章的周延紧密。

尼姑假慈悲、师爷假斯文

我们再来看另外一类职场中人——尼姑。她们名义上是出家人，实际上全是红尘中靠劳力和脑力维持生计的职业妇女。薛姑子、王姑子等，在有钱人家里面串来串去，互骂对方"老淫妇"之类，很难听。赚钱也要瞒着同业，不行就骗，丑态毕露。《金瓶梅》里，有道，有僧，有尼，可是从来作者对他们没有多少敬意，都是调侃他们的。

> 看官听说：似这样缁流之辈，最不该招惹他。脸虽是尼姑脸，心同淫妇心。只是他六根未净，本性欠明，戒行全无，廉耻已丧。假以慈悲为主，一味利欲是贪。不管堕业轮回，一味眼下快乐。哄了些小门闺怨女，念了些大户动情妻。前门接施主檀那，后门丢胎卵湿化。姻缘成好事，到此会佳期。（第六十八回）

有这样一段话，就省得我们讲很多话。

而薛姑子和王姑子的架是吵不完的，第七十三回中，二人又因为钱吵了起来。薛姑子先前给了吴月娘可以怀孕的坐胎药，潘金莲遂要她也给自己弄一份。这时，薛姑子借机数落王姑子。

> （潘金莲）于是就称了三钱银子送与他说："这个不当什么，拿到

家买根菜儿吃。等坐胎之时，你明日捎了朱砂符儿来着，我寻匹绢与你做钟袖。"薛姑子道："菩萨，快休计较！我不相王和尚那样利心重。前者因过世那位菩萨念经，他说我搀了他的主顾，好不和我两个嚷闹，到处拿言语丧我，我的爷，随他堕业，我不与他争执。我只替人家行好，救人苦难。"妇人道："薛爷你只行好事，各人心地不同。我这里勾当，你也休和他说。"薛姑子道："法不传六耳。我肯和他说？去年为后边大菩萨喜事，他还说我背地得了多少钱，擗了一半与他才罢了。一个僧家，戒行也不知，利心又重，得了十方施主钱粮，不修功果。到明日死没，披毛戴角还不起！"（第七十三回）

"披毛戴角"的意思是变成畜生。我第一次读到这里的时候，在上面批了两个字："骂谁？"根本就是骂人骂自己。

《金瓶梅》里还有一类人——清客，也就是所谓的幕僚、师爷。例如也出现在第六十八回饭局中的温秀才。温秀才是夏提刑推荐的，西门庆做官之后，需要和同僚有书信往来，身边少不了这样一个充当秘书或文书的人。温秀才的生计，代表了科举时代不少落第秀才的出路。他们总也考不上更高的功名，但是也要活下去，于是就去当私塾先生，或者官员的幕僚，这类角色在传统小说里有很多。一个人住在雇主家里，写些官样文章，也很无聊，于是就写一堆仙狐鬼怪的故事出来——这是蒲松龄。

在那个年代，这类人物是社会中下层里的特殊阶层：有一些知识，有一些学问，可是地位不高。西门庆给温秀才的待遇算是很好的，给他吃，给他住，让他陪客，还带着一起逛妓院。待遇差劲的那些，饱一餐，饿一餐，比西门庆家中的粗使仆人还不如，《儒林外史》里我们见过不少。

第六十七回中，郑爱月儿使人给西门庆送去泡螺，应伯爵自己吃，也拿给温秀才吃。温秀才一尝，说"此物出于西域，非人间可有。沃肺融心，实上方之佳味"。第六十八回中，众人在郑爱月儿家猜谜，温秀才又引经据典讲了一堆。崇祯本点评道："语语不脱头巾气。"意思是这个人食古不化，太酸腐了。

温秀才虽然靠西门庆过活，但西门庆并不是随时可以找到他。第六十七回中，西门庆请孟二舅，想找温秀才作陪。毕竟他也不见得生张熟魏都能说上话，如果有其他人在场就轻松些。不一会儿，来安回来禀报："温师父不在，望倪师父去了。"西门庆只好改让陈经济出场。第六十八回，赴黄四饭局之前，西门庆让王经去请温秀才，不久得到回话："温师父不在家，望朋友去了。画童儿请去了。"第七十六回，吴大舅来，西门庆再使人请温师父，结果仍是"温师父不在家，从早晨望朋友去了"。

这样一个出场不多的人物，线拉得这样长，他到底在捣鼓什么，望的又是哪家朋友呢？

第七十回，夏提刑改任京官，明升暗降，心中很不情愿；西门庆则由副提刑晋升为正职。他因此到京城谢恩，蔡京的管家翟谦和他讲了些悄悄话。

> 临起身，翟谦又拉西门庆道侧净处说话，甚是埋怨西门庆，说："亲家，前日我的书去，那等嘱了，大凡事谨密，不可使同僚每知道。亲家如何对夏大人说了，教他央了林真人帖子来，立逼着朱太尉，太尉来对老爷说，要将他情愿不官卤簿。仍以指挥职衔，在任所掌刑三年。兼况何太监又在内廷，转央朝廷所宠安妃刘娘娘的分上，便也传旨出来，亲对太爷和朱太尉说了，要安他侄儿何永寿在山东理刑。两下人情阻住了，教老爷好不作难。不是我再三在老爷根前维持，回倒了林真人，把亲家不撑下去了？"慌得西门庆连忙打躬，说道："多承亲家盛情！我并不曾对一人说，此公何以知之？"翟谦道："自古机事不密则害成，今后亲家凡事谨慎些便了。"这西门庆千恩万谢，与夏提刑作辞出门，来到崔中书家。（第七十回）

到第七十六回，我们知道了，这个走漏消息的人，正是总不在家的温秀才。一条时隐时现、曲曲折折的线索，才算头尾清晰。

西门庆让画童儿服侍温秀才。温秀才好男色，将画童儿弄狠了，画童儿躲出来，站在门首哭。

> 金莲道："情知是谁，画童贼小奴才！俺送大妗子去，他正在门首哭。如此这般，温蛮子弄他来！"这西门庆听了，还有些不信，便道："你叫那小奴才来，等我问他。"一面使玳安儿前边把画童儿叫到上房跪下，西门庆要拿拶子拶他，便道："贼奴才，你实说，他叫你做甚么？"画童儿道："他叫小的，要灌醉了小的，要干小营生儿。今日小的害疼，躲出来了，不敢去。他只顾使平安叫，又打小的。教娘出来看见了。他常时问爹家中各娘房里的事，小的不敢说。昨日爹家中摆酒，他又教唆小的偷银器儿家火与他。又某日，他望俺倪师父去，拿爹的书稿儿与倪师父瞧，倪师父又与夏老爹瞧。"这西门庆不听便罢，听了便道："画虎画皮难画骨，知人知面不知心。我把他当个人看，谁知人皮包狗骨东西，要他何用？"一面喝令画童儿起去，分付："再不消过那边去了。"那画童磕了头起来，往前边去了。西门庆向月娘："怪道前日翟亲家，说我'机事不密则害成'。我想来没人，原来是他把我的事透泄与人，我怎得晓的？这样狗骨秃东西，平白养在家做甚么！"月娘道："你和谁说，你家又没孩子上学，平白招揽个人在家养活着写礼帖儿。我家有这些礼帖书柬写，饶养活着他，还教他弄乾坤儿。怪不的你我家里底事往外打探。"西门庆道："不消说了，明日教他走道儿就是了。"一面叫将平安来了，分付："对过对他说，家老爹要房子堆货，教温师父转寻房儿便了。等他来见我，你在门首只回我不在家。"那平安儿应诺去了。（第七十六回）

温秀才原来是这样的人。跟他叫嚣、对质，反而折损了自己。西门庆做得干净漂亮，不和他明刀明枪，不亲自露面，只派了平安儿去对面的房子，找个借口，客客气气地要温秀才搬家。温秀才或许会来转圜，但西门庆决意不见他，一两次之后，他自己就会收拾铺盖走人。

从此以后，温秀才再也没有在故事中出现过。但是他这条线，几乎可以成为一篇微缩版的《儒林外史》。所谓的文人，肩不能挑，手不能提，百无一用，但是他们又要维持知识分子那一点点可笑的尊严，不时掉掉书袋之类。能通过科举飞黄腾达的文人少之又少，绝大多数终其一生只好这样了。《红楼梦》里的詹光（谐音"沾光"）、单聘人（谐音"善骗人"）、钱华（谐音"钱花"），也是类似的儒林中人。《浮生六记》作者沈复的父亲是官员幕僚，他本人也在妻子芸娘故去后，到四川充当幕僚，从此隐没于纷扰众生之间。

西门庆抱怨温秀才时，吴月娘的反应令人不禁莞尔。

月娘道："你和谁说，你家又没孩子上学，平白招揽个人在家养活着写礼帖儿。我家有这些礼帖书柬写，饶养活着他，还教他弄乾坤儿。"

她的言词和语气，多像我们平时就会见到的那些太太们。先生和太太讲，自己今天做错了某事，或者不该对员工如何，太太通常会有事后的"先见之明"："我早就和你讲过……""你现在才知道……"之类的话。

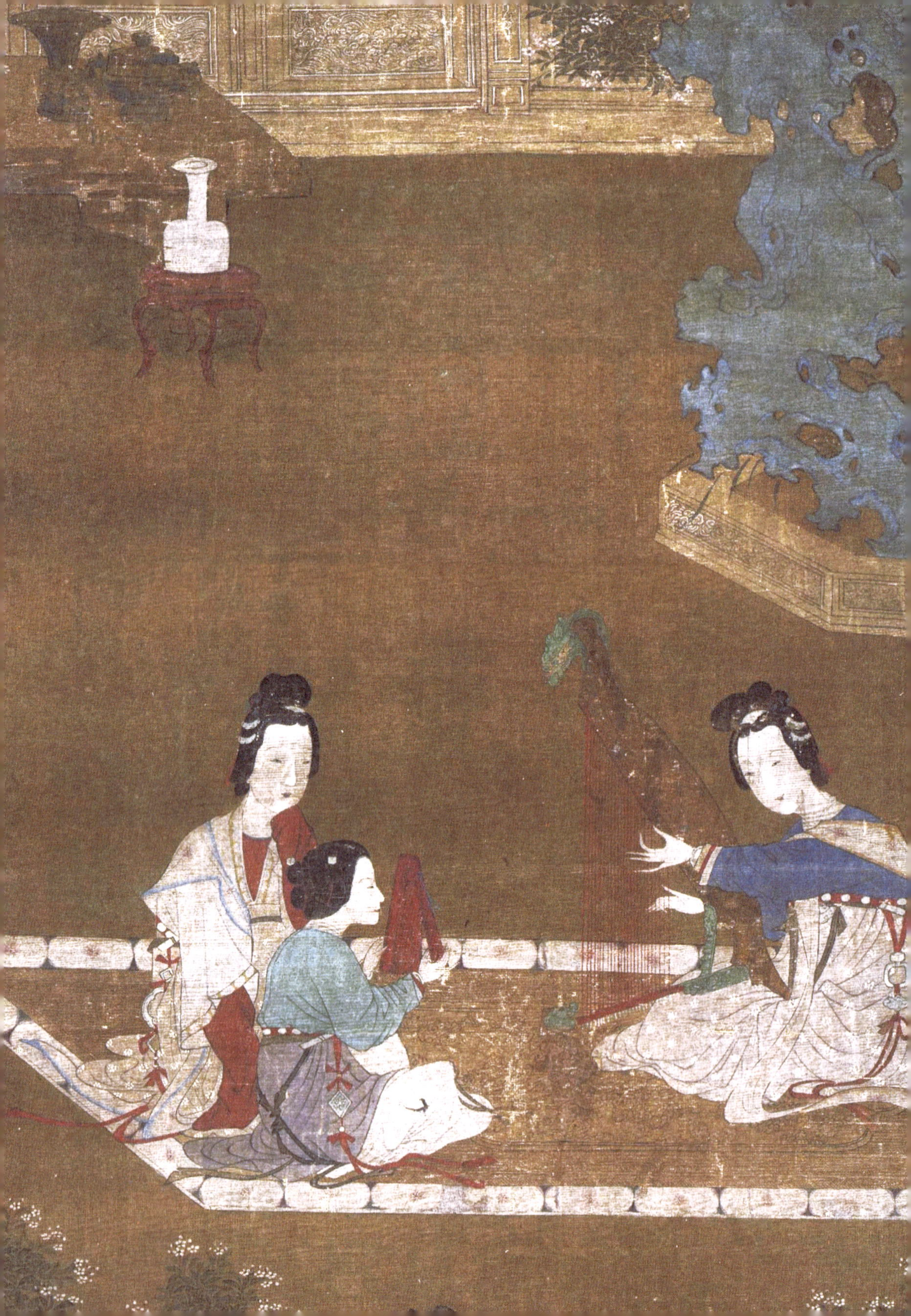

第十章

西门庆的最后一场荒唐戏

张爱玲曾在《忆胡适之》中提及一句英文短语——novel of manners，她译为"生活方式小说"，大概就是我们一般所谓的"人情小说""世情小说"。这类作品关注的是一般人的生活，而不是伟大的英雄、历史事件或者神怪。在这篇文章里，她还提到："《醒世姻缘》和《海上花》一个写得浓，一个写得淡，但是同样是最好的写实的作品。我常常替它们不平，总觉得它们应当是世界名著……我一直有一个志愿，希望将来能把《海上花》和《醒世姻缘》译成英文。"事实上，古典小说曾给张爱玲诸多养分，其中尤以《金瓶梅》和《红楼梦》为最。

西门庆的一辈子快要走完了，套用张爱玲的话，"他这一炉香快要烧完了"。从十月二十一日到他咽气，不足百日的时间，作者几乎是逐日在写，急迫、萧条的感觉都出来了。

玳安殷勤寻文嫂

西门庆一生所经历的女人，除了妻妾、妓女和家里的丫鬟，还有三个很重要的偷情对象——宋惠莲、王六儿和林太太。我们讲过，《金瓶梅》这部书，"善用犯笔而不犯"，这三位与西门庆的关系相同，可是各有各的曲折，各有各的戏。探讨背后的人情与世情，方不辜负这本书。

林太太的儿子是王三官，那她的夫家自然是姓王了。但她为什么不被称为"王太太"呢，而是保持了自己的姓呢？对于这一点，侯文咏有解说。所谓太太是过去旧社会对有官夫人身份的女人的通称，因此原本娘家姓林的官夫人就叫林太太。随着时代改变，富人也称自己妻子"太太"，顺带，用了丈夫的姓，而不再用娘家姓了。所以现代是"王太太"，明朝是"林太太"没错。

西门庆不仅偷人家的色，通常还会劫人家的财。是什么原因吸引西门庆去勾搭林太太，林太太又为什么愿意和西门庆眉来眼去？

潘金莲是西门庆在路上偶然发现的，李瓶儿是朋友妻和隔壁邻居，孟玉楼是媒婆薛嫂推荐的，李桂姐、吴银儿、郑爱月儿都是欢场里寻来的，按说西门庆没什么机会结识贵族妇女。到了林太太这里，总不能说是花园里凑巧碰见的吧？为了让两人相遇，作者也是费了一番心思。郑爱月儿要借西门庆的"刀"，"杀"李桂姐和王三官，由此合理地引出了林太太。果然，自此之后，李桂姐在西门庆那里就没了下文，林太太却成为他的新欢。此即第六十八回回目中所谓的"郑月儿卖俏透密意"。

第六十八回回目的关键词眼，一是"卖俏"，一是"殷勤"。整个回目"郑月儿卖俏透密意，玳安殷勤寻文嫂"前后字数不一，看起来就像随便写写，却十分贴切。崇祯本的文字比词话本讲究，但此回回目被改作"应伯爵戏衔玉臂，玳安儿秘访蜂媒"，看起来工整一些，却因为失掉了内容的精髓，而为人所诟病。应伯爵咬了郑爱月儿一口，也放在回目里，但这完全不是此回的重点。

《秋水堂论金瓶梅》中将玳安寻文嫂一段原原本本摘录出来，不过是崇祯本中的，与词话本的文字稍有出入。而我们的主要参考文本是词话本，这里也不例外。

玳安到后边吃了饭，走到铺子里问陈经济。经济道："问他做甚么？"玳安道："谁知他做甚么，猛可教我找寻他去。"经济道："出了东大街，一直往南去，过了同仁桥牌坊，转过往东，打王家巷进去，半中腰里有个发放巡捕的厅儿，对门有个石桥儿。转过石桥儿，紧靠着个姑姑庵儿,旁边有个小胡同儿,进小胡同往西走,第三家豆腐铺隔壁上坡儿,有双扇红封门儿的就是他家。你只叫文妈,他就出来答应你。"

这玳安听了说道:"再没了?小炉匠跟着行香的走——琐碎一浪荡。你再说一遍我听,只怕我忘了。"那陈经济又说了一遍,玳安道:"好近路儿!等我骑了马去。"一面牵出大白马来搭上替子,兜上嚼环,踹着马台,望上一骗,打了一鞭,那马咆哮跳跃,一直去了。出了东大街,径往南,过同仁桥牌坊,由王家巷进去,果然中间有个巡捕厅儿,对门就是座破石桥儿,里首半截红墙,是大悲庵儿,往西是小胡同,北上坡挑着个豆腐牌儿,门首只见一个妈妈晒马粪。玳安在马上就问:"老妈妈,这里有个说媒的文嫂儿?"那妈妈道:"这隔壁对门儿就是。"玳安到他门首,果然是两扇红封门儿,连忙跳下马来,拿鞭儿敲着门叫道:"文妈在家不在?"只见他儿子文堂开了门,便问道:"是哪里来的?"玳安道:"我是县门前提刑西门老爹来请,教文妈快去哩。"文堂听见是提刑西门大官府家来的,便让家里坐。(第六十八回)

文嫂是陈经济和西门大姐的媒人,而这对夫妻的婚姻生活没什么快乐可言,陈经济对文嫂自然也谈不上感激或好印象。他不知道玳安找文嫂做什么,答话平铺直叙,你问我,我告诉你就是。他所讲的和后面玳安的行动,明明是同一件事,在写法上却是典型的"犯笔而不犯"。玳安和春梅的戏份渐渐多了,接下来我们还会看到春梅大骂申二姐,使得潘金莲和吴月娘终于撕破脸。

回到正题,到文嫂家的路不算近,玳安的表现却很活泼,这段描写也是声、色、形、影俱全。牵、搭、打、咆哮、跳跃等一连串动词,传达出了人物的神韵;一路穿街过巷,也印证了陈经济给出的路线。但陈经济口中的"石桥儿",是玳安眼中的"破石桥儿";陈经济口中的"姑姑庵儿",在玳安眼中有"半截红墙";至于豆腐铺,玳安先看到的是铺子挑着的"豆腐牌儿"。这些都

第十章 ◆ 西门庆的最后一场荒唐戏

是他骑在马上，亲眼所见的场景，是具体的、立体的、动态的。跟着玳安一路来到豆腐铺门首晒马粪的老妈妈这里，我们似乎也嗅到了周遭的空气（如图23）。

老妈妈给玳安指点了文嫂的住处，"果然是两扇红封门儿"——又是一个"果然"，陈经济所说的路线一步一步得到了印证。玳安这个小子，行动很利落，脑筋转得也快。文缂推说文嫂出去了，玳安却因看见家里有驴子

图23-玳安儿密访蜂媒

（其实是豆腐铺的驴子），径直往里走，"文嫂和他媳妇儿，陪着几个妈妈子正吃茶，躲不及，被他看见了"。接着，二人的对话好似对口相声，玳安赶着回去复命，提议和文嫂同骑一匹马，被文嫂一句"我又不是你影射的"拒绝了；于是让文嫂骑豆腐铺的驴子，"到那里等我打发他钱就是了"。然后，玳安骑马，文嫂骑驴，二人一起去见西门庆。玳安的口气和春梅很像，都带着主子一般的决断力和贵气，绝不会啰里啰唆。

这是第六十八回中很精彩的片断，经常被研究《金瓶梅》的学者提起。田

晓菲就说，我们接着玳安的眼睛看到的景象，"的确蕴涵着一种广大的悲哀"。有时候我们不知道一篇文字好在哪里，经人指点，再回味一下，找出关键的动词，这才恍然大悟。

西门庆为什么要找林太太

我们或许会用"狐媚""徐娘半老"一类的词形容林太太的长相，就像郑爱月儿讲的那样："王三官娘林太太，今年不上四十岁，生的好不乔样，描眉画眼，打扮狐狸也似。"但如果要给她一种颜色呢？大家不妨想一想。

事实上，说林太太"送外卖"是不对的，她不是外卖，而是外带——大家联想一下就是从咖啡店外带一杯咖啡，那么谁是那杯咖啡呢？西门庆和文嫂碰面后，获得了更多关于林太太的信息。

> 文嫂道："若说起我这太太来，今年属猪，三十五岁，端的上等妇人，百伶百俐，只好像三十岁的。他虽是干这营生，好不干的严密！就是往那里去，坐大轿，伴当跟着，喝着路走，径路儿来，径路儿去。三老爹在外为人做人，他怎在人家落脚？这个人说的讹了。倒只是他家里深宅大院，一时三老爹不在，藏掖个儿去，人不知鬼不觉，倒还许说。若是小媳妇那里，窄门窄户，敢招惹这个？说在头上，就是爹赏的这银子，小媳妇也不敢领去。宁可领了爹言语，对太太说就是了。"（第六十九回）

王三官在外面是有名有姓的，他的母亲林太太出门也要坐大轿、讲排场，这样去"送外卖"，简直等于昭告天下了。她见"客人"的地点是自己家，人是文嫂悄悄带进去的。郑爱月儿说林太太与人私通是真的，但是弄错了方式，这是一个很巧妙的信息错误。西门庆要见林太太，就得通过文嫂带进王家，这样后面才会有更多的戏。原来，西门庆就是那杯外带的咖啡！

西门庆要找林太太，直接目的是报复王三官：你这小子敢几次三番沾惹我的女人（李桂姐），我就要弄你娘！这在西门庆看来是很痛快的事情。

其次，拿下林太太，能够满足西门庆的征服欲。此前他交往的对象，除了家里的妻妾和仆人、丫鬟、伙计的老婆，就是专业的性工作者，还从来没有林太太这种贵族妇女——不仅是没有，可能他连想都没敢想过。虽然当了官，但对于自己的出身，西门庆还是有些自卑的。比如第五十七回中，李瓶儿和吴月娘聊起官哥儿的前途，西门庆接口便说："儿，你长大来，还挣个文官。不要学你家老子，做个西班出身。虽有兴头，却没十分尊重。"西班是武官的代称。西门庆当时还是副提刑，什么蔡状元、宋御史、安进士都可以欺负他，拿他的钱、要他请客之类。人家围着他转，并不是看重他这个人，而是为了获取好处。西门庆心里明白，因此希望儿子能摆脱这样的轨迹。就像现在做父亲的，自己当年没有考上好的大学，就拼命逼着儿子去念，也不管儿子怎么想。

再者，郑爱月儿还告诉西门庆，王三官的媳妇儿才十九岁，是六黄太尉的侄女，"上画般标致"，如果勾搭上林太太，"不愁媳妇儿不是你的"。西门庆热衷于新鲜和刺激，婆婆、媳妇儿一起上，对他的吸引力是极大的。一旦事成，西门庆不仅可以进一步报复王三官，搞不好还有一大笔钱财，六黄太尉所代表的高层势力也随即能编进他的关系网。他是个生意人，报复、征服、刺激，以及可能随之而来的庞大的利益，一下子就盘算清楚了。

林太太为什么没有拒绝西门庆？

林太太为什么没有拒绝西门庆呢？不少研究者把她骂得很不堪，我要替她说几句话。以下数例可证。

林太太的先夫是王招宣。潘金莲九岁就被卖进王招宣府，弹、唱、仪容、取悦男人，都是在那里学会的。潘金莲十五岁的时候，王招宣死了，潘姥姥把她弄出来，转卖给张大户。眼下，潘金莲已经二十七八岁，算起来，林太太守寡也有十二三年了。

第三十一回中，西门庆"叫了许多匠人，钉了七八条都是四尺宽玲珑云母犀角鹤顶红玳瑁鱼骨香带"。这些惹得应伯爵连声夸赞的腰带，正是从王招宣府中买来的，总共花了一百两——当时王招宣已经故去十年了。第四十二回中，元宵节，西门庆一群人在狮子街楼上赏灯，看见谢希大和一个戴方巾的人在一起。待谢希大上楼来，一问，得知那人是王三官。王三官央谢希大、孙寡嘴和祝日念做保，向人借三百两银子，"要干前程入武学肄业"。这就透露了一个信息：王招宣的儿子，连三百两银子都拿不出，还要向人借。第四十六回中，出现了一件王招宣府当掉的皮袄，潘金莲不要，给了李娇儿穿。第六十八回中提到，王三官不止和一个妓女来往，"两下里使钱使没了，包了皮袄，当了三十两银子，拿着他娘子儿一副金镯子，放在李桂姐家，算了一个月歇钱"。

通过以上描写我们可以看出，贵族世家的名头只是一个空壳，和很多没落王孙一样，林太太、王三官母子其实是靠典当度日的，手头并不宽裕。

第六十九回本身就是一部上乘的讽刺文学，可以独立成篇。

文嫂了解了西门庆的意图，得了他的好处，便去林太太那里当牵头。

且说文嫂儿拿着西门庆与他五两银子，到家欢喜无尽。打发会茶人散了。至后晌时分，走到王宣府宅里，见了林太太，道了万福。林氏便道："你怎的这两日不来走走看看我？"文嫂便把家中祈报会茶，赶腊月要往顶上进香一节，告诉林氏。林氏道："你儿子去，你不去罢了。"文嫂儿道："我如何得去？只教文缰儿带进香去便了。"林氏道："等临期我送些盘缠与你。"文嫂便道："多谢太太布施。"说毕，林氏叫他近前烤火，丫鬟拿茶来吃了。这文嫂一面吃了茶，问道："三爹不在家了？"林氏道："他有两夜没回家，只在里边歇哩。逐日搭着这伙乔人，只眠花卧柳，把花枝般媳妇儿丢在房里通不顾，如何是好?"文嫂又问:"三娘怎的不见?"林氏道:"他还在房里未出来哩。"这文嫂见无人,便说道:"不打紧,太太宽心。小媳妇有个门路儿,管就打散了这干人,三爹收心,也再不进院去了。太太容小媳妇,便敢说;不容,定不敢说。"林氏道:"你说的话儿。哪遭儿我不依你来?你有话,只顾说,不妨。"(第六十九回)

最后一句话有弦外之音:文嫂和林太太不是第一次"合作",彼此间也不用藏着掖着。得到林太太的许可,文嫂就开始介绍西门庆了。

这文嫂方说道:"县门前西门大老爹,如今见在提刑院做掌刑千户,家中放官吏债,开四五处铺面,缎子铺、生药铺、绸绢铺、绒线铺,外边江湖又走标船,扬州兴贩盐引,东平府上纳香蜡;伙计主管约有数十。东京蔡太师是他干爷,朱太尉是他卫主,翟管家是他亲家。巡抚、巡按多与他相交,知府、知县是不消说。家中田连阡陌,米烂成仓,赤的是金,白的是银,圆的是珠,光的是宝。身边除了大娘子——乃是清河左卫吴千户之女,填房与他为继室——只成房头,穿袍儿的,也有五六个。以下歌儿舞女、得宠侍妾,不下数十。端的朝朝寒食,夜夜元宵。今老爹不上三十四五年纪,正是当年汉子,大身材,一表人物,也曾吃药养龟,惯调风情;双陆象棋,无所不通;蹴踘打球,无所不晓;诸子百家,折白道字,眼见就会。端的击玉敲金,百伶百俐。闻知咱家乃世代簪缨人家,根基非浅,又三爹在武学肄业,也要来相交,只是不曾会过,不好来的。昨日闻知太太贵旦在迩,又四海纳贤,也一心要来与太太拜寿。小媳妇便道:初会怎好骤然请见的?待小的达知老太太,讨个示下,来请老爹相见。今老太太不但结识他来往相交,只央浼他把这干人断开了,不使那行人打搅,道须玷辱不了咱家门户。"(第六十九回)

总结起来，西门庆一是官大，二是钱多，三是靠山硬，四是不缺女人，五是年富力强，六是多才多艺、很会玩。文嫂了解林太太，她列举的西门庆的"优点"，也是循着对方的喜好来，没有我们常说的"品学兼优"之类。特别是第四条，我们现在给女孩介绍男朋友，绝对不会说"他女朋友很多"，但对林太太而言，这恰恰是让她放心的地方：本也没想着天长地久，对方身边莺莺燕燕围绕，正好不用担心和自己纠缠不清。"四海纳贤"四字，暗示西门庆已经知晓林太太的底细，就等她一句话了。文嫂没用一个低俗的字眼儿，便"成人之美"，真是话讲得越斯文，事情就做得越无耻。

听了文嫂这番话，林太太"心中迷留摸乱，情窦已开"；待对方道出与西门庆相会的法子，更是"心中大喜"。如果说西门庆向林太太下手，是出于报复的满足、征服的快感和情欲的刺激，那林太太除了情欲的成分，对方的权势、财力也在她的想头里。毕竟她守寡这么多年，儿子又不长进，需要有人帮她出面解决一些问题。她和西门庆成事后次日，西门庆果然就发挥自己的影响力，该抓的人抓，该打的人打，不亦快哉。说穿了，林太太和王三官坐吃山空，又不能断了人情往来，开销很大，"外带"就是她谋财的手段。她不必向"顾客"开价，对方心中自然有数。文嫂带来的那些人，都是和林太太不相熟的，这样相对安全。西门庆虽然势头正盛，但还够不上林太太的阶层，所以不会在她的社交圈尴尬碰面。何况他还有那么多正合林太太心意的"优点"。

美好的回忆，还是一场游戏一场梦？

文嫂和西门庆约好，"掌灯以后"在"住房的段妈妈"家等他，带他去见林太太。过去的深宅大院，后面常常有大片空地，就盖些普通的房子免费给穷人住，为自家看守门户。武大郎当初就是张大户的住房，张大户把潘金莲嫁给他，自己也落个近水楼台。

西门庆那日归李娇儿房中宿歇，一宿无话。巴不到次日，培养着精神。午间，戴着白忠靖巾，便同应伯爵骑马往谢希大家吃生日酒。叫了两个唱的。西门庆吃了几杯酒，约掌灯上来，就逃席走出来了。骑上马，玳安、琴童两个小厮跟随。那时约十九日，月色朦胧，带着眼纱，由大街抹过，径穿到扁食巷王招宣府后门来。那时才上灯以后，街上人初静之后。西门庆离他后门半舍远，把马勒住，令玳安先弹段妈妈家门。（第六十九回）

"十一月十九日"应该是"十一月九日"。十一月六日，西门庆去郑爱月家，得知林太太的存在；十一月八日，请文嫂为自己当牵头；十一月九日，事情就成了。段妈妈能够成为林太太的住房，也是文嫂举荐的。每当文嫂给林太太带了人来，就"在他家落脚做眼"，万一有人来了，可以赶快通报。

这文嫂一面请西门庆入来，便把后门关了，上了栓，由夹道进内。转过一层群房，就是太太住的五间正房，旁边一座便门闭着。这文嫂轻轻敲了门环儿，原来有个听头儿。少顷，见一丫鬟出来开了双扉。文嫂导引西门庆到后堂，掀开帘栊而入。只见里面灯烛荧煌，正面供养着他祖爷太原节度汾阳郡王王景崇的影身图：穿着大红团龙蟒衣玉带，虎皮校椅坐着观看兵书，有若关王之像，只是髭须短些。旁边列着枪刀弓矢，迎门朱红匾上写着"节义堂"三字。两壁书画丹青，琴书潇洒，左右泥金隶书一联："传家节操同松竹，报国勋功并斗山。"西门庆正观看之间，只听得门帘上铃儿响，文嫂从里拿出一盏茶来与西门庆吃。（第六十九回）

《红楼梦》第三回中，林黛玉进贾府，在荣禧堂看到的墨宝、铜鼎等，都是荣、宁二府先祖功勋的证明；张爱玲在《倾城之恋》里也提到挂在厅堂上的已经昏黑的祖先画像。这些都是在强调人物的出身——那种辉煌过的所谓贵族世家。

文嫂关门、引路、进房，整个过程利落周密，果然是个可以信赖的。西门庆这样的暴发户，第一次走在通向贵族后院的路上，心里大概是有一点儿忐忑，有一点儿兴奋，还有几分紧张的，真是既期待，又怕受伤害；而且他走的是后门和夹道，源自阶层落差的卑微是明摆着的。和林太太相比，他被人"外带"到这里，倒更像"送外卖"的。"节义""传家节操"之类，在一场即将展开的风月面前，更具讽刺意味。

西门庆心急，见文嫂端茶出来，便说："请老太太出来拜见。"文嫂道："请老爹且吃过茶着。刚才禀过，太太知道了。"此时她已经站到林太太一边了，要晾西门庆这个"外卖的"一会儿。"不想林氏悄悄从房门帘里望外观看西门庆"——她要鉴定一下这杯"咖啡"值不值得喝。这个角度很有趣，正是此前西门庆看女人的角度，现在他自己处在了这样的位置。林太太对西门庆"一见满心欢喜"，可以进一步行动了。但她偏要摆出姿态："我羞答答，怎好出去？请他进来见罢。"——出去见人不好意思，叫人进自己房间倒好意思了！

西门庆和林太太见了面，自然有一番内室和人物外表的描写。

> 但见帘幕垂红，地屏上毡毹匝地，麝兰香霭，气暖如春。绣榻则斗帐云横，锦屏则轩辕月映。妇人头上戴着金丝翠叶冠儿，身穿白绫宽绸袄儿，沉香色遍地金妆花缎子鹤氅，大红官锦宽襕裙子，老鸦白绫高底扣花鞋儿。（第六十九回）

作者细致描绘了林太太豪华的居室和服饰，但说到她的面貌，只有一句"面腻云浓眉又弯"——显然是精心打扮过的。到第七十九回，作者又经月娘之口强调了她的浓妆艳抹。那时，西门庆就要死了，玳安被逼说出西门庆此前曾与王六儿相会，"又生恐琴童说出来，隐瞒不住，遂把私通林太太之事，具说一遍"。

月娘方才信了，说道："唗道教我拿帖儿请他！我还说人生面不熟，他不肯来。怎知和他有连手！我说，恁大年纪，描眉画鬓儿的，搽的那脸倒像腻抹儿抹的一般，干净是个老浪货！"（第七十九回）

眼睛什么样，鼻子什么样，嘴巴什么样，我们依然不知道，看到的只是她"画皮"之后的效果。通过这个不写之写，我们想一想，林太太长得好看吗？应该不怎么样，如果是天然的美人，就不必依赖浓妆了。但西门庆怀着醉翁之意，对她实际的样子不是很在乎，毕竟还有个年轻貌美的小媳妇儿在后面。我们读罢《金瓶梅》，想起林太太，无法准确描述她的样貌，却都能在各自心里勾勒一个她的形象。这是另外一种很高超的写法，给人无限的想象空间。

这西门庆一见，躬身施礼，说道："请太太转上，学生拜见。"林氏道："大人免礼罢。"西门庆不肯，就侧身磕下头去，拜两拜。妇人亦叙礼相还。拜毕，西门庆正面椅子上坐了，林氏就在下边梳背杭沿斜金相陪坐的。文嫂又早把前边仪门闭上了，再无一个仆人在后边。三公子那边角门也关了。一个小丫鬟名唤芙蓉，红漆丹盘拿茶上来。林氏陪西门庆吃了茶，丫鬟接下盏托去。文嫂就在傍开言说道："太太久闻老爹在衙门中执掌刑名，敢使小媳妇请老爹来，央烦庄事儿，未知老爹可依允不依？"西门庆道："不知老太太有甚事分付？"林氏道："不瞒大人说，寒家虽世代做了这招宣，夫主去世年久，家中无甚积蓄。小儿年幼，优养未曾考袭。如今虽入武学肄业，年幼失学家中，有几个奸诈不级的人，日逐引诱他在外嫖酒，把家事都失了。几次欲待要往公门诉状，争奈妾身未曾出闺门，诚恐抛头露面，有失先夫名节。今日敢请大人至寒家诉其衷曲，就如同递状一般，望乞大人千万留情，把这干人怎生处断开了，使小儿改过自新，专习功名，以承先业。实出大人再造之恩，妾身感激不浅，自当重谢。"西门庆道：

"老太太怎生这般说，乃言'谢'之一字？尊家乃世代簪缨，先朝将相，何等人家！令郎已入武学，正当努力功名，承其祖武。不意听信游食所哄，留连花酒，实出少年所为。太太既分付，学生到衙门里即时把这干人处分惩治，无损令郎分毫。亦可戒谕令郎，再不可蹈此故辙，庶可杜绝将来。"这妇人听了，连忙起身向西门庆道了万福，说道："容日妾身致谢大人。"西门庆道："你我一家，何出此言？"说话之间，彼此言来语去，眉目顾盼留情。（第六十九回）

在这之前，西门庆只给比他位阶高的官员磕过头，林太太是第一个受他这般大礼的妇人。可见他此时还是有些心虚，觉得自己低对方一等。

林太太先向西门庆诉说自己的拮据，又控诉儿子被狐朋狗友带坏，使得家境愈发败落。"无甚积蓄"，"小儿年幼"，林太太找西门庆的原因清清楚楚了。二人接下去的对话颇为好笑，居然聊起了子女教育问题。林太太称，自己本想到官府告发儿子的坏朋友，但考虑到"先夫名节"，不便抛头露面。这里又是一个斯文的讽刺——她不必抛头露面，也能把事情办了。西门庆死后，月娘被来保等下人欺负，只能自己到官府上告，因为她已经没了官夫人身份，不能像林太太那般"端庄"。

林太太的话，也不尽是为自己开脱。没落贵族，孤儿寡母，何况孤儿又不长进，寡母还要撑着门面，现实的经济压力也不难理解。只是，说书的、写书的、听书的，都是男人，如何编排女人全凭他们乐意，反正那时的女人也无法为自己申辩。

西门庆不负所望，"你我一家"这样的话都说出来了，算是应承了林太太，会帮她惩治王三官的朋友。至此，二人打哑谜一般谈妥了条件，酒食才摆上来，吃喝玩耍。"笑雨嘲云，酒为色胆"，文嫂也识相，任怎么叫，都不来添酒，西门庆的机会到了（如图24）。

这西门庆当下竭平生本事，将妇人尽力盘桓了一场。缠至更半天气……比及起来穿衣之际，妇人下床，款剔银灯，开了房门，照镜整容。呼丫鬟捧水净手。复饮香醪，再劝美酎。三杯之后，西门庆告辞起身，妇人挽留不已，叮咛频嘱。西门庆躬身领诺，谢扰不尽。相别出门，妇人送到角门首回去了。（第六十九回）

图 24 招宣府初调林太太

西门庆和林太太各取所需，都尽力让对方觉得自己付出的"价钱"是合适的。两人完事后，又喝了几杯酒。"妇人挽留不已，叮咛频嘱。西门庆躬身领诺，谢扰不尽。"这两句话真毒，将二人的心理状态全写了出来。二人办事前各怀心思，但云雨过后，再将他们的感情做一比较，就有些微妙了。林太太更舍不得西门庆，一直送到"角门首"，他果然没有白白"竭平生本事"；而在西门庆这边，"公事公办"的成分更多。他和林太太的第一次，和他与潘金莲或李瓶儿的第一次完全不同。那时的如胶似漆、一唱三叹，此刻全不见了；"竭平生本事"不假，但付出的也只有"本事"了。

西门庆回家时，"街上已喝号提铃，更深夜静，但见一天霜气，万籁无声"。以极安静、清冷、幽深的环境，来衬托他和林太太那一场热戏。极冷与极热，交织在西门庆心里，不久前发生的一切，是美好的记忆，还是一场游戏一场梦呢？他的目的达到了，暂时什么也不用去想，回到家中，"一宿无话"。

图25-丽春院掠走王三官

王三官中诈求奸

第二天，西门庆便履行对林太太的承诺，准备抓人。

节级缉捕呈递的揭帖上，有孙寡嘴、祝日念、小张闲、聂钺儿、向三、于宽、白回子、李桂姐、秦玉芝儿在列。"西门庆取过笔来，把李桂姐、秦玉芝儿并老孙、祝日念名字多抹了；分付只动这小闲张等五个光棍。"

至晚，打听王三官众人都在李桂姐家

吃酒，踢行头，都埋伏在后门首。深更时分，刚散出来，众公人把小张闲、聂钺、于宽、白回子、向三五人都拿了。孙寡嘴与祝日念，扒李桂姐后房去了。王三官儿藏在李桂姐床底下，不敢出来。桂姐一家唬的捏两把汗，更不知是哪里动人，白央人打听实信。王三官躲了一夜，不敢出来。李家鸨子又恐怕东京做公的下来拿人，到五更时分，撺掇李铭换了衣服，送王三官来家（如图25）。节级缉捕把小张闲等拿在听事房，吊了一夜。（第六十九回）

吊一夜不算完，第二天早晨，"每人一夹二十大棍，打得皮开肉绽，鲜血迸流，哭声震天，哀号恸地"。挨了打的众人不知收敛，还跑到王三官家里企图讹诈。王三官龟缩不见，众人不依不饶。王三官"唬的鬼也似，逼他娘寻人情"。林太太觉得火候到了。

> 林氏方才说道："文嫂他只认的提刑西门官府家，昔年曾与他女儿说媒来。在他宅中走的熟。"王三官道："就认的提刑也罢，快使小厮请他来。"林氏道："他自从你前番说了他，使性儿一向不来走动，怎好又请他？他也不肯来。"王三官道："好娘，如今事在至急，请他来，等我与他陪个礼儿便了。"林氏便使永定儿悄悄打后门出去，请了文嫂来。（第六十九回）

文嫂帮林太太做的那些事，王三官是知道的，还因此数落过对方。但现在文嫂是他的救命稻草，也顾不得其他了。林太太完全拿捏住王三官的心态，经了这件事，以后他还能对文嫂说什么吗？

> 王三官再三央及他，一口声只叫："文妈，你认的提刑西门大官府，好歹说个人情救我。"这文嫂故意做出许多乔张致来，说道："旧

时虽故与他宅内大姑娘说媒，这几年谁往他门上走？大人家深宅大院，不去缠他。"王三官连忙跪下，说道："文妈，你救我，自有重报，不敢有忘。那几个人在前边，只要出官，我怎去得？"那文嫂只把眼看他娘。他娘道："也罢，你替他说说罢了。"（第六十九回）

文嫂动一根脚指头就可以把王三官唬得一愣一愣的，待稳拿住这扶不起的阿斗，才带他去见西门庆。以往蔡状元、安进士来，西门庆都要更衣；这次文嫂带王三官来，他穿着便衣就见了，还装腔作势地让人"取我衣服来"。王三官有求于人，没空也不敢挑理。

慌的王三官向前拦住："呀！尊伯尊便，小侄敬来拜渎，岂敢动劳！"至厅内，王三官务请西门庆转上行礼。西门庆笑道："此是舍下。"再三不肯。西门庆居先拜下去，王三官说道："小侄有罪在身，久仰，欠拜。"西门庆道："彼此少礼。"王三官因请西门庆受礼，说道："小侄人家，老伯当得受礼，以恕拜迟之罪。"务让起来，让了两礼，然后挪座儿斜金坐的。少顷，吃了茶，王三官见西门庆厅上锦屏罗列，四壁挂四轴金碧山水，座上铺着绿锦缎镶嵌貂鼠座椅，地下氍毹匝地。正中间黄铜四方屏，水磨的耀目争辉，上面牌匾下书"承恩"二字，系米元章妙笔，观览之余，似有叩请疑难之貌，向西门庆说道："小侄现有一事，不敢奉渎尊严。"因向袖中取出揭帖递上，随即离席跪下。被西门庆一手拉住，说道："贤契有甚话，但说何害。"（第六十九回）

之前西门庆跪林太太的，这里由王三官还回来了。待商议完毕，王三官"千恩万谢出门"，西门庆推说身穿亵衣，只"送至二门首"。他没有辜负王三官的期待，王三官和文嫂前脚悄悄回家，后脚西门庆派的人便将尚在王招宣府的小张闲等"都拿了，带上镯子"，都拿到自家门口。西门庆话语严厉，左右排军又"取

明 蒋乾《仕女图》

了五六把新捡子来伺候"，吓得众人哀告连连，声言"小的再不敢上他门缠扰"。西门庆解决了林太太拜托的事，也不打算与这些小流氓纠缠，便将人放了。

这里给王三官这么多演出机会，又是"善用犯笔而不犯"的例子。西门庆的故事即将落幕，但故事还要发展下去，需要新的人物来填充。王三官是"小西门庆"的可能人选，但他如此猥琐懦弱，一个文嫂就可以把他唬得团团转，直接出局。有些人说故事中频频露面的陈经济是小西门庆，但他的能力、手段差西门庆太远，后来的经历更无法与西门庆相提并论。将这些年轻男子一个一个数下来，我们发现，最终玳安成为西门庆名义上的子嗣，张二官接替了西门庆的官位，两个人加起来，才是一个小西门庆。

了结了王三官这件事，西门庆心里大概很得意，立刻就对吴月娘讲了。

西门庆发了众人去，回至后房。月娘问道："这是那个王三官儿？"西门庆道："此是王招宣府中三公子。前日李桂儿为他那场事，就是他。今日贼小淫妇儿不改，又和他缠，每月三十两银子教他包着。嗔道一向只哄着我。不想有个底脚里人儿，又告我说，教我昨日差干事的拿了这干人到衙门里去，都夹打了。不想这干人又到他家里嚷赖，指望要诈他几两银子的情，只恐吓说衙门中要他。他从来没曾见官，慌了，央文嫂儿拿五十两礼帖来，求我说人情。我刚才把那起人又拿了来，诈发了一顿，替他杜绝了，再不缠他去了。人家倒运，偏生出这样不肖子弟出来。你家父祖何等根基，又做招宣，你又现入武学，放着那功名儿不干，家中丢着花枝般媳妇儿——自东京六黄太尉侄女儿——不去理论，白日黑夜，只跟着这伙光棍在院里嫖弄，把他娘子头面都拿出来使了。今年不上二十岁，年小小儿的，通不成器。"月娘道："你不曾溺泡尿，看看自家影儿。老鸦笑话猪儿黑，原来灯台不照自。你自道成器的，你也吃这井里水，无所不为，清洁了些甚么儿？还要禁的人！"几句说的西门庆不言语了。（第六十九回）

王三官出身好，功名在望，媳妇儿漂亮——西门庆数落他的每一句，都透出自卑和对他的羡慕与嫉妒。他还没见过王三官的媳妇儿，却已经开始流口水了。吴月娘到底有正室的身份在，看西门庆那副样子，可以不留情面地嘲笑，如果是潘金莲说这话，搞不好会被一脚踢到门外去了。吴月娘果然能干，能忍的她忍，该说的要说，西门庆的心思没变，但被戳了痛脚，便"不言语了"。

这时候，最擅长帮西门庆打圆场的人来了。

正摆上饭来吃，小厮来安来报："应二爹来了。"西门庆分付："请书房里坐，我就来。"王经连忙开了厅上书房门，伯爵进里面暖炉炕傍椅上坐了。良久，西门庆出来。声喏毕，就坐在炕上两个说话。伯爵道："哥，你前日在谢二哥那里，怎的老早就起身？"西门庆道："第二日我还要早起，衙门中连日有勾当，又考察在迩，差人东京打听消息。我比你每闲人儿？"伯爵又问："哥，连日衙门中有事没有？"西门庆道："事哪日没有。"又道："王三官儿说，哥衙门中动了，把小张闲他每五个，初八日晚夕在李桂姐屋里，都拿的去了，只走了老孙、祝麻子两个，今早解到衙门里，都打出来了。众人都往招宣府缠王三官去了，怎的还瞒着我不说？"西门庆道："傻狗材，谁对你说来？你敢错听了，敢不是我衙门里，敢是周守备府里？"伯爵道："守备府中哪里这管闲事？"西门庆道："只怕是都中提人。"伯爵道："也不是。今早李铭对我说，那日把他一家子唬的魂也没了。李桂儿至今唬的睡倒了，这两日还没曾起炕儿。头里生怕又是东京下来拿人。今早打听，方知是提刑院动人。"西门庆道："我连日不进衙门，并没知道。李桂儿既赌个誓不接他，随他拿乱去，又害怕睡倒怎的。"伯爵见西门庆逆着脸儿待笑，说道："哥，你是个人！连我也瞒着起来，不告我说。今日他告我说，我就知道哥的情，怎的祝麻子、老孙走了，一个缉事衙门，有个走脱了人的？此是哥打着绵羊驹骣战，使李桂儿家中害怕，知道哥的手段。若都拿到衙门去，彼此绝了情意，都没趣了。事情许一不许二，如今就是老孙、祝麻子，见哥也有几分惭愧。此是哥明修栈道、暗度陈仓的计策。休怪我说，哥这一着做的绝了。这一个叫作真人不露相，露相不是真人。若明使道儿，逞了脸，就不是乖人儿了。还是哥智谋大，见的多！"

几句说的西门庆扑吃的笑了，说道："我有甚么大智谋？"伯爵道："我猜一定还有底脚里人儿对哥说，怎得知道这等端切的？有鬼神不测之机。"西门庆道："傻狗材，若要人不知，除非己莫为。"伯爵道："哥衙门中如今不要王三官儿罢了。"西门庆道："谁要他做甚么？当初干事的打上事件，我就把王三官、祝麻子、老孙并李桂儿、秦玉芝名字多抹了。只来打拿几个光棍。"伯爵道："他如今怎的还缠？"西门庆道："我实和你说罢。他指称吓诈他几两银子，不想刚才亲上门来拜见，与我磕了头，赔了不是。我还差人把那几个光棍拿了，要枷号，他众人再三哀告，说不敢上门缠他了。王三官一口一声称呼我是老伯，拿了五十两礼帖儿，我不受他的。他到明日，还要请我家中知谢我去。"伯爵我惊道："真个他来和哥赔不是来了？"西门庆道："我莫不哄你？"因唤王经："拿王三官拜帖儿，与应二爹瞧！"那王经向房子里取出拜帖，上面写着"晚生王采顿首百拜"。伯爵见了，口中只是极口称赞："哥的所算，神妙不测！"西门庆分付伯爵："你若看见他每，只说我不知道。"伯爵道："我晓得。机不可泄，我怎肯和他说。"坐了一回，吃了茶，伯爵道："哥，我去罢。只怕一时老孙和祝麻子摸将来，只说我没到这里。"西门庆道："他就来，我也不出来见他，只答应不在家。"一面叫将门上人来，都分付了："但是他二人，只答应不在。"西门庆从此不与李桂姐上门走动，家中摆酒，也不叫李铭唱曲，就疏淡了。（第六十九回）

很明显，应伯爵是来替李桂姐探口风、做说客的，顺带打听一下结拜兄弟孙寡嘴和祝日念的处境。应伯爵表面上对西门庆一味阿谀奉承，但所谓"这一着做的绝了"，也带着三分讽刺。他难免想到，如果将孙寡嘴、祝日念换作自己，西门庆一样会如此对待的。

西门庆会听不出来应伯爵话中有话吗？不会，但是他太得意了，根本不在乎应伯爵心里怎么想。于是，应伯爵就知道自己该扮演什么角色了。对于王三官的表现，他装作吓了一跳，尽力哄得西门庆更开心。他也没有替孙寡嘴和祝日念说话，而是嘱咐西门庆不要透露自己来过，摆明与那二人撇清关系。西门庆也态度明确，但凡是孙、祝二人来，"只答应不在家"——以后就当不认识他们了。言谈话语间，藏了多少曲曲折折的人情，而这些曲折正是西门庆和应伯爵的生活方式。

至于李桂姐和他的"家人"，经过王三官这件事，从此在故事里没了踪影。

隔了两个月之后，西门庆才再一次和林太太发生关系。这一次，二人的尊卑主客完全倒过来了，而且西门庆还对林太太实施了残忍的性虐待——在她身上烧香。这或许是他对自己当初那一跪的加倍讨还。

除了林太太，西门庆还在三个女人身上烧过香，分别是潘金莲、王六儿和如意儿。第八回中，潘金莲想起武大郎在世时与西门庆偷情的场景，抱着琵琶唱道"当初奴爱你风流，共你剪发燃香"；等她真的进了西门府，成了他的妾，就没有过了。当然，潘金莲为了争夺西门庆的宠爱，还做过很多其他下作的事，比如喝他的尿。

潘金莲、王六儿和如意儿，都是出身低微的女性；而林太太是个贵族，西门庆此举中的征服和占有之意就更明显了。这个时候，不要说感情，或许连寻欢都不算，只是被欲望驱使着行动。后面我们也可以看出来，西门庆这样一个功成名就、拥有一切的中年男人，内心越来越空虚，性行为也越来越突兀、越来越不可收拾。

他在世的日子不多了，我们站在书外，目送他人生的最后一程。

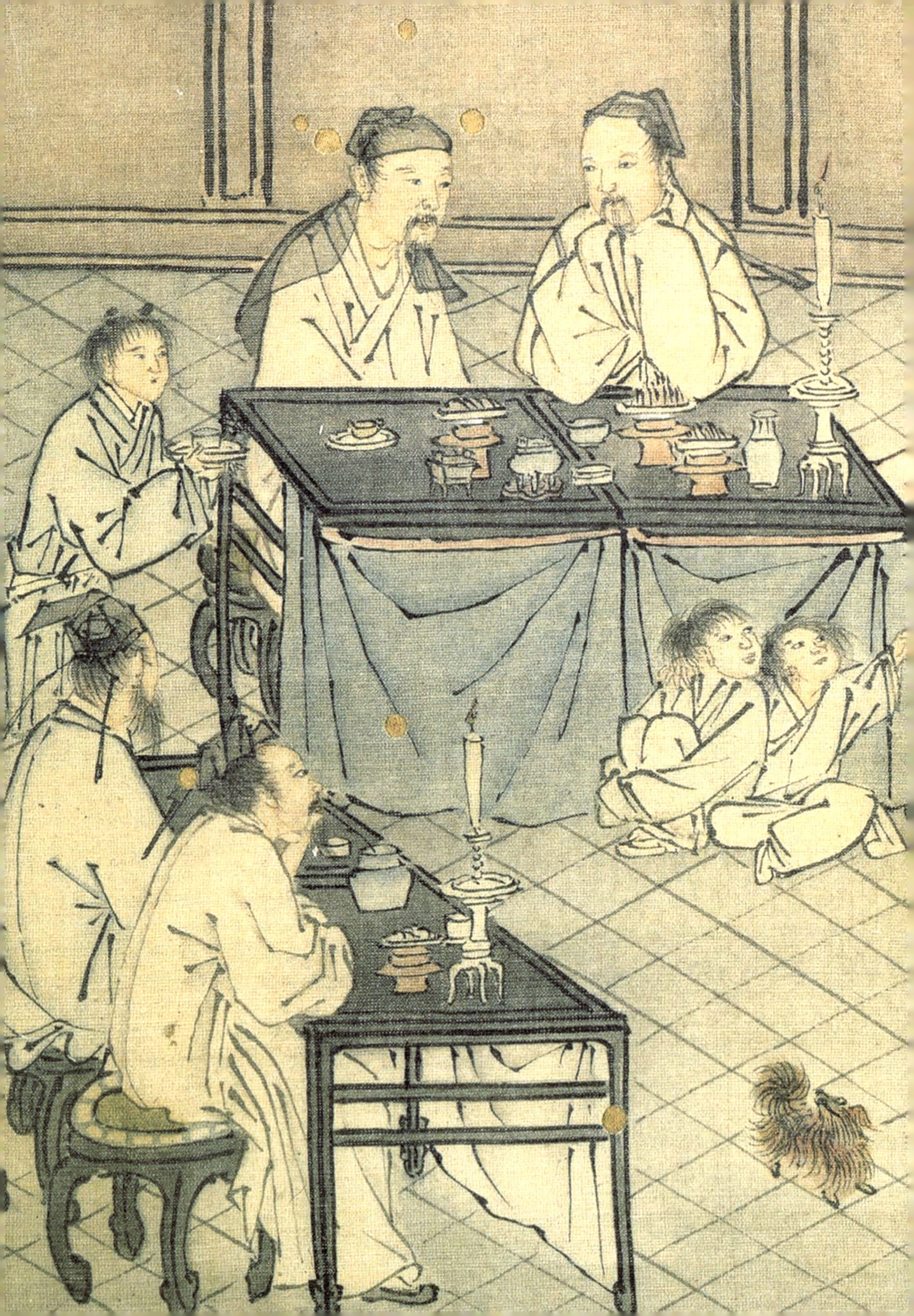

第十一章 晚明官场现形记

官场厮杀之比靠山

我们读书,就是在阅读人生。这一次,我们阅读另外一种人生,一种我们没有体验过,可是又很好奇的人生,并且见识到一种另类的人生观。

第七十回和第七十一回的重点回到了官场上。我们由此看到皇宫帝阙的繁华,也看到明朝官场中盛行的卖官鬻爵、官员贪赃枉法,以及太监弄权——作者托古讽今,就如郑振铎所说:"在《金瓶梅》里所反映的是一个真实的中国的社会。这社会到了现在,似还不曾成为过去。"官场、欢场、商场,以及其中的人物,都是一样的。

在第七十回的总批中,张竹坡说:"此回写一太尉,夹叙众官,只觉金貂满纸,却不一犯手重复,又只觉满纸奸险,不堪入目之态。"繁华盛景都在,背后却是猥琐荒唐。田晓菲则说:"《金瓶梅》不仅仅是一部闺房私情之书,而是社会生活的宏观写照。"我们在前面看过很多对当时底层社会的描写,现在要看看社会上层的样子,这样观察到的才是完整的世界。

夏提刑是清河县的正牌"警察局长",西门庆是他的副手,按说应该服从他的领导。但在实际中,往往是夏提刑听西门庆的话。因为在地方为官,比的是谁的靠山大,谁更有钱、更有办法,夏提刑事实上是沾了西门庆的光。西门庆要骂谁、要打谁,只要跟他知会一声,他一定说:"你说得对,你做得好。"可是,夏提刑并不甘心，他私底下自己也在活动。两人在靠山方面的角力，就集中体现在第七十回和第七十一回中。他们在京城的亲家朋友纷纷登场，一番明争暗斗下来，西门庆升任提刑，夏提刑改任京官。表面上，夏提刑升职了，实际上是明升暗降，从一个手握实权的土霸王，变成了可有可无的朝廷闲差。在明朝，大家不愿意做京官，因为除非做到朱太尉、何太监的地步，否则想捞油水并不容易。也就是说，在这场靠山比拼大赛中，他失败了。为夏提刑穿针引线的温秀才，也没有得到好处。

西门庆虽然扶上正职，但是朝廷给他派来了"空降部队"的副提刑官。故事中出现了一位政坛新秀——何千户。前面我们已经见过四泉（西门庆）、三泉（王三官）、二泉（尚举人）、一泉（蔡状元）、松泉（宋御史），何千户的号里也有一个"泉"字，他号"天泉"。这可不是随便取的，里面有天外有天、人外有人，一山还比一山高的意思。四泉到底是地上的四泉，能比得过天泉吗？要论朝中有人，西门庆的靠山翟管家又能不能与何千户背后的人相比呢？

太监与皇朝密不可分

我们借这个机会，顺便谈谈明朝的太监。外国人研究中国历史，发现一个非常荒谬的现象，即朝政常常把持在宦官手中，宦官跟中国历史几乎是相始终的。宦官的身体有残缺，但是从另外一个角度来看，他们又是皇帝最亲近的人。官员也许不能得见天颜，但是太监可以，他们有一张可以直接说给皇帝听的嘴。这是一个很可怕的现象。

明朝的开国皇帝朱元璋，考虑到了外戚、宦官和权臣相互争斗的问题，并采取了防范措施。在太监这方面，他希望人少一些，宫里只准有一百多名太监，还立了一块铁碑，明令"内臣不得干预政事，预者斩"，另外，不准太监认字读书，为了防止他们参与政事。但是，在洪武十七年（1384），太监机构中增设司礼监，下设掌印太监、秉笔太监等，打破了不准太监识字的限制。掌印太监实质上成为与内阁首辅相对应的"内相",一名太监如果能够进入司礼监当差,就相当于到达了"职业生涯"的顶点。

朱元璋的儿子朱棣之所以能够夺取帝位,很重要的一个原因是有太监作为内应。所以,在明成祖的时候,宦官的势力就更上来了,比如下西洋的郑和,就是一名太监。此时距明朝开国,不过四十多年。

宦官的数量逐渐增加,"不得干预政事"的禁令也逐渐松弛。明成祖朱棣明确订定了太监的五项职能,即出使、专征、监军、分镇、刺臣民隐事。比如,主帅在前线征战,身边就会跟着个太监,作为皇帝的耳目;大臣、平民无意中说了什么,被太监听到,可能就要倒霉。这样的权力实际上已经很大了。如果皇帝足够精明能干,或许还能控制局面;稍微弱一些,就不好说了。

不幸的是,明成祖后面的皇帝,除了明孝宗朱祐樘获得的评价较高,其他的一个比一个差劲儿。这些软弱的君王完全没有办法控制太监的所作所为,相反,倒是太监在控制皇帝。明英宗时期,权阉王振使人将铁碑推到,又唆使英宗亲征也先,以致英宗在"土木堡之变"中被俘。明武宗时的刘瑾,每每投明武宗所好,累次升迁,终于将司礼监掌印太监的大权握在手中。明熹宗喜欢做木工活儿,每当他兴味正浓时,魏忠贤就抱一叠公文来,请他批阅。熹宗当然舍不得放下那些桌子、椅子的木工活,便让魏忠贤替自己批。魏忠贤还活着的时候,各地官员便争先恐后地上书,请求为他建立生祠。一时间,新建的、改建的魏祠纷纷出现。明神宗时,张居正位居内阁首辅,但他如要与皇帝见面,先要经过秉笔太监冯保。张居正给冯保写信,末尾则是"晚生敬拜"。

到明朝晚期,宦官数量已达数万人。立国之初对于太监的种种限制,完全破坏殆尽。

《金瓶梅》中的太监,我们已经见过刘内相、薛内相和徐内相。刘内相在清河县管砖厂,薛内相管皇木,都是位阶不算高的太监,其实够不上"内相",大家称他们"内相",是巴结,毕竟他们有权刺臣民隐事,等于掌握着生杀大权。第三十一回中,清河县的周守备,就是后来娶了春梅那位,与众人齐聚西门庆家时敦请刘内相和薛内相坐首位。周守备说："常言：三岁内官，居于王公之上。"他轻轻松松、大大方方地讲出这句话，看起来已是官员的共识——这是最让人心惊的地方。

朱太尉的排场

第七十回中，西门庆与夏提刑同到京城之后，夏提刑往崔中书府中投宿，西门庆一行则先拜访翟管家。翟管家怪西门庆不该将日前书信内容让夏提刑知道，嘱咐他"自古机事不密则害成，今后亲家凡事谨慎些便了"。不一会儿，内府匠作监何太监到了。他的侄儿何千户（何永寿）即将要到清河县做副提刑，所以他先来和西门庆打个招呼。

西门庆与夏提刑拜见过朱太尉后，返回崔中书府。何千户随后来见。何千户还不满二十岁，西门庆与他初次相见，互通名号，得知对方号为"天泉"。二人各自备下礼物，商量好第二天同去拜见朱太尉。"那时正值朱太尉新加太保，徽宗天子又差遣往南坛视往未回"，其出行阵仗大得吓人，既像一出"官场现形记"，又像一幅民俗长卷。在这冲天的气势跟前，西门庆活脱脱只是一粒小豆子、一只小虾米。

须臾，一对蓝旗过来，夹着一对青衣节级上，一个个长长大大，挡挡搜搜。头带黑青巾，身穿皂直裰，脚上干黄皮底靴，腰间悬系虎头牌，骑在马上，端的威风凛凛，相貌堂堂。须臾，三队牌儿马过毕，只闻一片喝声传来。那传道者都是金吾卫士，直场排军，身长七尺，腰阔三停。人人青巾桶帽，个个腿缠黑靴。左手执着藤棍，右手泼步撩衣。长声道了一声喝道而来，下路端的吓魄消魂，陡然市衢澄静。头道过毕，又是二道摔手。摔手过后，两边雁翎排列。二十名青衣缉捕，皆身腰长大，都是宽腰大肚之辈，金眼黄须之徒，个个贪残类虎，人人哪有慈悲。十对青衣后面，轿是八抬八簇肩舆明轿，轿上坐着朱太尉。头戴乌纱，身穿猩红斗牛绒袍，腰横四指荆山白玉玲珑带，脚靸皂靴，腰悬太保牙牌，黄金鱼钥，头带貂蝉，脚登虎皮，搭抬那轿的离地约有三尺高。前面一边一个相抱角带，身穿青纻丝家人跟着，轿后又是一班儿六面牌儿马，六面令字旗紧紧围护，以听号令。后约有数十人，都骑着宝鞍骏马，玉勒金镫，都是官家亲随、掌案、书办、书吏人等，都出于纨袴仕宦娇养，只知好色贪财，哪晓王章国法。（第七十回）

对此阵仗的描述，显然已经融入了作者的批判。朱太尉在家中摆宴，送礼的众人等在门外（如图26）。书中列出的每一首曲子，都在骂那些贪官污吏，想来是说书先生或整理者自己发挥的。比如开场这几句：

图26-老太监引的朝房

享富贵，受皇恩，起寒贱，居高位，秉权衡威振京畿。惟君恃宠把君王媚，全不想存仁义。（第七十回）

第十一章 晚明官场现形记

又如尾声:

〔尾声〕金瓯底下无名姓,青史编中有是非。你哪知燮理阴阳调元气,你只知盗卖江山结外夷。枉辱了玉带金鱼挂蟒衣,受禄无功愧寝食。权方在手人皆惧,祸到临头悔后迟。南山竹罄难书罪,东海波干臭未遗,万古流传,教人唾骂你!(第七十回)

你想想,这可能是筵席上实际唱出的歌曲吗?恐怕不等唱完,小命就没了。曲子唱罢,各路官员"挨次进见","西门庆与何千户在第五起上,抬进礼物去"。朱太尉对二人讲:"在地方谨慎做官,我这里自有公道。伺候大朝引奏毕,来衙门中领札赴任。"

(西门庆与何千户)刚出大门来,寻见贲四等抬担出来。正要走,忽听一人飞马报来,拿宛红拜帖来报,说道:"王爷、高爷来了。"西门庆与何千户闪在人家门里观看(如图27)。须臾,军牢喝道,人马围随,填街塞巷。只见总督京营八十万禁军陇西公王烨,同提督神策御林军总兵官太尉高俅,俱大红玉带,坐轿而至。那各省参见官员,都一涌出来,又不得见了。西门庆与何千户,良久等了贲四盒担出来，到于僻处，呼跟随人拉过马来，二人方才骑上马回寓。正是：

不因奸佞居台鼎，哪得中原血染衣！（第七十回）

就是因为这些昏官恶吏把持了朝政，山河才面临破碎。我们常说明朝不是亡于崇祯，而是亡于神宗，果然没错。光是这几段话，就不负"社会生活的宏观写照"之说。

来去言语中的官场炎凉

何千户家中已摆好筵席，只等拜见过朱太尉，便邀西门庆到家叙谈。

何太监邀请西门庆在自家留宿，对侄儿点拨一二。西门庆觉得这样似乎有点儿冷落夏提刑，何太监便与他讲了一番"道理"。

> 何太监道："没的说。如今时年，早辰不做官，晚夕不唱喏。衙门是恁偶戏衙门。虽故当初与他同僚，今日前官已去，后官接管承行，与他就无干。他若这等说，他就是个不知道理的人了。今日我定然要和大人坐一夜，不放大人去。"唤左右："下边房里快放桌儿，管待你西老爹大官儿饭酒。我家差几个人跟他，即时把行李都搬来了。"分付："打发后花园西院干净，预备铺陈，炕中笼下炭火。"堂上一呼，阶下百诺，答应下去了。西门庆道："老公公盛情，只是学生得罪夏公了。"何太监道："没的扯淡哩！他既出了衙门，不在其位，不谋其政。他管他那里銮驾库的事，管不的咱提刑所的事了，难怪于你。"不由分说，就打发玳安并马上人吃了酒饭，差了几名军牢，各拿绳扛，径往崔中书家搬取行李去了。（第七十一回）

要是夏提刑敢因西门庆留宿何太监家怪罪他，那他就是"不知道理"的人。这样翻脸如翻书、人走茶凉的"道理"，本身已经令人心寒；更可怕的是，手中掌握权力的人，还认为这是天公地道：什么身份多了个"前"字，便毫无意义了。衙门好像傀儡戏的舞台，你我都是一场游戏一场梦，既然夏提刑已经离任，就不要再想什么同僚之谊了吧。

何太监才不管西门庆愿不愿意，便差人去崔中书家搬他的行李。西门庆顺水推舟，惴惴不安地讲了几句场面话——他的官场经验到底是少，还在担心"得罪夏公"。但经过这番历练，就像清朝评论家文龙说的，他"成熟"了。

> 此一回西门庆赴东京，比上一次又不同，开了许多眼界，见了许多场面，添了些谄媚伎俩，长了些骄傲神情。虽花了许多银钱，却学了乖亦不少。（第七十回"在兹堂"评语）

来言去语中的官场炎凉，或许也会让西门庆不寒而栗。此时，西门庆心里大概正在嘀咕：今天他能对着我讲夏提刑的事，改日我的身份一旦有了变化，他会不会也对着别人讲我呢？如果我不再担任清河县提刑，最有可能接任的就是何千户，那么，何太监会不会逮住机会对付我呢？

金瓶物语之飞鱼绿绒氅衣

第七十一回中，何太监请西门庆吃饭时，"从后边出来，穿着绿绒蟒衣，冠帽皂靴，宝石绦环"，双方彼此行礼。他特意让小太监"烧好炭"，"须臾，左右火池火叉，拿上一包暖阁水磨细炭，向中间四方黄铜火盆内只一倒，厅前放下油纸暖帘来，日光掩映，十分明亮"。何太监请西门庆宽衣，西门庆表示"学生里边没穿甚么衣服"，要"使小价下处取来"。何太监闻言，借口"昨日万岁赐了我蟒衣"，便把自己的"飞鱼绿绒氅衣"送给西门庆，"送了大人遮衣服儿罢"。这话讲得特别气派，明明是很多人求之不得的珍贵蟒衣，在何太监这里就像一件遮灰挡土的罩衣。

明朝后期，僭越的情况时有发生，在住宅、服饰等方面都有所体现。拿《金瓶梅》举例，吴月娘勉强算是五品夫人，却穿着一品夫人才能穿的大红通袍袖衣服，就属于僭越。但当时这种事太多，一般也没人追究。官服上的补子，文官用飞禽，武官用走兽；宦官和特别受皇帝宠爱的臣子，则会被赐穿绣有类龙图案的袍子。类龙的图案有几种，分别是蟒、飞鱼和斗牛。蟒衣上的蟒和龙很像，但是龙的四爪上有五趾，蟒只有四趾，表示"一人之下，万万人之上"。飞鱼服上的飞鱼，则"作蟒形而加鱼鳍鱼尾"，与蟒稍有差异。斗牛也是四爪四趾，龙头上长牛角，《金瓶梅》中的朱太尉穿的就是斗牛服。从这三种图案的形态上，就可以看出被赐服之人的权力之大、荣宠之深，但何太监随便一句话，就将飞鱼氅衣送给了西门庆。接下来，西门庆当然就要好好显摆这身衣服了。

十一月二十七日是孟玉楼的生日，西门府设家宴，西门庆身穿飞鱼氅衣出场，昭告众妻妾自己现在的身份。但这样只是在家里威风一下，如果没有外人看到，等于锦衣夜行。这时候，应伯爵来了。

> 伯爵灯下看见西门庆白绫袄子上，罩着青段五彩飞鱼蟒衣，张爪舞牙，头角峥嵘，扬须鼓鬣，金碧掩映，蟠在身上，唬了一跳。问："哥，这衣服是哪里的？"西门庆便立起身来，笑道："你每瞧瞧，猜是哪里的？"伯爵道："俺们如何猜得着？"西门庆道："此是东京何太监送我的。我在他家吃酒，因害冷，他拿出这件衣服与我披。这是飞鱼，朝廷另赐了他蟒龙玉带，他不穿这件，就相送了。此是一个大分上。"伯爵方极口夸奖："这花衣服，少说也值几个钱儿。此是哥的先兆，到明日高转，做到都督上，愁没玉带蟒衣？何况飞鱼，穿过界儿去了！"（第七十三回）

我们可以想象出应伯爵夸张的表情，飞鱼氅衣被他看到就对了，毕竟只有他才能围绕这件衣服说出让西门庆熨帖的话。

第七十八回中，西门庆又去见林太太，也穿了这件飞鱼服。

> 少顷，林氏穿着大红通袖袄儿，珠翠盈头，粉妆腻脸，与西门庆见毕礼数，留坐待茶。分付大官"把马牵于后槽喂养"。茶汤罢，让西门庆宽衣内坐，说道："小儿从初四日往东京与他叔父六黄太尉磕头去了，只过了元宵才来。"这西门庆一面唤玳安脱去上盖，里边穿着白绫袄子，天青飞鱼氅衣，粉底皂靴，十分绰耀。（第七十八回）

林太太通过衣装维持着自己贵夫人的身份，西门庆则凭借飞鱼氅衣增添不少底气，一扫两人初次见面时的怯懦。双方的"装备"旗鼓相当，接着就是一场"大战"。这件飞鱼氅衣，在故事里也算用得淋漓尽致，又是一个"金瓶物语"。

李瓶儿二次入梦

第七十一回中，除了官场现形记，还完成了一次房屋买卖。夏提刑的房子，西门庆做中人，以一千二百两银子的价格卖与了何千户。西门庆的手下贲四等人办事机灵，颇得何太监欢心。

西门庆住在京城何千户家里，李瓶儿又来托梦了。上一次，在西门府的藏春坞书房，西门庆大白天就梦见了李瓶儿。那时，李瓶儿穿着入殓时的衣服，形容枯槁，说自己下了地狱，被花子虚告了，在牢狱之中，受了不少苦；多亏西门庆给她烧好香好纸，才得以开脱——无论人间还是地下，都是有钱好办事。这次，李瓶儿的样子体面了许多。

>西门庆有酒的人，睡在枕畔，见都是绫锦被褥，貂鼠绣帐，火镶泥金暖阁床，在被窝里，见满窗月色，翻来覆去睡不着。良久只闻夜漏沉沉，花阴寂寂，寒风吹得那窗纸有声，况离家已久。正欲要呼王经进来陪他睡，忽然听得窗外有妇人语，声甚低。即披衣下床，靸着鞋袜，悄悄启户视之。只见李瓶儿雾鬓云鬟，淡妆丽雅，素白旧衫笼雪体，淡黄软袜衬弓鞋，轻移莲步，立于月下。（第七十一回）

这一段写得很美。白天做梦有白天做梦的写法，晚上做梦有晚上做梦的写法，本是凄凄寒夜，却没有恐怖的感觉，因为有位美人要来了。李瓶儿的样子和刚离世时那次"还魂"完全不同，衣着整齐，头发、妆容得体，特别是那双三寸金莲，款款而行，想忽视都难。这是在强调李瓶儿已经摆脱了阴间受罪的处境，果然是有钱阎王也会给几分面子。她这次来，是向西门庆报平安的，"西门庆一见，挽之入室，相抱而哭"。

在梦里，西门庆也搞不清楚对方是死是活，就问她的房子在哪里。作者写李瓶儿千里迢迢赶到京城来与西门庆相会，当然不是为了证明鬼跑得比较快，而是说李瓶儿的下辈子会投生在京城——"咫尺不远，出此大街迤东，造釜巷中间便是"。如梦似幻，亦真亦假，西门庆和李瓶儿在梦中云雨一番。事毕，李瓶儿要走了，便嘱咐西门庆："我的哥哥，切记休贪夜饮，早早回家。那厮不时伺害于你，千万勿忘此言，是必记于心者！"她两次托梦给西门庆，都惦记着这件事，殷殷切切。

也是在梦里，西门庆送李瓶儿出去，"见月色如昼"——很美的境界。"……果然往东转过牌坊，到一小巷，旋踵见一座双扇白板门，指道：'此奴之家也。'言毕，顿袖而入（如图28）。西门庆急向前拉之，恍然惊觉，乃是南柯一梦。"两人原本手牵着手，突然西门庆的手里就空了。他惊醒过来，"但见月影横窗，花枝倒影"。

这里描写梦境和现实。人生是不是常常有这样的体验？晚上做梦醒来，还恍恍惚惚的，现实的人生立马接上。西门庆翻来覆去，再也睡不着。等天亮了，吃了早饭，拜过相国寺智云长老，便向崔中书家去。路过造府巷，"中间果见有双扇白板门，与梦中所见一般"。现实与梦境重合，这里是袁指挥家，李瓶儿投生成袁指挥的女儿，她的来生就从这"双扇白板门"里开始。有批点者说，这是为续写《金瓶梅》埋下的伏笔，但是我们谁都没见到相关的续文。

图28- 李瓶儿智家托梦

"世间好物不坚牢，彩云易散琉璃脆。"李瓶儿的故事，到这里结束了。

这样一段缠绵的故事中间，还夹了另外一段情节，为后文埋下伏笔，可见《金瓶梅》结构的细腻处。西门庆这次来京城，带了王六儿的弟弟王经。王经是韩爱姐的舅舅,见翟管家的家人来送礼物给西门庆,他理所当然想要跟去见见自己的外甥女,看看她现况如何,有没有受宠。

王经给韩爱姐带了王六儿亲手做的鞋子,这是过去缠足女人最隐秘的东西。西门庆很周到,觉得不能让王经两手空空地到翟管家那里去,让他从箱子里取两罐玫瑰花饼,装在小描金盒里带上——这也是他的细心处。

韩爱姐"打扮如琼林玉树一般",见舅舅穿得单薄,还"与了一件天青纻丝貂鼠氅衣儿,又与了五两银子"。后来西门庆一死,韩道国马上投奔了韩爱姐,因为他知道韩爱姐在这里过得很好。

繁华风光终归沧桑惨淡

来京城的这一路,和在京城这段时间,西门庆过的可以说是五星级的生活。现在,他要回山东了,何千户与他同行,路上却生出波折。

> 从十一月十一日东京起身,两家也有二十人跟随,竟往山东大道而来,已是数九严寒之际,点水滴冻之时。一路上见了些荒郊野路,枯木寒鸦,疏林淡日影斜晖,暮雪冻云迷晚渡。一山未尽一山来,后村已过前村望。比及刚过黄河,到水关八角镇,骤然撞遇天起一阵大风。但见:

> 非干虎啸,岂是龙吟。卒律律寒飙扑面,急飕飕冷气侵入。既不能卸柳开花,暗藏着水妖山怪。初时节无踪无影,次后来卷雾收云。惊得那绿杨堤鸥鸟双飞,红蓼岸鸳鸯并起。则见那人纱窗,扑银灯,穿画阁,透罗裳,乱鬏飘,吹花摆柳昏惨惨,走石扬砂白茫茫。刮得那大树连声吼,惊得那孤雁落深潭。须臾砂石打地,尘土遮天。砂石打地,犹如

第十一章　晚明官场现形记

满天骤雨即时来；尘土遮天，好似百万貔貅卷土至。赶趁得村落渔翁罢钩，卷钩纶疾走回家。山中樵子魂惊，掖斧斤急忙归舍。唬得那山中虎豹缩着头，隐着足，潜藏深壑。刮得那海底蛟拳着爪，蟠着尾，难显狰狞。刮多时，只见那房上瓦飞似燕；吹良久，山中走石如飞。瓦飞似燕，打得客旅迷踪失道；石走如飞，唬得那商船紧缆收帆。大树连根拔起，小树有条无梢。这风大不大，真个是吹折地狱门前树，刮起酆都顶上尘。嫦娥急把蟾宫闭，列子空中叫救人，险些儿玉皇住不的昆仑顶，只刮的大地乾坤上下摇。

西门庆与何千户坐着两顶毡帏暖轿，被风刮得寸步难行。又见天色渐晚，恐深林中撞出小人来，对西门庆说："投奔前村安歇一夜，明日风住再行。"找寻了半日，远远望见路傍一座古刹，数株疏柳，半堵横墙。但见：

石砌碑横梦草遮，回廊古殿半欹斜。
夜深宿客无灯火，月落安禅更可嗟。

西门庆与何千户入寺中投宿，见题着"黄龙寺"，见方丈内几个僧人在那里坐禅，又无灯火，房舍都毁坏，半用篱遮。长老出来问讯，旋炊火煮茶，伐草根喂马。煮出茶来，西门庆行囊中带得干鸡腊肉、果饼棋子之类，晚夕与何千户胡乱食得一顿。长老爨一锅豆粥吃了，过得一宿。次日风止，天气始晴，与了老和尚一两银子相谢，作辞起身，往山东来。正是：

王事驱驰岂惮劳，关山迢递赴京朝。

夜投古寺无烟火，解使行人心内焦（第七十一回）

这可是在暗示西门庆的好日子已经不多，属于他的快到底了。大风骤起，行路艰难，西门庆担心有强盗出没，便与何千户找地方投宿，最终找到一座古刹。他们用随身带的肉干、饼子充饥，第二天风停了，西门庆给了庙里的长老一两银子，一行人继续赶路。

《红楼梦》是诗人的小说，作者在极力地铺陈沧桑。而《金瓶梅》是小说家的小说，以讲故事为主，沧桑隐藏在故事背后。在第七十回和第七十一回里，西门庆见到了天下之尊——皇帝，也见到了即将投生的女鬼；见识了帝阙的豪华，也见识了斜阳古道的凄冷。一路看下来，我们会觉得人生就是这么回事，无论经历过怎样的繁华，难免要归于沧桑。

《金瓶梅》里的每个人，都是为了生活而生活，活着就活着，死了就死了，没有那么多沧桑感。然而在这两回里，一个刚刚升官的人，带着另一个政坛新秀，本应阳气旺盛、潇潇洒洒去上任。但是，皇城的风光得意之后紧接着就是荒山夜食的惨淡，由不得读者不随之叹一口气。至于为何写大风，而不写大雨、大雪之类，张竹坡认为是作者有意为之："篇末写风。夫前酒令内写风花雪月，但上半部写花，写月，写雪，并未写风。今一写风，而故园零落矣。故特特写风，非寻常泛写也。然而此书亦绝无一笔泛写之笔。"无论是西门庆的官运、人生，还是王朝的国祚，都将随着这场大风而灰飞烟灭。

西门庆进了清河县，已是十一月二十三日。他到家第一件事，便是"舀水净面毕，就令丫鬟院子内放桌儿，满炉焚香，对天地位下告诉愿心"。

> 月娘便问："你为什么许愿心？"西门庆道："休说起，我拾得性命来家。昨日十一月二十三日，刚过黄河，行到沂水县八角镇上，遭遇大风，沙石迷目，通行不得。天色又晚，百里不见人，众人都慌了。况钱装驮垛又多，诚恐钻出个贼来怎了？前行投到古寺中，和尚

又穷，夜晚连灯火也没个儿，只吃些豆粥儿就过了一夜。次日风住，方才起身，这场苦，比前日还更苦十分。前日虽热天，还好些。这遭又是寒冷天气，又耽许多惧怕。幸得平地还罢了，若在黄河，遭此风浪怎了？我头行路上许了些愿心，到腊月初一日，宰猪羊祭赛天地。"

（第七十二回）

西门庆将路上的情形讲述一番，又是"善用犯笔而不犯"。人的身体渐渐不好之后，往往更容易害怕。返程中遇到的这场瘆人的大风，让西门庆真是心有余悸。

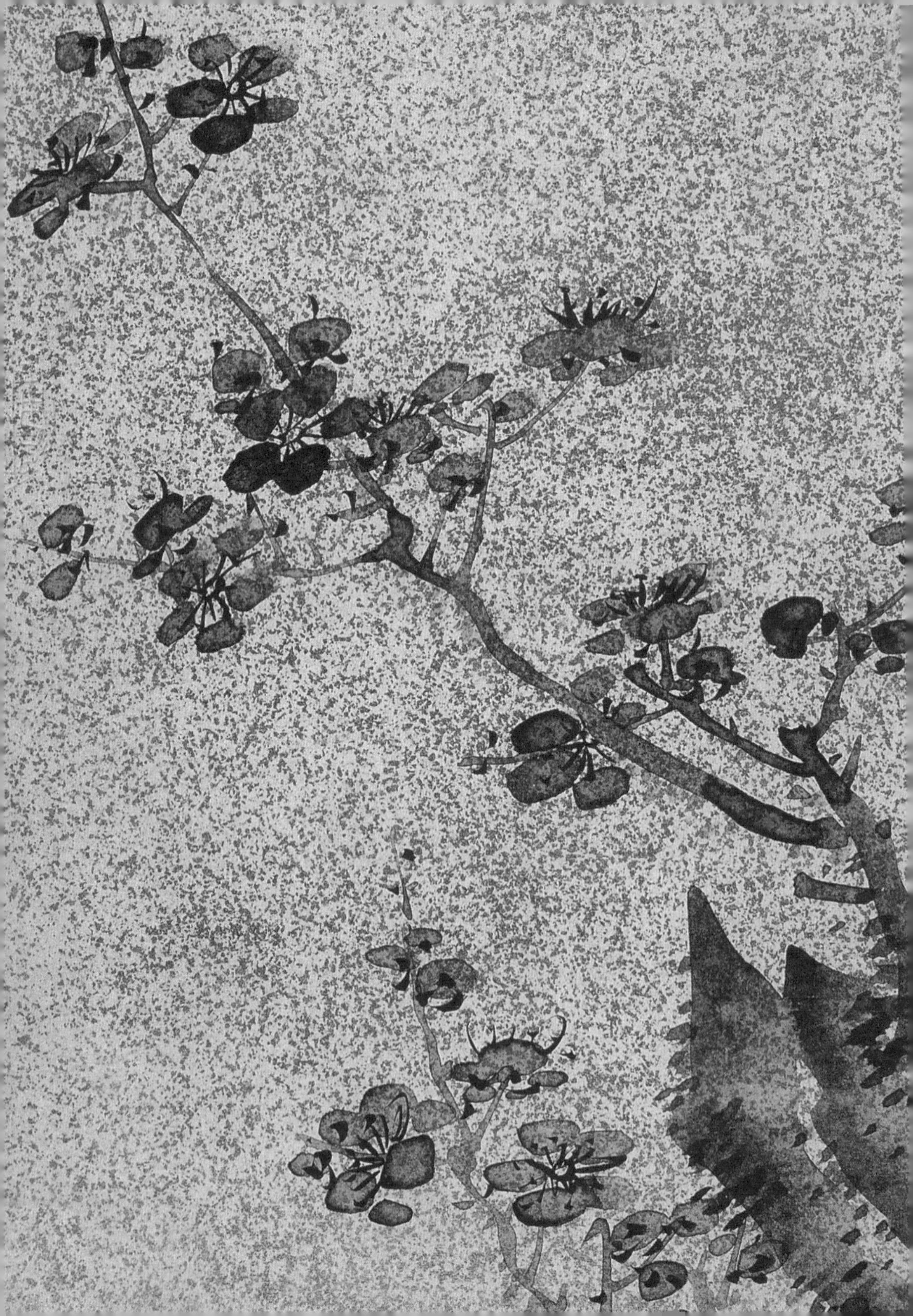

第十二章

潘金莲再斗吴月娘

"世事洞明皆学问，人情练达即文章。"如果你要研究16世纪末到17世纪初大运河沿岸的市井语言，《金瓶梅》中的女人讲出的俚语、吵架的方式，是最好的第一手数据。从第七十二回到第七十五回，这些人吵个不休，出口成章，同时出口成"脏"。《红楼梦》是净化过的，是诗人的小说；但《金瓶梅》将这些最鲜活的文字记录了下来，是小说家的小说，是最接近庶民文学的。

西门庆房事日程

最近一个周日的下午，我接到朋友邀约的电话，问我在做什么。我说："我在排西门庆晚上和女人睡觉的时间表。"对方笑骂："你神经病。不想出来就直说，何必找这种借口？"这是原音重现。最后，朋友相信了我的话，挂电话前又丢下一句："你够无聊。"好吧，无聊的事也要做，而且要把它做得有趣一点儿。再且，在我看到过的有关《金瓶梅》的书里，好像也没发现有人把它写清楚，那我们来试试看。

十一月二十四日，西门庆回到家中，和吴月娘说起自己昨天有多辛苦，差点儿死掉。当天晚上，他和吴月娘在一起。这是一个不成文的规矩，男主人久别归家，第一个晚上一定是要给大老婆的。这没有争议。

十一月二十五日，西门庆先在衙门公宴何千户，又在家请他，当天晚上和潘金莲睡。夜里，西门庆要去厕所，潘金莲怕西门庆着凉，让他溺在自己嘴里，"慢慢一口一口都咽了"。

十一月二十六日，安郎中来到西门庆家，想在二十七日借他的地方请蔡知府。这天晚上，西门庆还是和潘金莲睡。潘金莲向西门庆诉委屈，说李瓶儿在的时候、宋惠莲在的时候，对方是如何待自己的；又说西门庆的银托子弄得她好疼，要帮他做一条更合用的"白绫带儿"。

照理讲，这是十一月二十六日晚上的事情，可是此夜过后，二人还在床上，家人就来报，一早安郎中就送了份子来，还有四盆花，要请蔡知府。随后，应伯爵来，请西门府的人十一月二十八日去喝自己儿子的满月酒。西门庆表示，明日安郎中要在西门府请客，又赶上孟玉楼的生日，二十八日要去看望夏提刑娘子，去不成。

第二天一大早，安郎中在西门府摆宴，说明这天才是十一月二十七日。这里，作者似乎出了错，十一月二十六日过了两回。安郎中的宴席结束后，府里为孟玉楼做生日。晚上，吴月娘听说前面酒席散了，以为西门庆会来，但左等右等不见人。仆人来安回话："爹在五娘房里去的不耐烦了。"月娘一听，很生气，立刻借题发挥，跟孟玉楼讲：今天是你的生日，应该去你那里才对。孟玉楼表现出一贯的不冷不热："他爹心中所欲，你我管的他？"其实，西门庆虽然被潘金莲拉走，也去了她房里，却一直不肯脱衣服，想去先前李瓶儿房里找如意儿。潘金莲把银托子掠与他，又说以后得自己同意他去如意儿那里，他才能去。随后，西门庆就和如意儿厮混去了。吴月娘等人不知道后面的转折，潘金莲也就背了黑锅。

十一月二十八日，吴月娘带着众姐妹到应伯爵家喝满月酒，春梅和郁大姐、申二姐在家里。春梅和迎春等人在李瓶儿房里享用一桌酒菜，叫申二姐过来唱曲，申二姐不仅不来，还嘲笑说："大姑娘在这里，哪里又钻出个大姑娘来了？""大姑娘"当然是指西门大姐。申二姐真不知道春梅是谁，也不晓得春梅的厉害，才敢驳她面子。春梅当即将申二姐痛骂一顿，还"气狠狠的，向众人说道：'他还不知道我是谁哩！'"这句话，春梅在书里讲了两次，可见这回她是气到顶点了。春梅骂得实在难听，以至于将申二姐骂哭、骂跑了，她自己倒很得意。

吴月娘回来后，发现申二姐不见了。知晓了缘由，这位已经忍了很多气的大老婆说："怪不的俺家主子也没那正主子，奴才也没个规矩，成甚么道理！"她让潘金莲管管春梅，潘金莲才不听呢，还与春梅站在同一阵线，将申二姐奚落了一番，话里话外的意思是，骂她是瞧得起她，打她还怕脏了自己的手。吴月娘再和西门庆讲，西门庆也不当回事，说谁让申二姐不听话，回头补她一两银子就好。这无疑是给吴月娘心中的怒火又加了一把干柴。

何况，这时潘金莲就站在门口，要拉西门庆到自己房里去，还欲拒还迎地丢下一句："我等不的你，我先去也。"吴月娘气不过，说道："巴巴走来我这屋里，硬来叫他，没廉耻的货！"她想发火，又要做得看起来不是为自己发火，便将孟玉楼扯进来："你这贼皮搭行货子，怪不的人说你。一视同仁，都是你的老婆，休要显出来便好，就吃他在前边把拦住了。从东京来，通影边儿不进后边歇一夜儿，教人怎么不恼你？冷灶着一把儿，热灶着一把儿才好。通教他把拦住了！我便罢了，不和你一般见识，别人他肯让的过？口儿内虽故不言语，好杀他心儿里有几分恼。今日孟三姐在应二嫂那里，通一日甚么儿没吃。不知掉了口冷气，只害心凄恶心。来家，应二嫂递了两钟酒，都吐了。你还不往他屋里瞧他瞧去？"西门庆闻言，连忙跑去孟玉楼房中，还留宿了。潘金莲为此气了整整一个晚上——壬子日这个好日子又被耽误了。其实壬子日应该是十一月二十九日，这里又是一个矛盾的地方。

十一月二十九日一早，潘金莲就当面锣、对面鼓地与吴月娘吵了起来。这一回，已经怀有身孕的吴月娘占了上风，称自己肚子往下坠，快要死了。西门庆慌了，立刻安抚月娘，当晚也和她在一起。

十一月三十日，宋御史在西门府请客。原本请客的日期是二十九日，这又是一个错误。任医官来给吴月娘看病，她赌气不看；孟玉楼出面充当和事佬，对吴月娘和潘金莲分别好言相劝。二人天天鼻子对着眼睛，吵下去也不是办法，只好和解。但是，吴月娘还是要耍一下大老婆的威风，当晚不准西门庆去潘金莲房里。于是，西门庆就和李娇儿过了一个晚上。

十二月一日，潘金莲；十二月二日，孙雪娥；十二月三日，如意儿；十二月四日，吴月娘。

第七十五回中，胡老爹先送来一百本阅历，随后宋御史又送来一百本。张竹坡在旁边批了一句："又言虽一日作两日过，君其如死何哉？"意思是，就算你一天当作两天来过，该死的时候还是躲不过。我看到这里就想，是不是张竹坡也和我一样，算了半天都多出一个十一月二十六日，才有意无意地写下这句话。

潘金莲的新焦虑与威胁

从冬至那天算起，九九八十一天，是一年当中最冷的时候。过去没有现在的取暖设备，有时候一场雪就会冻死很多人，很难熬，因此这段时间人们都是数着过的。有人发明了"九九消寒图"，印着双钩中空、每个字刚好都九画的"庭前垂柳珍重待春风（風）"字样，每天写一笔；或者画一棵梅树，每天用红笔就填一个花瓣。等笔画填满或者画足八十一个花瓣的时候，就是春暖花开的时候了。

《红楼梦》里也提到了"消寒会"，贾母起头，每九天由一个人举办餐会。九个人轮流请客之后，冬天就过去了。贵族的日子果然很精致，数九寒天也过得有情有趣；穷人则是每天都生活在刀口上。

潘金莲是《金瓶梅》的第一女主角，谁都抢不走她的地位。但是从她身上我们看到，一个妇人如果以色侍人，她所面临的焦虑有多大。在李瓶儿过世的那一刹那，她又恢复精神抖擞，简直是人逢喜事精神爽。她以为以后的日子里，西门庆就是她的，万没想到半路马上杀出一个如意儿，害她又有了新的焦虑。

十一月二十五日和二十六日,西门庆都在潘金莲房里。西门庆对潘金莲的感情虽然没有到对李瓶儿的程度,但是有人说他们是"罪恶之友",以罪恶相结交,因此还能够相处愉快。十一月二十六日晚上,两人办事之前,有一番有趣的对话。

  西门庆因问道:"我的儿,我不在家,你想我不曾?"妇人道:"你去了这半个月来,奴哪刻儿放下心来。晚间夜又长,独自一个又睡不着。随问怎的暖床暖铺,只是害冷。伸着腿儿触冷伸不开。手中丫的酸了,数着日子儿白盼不到,枕边眼泪不知流勾多少。落后春梅小肉儿,他见我短叹长吁,晚间斗着我下棋。坐到起更时分,俺娘儿两个一炕儿通厮脚儿睡。我的哥哥,奴心便是如此,不知你的心儿如何?"(第七十二回)

潘金莲这番话,崇祯本里有批语:"非真相思人,不知此语之妙。"心里冷,棉被再多也盖不暖。

  西门庆道:"怪油嘴,这一家虽是有他们,谁不知我在你身上偏多。"妇人道:"罢么,你还哄我哩!你那吃着碗里,看着锅里的心儿,你说我不知道?想着你和来旺儿媳妇子蜜调油也似的,把我来就不理了。落后李瓶儿生了孩子,见我如同乌眼鸡一般。今日都往哪去了?剩的奴老实的还在。你就是那风里杨花,滚上滚下。如今又兴起那如意儿贼歪剌骨来了。他随问怎的,只是奶子。见放着他汉子,是个活人妻。不争你要了他,到明日又教汉子好在门首放羊儿好剌。你为官为宦,传出去什么好听?你看这贼淫妇,前日你去了,同春梅两个为一个棒槌,和我两个大嚷大闹,通不让我一句儿哩。"(第七十二回)

潘金莲开始数落那些曾经或正在深深"伤害"她的人,和西门庆算旧账,宋惠莲、李瓶儿、如意儿,一个都没落下。如今,宋惠莲、李瓶儿都已亡故,而潘金莲还"老老实实"地陪在西门庆身边。如意儿的丈夫到底是死是活,也是一个公案。她说自己死了丈夫,但是潘金莲偏说她是"活人妻";男子和活人妻有瓜葛,她的丈夫是可以去告状的。之前和如意儿抢夺"棒槌"的事在潘金莲心里还过不去,她既然逮到机会,就要告上一状。西门庆却打太极:"你高高手儿他过去了,低低手儿他过不去。"潘金莲抱怨归抱怨,西门庆并没有为她出头的意思。

话说,西门庆还在京城时,有天春梅支使秋菊向如意儿借洗衣用的棒槌被拒绝,让春梅大发雷霆。她一向自视甚高,现在冒出一个如意儿来,潘金莲受威胁,自己更受威胁。而且,在春梅眼里,如意儿算哪一棵葱啊,生过孩子,年纪又大,一个奶妈而已。这样的人也能得宠,春梅心里当然不是滋味。所以,她一定要去夺那根"棒槌"(如图29)。

潘金莲重出江湖之后,为了拴住汉子的

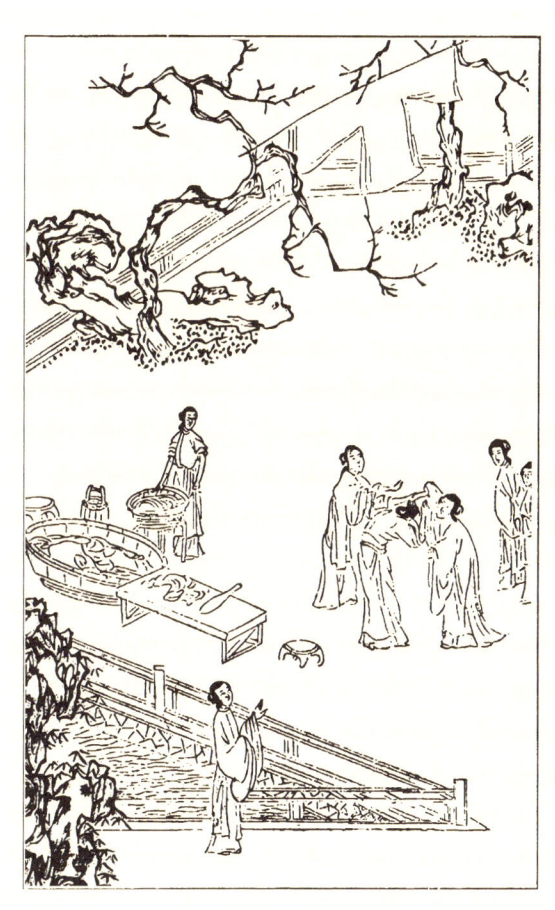

图29-潘金莲狠打如意儿

心，使出浑身解数，可是汉子的心有没有被完全拴住？没有。贲四嫂、来爵媳妇，还有林太太，陆续出来了；更不要说先前就勾搭着的王六儿。伴随她的，只有日甚一日的焦虑了。

孟玉楼一句话胜千军

我们也来看看孟玉楼的表现，她在这一回戏份也不少。潘金莲因为棒槌的事情大骂如意儿的时候，孟玉楼出现了。

> 正骂着，只见孟玉楼从后慢慢的走将来，说道："六姐，我请你后边下棋，你怎的不去？却在这里乱些什么？"一把手拉进到他房中坐下，说道："你告我说，因为什么起来？"这金莲消了回气，春梅递上茶来，喝了些茶……（第七十二回）

这个"慢慢的"是什么意思？孟玉楼早知道她们在演这一出，但要等火候到了，才肯现身。这是孟玉楼厉害的地方。孟玉楼借着请潘金莲下棋，将她拉到自己屋里，也将她拉到自己一边。和孟玉楼比起来，潘金莲的道行实在太浅了。故事的最后，孟玉楼善终，潘金莲横死，并不令人意外。

潘金莲将事情的整个过程说给孟玉楼听，她夹议夹叙，抑扬顿挫，收放自如，兼顾挑拨离间，就像张竹坡说的，"一路开口一串铃"。她不仅骂了如意儿——这是当然的，还顺便批判了月娘，又把宋惠莲的事情牵扯出来，其实都是在抱怨西门庆，并且想谋求孟玉楼的认同。有批评者说，这段一千多字的骂词创造了中国传统文学的记录，让这样一位妇人一口气讲这么多话，而且还讲得这样清楚。

孟玉楼是什么反应？"那玉楼听了只是笑。"这就厉害了，孟玉楼只是听潘金莲讲，并没有与她同仇敌忾，一句"你这六丫头，倒且是有权术"便算是鼓励了。潘金莲想不了那么多，只当自己做得对，一条道走到黑。各位还记得此前潘金莲对着孟玉楼骂王六儿时的情形吗？孟玉楼说："六丫头，你是属面筋的，倒且是有劲道。"潘金莲听了，很得意，继续横冲直撞。孟玉楼真是一句话胜过千军万马。

潘金莲本来以为死了一个官哥儿，死了一个李瓶儿，西门府就是她的天下了，谁想到半路杀出这个如意儿。潘金莲为何会如此怕她？因为她既不是宋惠莲那般的仆人媳妇，也不是王六儿那样的露水姻缘，而是已经登堂入室，结结实实占住了原本属于李瓶儿的房间。何况潘金莲还偷听到西门庆对如意儿讲说，就跟着他，如果一时半刻有了小孩，就让她顶六娘的窝。这等于是死了一个李瓶儿，又冒出一个"李瓶儿"来，其威胁之大，可想而知。如意儿既然是个奶妈，就表示她有生孩子的能力，所以打架时潘金莲一定要打她的肚子，破坏对方生孩子的可能性。

另一方面，潘金莲希望自己赶快有个孩子，因此积极地为自己讨来坐胎药。

从第七十二回到第七十五回，故事里充满了声音，充满了动作，上来大家就打成一团，热闹非凡。

吴月娘的怨气

吴月娘也很生气，通过皮袄事件可以来看出来。月娘也有月娘的焦虑，待到潘金莲公然在她门口拉人的时候，她已经积蓄了很多怨气。

西门庆归家后，只有二十四日晚间留在吴月娘房里，二十五、二十六（两个）、二十七（在月娘看来）都跟着潘金莲。但是，吴月娘的心思只能用冷笔写出，没法直接讲。李桂姐在她跟前唱曲，每一段都是这当家娘子心中的怨叹："更深静悄，把被儿熏了。看看等到月上花梢，静悄悄全无消耗。""疏狂忒煞，薄情无奈，两三夜不见你回来。问着他便撒顽不睬，不由人转寻思权宁

耐。""花街柳市,你恋着蜂媒蝶采。我这里玉洁冰清,你那里瓜甜蜜柿。"(第七十四回)

吴月娘最得意的,就是这份"玉洁冰清"。府里的女人吵架时,她会强调自己嫁给西门庆之前是黄花闺女,其他人都不是。七十四回这里,她没有说一句吃醋的话,可是她的心理活动一刻也没停。以往她不开心的时候,作者通常写一句"一声儿不言语"——作为大老婆,她不讲话,已是最大的修养。我从头到尾觉得月娘不坏,虽然西门庆死后她变得很嚣张,可是嚣张得应该,终于让她等到了。

皮袄事件是另一个金瓶物语。第四十六回中,西门府众妻妾到乔大户家里,天气寒冷,潘金莲没有皮袄,玳安回家取了一件别人送去典当的给她穿,还被她嫌弃一番。其实,她当时已经在觊觎李瓶儿身上那件质料上乘、价值六十两银子的皮袄了。一个丫鬟才卖六两,那件皮袄可以换十个丫鬟了。

李瓶儿死后,吴月娘把她所有的东西都收到自己房间里。潘金莲开口要李瓶儿的皮袄,西门庆就叫丫鬟到吴月娘房间里取。这一举动对吴月娘来说,等于未经她的许可,随便派个丫鬟就用钥匙开门拿她的东西,而且是送给潘金莲,真是情何以堪。

何况这里还有一段前因。李瓶儿临死时,托吴月娘日后安排丫鬟迎春、绣春的去处。后来,月娘好心和西门庆讲自己的安排,西门庆马上发脾气,抢白道:李瓶儿的丫鬟还是李瓶儿的,要一起给李瓶儿守灵。这让吴月娘很没面子。现在,西门庆居然为了另外一个女人,从她这里抢东西。怪不得,吴月娘会开始做梦,梦见有人抢她的衣服。

一向能忍则忍的吴月娘,后来之所以会发展到破口大骂,一是因为潘金莲太嚣张了。她缠着西门庆,二十五日,二十六日,又一个二十六日,月娘自己认为的二十七日,二十八日她还要到门口来抢——究竟把她这个正室放在哪里?二是因为皮袄事件让她非常不开心,不开心之余,还感受到很大的威胁——今天要皮袄,明天会要什么?接下去呢?然而,她既不能拒绝,也没有和西门庆大吵大闹的底气，深深的不安全感包围着她。再者，春梅骂了申二姐，居然没有人站在自己这边，都和春梅站在一起，也让她觉得自己主子的地位受到冲击。

李瓶儿在的时候，潘金莲针对的都是李瓶儿，吴月娘相当于是后卫，在第二线。可是李瓶儿死后，潘金莲的气焰直接烧到吴月娘跟前，那些带刺的话直冲着她就来了。她不仅仅是嫉妒西门庆没有和自己在一起，她还很强烈地感受到权力快要失落的威胁。她一寸一寸地忍耐，一步一步地退让，终于忍无可忍、退无可退，大发一通脾气。

吴月娘与潘金莲的直接冲突

我们都知道，西门庆已经在数着日子过，但是他自己不知道啊，仍然表现得很勤奋：一方面，他夜夜春宵，一夜都少不得女人；另一方面，他白天会规规矩矩地去上班，从不迟到早退，该做的生意也没落下。十一月二十八日，潘金莲心心念念的壬子日，由于西门庆被吴月娘支去孟玉楼房里，又被错过了。她心中甚是不悦，准备当面锣对面鼓地打一场大仗，第二天一早就叫了顶轿子，把在她看来吃里爬外的潘姥姥打发回家。

送别了姑子们，吴月娘连同吴大妗子、李娇儿、孟玉楼、西门大姐在屋里吃茶说话。

当下月娘自在屋里说话，不防金莲暗走到明间帘下听觑多时了，猛可开言说道："大娘说的，我打发了他家去，我好把拦汉子！"月娘道："是我说来，你如今怎么的？我本等一个汉子，从东京来了，成日只把拦在你那前头，通不来后边傍个影儿。原来只你是他的老婆，别人不是他的老婆？行动题起来：'别人不知道，我知道。'就是昨日李桂姐家去了，大妗子问了声：'李桂姐住了一日儿，如何就家去了？他姑夫因为甚么恼他？'教我还说：'谁知为甚么恼他？'你便就撑着头儿说：'别人不知道，自我晓的。'你成日守着他，怎么不晓的？"金莲道："他不来往我那屋里去，我成日莫不拿猪毛绳子套他去不成？哪个浪的慌了也怎的？"月娘道："你不浪的慌？你昨日，怎的他在屋里坐好好儿的，你恰似强汗世界一般，掀着帘子，硬入来叫他前边去，是怎么说？汉子顶天立地，吃辛受苦，犯了甚么罪来，你拿猪毛绳子套他？贱不识高低的货，俺每倒不言语，只顾赶人不得赶上，一个皮袄儿，你悄悄就问汉子讨了穿在身上，挂口儿也不来后边题一声儿。都是这等起来，俺每在这屋里放水鸭儿？就是孤老院里，也有个甲头！一个使的丫头，和他猫鼠同眠，惯的有些折儿！不管好歹，就骂人。倒说着你，嘴头子不伏个烧埋。"金莲道："是我的丫头也怎的？你每打不是？我也在这里，还多着个影儿哩。皮袄是我问他要来，莫不只为我要皮袄开门来？也拿了几件衣裳与人，那个你怎的就不说来？丫头便是我惯了他，我也浪了，图汉子喜欢。像这等的，却是谁浪？"吴月娘乞他这两句触在心上，便紫涨了双腮，说道："这个是我浪了，随你怎的说。我当初是女儿填房嫁他，不是趁来的老婆。那没廉耻趁汉精便浪，俺每真材实料不浪！"被吴大妗在跟前拦说："三姑娘，你怎的？快休舒口。"饶劝着，那月娘口里话纷纷发出来，说道："你害杀了一个，只少我了。"孟玉楼道："耶哧，耶哧！大娘，你今日怎的这等恼的大发？连累着俺每，一棒打着好几个人也！没见这六姐，你让大姐一句儿也罢了，只顾打起嘴来了。"大妗子道："常言道：'要打没好手，厮骂没好口。'不争你姊妹们嚷开，俺每亲戚在这里住着也羞。姑娘，你不依我，想是嗔我在这里？叫轿子来，我家去罢。"被李娇儿一面拉住大妗子。（第七十五回）

接下去是画面了（如图30）。

第十二章　潘金莲再斗吴月娘

那潘金莲见月娘骂他这等言语，坐在地下就打滚，打脸上自家打几个嘴巴，头上鬏髻都撞落一边。放声大哭叫起来，说道："我死了罢，要这命做什么！你家汉子说条念款说将来，我趁将你家来了？比是恁的，也不难的勾当。等他来家，与了我休书，我去就是了。你赶人不得赶上！"月娘道："你看就是了，泼脚子货！别人一句儿还没说出来，你看他嘴头子就相淮洪一般，他还打滚儿赖人！莫不等的汉子来家，好老婆把我别变了就是了！你放恁个刁儿，哪个怕你么？"那金莲道："你是真材实料的，谁敢辨别你？"月娘越发大怒，说道："我不真材实料，我敢在这屋里养下汉来？"金莲道："你不养下汉，谁养下汉来？你就拿主儿来与我！"（第七十五回）

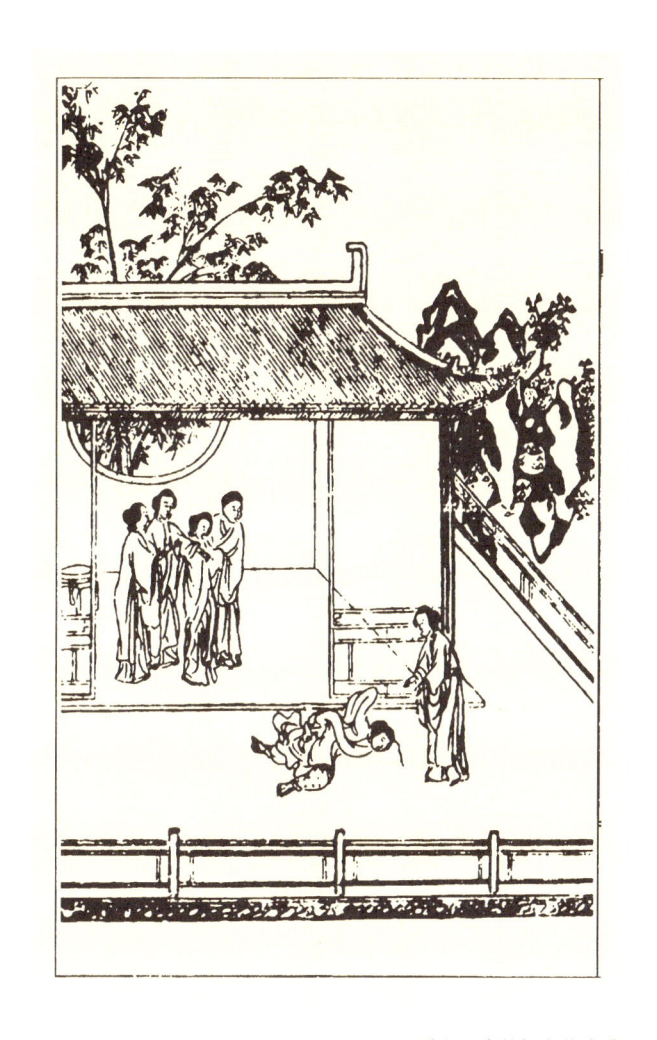

图 30 • 尚护轩金莲泼雏

有些人总喜欢用伤害自己来伤害别人，潘金莲这会儿打脸上自家，其实除了自己疼，什么用也没有。

玉楼见两个拌的越发不好起来，一面拉起金莲，往前边去罢，却说道："你恁的怪刺刺的，大家都省口些罢了，只顾乱起来！左右是两句话，教他三位师父笑话！你起来，我送你前边去罢。"那金莲只顾不肯起来，被玉楼和玉箫一齐扯起来，送他前边去了。大妗子便劝住月娘，又说道："姑娘，你身上又不方便，好惹气？分明没要紧，你姊妹们欢欢喜喜，俺每在这里住着有光。似这等合气起来，又不依个劝，却怎样儿的？"（第七十五回）

忙中闲笔之三尼姑

这里，三个姑子的表现也很抢镜头。

那三个姑子见嚷闹起来，打发小姑儿吃了点心，包了盒子，告辞月娘众人，起来道问讯。月娘道："三位师父，休要笑话。"（第七十五回）

三个姑子知道待不下去了，但即便要走，也先吃个饱。那个不写之写的画面大概就是三个姑子叮嘱小徒弟快吃、快吃，吃了赶快走。这是《金瓶梅》最厉害的地方，它不会漏掉一点儿细节，每一个在场的人都有戏份，它的人情世故就在这里。想想也是，姑子们到处骗吃骗喝，一桌的食物不吃多可惜。反倒是月娘觉得不好意思，怕她们笑话。

薛姑子道："我的佛菩萨，没的说，谁家灶内无烟？心头一点无明火，些儿触着便生烟。大家尽让些就罢了。佛法上不说的好：'冷心不动一孤舟，净扫灵台正好修。若还绳慢锁头松，就是万个金刚也降不住。'为人只把这心猿意马牢拴住了，成佛作祖，都打这上头起。贫僧去也，多有打扰。菩萨好好儿的，我回去也。"一面打了两个问讯。（第七十五回）

如果我们不知道前言后语，会觉得薛姑子用佛法适时适地开解人心，真好。但是，我们已经知道这些姑子是怎样的人。

月娘连忙还万福，说道："空过师父，多多有慢。另日着人送斋衬去。"即叫大姐："你和那二娘送送三位师父出来，看狗。"于是打发三个姑子出门。（第七十五回）

吴月娘做事真是有条有理。厉害的女人就是这样，骂人归骂人，该做的事还是要做。我们是不是常常会犯这种错误：一生气骂起人来，就不知所云，没有条理，事后再来后悔。吴月娘就不是这样，她正在和潘金莲对骂，但该有的礼节一样没少。她是最信佛的，对姑子们也是最有礼貌的。

"看狗"二字最精彩，说明吴月娘当时极为冷静，不仅记得送客礼节，还记得提醒客人出门时不要被自家的狗咬了。就冲着这两个字，很多人认为潘金莲再悍也悍不过吴月娘。从第一回到现在，吴月娘只是不和潘金莲计较而已，真要较劲儿，她绝不是省油的灯。何况潘金莲已经自打嘴巴，把鬏髻弄乱，披头散发像一个鬼一样，吴月娘可还是整整齐齐、端端正正的。

张竹坡在这里有批语："夫写相骂之时，乃插三尼，可谓忙中闲笔矣。乃写至看狗，其闲为何如哉！"表面的闲也意味着内里的稳健，可见冷静的不止月娘，还有《金瓶梅》的作者。换作他人，写到热闹处，可能很容易就把这三个姑子忘记了。在这方面，《红楼梦》和《金瓶梅》有相似之处。比如，《红楼梦》第三十回中写到龄官画蔷，后面发生了一系列的事情，读者可能都忘掉这个情节了，但是作者没忘，在第三十六回一勾，又把这条线拉起来。这也是所谓闲笔，但是作者沉得住气，这一笔拉得又长又稳。

说句题外话，我们平常不会像这几个人骂得这样凶，但偶尔骂一骂，也能消气化痰。吴月娘怀孕了，西门庆也着了慌，于是放任她趁这个机会发威。

> 月娘道："你看说话哩！我和他合气？是我便争好斗，寻趁他来？他来寻趁将我来，你问众人不是？早辰好意摆下茶儿，请他娘来吃。他便使性子把他娘打发去了。走来后边撑着头儿和我两个嚷。自家打滚撞头，鬏髻踩扁了，皇帝上位的叫。自是没打在我脸上罢了。若不是众人拉劝着，是也打成一块。他平白欺负惯了人，他心里也要把我降伏下来。行动就说，你家汉人说条念款念将我来了，打发了我罢，我不在你家了。一句话儿出来，他就是十句顶不下来。嘴一似淮洪一般，我拿甚么骨秃肉儿拌的他过？专会那波皮赖肉的，气的我身子软瘫儿热化。什么孩子、李子，就是太子也成不的！如今倒弄的不死不活，心口内只是发胀，肚子往下憋坠着疼，头又疼，两只胳膊都麻了。刚才桶子坐了这一回，又不下来。若下来了，干净了我这身子，省的死了做带累肚子鬼！到半夜寻一条绳子，等我吊死了，随你和他过去。往后没的又像李瓶儿，乞他害死了罢！我晓的你三年不死老婆，也大晦气。"这西门庆不听便罢，越听了越发慌了。（第七十五回）

吴月娘当然很清楚李瓶儿是谁害死的，何况李瓶儿死前还特别叮咛，要她小心。其实，大家心里有数，哪天西门庆死了，潘金莲是绝对不可能在这个家再待下去的。只是，西门庆有时候也天真得可以，临死之前还盼着大家日后不要散了，要守着他。潘金莲就说，只怕人容不得自己。吴月娘听了他的话，当场就大哭起来。此是后话，我们后面还会讲，但此时已能影影绰绰看到一些线索。

怀孕的人最大，所以吴月娘敢这样对着西门庆骂。西门庆当时就吓坏了，赶着为她张罗看医生，还赔尽小心。

调解高手孟玉楼

吴月娘和潘金莲架是吵了，但问题并没有得到解决。不管怎么说，吴月娘是天，潘金莲在地，吴月娘不会主动求和，潘金莲也改变不了局面，只能僵在那里。这时候，男人是不管用的，就像婆媳吵架，夹在中间的那位男士可能已经躲到一边看球赛去了，留下两个女人进退两难。好在西门府有孟玉楼，她又要发挥作用了。西门庆死后，吴月娘能够允许孟玉楼好好地再嫁，和她的高情商有很大关系。

那天是十一月三十日，宋御史借了西门府前院请客，李娇儿、孟玉楼等人聚在吴月娘房里。

> 李娇儿、孟玉楼众人都在月娘屋里装定果盒，搽抹银器，便说："大娘你头里还要不出去，怎么知道你心中如此这般病。"月娘道："甚么好成样的老婆，由他死便死了罢！可是他说的：不知那淫妇他怎么的行动管着俺们，你是我婆婆？无敌只是大小之分罢了！我还大他八个月哩。汉子疼我，你只好看我一眼儿哩。他不讨了他口里话，他怎么和我大嚷大闹？若不是你们搉撺我出去，我后十年也不出去。随他，死教他死去。常言道：'一鸡死，一鸡鸣。'新来鸡儿打鸣忒不好听？我死了，把他立起来，也不乱，也不嚷，才拔了萝卜地皮宽。"玉楼道："大娘，耶哚，耶哚！哪里有此话？俺每就代他赌个大誓，这六姐，不是我说他，有的不知好歹，行事儿有些勉强，恰似咬群出尖儿的一般，一个大有口没心的行货子。大娘你若恼他，可是错

恼了。"月娘道："他是比你没心？他一团儿心哩。他怎的会悄悄听人儿，行动拿话儿讥讽着人说话？"玉楼道："罢了！娘，你是个当家人，恶水缸儿，不恁大量些，却怎样儿的？常言：'一个君子，待了十个小人。'你手放高些，他敢过去了。你若与他一般见识起来，他敢过不去？"月娘道："只有了汉子与他做主儿，看把那大老婆且打靠后。"玉楼道："哄哪个哩？如今像大娘心里恁不好，他爹敢往那屋里去么？"月娘道："他怎的不去？可是他说的，他屋里拿猪毛绳子套他，不去？一个汉子的心，如同没笼头的马一般，他要喜欢那一个，只喜欢那个。谁敢拦他？拦他，又说是浪了。"玉楼道："罢么，大娘，你已是说过，通把气儿纳纳儿。等我教他来与娘磕头，赔个不是，趁着他大妗子在这里，你每两个笑开了罢。你不然教他爹两下里不作难？就行走也不方便。但要往他屋里去，又怕你恼？若不去，他又不敢出来。今日前边恁摆酒，俺每都在这定果盒，忙的了不得，落得他在屋里这会躲猾儿悄静儿，俺每也饶不过他。大妗子，我说的是不是？"大妗子道："姑娘，也罢，他三娘也说的是。不争你两个话差，只顾不见面，教他姑夫也难，两下里都不好行走的。"那月娘通一声也不言语。（第七十六回）

孟玉楼搬出了西门庆，请吴月娘不要让西门庆两头为难，吴大妗子也在一边附和。通常，吴月娘"一声也不言语"的时候，说明她不开心了，但这里有人架梯子，她就顺其自然下来了，默默接受了对方的说法。孟玉楼知道事情差不多了，"抽身就往前走"。

月娘道："孟三娘，不要叫他去，随他来不来罢。"玉楼道："他不敢不来？若不来，我可拿猪毛绳子套了他来。"（第七十六回）

第十二章　潘金莲再斗吴月娘

吴月娘口里说不要叫潘金莲，随便她来不来，其实心里应该很希望有人能替她出面转圜。

> 一直走到金莲房中，见他头也不梳，把脸黄着，坐在炕上。玉楼道："六姐，你怎的装憨儿？把头梳起来。今日前边摆酒，后边恁忙乱，你也进去走走儿，怎的只顾使性儿起来？刚才如此这般，俺每对大娘说了，劝了他这一回。你去到后边，把恶气儿揣在怀里，将出好气儿来，看怎的，与他下个礼，赔了不是儿罢！你我既在檐底下，怎敢不低头？常言：'甜言美语三冬暖，恶语伤人六月寒。'你两个已是见过话，只顾使性儿到几时？人受一口气，佛受一炉香。你去与他赔个不是儿，天大事都了了。不然，你不教他爹两下里为难。待要往你这边来，他又恼。"金莲道："耶哞，耶哞！我拿甚么比他？可是他说的，他是真材实料正经夫妻，你我都是趁来的露水儿？能有多大汤水儿？比他的脚指头儿也比不上的。"玉楼道："你由他说不是！我昨日不说的，一棒打三四个人，那就我嫁了你的汉子，也不是趁将来的。当初也有个三媒六证，只恁就跟了往你家来？砍一枝，损百株。'兔死狐悲，物伤其类。'就是六姐恼了你，还有没恼你的。有势休要使尽，有话休要说尽。凡事看上顾下，留些儿防后才好。不管蟪虫蚂蚱，一例都说着，对着他三位师父、郁大姐。人人有面，树树有皮，俺每脸上就没些血儿？一切来往都罢了，你不去却怎样儿的？少不的逐日唇不离腮，还在一处儿？你快些把头梳了，咱两个一答儿后边去。"那潘金莲见他这般说，寻思了半日，忍气吞声，镜台前拿过抿镜，只抿了头，戴上鬏髻，穿上衣裳，同玉楼径到后边上房内。（第七十六回）

孟玉楼对着不同的人，劝解的话完全不一样，被劝的人都会感觉到她是和自己站在同一立场的。她先是劝月娘要大量些，劝潘金莲就像给小动物顺毛。现在她把自己放到和潘金莲一样的处境，表示自己在三位姑子、郁大姐等人面前也很受伤。这样一来，潘金莲感觉得到了安慰，会耐住性子听孟玉楼说下去。她到底要继续在西门府里过日子，就算心里委屈，也只能忍气吞声来到月娘面前了。

带着潘金莲，孟玉楼继续从中周旋。

> 玉楼掀开帘儿先进去，说道："大娘，我怎的走了去，就牵了他来，他不敢不来。"便道："我儿，还不过来与你娘磕头？"在傍边便道："亲家，孩儿年幼，不识好歹，冲撞亲家。高抬贵手，将就他罢，饶过这一遭儿。到明日再无礼，犯到亲家手里，随亲家打，我老身却不敢说了。"（第七十六回）

她一边装模作样，一边把潘金莲说矮了一截儿，"变成"自己的女儿，代她认错。潘金莲就势给吴月娘磕头，然后"跳起来赶着玉楼打"，惹得众人都笑了。这手谁都心知肚明的把戏，倒也实用，解开了两人的尴尬。孟玉楼不忘给整件事收尾，说道："贼奴才，你见你主子与了你好脸儿，就抖毛儿打起老娘来了。"

吴大妗子也会做人："这个你姊妹们笑开，怎欢喜喜却不好？就是俺这姑娘一时间一言半语聒聒的你每，大家厮抬厮敬，尽让一句儿就罢了。常言：'牡丹花儿虽好，还要绿叶儿扶持。'"她这番话，相当于替吴月娘向姐妹们赔不是了。在场的人里，只有她这位月娘的大嫂有这个资格。

各位有没有想过，如果自己在那个场合里，会讲什么，会做什么？算了，我们还是静静地吃点心吧，反正桌子上一定不会空着的。

到底，潘金莲自己也要向月娘服软。

金莲道:"娘是个天,俺每是个地。娘容了俺每,俺每骨秃扠着心里!"玉楼也打了他肩背一下,说道:"我的儿,你这回儿也打你一面口袋了。"便道:"休要说嘴,俺每做了这一日活,也该你来助助忙儿。"(第七十六回)

孟玉楼继续帮着潘金莲,给她台阶下,给她找事做。尴尬的场面虽然已经缓和,但有事可忙的话,当事人会更好过一些。于是,"这金莲便洗手剔甲,在炕上与玉楼装定果盒"。果盒是前院请客要用的。

这次吵架是《金瓶梅》故事中最激烈的一次,多亏孟玉楼,才能圆满解决。

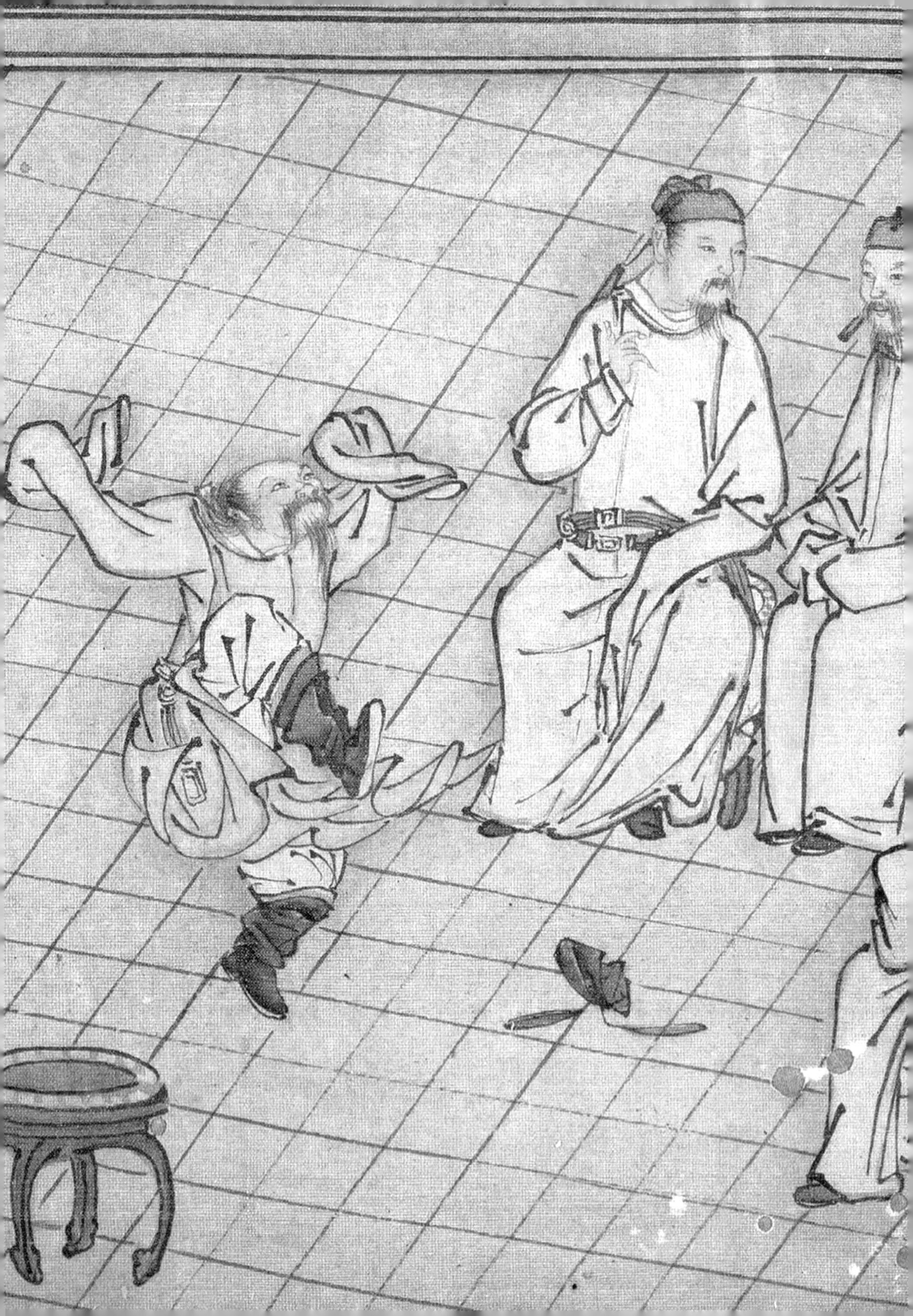

第十三章 七十六回的布局之妙

延续《水浒传》旧线，加入新的戏剧张力

《金瓶梅》前七十六回，写男人世界里行贿、逢迎、为亲朋谋职，一团势利热闹。就像侯文咏说的，西门府已经成为清河县大大小小官员的招待所。这些招待，看起来都是赔本生意，人家给西门庆十几两银子，他花掉的何止上千两？真正让人欲罢不能的是招待背后盘根错节的利益。这样的生意经，从来都不曾过去，现在我们还能在社会新闻里看到。后院是女人的天下，同样充满尔虞我诈。

关于西门庆的死，有一位学者的讲法深得我心。他说，我们在《水浒传》里看到武松一刀下去，西门庆死了，会觉得大快人心，那是一种英雄式的写法；可是在《金瓶梅》里面，如果你用心读的话，在李瓶儿死时会觉得感伤，在西门庆死时会感到悲哀，甚至在看到潘金莲的死时，会困惑人生怎么这样可怜。这就是东吴弄珠客说的"读《金瓶梅》而生怜悯心者，菩萨也"。我们面对这些人的死亡，没有办法说心里真是痛快，毕竟活着的时候各有各的窝囊，为了小小的利益你争我夺，最终人生还是走到这一步，以这样的方式死去。比如潘金莲，曾经耍心机得到一件皮袄，待她被扫地出门的时候，这件东西安在？我个人对潘金莲的概括就是两个字——可怜，她从来没有被善待过，每个人都在自觉或不自觉地掠夺她。

我们前面说过，第七十二回到第七十六回是一出群戏，而群戏是最难写的。这就像画画，在一个画面上同时安排许多人互动很考验画家的功力。台湾早期画家中，我认为"群像画"画得最好的是

李石樵，画面上的一群人，彼此有一点儿黏，又不会太黏。比如他的《市场口》或《田园乐》，你会感觉到画面上的人物有互动，但仍然各有各的心事。《金瓶梅》第七十二回到第七十六回是同样道理，每个人都有戏，每个人都有表情，这句话如果该是孟玉楼讲的，就绝对不会出自潘金莲的嘴里。《金瓶梅》的群戏写得好，不过我个人认为群戏写得最好的还是《红楼梦》。《红楼梦》里人头攒动的大场面一个接一个，也是"善于用犯笔而不犯"的典型。

第七十六回拉出了两条新的线索，一条由王婆牵引，一条由云离守牵引。

上次王婆出场，还是在前十回；再次露面，是为了给潘金莲一个着落处。王婆、薛嫂、文嫂等人里面，最坏的便是王婆，潘金莲落到她手里，结局只能是不得超生。薛嫂算是不错的，如果潘金莲落在她手里，或许还有一线生机。而王婆注定要和潘金莲死在一起，就像《水浒传》里那样。王婆负责了结潘金莲的故事线，这就是戏剧性。

云离守初次露面，是在词话本的第十一回，他是西门庆的结拜兄弟之一。在接下来的几十回，应伯爵、谢希大、祝日念、孙寡嘴等人来来去去，云离守却鲜少出场。他原本是西门庆的伙计，哥哥云参将死后，由他承袭了官职。现在，核心人物西门庆就要死了，故事还有四分之一的情节没有发展，必须有人来填补主线人物的位置。前面张二官、王三官、陈经济、玳安等身上各有故事线的人物，都是作者的布局，就好像《红楼梦》里的每个人都可能成为贾宝玉的未来。云离守会成为第二个西门庆吗？他会做些什么呢？

西门庆发丧之后，故事的发生地渐渐远离了西门府。因为人亡物丧，树倒猢狲散，空间也要跟着转换。云离守是西门庆生前最后一个客人，双方还结了亲家；在故事的最后，他又出现在吴月娘的噩梦里，一梦见真章，梦醒后一切归零。

春梅占的篇幅也越来越多，说明这个角色越来越重要。十月二十一日下了当年的头场雪，天气越来越冷。冷到极点，梅花就要开放，梅花一开，春天就到了，春梅的戏份就在这样的时节密集上演。我个人认为，春梅这个角色在前面都写得极好，可是在最后几回作者好像忽然泄气了，随随便便就让她死了，很可惜。但换个视角来看，这好像有些人辛苦努力一辈子，忽然间就自暴自弃了，也不算罕见。

第七十六回中，潘金莲和月娘吵架，月娘仗着自己怀孕，说不舒服，西门庆十分担心，当然要极尽安抚。第二天，西门庆请医生来家里，月娘磨蹭好一阵才出来。说是抱恙，打扮得却十分讲究，明显是在装病了。

潘金莲摆谱种下死因

十二月一日，孟玉楼将家里的账交给了潘金莲。当初西门庆要娶潘金莲的时候，家里的账是李娇儿管的，什么时候到了孟玉楼这里，书中没有明说，但我们可以推测出来。四十四回，李娇儿房里的丫鬟夏花儿偷了两个金镯子，李桂姐又在旁边挑拨离间，说不定从那个时候开始，保管账本的人就更换了。此外，这几个妾本也有各自的位次，轮流管账。李娇儿是二房，孟玉楼是三房；孙雪娥是四房，但是因为早就失宠了，账本于是直接由孟玉楼传给五房潘金莲。正室吴月娘不用管账，她只要了解情况就好。现在来看看，潘金莲管账的时候，是怎么做的呢？

> 原来潘金莲自从当家管理银钱，另顶了一把新等子，每日小厮买进菜蔬来，教拿至跟前，与他瞧过，方数钱与他；他又不数，只教春梅数钱提等子。小厮被春梅骂的狗血喷了头背，出生入死，行动就说落，教西门庆打。以此众小厮皆互相抱怨，都说："在三娘手里使钱好，五娘行动没打不说话。"（第七十七回）

对西门庆来讲，潘金莲做得好，因为她不会浪费钱。可是对众小厮来讲，她就太过严苛了。而且一副作威作福、狐假虎威的样子，没法得到人心。

第七十六回中，有一个叫何十的人犯了事，他兄弟何九托王婆向西门庆关说。王婆顺带入府中找潘金莲。当初王婆在武大郎家随意进出，常常武大还没出门，她就在招呼潘金莲了。但现在她不敢了，一定要玳安引荐。玳安通报之后，潘金莲请人进去。

  王婆道："我敢进去？你引我儿，只怕有狗。"那玳安引他进入花园金莲房门首，掀开帘子，王婆进去。见妇人家常戴着卧兔儿，穿着一身锦缎衣裳，擦抹的如粉妆玉琢，正在房中炕上，脚登着炉台儿，坐的磕瓜子儿。房中帐悬锦绣，床设缕金，玩器争辉，箱奁耀目。进去不免下礼，慌的妇人答礼，说道："老王免了罢。"那婆子见毕礼，坐在炕边头。（第七十六回）

潘金莲此时怎么称呼王婆？老王。当年呢？干娘。干娘变老王，又是不写之写。设想一下王婆的心境，大概像一根刺深深地扎下去，伤口很深。王婆问潘金莲有没有生下儿子，潘金莲答道："有到好了。小产过两遍，白不存。"我们读过前面的故事，不免疑惑：潘金莲怀过孕吗？小产过吗？似乎并没有。那她为什么要这么讲？对，面子问题。在那个年代，一个女人没有生孩子，就会很心虚，所以就算没生过，也要强调自己不是不能生，只是运气差。潘金莲问王婆儿子的亲事，王婆答"还不曾与他寻"，但家里已攒了些本钱，"慢慢替他寻一个儿与他"。作者此处提醒读者王婆还有个儿子，也为潘金莲的后续故事埋下伏笔。西门庆死后，潘金莲被赶出西门府，就与王婆的儿子王潮有些瓜葛。

  接着，王婆开始和潘金莲说何十的事。潘金莲叫秋菊看茶，她没有使唤春梅，说明在潘金莲看来，王婆和秋菊是同一阶层的，只配喝秋菊倒的茶。而且，秋菊端来的只有一盏茶，半块点心也没有，算是极其薄待了。潘金莲的智商、情商都太不够，她无数的"一念之差"，把自己推向无可挽回的境地。说她是古今一大淫人或一大恶人，都是"抬举"她了，她只会在王婆、秋菊这些人面前摆谱。真正厉害的人不会这么做，你看春梅后来做了守备夫人，招待月娘时是何等气派，让对方虽有感慨，但不至于难堪。

王婆有求于人，继续与潘金莲闲扯。

> 那婆子坐着说道："娘子，你这般受福勾了！"妇人道："甚么勾了？不惹气便好！成日呕气不了在这里。"那婆子道："我的奶奶，你饭来张口，水来温手。这等插金带银呼奴使婢，又惹甚么气？"妇人道："常言道说得好，三窝两块，大妇小妻。一个碗内两张匙，不是汤着就抹着，如何没些气儿？"（第七十六回）

潘金莲为什么要一直抱怨自己在西门府的日子不好过？一个合理的怀疑是，她怕王婆开口借钱。因为她是王婆牵线才嫁入西门府，所以要故意把自己说得很惨，免得对方居功。这是很多妇人的心理，有钱总怕被人知道。

王婆要走了，潘金莲又叫"老王"，让她多坐会儿。不叫还好，越叫越气。王婆说何九在外面等她，潘金莲也没再挽留。这次王婆来访，潘金莲全程都表现得很冷漠，作者字里行间流露着"得意莫忘失意时"的意味——你不晓得哪一天就会落在自己曾经看不起的人手里。当然，这时的潘金莲和王婆都无法预知自己接下来的命运，甚至将来死都要死在一起。人世无常就是这样。

王婆来关说这件事，是玳安告诉西门庆的。潘金莲不见得会跟西门庆讲，因为她根本不当回事。但西门庆上了心，听玳安一说，第二天就把事情办了。

第七十七回中，西门庆回到家，下了马，就见何九"买了一匹尺头，四样下饭，鸡鹅，一坛酒"，来答谢自己。接下来，请各位就西门庆和之前潘金莲的表现做个比较。

"（西门庆）一面请何九进去。见西门庆在厅上站立，换了冠帽，戴着白毡忠靖冠，见何九，一把手扯在厅上来。"潘金莲见王婆的时候是坐着的，还嗑着瓜子。西门庆呢，不仅换上了常服，而且举动很亲切，好朋友一样的感觉。"何九连忙倒身磕下头"，说着感谢西门庆的话，"请西门庆受礼"。"西门庆不肯受磕头，拉起还说：'老九，你我旧人，快休如此！'"而王婆"下礼"潘金莲的时候，潘金莲坦然接受。西门庆可以叫何九"老九"，他的社会地位比何九高，这样叫显得亲切。那潘金莲可凭什么能把"干娘"变"老王"？西门庆不肯接受何九的谢礼，进一步表示："若有甚么人欺负你，只顾来说，我亲替你出气。"最后，他只留了"酒礼"，"那何九千恩万谢，拜辞去"。

我们读《金瓶梅》，一定要仔细读，经常会发现一些玄机。很多祸端就是由一个细节、一个小小的疏忽造成的。西门庆知道怎样拉拢人，潘金莲则未免太天真，太不成熟。

云离守：替代西门庆的新角色

玳安将王婆来访之事禀告西门庆之后，西门庆另外又见了一位"旧人"。从名义上来说，这位旧人与西门庆的关系比何九近切，因为他是"十兄弟"之一。但在此之前，西门庆没拿他当回事，毕竟那伙人除了花子虚之外，都像寄生虫一样，跟着西门庆的主要目的是蹭吃蹭喝。不过，这位曾做过西门庆伙计的云离守，已今时不同往日。

> 正递酒中间，忽平安来报："云二叔新袭了职，来拜爹，送礼来。"西门庆听言，连忙道："有请。"只见云离守穿着青纻丝补服员领，冠冕着，腰系金带，后边伴当抬着礼物，先递上揭帖与西门庆观看，上写："新袭职山东清河右卫指挥同知，门下生云离守顿首百拜。谨具土仪貂鼠十个，海鱼一尾，虾米一包，腊鹅四只，腊鸭十只，油纸帘二架，少申芹敬。"西门庆即令左右收了，连忙致谢。云离守道："在下昨日才来家，今日特来拜老爹。"于是磕头四双八拜，说道："蒙

老爹莫大之恩，些少土仪，表意而已。"然后又与众人叙礼拜见。西门庆见他居官，就待他不同，安他与吴二舅一桌坐了。（第七十六回）

西门庆"问起发丧替职之事"，云离守道："蒙兵部余爷怜其家兄在镇病亡，祖职不动，还与了个本卫见任佥书。"云离守既袭官职，西门庆自然待他不同了。

第七十六回中戏份不少的云离守，也和王婆一样，牵引着故事的另一条线索。第七十八回中，吴月娘到云离守家走动，见其妻也怀孕了，便与之约定："明日两家若分娩了，若是一男一女，两家结亲做亲家；若都是男子，同堂攻书；若是女儿，拜做姐妹，一处做针指，来往同亲戚儿耍子。"应伯爵之妻是见证人。

第一百回中，徽、钦蒙尘后，吴月娘欲往济南投奔云离守，却梦见对方不怀好意，不仅要侵吞她的财产，还想占她的人，遂放弃了这个念头。

潘金莲和春梅"主仆易位"

我们再来看看春梅，她的戏份也越来越多了。

比如第七十三回中，潘金莲要将水果分给潘姥姥和春梅，"春梅也不瞧，接过来似有如无掠在抽屉内"，"把蜜饯也要分开"，春梅只是说："娘不要分，我懒待吃这甜行货子，留与姥姥吃罢。"潘金莲在讨好春梅，但春梅根本不屑。潘金莲也没有进一步动作，只是"都留下了不题"。从这里开始，你可以感觉到春梅和潘金莲渐渐主仆易位了。潘金莲好像不自觉地将自己置于春梅之下，而春梅那口气和派头，再次印证了此前春梅骂走申二姐时，吴月娘说的："怪不的俺家主子也没那正主子，奴才也没个规矩，成甚么道理！"

春梅骂走申二姐是吴月娘和潘金莲吵架的直接原因。此后一连几天，吴月娘都不准西门庆进潘金莲的房间，直到十二月初一才放行。西门庆到了潘金莲房里，却不见春梅踪影。

　　因问："春梅怎的不见？"妇人道："你还问春梅哩，他饿的只有一口游气儿，那屋里躺着不是？带今日，三四日没吃点汤水儿，一心只要寻死在那里。说他大娘对着人骂了他奴才，气生气死，整哭了三四日了。"这西门庆听了，说道："真个？"妇人道："莫不我哄你不成？你瞧去不是！"这西门庆慌过这边屋里，只见春梅容妆不整，云髻斜歪，睡在炕上。西门庆叫道："怪小油嘴，你怎的不起？"叫着他，只不做声，推睡。被西门庆双关抱将起来。那春梅从酪子里伸腰，一个鲤鱼打挺，险些儿没把西门庆扫了一跤，早是抱的牢，有护炕倚住不倒。（第七十六回）

西门庆特意关心春梅行踪，可见在他的心上人当中，春梅的位置还不算低。春梅最恨人家说自己是奴才，按照潘金莲的说法，她已多日不吃不喝，一心寻死。西门庆闻言，急急去探望。一开始，春梅不应声，待西门庆去抱她，她像练过武术一样，"一个鲤鱼打挺"，差点儿把西门庆带个跟头。这也是不写之写，暗示三件事：一是春梅并没有绝食，该吃的饭都吃了；二是西门庆的身子已经被掏空，但他自己还不知道；三是春梅的贵气和傲气，偏不装小可怜。

后面西门庆哄劝春梅，春梅也不领情，几次用"奴才"二字称呼自己，甚至说："左右是奴才货儿，死便随他死了罢！"可见这两个字是她最忌讳、最痛恨的。

我们再讲一顿宵夜。西门庆应酬完回到家里，时间相当于现在的晚上七八点；到潘金莲房里的时候，还要再晚一些。春梅起身后，西门庆说自己还没吃饭，于是便张罗起来。

　　因说道："咱每往那边屋里去，我也还没吃饭哩。教秋菊后边取菜儿、筛酒、烤果馅饼儿、炊鲊汤,咱每吃。"于是不由分诉,拉着春梅手,到妇人房内,分付秋菊:"拿盒子后边取吃饭的菜儿去。"不一时,拿了一方盒菜蔬:一碗烧猪头,一碗炖烂羊肉,一碗熬鸡,一碗煎煿鲜鱼和白米饭,四碗吃酒的菜蔬:海蜇、豆芽菜、肉鲊、虾米之类。西门庆分付春梅,把肉鲊打上几个鸡旦,加上酸笋、韭菜,和上一大碗香喷喷馄饨汤来,放下桌儿,摆下。一面盛饭来,又烤了一盒果馅饼儿。西门庆和金莲并肩而坐,春梅在傍边随着同吃。三个你一杯,我一杯,吃了一更方散。(第七十六回)

如此丰富的饭食,烧的,炖的,熬的,说明西门府中的炉灶不分昼夜都是热的,随时能供应热菜。关于肉鲊的做法,宋代古书《吴氏中馈录》中有记载:"生烧猪羊腿,精批做片,以刀背匀捶三两次,切做块子。沸汤随漉出,用布内扭干。每一斤入好醋一盏,盐四钱,椒油、草果、砂仁各少许,供馔亦珍美。"配上味道浓郁的酸笋、韭菜,想来非常开胃。饭菜背后是西门庆的贴心,他疼春梅,简直像爹疼女儿一样。这就是上乘的写作手法,让读者能够在字里行间自行体会,而不是动不动就是"我爱你"——这是最没有用的一句话。

可以感觉到,春梅一定很开心,她被好好地安抚了。背后那些不写之写,也就不必再写了。

潘姥姥预言春梅贵气袭人

下面要谈的这个段落,我个人觉得很得意,这应该是我发现的。

第七十六回中,云离守带来的礼物里,有"貂鼠十个"。第七十七回中,郑爱月儿已经知道了这事,抢先开口向西门庆讨要。

爱月儿道:"我要问爹,有貂鼠买个儿与我,我要做了围脖儿戴。"西门庆道:"不打紧。打巧昨日舍伙计打辽东来,送了我十个好貂鼠。你娘们都没围脖儿,到明日一总做了,送一个来与你。"爱香儿道:"爹只认的月姐,就不送与我一个儿?"西门庆道:"你姊妹两个,一家一个。"于是爱香、爱月儿连忙起身道了万福。西门庆分付:"休见了桂姐、银姐说。"(第七十七回)

貂鼠到底是名贵皮草,郑爱香儿是郑爱月儿的姐姐,同在当场,也开了口,西门庆只得一视同仁。至于李桂姐和吴银儿,一来不在跟前,二来不如郑爱月儿得宠,他便舍不得了。

做围脖儿时,"西门庆在对过缎铺子书房内,看着毛袄匠与月娘做貂鼠围脖,先攒出一个围脖儿,使玳安送与院中郑月儿去。封了十两银子与他过节"。原来,郑爱月儿不仅得到了貂鼠围脖儿,而且是第一个,后面才轮到西门府的妻妾们。西门庆有事离开,"使陈经济看着裁貂鼠",还是在强调貂鼠的名贵,怕被调包。

第七十八回中,潘姥姥来看潘金莲,到了门口没有轿子钱,潘金莲不肯给,最后是孟玉楼付的银子。当晚,因为西门庆到潘金莲房中过夜,潘姥姥被打发到李瓶儿的房间,她对潘金莲的做法耿耿于怀,絮絮不止。正数落着,春梅来了,打扮得比女主人更像女主人。

只见春梅进来,头上翠花云髻儿,羊皮金沿的珠子箍儿,蓝绫对衿袄儿,黄绵绸裙子,金灯笼坠子子,貂鼠围脖儿,走来见众人陪着潘姥姥吃酒……

郑爱月儿还得主动向西门庆要,而春梅不声不响,就把貂鼠围脖儿戴上了——这是我发现的。春梅和"娘们"一个待遇,再次证明了她在西门庆心中的位置。这条貂鼠围脖儿,众妻妾有,郑爱月儿有,春梅有,西门大姐不见得有。没了亲娘，也不得爹爹疼爱的西门大姐，像个可有可无的影子，丈夫也不喜欢她，最后死得也很惨。

（春梅）说道："姥姥还没睡哩？我来瞧瞧姥姥来了。"如意儿让他坐。这春梅把裙子搂起，一屁股坐在炕上。迎春便紧挨着他坐。如意坐在右边炕头上，潘姥姥坐在当中。因问："你爹和你娘睡了不曾？"春梅道："刚才吃了酒，打发他两个睡下了。我来这边瞧瞧姥姥，有几样菜儿，一壶儿酒，取了来和姥姥坐的。"因央及绣春："你那边教秋菊掇了来，我已是攒下了。"那绣春去了，不一时，秋菊用盒儿掇着菜儿，绣春提了一锡壶金华酒来。春梅分付秋菊："你往房里听着，若叫我，来这里对我说。"那秋菊把嘴谷都着去了。一面摆酒在炕桌上，都是烧鸭、火腿、熏鱼、果仁、咸酸蜜食、海味之类，堆满春台。绣春关上角门，走进在旁边陪坐，于是筛上酒来。春梅先递了一钟与潘姥姥，然后递一钟如意儿，一钟与迎春，绣春在旁边炕儿上坐的，共五人坐定，把酒来斟。春梅护衣碟儿内每样拣出，递与姥姥众人吃，说道："姥姥，这个都是整菜，你用些儿。"那婆子道："我的姐姐，我老身吃。"因说道："就是你娘，从来也没费怎个心儿，管待我管待儿。姐姐，你倒有惜孤爱老的心，你到明日管情好，一步一步自高。敢是俺那冤家，没人心，没人义，几遍为他心龌龊，我也劝他，他就扛的我失了色。今日早是姐姐你看着，我来你家讨冷饭吃来了？你下老实那等扛我！"春梅道："姥姥罢，你老人家只知其一，不知其二。俺娘是争强不伏弱的性儿。比不的六娘，银钱自有，他本等手里没钱，你只说他不与你。别人不知道，我知道。像俺爹，虽是抄的银子放在屋里，俺娘正眼儿也不看他的。若遇着买花儿东西，明公正义问他要。不恁瞒瞒藏藏的，教人看小了他，他怎么张着嘴儿说人！他本没钱，姥姥怪他，就亏了他了。莫不我护他？也要个公道。"如意儿道:"错怪了五娘。自古亲儿骨肉,五娘有钱,不孝顺姥姥,再与谁?常言道,要打看娘面,千朵桃花一树儿生,到明日你老人家黄金入柜,五娘他也没个贴皮贴肉的亲戚,就如死了俺娘样儿。"婆子道:"我有今年没明年,知道今日死明日死?我也不怪他。"(第七十八回)

我们无法想象林黛玉"把裙子搂起,一屁股坐在炕上",而换成春梅,就非常贴切,粗俗,却有力。此时,西门庆和潘金莲已经睡了。春梅除了替潘金莲说公道,也有一份替潘金莲照顾潘姥姥的心意,她还招呼了绣春、迎春和如意儿——这恰恰是"主人"潘金莲应该做的。潘姥姥也讲她好话:"你到明日管情好,一步一步自高。"真像是一个预言。

潘金莲的硬气与尊严

我们一再强调,《金瓶梅》里面的角色,不能简单说是好人还是坏人,只有人,为了活下去的人。潘姥姥有自己的苦处,为了生活,把潘金莲当作生财工具,屡次转卖。但在她看来,没有自己,潘金莲也无法步步"高升",获得现在的生活;潘金莲拒绝替自己付轿子钱,是故意让自己没脸。可是,潘金莲也有潘金莲的心理:潘姥姥是她的娘,但这样一门穷亲戚,什么事都不能为自己做,当众给母亲难堪,除了怨恨,同时带着撒娇的意味。各位或许有过这样的体验:只能跟最亲的人发脾气,而我们伤害最深的,事实上都是我们最亲近的人。

潘金莲在西门府的日子过得并不算好。她没有钱,没有背景,人缘不佳,除了以色侍人,别无他法,偏偏西门庆又不专属于她一人。潘姥姥一副狗仗人势的样子,她看了一定会生气:你靠我才可以到西门府来充丈母娘,可是你知道我心里的苦吗?知道我的委屈吗?她不跟自己的娘发脾气,她跟谁发脾气呢？各位如果有了女儿，她出嫁了，回娘家的时候找你出气，你就忍着一点儿吧，因为除了你，她也找不到其他人了。

春梅作为潘金莲唯一的知己，讲了一句"别人不知道，我知道"。还有谁讲过这句话？玳安！李瓶儿死的时候，西门庆哭得很惨，玳安却对应伯爵说："别人不知道，我知道：把银子休说，只光金珠玩好、玉带、绦环、髻、值钱宝石，还不知有多少。为甚俺爹心里疼？不是疼人，是疼钱！"有人评论，玳安终是太年轻，只看到钱，不知道背后的人情。可是将春梅和玳安放到一起看，就会发现，两位都是有实力的，而且对把握主子的心态充满自信。

春梅在劝潘姥姥，也在告诉读者，告诉所有看不起潘金莲的人，她所了解的潘金莲是什么样的。作者的悲悯情怀也在这里，他无意欺负笔下任何一个人物，每个人物都是值得同情的，都有自己的不得已处。潘姥姥总念李瓶儿的好，给这给那，潘金莲什么也不给。其实，潘金莲是拿不出来。她"争强不伏弱"，全靠一张嘴，要花钱就怯了；李瓶儿有真金白银，当然慷慨。潘金莲虽然管账，但有花钱处，从来明公正义地向西门庆要，不屑做偷偷摸摸的事，生怕被人小看，失去指摘他人的立场。后来潘金莲出府之后，住到王婆家里，马上得要跟王潮勾搭在一起，也证明春梅所言不虚：她真的一点儿私房钱都没有。而如果她之前做些手脚，或许不至于如此落魄。

我想，潘金莲一生一世，能交到春梅这样一个朋友，了解她的硬气、她的尊严，也值得了。和春梅相比，如意儿讲的亲儿之类，全是没有温度的门面话。

第七十七回中，"杨姑娘没了，安童儿来报丧"。此人是孟玉楼前夫的姑姑，在西门庆和孟玉楼的婚事上使过力气，从此便以孟玉楼娘家人的身份出入西门府，吃香喝辣。

西门庆这边整治了一张插桌，三牲汤饭，又封了五两香仪。吴月娘、李娇儿、孟玉楼、潘金莲四顶轿子起身，都往北边与他烧纸

吊孝。琴童儿、棋童儿、来爵儿、来安儿四个，都跟轿子，不在家。（第七十七回）

第八十二回中，潘姥姥过世。出殡前一日，潘金莲还在和陈经济翻云覆雨。

> 两个云雨毕，妇人拿出五两碎银子来，递与经济说："门外你潘姥姥死了，棺材已是你爹在日与了他。三日入殓时，你大娘教我去探丧烧纸来了。明日出殡，你大娘不放我去，说你爹热孝在身，不宜出门。这五两银子交与你，明日央你早去门外，发送发送你潘姥姥，打发抬钱，看着下入土内你才来家，就同我去一般。"（第八十二回）

两相比较，吴月娘真是看人下菜碟。杨姑娘死了，众妻妾带着仆人一起去吊孝。可是潘姥姥死了，三日只有潘金莲一个人去；次日出殡，吴月娘甚至不让她去。她只能自己拿出五两碎银子，拜托陈经济替她发送潘姥姥。陈经济也算不错，安排潘姥姥下葬，还将剩下的二两六七钱银子交给了潘金莲的妹妹。

西门庆最后的满心欢喜

第七十七回中，西门庆有一次"心中大喜"，五次"满心欢喜"。不难看出，他日子过得很起劲。但"大喜""欢喜"加起来，却得出张爱玲讲的"一大块稳妥的悲哀"。这时已是十二月，西门庆的日子只剩下一个月左右了，可怜他完全不知死之将至。

我们来看看他这些个"心中大喜"和"满心欢喜"。

> 一日尚举人来拜辞，起身上京会试，问西门庆借皮箱、毡衫。西

图31-西门庆踏雪访爱月

门庆陪他坐的，待茶，又送贶礼与他。因说起："乔大户、云离守两位舍亲，一授义官，一袭祖职，见任管事。欲求两篇轴文奉贺，不知老翁可有相知否？借重一言，学生具币礼拜求。"尚举人笑道："老翁何用礼为？学生敝同窗聂两湖，见在武库肄业，与小儿为师在舍，本领杂作极富。学生就与他说，老翁差盛使持轴，送到学生那边。"西门庆连忙致谢，茶毕起身。西门庆这里随即封了两方手帕、五钱白金，差琴童送轴子并毡杉、皮箱到尚举人处收下。哪消两日光景，写成轴文，差人送来。西门庆挂在壁上，但见青缎锦轴，金字辉煌，文不加点，心中大喜。（第七十七回）

先前帮西门庆操持文墨的文秀才，因染指画童儿，已不为西门庆所用。此次给乔大户、云离守的贺文由尚举人的同窗聂两湖代劳，写得很好，西门庆由是"心中大喜"。

那何九千恩万谢，拜辞去。西门庆坐厅上，看着打点礼物，果盒、花红、羊酒、轴文等并各人分资，先差玳安送往乔大户家去。后叫王经送云离守家去。玳安回来，乔家与了五钱银子。王经到云离守家，管待了茶食，与了一匹真青大布，一双琴鞋，回"门下辱爱生"双帖儿："多上覆老爹，改日奉请。"西门庆满心欢喜，到后边月娘房中摆饭吃，因向月娘说："贲四去了，吴二舅在狮子街卖货，我今日倒闲，往那里看去。"（第七十七回）

何九托付的事情打点了，云离守和乔大户那里也尽了礼数，西门庆由是"满心欢喜"。不仅如此，狮子街店铺的生意也很好，于公于私，西门庆都很顺心。他"忽然想起要往院中郑月儿家去"（如图31）。

他在郑爱月儿处看到一轴《爱月美人图》，落款是"三泉主人赘笔"。西门庆被王三官认作父亲之后，曾到他家中参观，发现一处"三泉诗舫"。西门庆问"三泉是何人"，王三官半天才答"是儿子的贱号"。他不敢立刻回话也属正常：西门庆号四泉，不是被三泉压住了吗？

西门庆看了，便问："三泉主人是王三官儿的号？"慌的郑爱月儿连忙摭说道："这还是他旧时写下的。他如今不号三泉了，号小轩了。他告人说，学爹说：'我号四泉，他怎的号三泉？'他恐怕爹恼，因此改了号小轩。"一面走向前，取笔过来，把那"三"字就涂抹了。西门庆满心欢喜，说道："我并不知他改号一节。"粉头道："我听见他对一个人说来，我才晓的。他去世的父亲号逸轩，他故此改号小轩。"（第七十七回）

"我听见他对一个人说来"——谁知道"一个人"是不是真的存在，谁知道王三官是不是真的改了号，但西门庆不介意。他这回"满心欢喜"，主要在于他觉得自己赢了，郑爱月儿更在乎的是他西门庆。

西门庆对性的需求越来越狂热，也越来越像纯动物性的发泄，连话都懒得多说。这回他看上了伙计贲四的老婆，由玳安代为说合。

> 那玳安方说："小的将爹言语对他说了，他笑了。约会晚上些，伺候等爹过去坐坐。叫小的拿了这汗巾儿来。"西门庆见红绵纸儿包着一方红绫织锦回纹汗巾儿，闻了闻，喷鼻香，满心欢喜，连忙袖了。（第七十七回）

玳安不负所托，西门庆"满心欢喜"，说干就干。他有一点从头到尾坚持得很好的作风：货银两讫，绝不白嫖。和贲四老婆完事后，"西门庆向袖中掏出五六两一包碎银子，又是两对金头簪儿，递与妇人，节间买花翠带"。西门庆一枕风流的花销，比潘姥姥葬礼用掉的还要多。

那个谋害主人后逃到扬州的苗青，各位还记得吗？

> 不想西门庆走到厅上，崔本见了，磕头毕，交了书帐说："船到马头，少车税银两。我从腊月初一日起身，在扬州与他两个分路，他每往杭州去了，俺每都到苗亲家住了两日。"因说："苗青替老爹使了十两个银子，抬了扬州卫一个千户家女子，十六岁了，名唤楚云。说不尽的花如脸，玉如肌，星如眼，月如眉，腰如柳，袜如钩，两只脚儿恰刚三寸，端的有沉鱼落雁之容，闭月羞花之貌。腹中有三千小曲、八百大曲，端的风流如水晶盘内走明珠，态度似红杏枝头笼晓日。苗青如今还养在家，替他打厢奁，治衣服，待开春韩伙计、保官儿船上带来，伏侍老爹，消愁解闷。"西门庆听了，满心欢喜。说道："你船上捎了来也罢，又费烦他治甚衣服，打甚妆奁，愁我家没有？"于是恨不的腾云展翅，飞上扬州搬取娇姿，赏心乐事。（第七十七回）

苗青帮西门庆买了一位叫楚云的姑娘，等着给他送来。西门庆一听，"满心欢喜"，那副急火火的样子，好像在谈论一件货物。

西门庆第五次"满心欢喜"，是在得知宋乔年已保举吴大舅升任指挥佥事之后。而他收到的这封邸报，也是《金瓶梅》中最后一篇公文。

第七十七回中一个接一个的"大喜""欢喜"，其实是在烘托人事无常。这时的西门庆，仍然随心所欲，甚至心想事成。就这样"满心欢喜"地走到"一大块稳妥的悲哀"中去。

西门庆为什么会对于女人、对于性如此的贪恋？因为空虚。他事事欢喜，什么也不缺，而不缺正是空虚的来源。当一个人拥有一切之后，他所拥有的东西也就丧失了意义。西门庆的欢喜都是停留在表层的，无法到达心灵层面，也没人可以探讨，可以抒发。

我们的心只有方寸之间，如果没有悲伤来挖空我们的心思，哪有地方容得下欢乐？我在大学的时候写下这句话，多年以后，自己看了都觉得好感动，有一点儿得意忘形，满心欢喜——我也完了，也要空虚了。

很多人在最热闹的时候会感到最寂寞，比如跨年晚会很热闹，可是当烟火消散，你走出地铁站，还是会真实地感受到寒冷。西门庆的空虚就像这无法抵御的寒冷，是多少欢喜也填不满的。

我们幸好有缺。

另一方面，就像曹亚瑟和侯文咏说的，西门庆的表现很可能是病症所引发的。人患了梅毒，会表现得焦躁，身心一片没处安排；或者是性成瘾症，就像高尔夫球选手老虎伍兹或《X档案》的男主角大卫·杜楚尼那样。就好像明明已经很饱，却控制不住自己，要继续吃东西。结论是只有折磨，无法获得快乐。

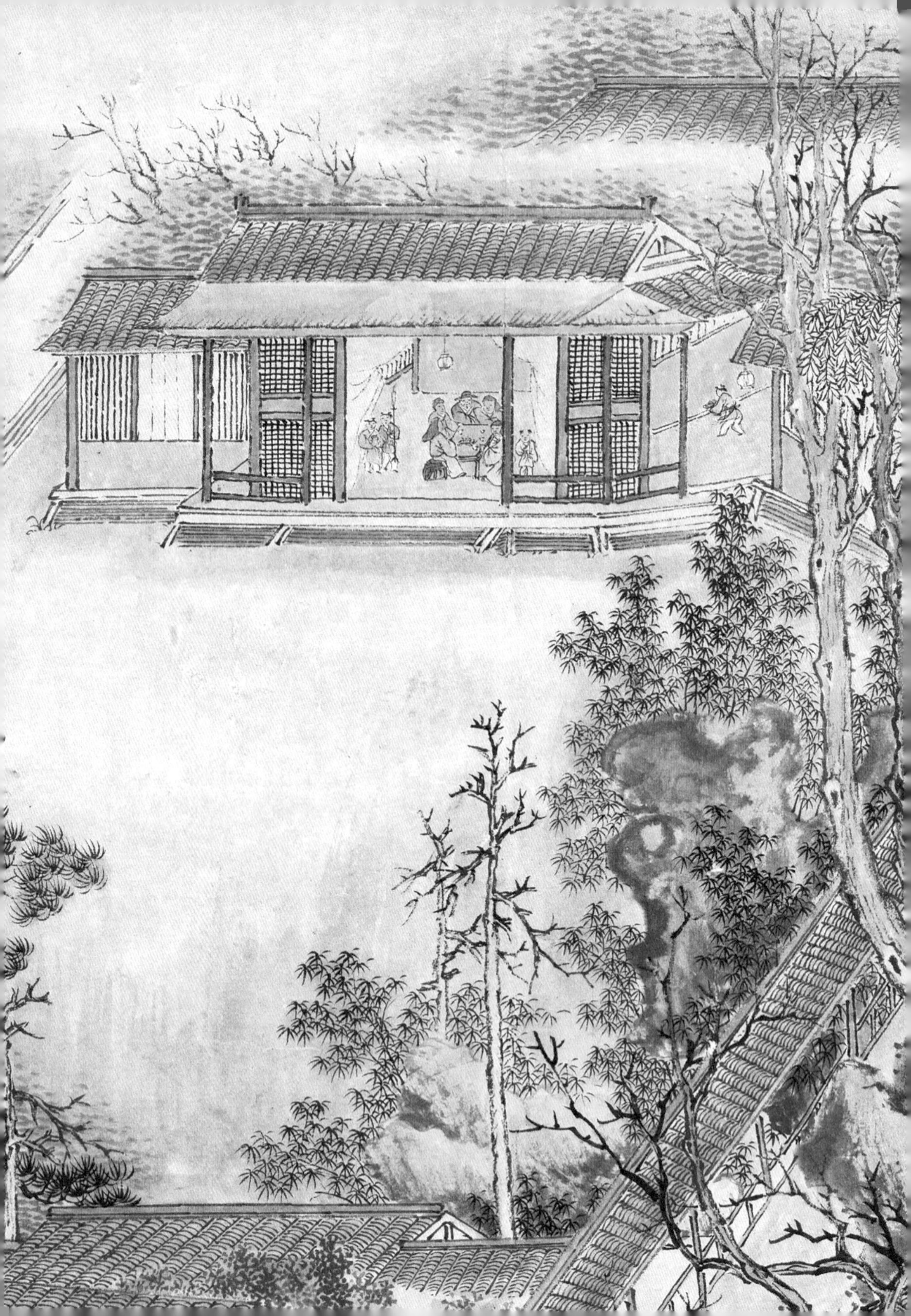

第十四章

西门庆的贪欲与死亡

今天我们就要来看一下西门庆的贪欲与死亡。西门庆是他那个时代的强人，以自己的方式打出一片天下，如果不是纵欲过度，或许可以活好长一段时间。但那样的话，他就不是西门庆了。这世上很多赵钱孙李，过的都是西门庆式的生活，只是我们一起读了这么久的《金瓶梅》，也渐渐学会了哀矜勿喜。

最后一个快乐的除夕

> 到二十六日，玉皇庙吴道官十二个道众，在家与李瓶儿念《百日经》，十回度人，整做法事，大吹大打，道场行香。各亲朋都来送茶，请吃斋供，至晚方散。（第七十八回）

李瓶儿已经去世多时，这回只是念《百日经》，但因为西门庆在，排场仍然不小。俗话说："太太死，满街白；老爷死，没人抬。"我们先记住这个场面，后面和西门庆的丧礼做一对比。

时间已是年底，西门府准备过年了。

> 至廿七日，西门庆打发各家礼毕，又是应伯爵、谢希大、常时节、傅伙计、甘伙计、韩道国、贲第传、崔本，每家半口猪，半腔羊，一坛酒，一包米，一两银子；院中李桂姐、吴银儿、郑爱月儿每人一套杭州绢衣服，三两银

子。吴月娘又与庵里薛姑子打斋，令来安儿送香油米面银钱去，不在言表。（第七十八回）

朋友、伙计、粉头、姑子，一个没落下，都得了好处。记得小时候，过年之前的几天，阿妈一定会叫家人准备几个菜篮，每个菜篮里面有一大块肉、一只鸡和一条鱼，有时候还有香肠，分送给比较贫困的亲戚。我当时觉得很奇怪，这些东西这么重，还要搬来搬去，送钱不是更干脆吗？但阿妈说，送钱的话，对方会忌讳，会觉得欠了债，而且不知怎样就花掉了；这些肉、鱼、鸡，至少能让他们一家老小有顿像样的年夜饭，还可以祭拜。这就是那个时候的人情味。《红楼梦》第五十回中，王熙凤寻得贾母，道："我那里是孝敬的心找来了？我因为到了老祖宗那里，鸦没雀静的，问小丫头子们，他又不肯说，叫我找到园里来。我正疑惑，忽然来了两三个姑子，我心才明白。我想姑子必是来送年疏，或要年例香例银子，老祖宗年下的事也多，一定是躲债来了。我赶忙问了那姑子，果然不错。我连忙把年例给了他们去了。如今来回老祖宗，债主已去，不用躲着了。"这些话自然是逗老太太开心，但也可见得年尾分派是传统，千百年都是这样下来的。

看看到年除之日，窗梅痕月，檐雪滚风，竹爆千门，灯燃万户。家家贴春胜，处处挂桃符。西门庆烧纸，又到于李瓶儿房灵前祭奠。已毕，置酒于后堂。合家大小团聚。西门庆与吴月娘上坐，等李娇儿、孟玉楼、潘金莲、孙雪娥、西门大姐并女婿陈经济，都递了酒，两旁列坐。先是春梅、迎春、玉箫、兰香、如意儿五个磕头，然后小玉、绣春、小鸾儿、元宵儿、中秋儿、秋菊磕头。其次者来昭妻一丈青惠庆、来保妻惠祥、来兴妻惠秀、来爵妻惠元，一般儿四个家人媳妇磕头。然后才是王经、春鸿、玳安、平安、来安，棋童儿、琴童儿、画童儿、来昭儿子铁棍儿、来保儿子僧宝儿、来兴女孩儿年儿来

磕头。西门庆与吴月娘，俱有手帕汗巾银钱赏赐。（第七十八回）

这顿年夜饭，一共三十七人参加，作者逐一列出了他们的名字，像是一次集体告别。这是西门庆度过的最后一个快乐的团圆的除夕，待到来年，这个家就要树倒猢狲散了。

正月初一一早，西门庆出门贺节，众妻妾都打扮得漂漂亮亮，聚在吴月娘房里，仆人们也各有事忙。"众伙计主管，门下底人，伺候见节者不计其数，都是陈经济一人在前边客位管待。"这里接待的都是男性宾客。西门庆在世的时候，陈经济的确为他做了不少事，如果他能活得久一些，这个女婿的下场或许不至于一塌糊涂。这笔账要去跟月娘算了。

记得我小时候，过年总是非常忙的。乌鱼子、香肠，还有一个热火锅，从早滚到晚。客人来来往往，不能让人家空着肚子走，就算再饱，也一定要拉着对方喝一杯春酒。有一年，"大富翁"游戏刚刚开始流行，我们姐弟三人，拿压岁钱一买到手，马上关门玩起来，完全听不到外面盈门贺客声，以及母亲呼唤帮忙声。及至尽兴开门，看到盛怒的母亲，才发觉天色已黑。那真是一个很特别的回忆。

纵欲得病

接下来要看的是西门庆的贪欲。

第七十七回和第七十八回绣像本的回目，一共出现了四个女人：郑爱月儿、贲四嫂、如意儿和林太太。配的绣像也是西门庆与她们作乐的场景。这里我们只挑林太太的部分来看。

自西门庆上次与林太太见面，已经过去了两个月。正月初六，西门庆到王招宣府中拜节；王三官已在初四上京拜见六黄太尉。两人"大战"在即，全副武装，西门庆这边是天青飞鱼氅衣，林太太一身大红通袖袄儿。

> 妇人房内安放桌席。黄铜四方兽面火盆。生着炭火。朝阳房屋，日色照窗。房中十分明亮，须臾，丫鬟拿酒菜上来。杯盘罗列，肴馔堆盈，酒泛金波，茶烹玉蕊。妇人锦裙绣袄，皓齿明眸。玉手传杯，秋波送意，猜枚掷骰，笑语烘春。话良久，意洽情浓。饮多时，目邪心荡。看看日落黄昏，又早高烧银烛。（第七十八回）

两人之间如同一串极具节奏感的短剧，又像两军阵前的累累战鼓。西门庆和林太太的性行为，基本与愉悦无关，主要是对王三官的报复，和对贵族女性的征服欲。这种类似战争描写的笔法，最能够体现角色的心理。

> 当下西门庆……许下明日家中摆酒，使人请他同三官儿娘子去看灯耍子。这妇人一段身心，已是被他拴缚定了。于是满口应承都去。这西门庆满心欢喜，起来与他留连痛饮，至二更时分，把马从后门牵出，作别方回家去。（第七十八回）

西门庆没有在妻妾身上烧过香（在潘金莲身上烧香的时候，她还不是西门府的人），说明他自己也知道这种行为是很过分的，虽然能给自己带来心理上极大的快感与满足，却是绝对的糟蹋和虐待。

林太太虽然"满口应承都去"，到了正月十二日，"王三官母亲林太太并王三官娘子不见到。西门庆使排军、玳安、琴童儿来回催邀了两三遍，又使文嫂儿催邀。午间只见林氏一顶大轿、一顶小轿跟了来"。急切又兴奋的西门庆一时不见郑爱月儿口中貌美的王三官娘子，难免失望，又不能过分显露。

> 见了礼，请西门庆拜见。问："怎的三官娘子不来？"林氏道："小儿不在，家中没人。"（第七十八回）

林太太是见过世面的人，与西门庆可谓棋逢对手。西门庆这劈头一问，她八成是猜得到的。她也没有解释，只用"小儿不在，家中无人"这样看似别扭的理由搪塞。——王三官虽不在，王招宣府也不至于一个仆人没有，要主人留下看门吧？有几个可能：她当然猜得到西门庆在打什么主意，故意这样讲，一是要以儿媳妇为饵，放长线钓大鱼；二是不想儿媳妇和西门庆太早见面，抢了自己的风光。虽然林太太风韵犹存，但和一个年轻漂亮的小媳妇站在一起，还是会被比下去。又或者，林太太满口答应西门庆的时候，以为自己一定可以说动儿媳妇，可是王三官娘子却未必愿意来。早先，因为王三官拈花惹草，她就要上吊，西门庆又是花名在外的，何必蹚浑水呢？但这些都是不必写出来的，留给读者去推测。一个有信心的作者，吊的不止是西门庆的胃口，他要吊所有读者的胃口。

根据侯文咏的研究，西门庆是死于梅毒的。从历史上看，15、16世纪是梅毒最早传入中国的时间。16世纪的中国医书中，第一次出现了治疗"霉疮"的方法。这与《金瓶梅》的创作时间大体相合。梅毒当时的传播路径，应该是随着航船到来，在各大码头的青楼里扩散，又被男人们带回家里。

曹亚瑟有进一步分析：

> 那西门庆的这个病有可能是谁传染的呢？
>
> 梅毒螺旋病菌在人体内通常有三至四周的潜伏期，然后发病。从西门庆正月初六感觉不舒服来看，他应该是十二月上旬感染上病毒的。其间西门庆共与郑爱月儿、贲四媳妇、林太太、孙雪娥、如意儿、潘金莲、来爵媳妇、王六儿同过房。梅毒是与多性伴侣者有不洁性行为才可能传染的病毒，而这里面只有郑爱月儿、贲四媳妇有多个性伴侣，郑爱月儿是清河名妓，不用说是阅人无数；贲四媳妇与玳安有染，但玳安并没有梅毒症状。看来病毒传染最大的可能就是郑爱月儿了。因为清河临近运河，客商南来北往，贸易发达，郑爱月儿作为

清河名妓，接待江浙客人不少，她得梅毒的可能性最大。

没想到西门庆一世英雄，最后栽在这个舶来的性病上了。（曹亚瑟：《烟花春梦：〈金瓶梅〉中的爱与性》）

但不是每个和西门庆发生过关系的人都会发病，这与各人的免疫力相关。潘金莲没有发病，后来和陈经济搞在一起，还怀了孕；郑爱月儿虽然暂时看起来无恙，但考虑到她的职业，大概也快了。

十二月初九，西门庆与郑爱月儿在一起。正月初六，向月娘提及腰腿疼，月娘当他有痰火。正月初七，他去找孙雪娥，对方为他按摩了半宿。正月初八，向应伯爵讲述病痛，应伯爵劝他少饮酒，他却道："谁是肯轻放了你我的，怎么忌的住？"同日，尽管瞌睡不止，还是抽空和来爵媳妇做了一次。正月十三，一向按时到岗的西门庆"头沉懒怠"，请了病假。

勾魂使者王六儿、潘金莲

西门庆生命中的最后一个元宵节到了，他的生命也如焰火一般，要迎来极尽绽放后的寂灭。他照例到狮子街的楼上看烟火，"但见灯市中车马轰雷，灯球灿彩，游人如蚁，十分热闹"。吃过饭，他到王六儿家去了。西门庆人生的最后一个月里，与很多女人发生了关系，但王六儿和潘金莲堪称阎罗王的勾魂使者。

完事以后，三更天，西门庆打马回家。

这西门庆身穿紫羊绒褶子，围着风领，骑在马上。那时也有三更时分，天气有些阴云，昏昏惨惨的月色，街市上静悄悄，九衢澄净，鸣柝唱号提铃。打马正过之次，刚走到西首那石桥儿根前，忽然见一个黑影子从桥底下钻出来，向西门庆一揖，那马见了只一惊躲，西庆在马上打了着个冷战，醉中把马加了一鞭，那马摇了摇鬃，玳安、琴童两个用力拉着嚼环，收煞不住，云飞般望家奔将来，直跑到家门首方止。王经打着灯笼，后边跟不上。西门庆下马，腿软了，被左右扶进，径在前边潘金莲房中来。这不来倒好，若来，正是：

失脱人家逢五道，滨冷饿鬼撞钟馗。（第七十九回）

这一幕刚好对应前面热闹的灯市景象。一转眼，**繁华就过去了**。

我们说，张爱玲喜欢在月亮上做文章，她笔下的月亮有各种各样的表情。《金瓶梅》也是如此，不同的月亮，引导着接下来的故事走向。那个阴气森森的黑影子是谁？可能是一只猫、一只狗或一阵风，也可能是花子虚的鬼魂，暗示西门庆时日将近。这刚好呼应了李瓶儿几次三番给西门庆的托梦：花子虚要找你报仇，切记不要在外逗留太晚。当下西门庆是不是会想：这一次果然着了道？反正他吓坏了，骑马向家里飞奔。

到了家，西门庆被就近扶到前院的潘金莲房里。潘金莲欲火焚身，搞不清状况，将他向死路上又推了一把。

> 那妇人扶他上炕，打发他歇下。那西门庆丢倒头在枕头上，鼾睡如雷，再摇也摇不醒。……急的妇人了不的，因问西门庆："和尚药在哪里放着哩？"推了半日，推醒了。西门庆酩酊里骂道："怪小淫妇，只顾问怎的！你又教达达摆布你？你达今日懒待动弹。药在我袖中金穿心盒儿内，你拿来吃了……"那妇人便去袖内摸出穿心盒，打开里面，只剩下三四丸药儿。这妇人取过烧酒壶来。斟了一钟酒，自己吃了一丸。还剩三丸，恐怕力不效，千不合，万不合，拿烧酒都送到西门庆口内。醉了的人，晓的甚么，合着眼只顾吃下去。（第七十九回）

第五回中，武大被毒死不久，潘金莲表示自己已经没了丈夫，如果对方不要她，不知该怎么办。西门庆说："我若负了心，就是你武大一般。"潘金莲只是图一时之欢，无意害死西门庆，只是这和尚药虽不是毒药，对此时的西门庆来说却无异于夺命丹。西门庆当初是随口发誓，一切却似冥冥中自有定数。潘金莲的两任丈夫都死于药，都死在她手里。

西门庆的病越发严重，吴月娘、孟玉楼等寻医找药、求仙问卜，家里乱成一团。这又是善用犯笔而不犯。李瓶儿病时，找大夫也好，求神仙也好，都是大张旗鼓的，因为有家里老爷说了算。现在轮到老爷本人了，发落这些事的变成了夫人。那时的女性本身没什么地位，吴月娘又要生孩子了，虽然也尽力而为，场面就小多了。

吴月娘追查肇事者，虽然追出了韩道国老婆王六儿和林太太，可是真正的祸首郑爱月儿没有被追到，潘金莲也一副事不关己的样子，撇得一干二净。潘金莲虽然心虚，在玳安和琴童交代出林太太的时候，还是兴奋得添油加醋；还乘胜追击，骂了一通林太太。

但吴月娘不是省油的灯，一句话直中靶心："王三官儿娘，你还骂他老淫妇，他说你从小儿在他家使唤来！"

> 那金莲不听便罢，听了把脸掣耳朵带脖子红了，便骂道："汗邪了那贼老淫妇！我平白在他家做甚么？还是我姨娘在他家紧隔壁住。他家有个花园，俺每小时在俺姨娘家住，常过去和他家伴姑儿耍去，就说我在他家来，我认的他甚么？是个张眼露睛的老淫妇！"月娘道："你看那嘴头子，人和你说话，你骂他！"那金莲一声儿就不言语了。
>
> （第七十九回）

西门庆之死

孙述宇说过,西门庆这个人有太多人情味。人情味就是人的味道,何止西门庆有,《金瓶梅》中每个角色都是凡人,不是英雄,不是蜘蛛人,也不是机器战警,再坏的人,忽然间被人家说中弱点,也会脸红,也会"一声儿就不言语了"。

> 月娘见求神问卜,皆有凶无吉,心中慌了。到晚夕天井内焚香,对天发愿,许下:"儿夫好了,要往泰安州顶上与娘娘进香、挂袍三年。"孟玉楼又许下逢七拜斗。独金莲与李娇儿不许愿心。西门庆自觉身体沉重,要便发昏过去,眼前看见花子虚、武大在他根前站立,问他讨债,又不肯告人说,只教人厮守着他。见月娘不在根前,一手拉着潘金莲,心中舍不得他,满眼落泪,说道:"我的冤家,我死后,你姐妹们好好守着我的灵,休要失散了。"那金莲亦悲不自胜,说道:"我的哥哥,只怕人不肯容我。"西门庆道:"等他来,等我和他说。"不一时,吴月娘进来,见他二人哭的眼红红的,便道:"我的哥哥,你有甚话,对奴说几句儿,也是我和你做夫妻一场。"西门庆听了,不觉哽咽,哭不出声来,说道:"我觉自家好生不济,有两句遗言和你说:我死后,你若生下一男半女,你姊妹好好待着,一处居住,休要失散了,惹人家笑话。"指着金莲说:"六儿从前的事,你耽待他罢。"说毕,那月娘不觉桃花脸上滚下珍珠来,放声大哭,悲恸不止。西门庆道:"你休哭,听我嘱咐你。"(第七十九回)

西门庆、潘金莲、吴月娘三人,都哭了,但各人哭的原因不一样。
西门庆第一是害怕,花子虚、武大如在眼前,他不敢说,但知道自己快完了,而且死后要下十八层地狱。第二,他在这花花世界活得正起劲,"满心欢喜",突然就要告别,当然舍不得,他舍不得世上的一切。第三,他当然也舍不得潘金莲,毕竟他们在性方面的配合是很过瘾的,对于潘金莲所代表的这种罪恶的愉快,他不愿失去。

潘金莲呢,知道西门庆一死,自己的靠山就没了,所以她说:"我的哥哥,只怕人不肯容我。"西门庆当然了解她的想法,表示会亲自和月娘说。月娘进来后,看见二人的模样,心里当然不是滋味,拦住西门庆的话头,让他先交代几句和自己相关的。

俗话说"生不带来,死不带去",但西门庆都要死了,还巴望着将来妻妾们守着西门府,守着他,不要散了。孟玉楼、潘金莲、李瓶儿,嫁给西门庆时都不是初婚,西门庆提出这样的愿望,正说明了他的自卑和心虚;他想要握住的,最终都会流走。

"那月娘不觉桃花脸上滚下珍珠,放声大哭,悲恸不止。"她的眼泪里,是伤心比较多,还是悲愤比较多?我想是后者吧。从前西门庆在外面拈花惹草,要么娶回家,要么流连忘返,她累积的委屈,这时统统哭出来了。何况,临了临了,西门庆顾及的仍是众家女子,没有一句体恤她的话。

张竹坡此处有评点:"绝无一言,其恨可知,盖愈嘱而月娘愈醋矣。"可是,感情是完全勉强不来的,人之将死,更难以周全。

接下来,西门庆交代陈经济,自己死后,与乔大户合开的缎子铺、绒线铺、绸绒铺,货物卖净后就关掉。因为这些商品要从杭州水运过来,过程当中需要打通关节,他不在了,这些事务无法展开,生意自然也做不下去。李三的专卖生意,西门庆也不要陈经济做了,让应伯爵"拿了别人家做去"。这条线是应伯爵替西门庆拉来的,现在他人要没了,又把这块肥肉还给应伯爵,也算够朋友。西门庆死后,应伯爵立刻把这门生意给了张二官。骂应伯爵也没必要,毕竟是西门庆首肯过的。

临死,西门庆的生意头脑仍然非常清晰,所言无不在理。李三、黄四欠的五百两本金、一百五十两利钱,则要速速讨回。这笔钱属于官吏债,人在人情在，人死就危险了。伙计当中，西门庆最信赖的是傅伙计，要陈经济和傅伙计守着祖传的印子铺和生药铺。这两个铺子的生意相对安稳，不需要特别张罗。至于韩道国和来保，只交代将他们运来的货物卖钱，交与府内女眷做盘缠。他很会识人，知道谁是可靠的，谁靠不住。后来他的判断也得到证实，韩道国和来保果然将大笔银子贪污了。接着，他交代了其他待收回的账目。说完，又哭起来。

西门庆人生的最后一天，终于来到了。

> 到于正月二十一日，五更时分，像火烧身，变出风来，声若牛吼一般，喘息了半夜。挨到早晨巳牌时分，呜呼哀哉，断气身亡！（第七十九回）

李瓶儿死时，苍白惨淡，无人知晓；西门庆死时，"声色并茂、喧嚣浮躁"（《秋水堂论金瓶梅》）。但二人殊途同归。

西门庆死后，郑爱月儿等人会继续接客，梅毒也在继续流行。

西门庆的人情味

西门庆是从《水浒传》中借来的人物，但《金瓶梅》和《水浒传》中对他死亡的描述是完全不同的。《水浒传》中，西门庆死于武松之手，血溅狮子楼；《金瓶梅》中，武松因杀错人被发配，待他返回清河县，西门庆已经病死了。按照孙述宇的说法，《水浒传》是"英雄尺度"，所写皆非凡人，大块吃肉，大碗喝酒，论金称银，杀人痛快，琐碎都不管。西门庆作为反面人物，也是孔武有力、擅长拳脚的，如同京剧《狮子楼》中他的自我形容："两臂千斤力，谁人敢相欺？霸取潘金莲，好个美貌妻。"这样一个人，《水浒传》里也只有连老虎都能杀的武松可以干掉。但这种英雄式的写法是非现实性的，人世间哪有那么多痛快的事？不然，我们也不会常讲"好人不长命，祸害活千年"了。你心很坏，所以你活得长、过得好，这才比较接近人世间的现实。《金瓶梅》里的西门庆，有钱有势，政商关系顺畅，如果不是自取败亡，应该还能快活很久。武松回来的时候，如果西门庆还活着，死的恐怕就是武松了。

我们前面提到，孙述宇还说过，西门庆这个人有太多的人情味。我们读《水浒传》，看武松杀嫂、杀西门庆，都觉得大快人心；但我们读《金瓶梅》，看到西门庆死了，却痛快不起来。这就是"人情味"的作用。

《金瓶梅》的作者没有将西门庆写成十恶不赦的大恶霸，而是将他写得非常有凡人气息，像你我一样。他的力气，他的武功，统统没有了。武松一开始来寻仇，他无力迎战，先是躲到人家的厕所里，后来跳墙逃跑。他也不是总要置人于死地：当初害武大，少不得王婆连劝带吓；后来害来旺，则有潘金莲几次撺掇。他做这些事，会不忍心，会犹豫，甚至可以说是带着恐惧的。李瓶儿之所以会嫁给蒋竹山，是因为陈经济家出了事，西门庆怕惹是非，建一半的花园停了工，两个月不敢出门，也没有和李瓶儿通个信。他很爱钱，可是不算吝啬，对兄弟们算大方。他心里还是有人世间正常的爱，或者说自然的爱。比如，他对月娘是恭敬的，有事会跟她商量；月娘偶尔骂他几句，他也能接受。他对李瓶儿和儿子官哥儿的爱，就像一般丈夫对待自己的妻儿那样。李瓶儿死了，他伤心得饭也吃不下，气得潘金莲在旁边挑拨离间。他的爱情，他的痛苦，他对月娘的尊敬，还有他对儿子的宠爱，这些都是常人的感情，是孙述宇所说的"人情味"。孙述宇又说，西门庆和我们的差异，主要是在境遇上，他做的事都不是不可理解、不可想象的，若有机缘，我们难保不会做；我们也许觉得西门庆缺点比我们多，其实只是程度不同。西门庆可以为了李瓶儿将蒋竹山打个半死，我们也会因为地铁上被人家抢了位置，而在心里咒骂对方，程度而已。

《金瓶梅》好在哪里？好在它是世情书，是有人情味的，写的都是平凡的你我。我们和书中人物不一样，并不是我们比他们好，没有谁高谁低，也没有谁可以嘲笑谁。当然，你也可以完全不接受这样的看法，继续咒骂西门庆。

西门庆死后众生相

第七十九回中，月娘做了两个梦。

一是梦见潘金莲来抢自己的大红绒袍儿，牵连出之前皮袄的事，二人梦中对骂。这个梦是真的假的，我们不知道，反正女人总喜欢借口做梦，告诉丈夫一些事情，也趁机教训几句。但早先西门庆将李瓶儿的皮袄给了潘金莲，令吴月娘感觉受到威胁，这是真的。西门庆当然了解她在说什么，答应真替她寻一件大红绒袍儿穿，算是给她一些安慰。第二个梦，则像后二十回的预告。

> 月娘道："禽上不好，请先生替我圆圆梦罢。"神仙道："请娘子说来，贫道圆。"月娘道："我梦见大厦将颓，红衣罩体，撅折了碧玉簪，跌破了菱花镜。"神仙道："娘子莫怪我说，大厦将颓，夫君有厄；红衣罩体，孝服临身；撅折了碧玉簪，姊妹一时失散；跌破了菱花镜，夫妻指日分离。此梦犹然不好，不好！"月娘道："问先生有解么？"神仙道："白虎当头拦路，丧门魁在生灾。神仙也无解，太岁也难推。造物已定，神鬼莫移！"月娘见命中无有救星，于是拿了一匹布谢了神仙，打发出门，不在话下。（第七十九回）

接下来，"一头断气，一头生了个儿子"，一面是西门庆的死，一面是孝哥儿的生，充满戏剧张力（如图32）。《红楼梦》里，宝玉和宝钗大婚之际，林黛玉断气，可以看作是这种戏剧张力的传承。用佛教的轮回观来看，孝哥儿是西门庆的化身。第一百回中，正面看他是孝哥儿，一翻过身，就变披枷戴锁，正在地狱受罪的西门庆。

吴月娘生产的时候，痛得昏死过去。李娇儿见箱子打开，偷拿了五锭银元宝藏起来。

请各位回忆一下，从李瓶儿九月九号苦痛宴重阳，到她九月十七日去世，一共八天，作者用了整整两回来写。西门庆一月十三日倒下，一月二十一日过世，也是八天，却只占了半回。再来看丧事占的篇幅，李瓶儿的丧事写了整整六回，西门庆的丧事用了一回都不到。李瓶儿死的时候，除了铺张浪费的场面之外，至少西门庆是真心哭的，而且哭得很伤心。可是西门庆死的时候，哀悼的气氛并不重，为什么？因为这座山倒了，多数人赶着逃命，吴月娘虽然没了丈夫，但有了儿子，兴奋比伤感还多一些，应该还带着一点点暗暗的轻松：从此之后，西门府就是她当家了。发现箱子没有上锁，她开始大声骂人，没捉到偷银子的李娇儿，却令一旁的孟玉楼寒心："原来大姐姐怎样的，死了汉子头一日，就防范起人来了！"

治丧期间，潘金莲已经和陈经济勾搭上了。潘金莲之所以这样做，在于她深知自己的长处和短处。她唯一的长处是什么？色相。除此之外，她要钱没

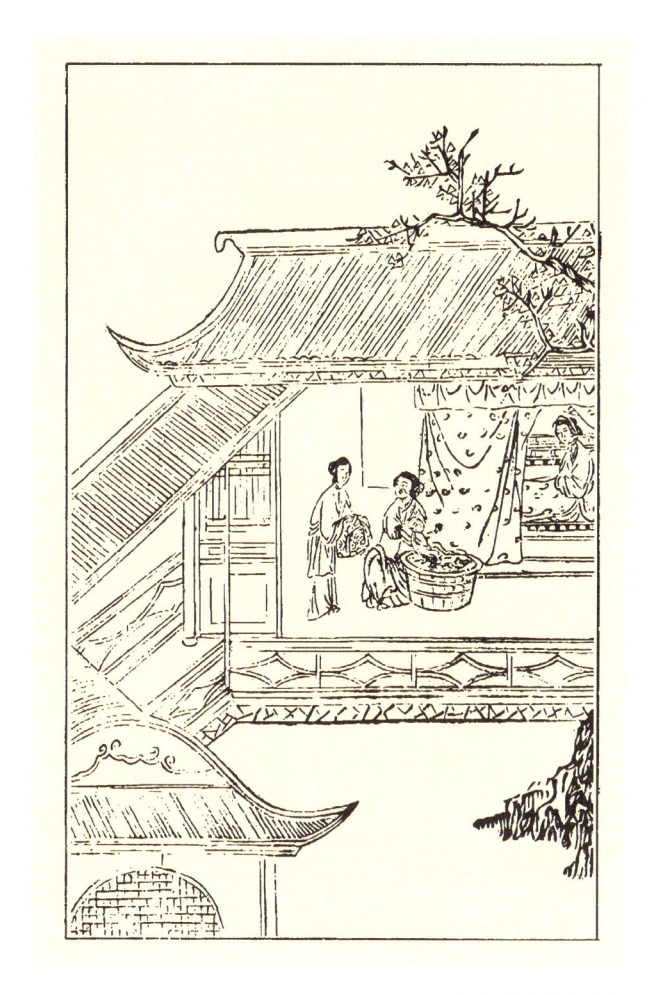

图32-吴月娘丧偶生儿

钱，要权没权，要靠山没靠山，什么都没有。她得赶紧寻找新的靠山，而西门庆将后事都交代给了陈经济，不出意外，这偌大的家当以后都将由他做主，所以就是他了。

物是人非皆风月

总之，西门庆的丧礼办得很简单，整个过程中也看不到有人真心哭泣，场面事而已。

> 家中正乱着，忽有平儿来报："巡盐蔡老爹来了，在厅上坐着哩。我说家老爹没了。他问没了几时了，我回正月二十一日病故，到今过了五七。他问有灵没灵？我回有灵在后边供养着哩。他要来灵前拜拜，我来对娘说。"月娘分付："教你姐夫出去见他。"不一时陈经济穿上孝衣，出去拜见了蔡御史。良久，后边收拾停当，请蔡御史进来，西门庆灵前参拜了。月娘穿着一身重孝，出来回礼。再不交一言，就让月娘："夫人请回房。"因问经济说道："我昔时曾在府相扰，今差满回京去，敬来拜谢拜谢，不期作了故人！"便问："甚么病来？"陈经济道："是个痰火之疾。"蔡御史道："可伤，可伤！"即唤家人上来，取出两匹杭州绢，一双绒袜，四尾白鲞，四罐蜜饯，说道："这些微礼，权作奠仪罢！"又拏出五十两一封银子来："这个是我向日曾贷过老先生些厚惠，今积了些俸资奉偿，以全始终之交。"分付："大官，交进房去。"经济道："老爹忒多计较了！"月娘说："请老爹前厅坐。"蔡御史道："也不消坐了。拿茶来，我吃一钟就是了。"左右须臾拿茶上来，蔡御史吃了，扬长起身上轿去了。月娘得了这五十两银子，心中又是那欢喜，又是那惨切！想有他在时，似这样官员来到，肯空放去了？又不知吃酒到多咱晚！今日他伸着脚子，空有

家私，眼看着就无人陪侍。正是：

人得交游是风月，天开图画即江山。

有诗为证：

静掩重门春日长，为谁展转怨流光。
更怜无似秋波眼，默地怀人泪两行。（第八十回）

这一段写得非常感伤，切入点也很好：故人重来，物是人非。这位蔡御史，就是当年的蔡状元。那时因为翟管家的一封书信，蔡状元和安进士得以在西门府下榻。还是菜鸟的蔡状元向西门庆开口要一些盘缠，西门庆大方给了他一百两，还送了丰富的礼物。后来，蔡状元成了"巡盐蔡老爹"，西门庆从他手中拿到盐的专卖权，赚了几万两银子。今日，他差满回京，特来辞别，西门庆却不在了。院子还是那个院子，只是少了一个人，就差了这么多。

蔡状元借的一百两银子，蔡御史只还了五十两，张竹坡批道："是清官。"这三个字颇可玩味。一是他至少想到还人家一点儿钱，已经算不错了；二是他搞不好真的相对清廉，拿不出一百两，就先还五十两。

月娘拿了蔡御史赠与的银子在手上，可心中感触良多。如果西门庆还在，这样的官员来到，家里一定要摆宴吃酒，但今天没有，以后也不会有了。身边的人刚离开时，我们常常意识不到他已经不在了，但是在某一个时刻，由于某一个细节，会忽然间确定：那个人，不会回来了。

西门庆就这样走了，三十三岁。

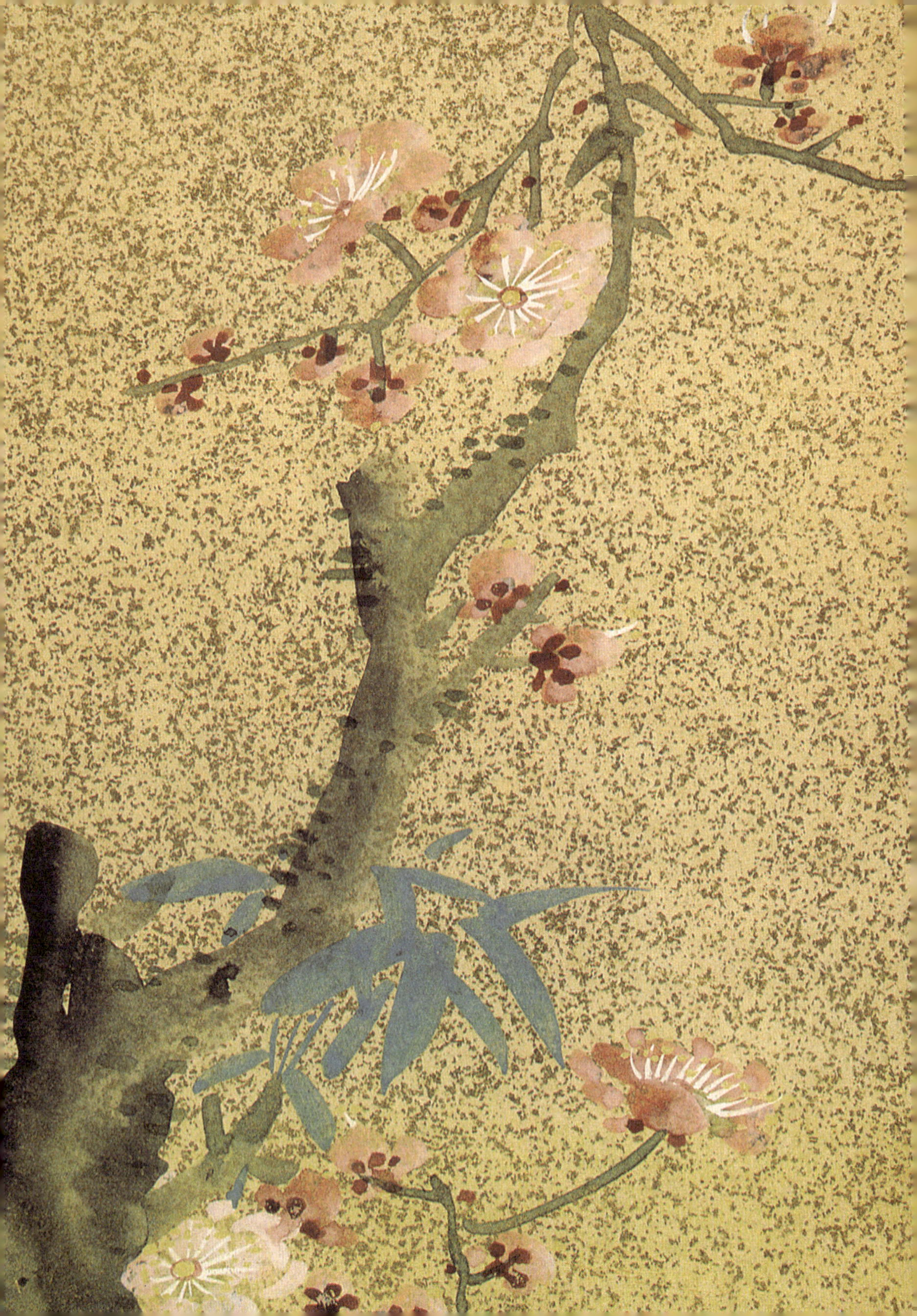

第十五章

西门府的众叛亲离

逃脱不掉的世态炎凉

我们的《金瓶梅》讲到这个阶段,就像外面的天气,又湿又冷。李娇儿要跑了,潘金莲要死了,孙雪娥要被卖了,只有孟玉楼比较好,要开心地嫁了,尽管经历了一些波折。

潘金莲这一生,到底是怎么回事?如果能够重新来过,她会不会有不一样的结局?我小的时候,有一种游戏,大致的玩法是,一个纸卷筒按照箭头往前走,有时会碰到岔路,有时是一只老虎在等你,或者会掉进一汪水潭,要安全走到最后是不容易的。这个游戏其实蛮有警示作用的,告诉你人生就是这么回事,充满凶险,过得去就过去了,过不去可能就完了。游戏玩几次,多少会掌握技巧,不再轻易被老虎吃掉,或溺死在水潭里。但人生毕竟不是既定的游戏,而且不能重来!

绣像本第八十回的题目是"潘金莲售色赴东床,李娇儿盗财归丽院",词话本的题目是"陈经济窃玉偷香,李娇儿盗财归院"。潘金莲已经"择木而栖",与陈经济打得火热。她拿出来交换的,是自己仅有的资本——色相。这个"售"字用得刻薄,但入木三分。陈经济的做法是"偷"和"窃",与潘金莲各取所需(如图33)。李娇儿盗窃元宝也是事实。西门庆刚死,马上财物被偷,人也被偷(如图34)。

词话本第八十回开头有一首很好的诗,可惜在崇祯本里被删掉了。

第十五章 ● 西门府的众叛亲离

图33 潘金莲售色赴东床　　　　　　图34 李娇儿盗财归丽院

寺废僧居少，桥塌客过稀
家贫奴婢懒，官满吏民欺
水浅鱼难住，林疏鸟不栖
世情看冷暖，人面逐高低（第八十回）

如果这不是大师，什么才叫大师？每一句都是西门庆家即将面对的命运。"寺废僧居少"，西门府即将破落，家里人要四散而去了；"桥塌客过稀"，往日盈门的宾客，从此不会再来；"家贫奴婢懒"，用人（比如来保和来保妻惠祥）、

281

伙计（比如韩道国）都是这样；"官满吏民欺"，做官已经做到头（毕竟人已经死了），从此小官小吏都能来踩上一脚，比如吴典恩；"水浅鱼难住，林疏鸟不栖"，李娇儿要走了，孟玉楼要嫁了，孙雪娥也要跑了；"事情看冷暖，人面逐高低"，这是西门府也逃脱不掉的炎凉。

小人之朋

首先出场的是应伯爵，这也是他最后一场主戏。

> 这应伯爵约会了斋祀中几位朋友，头一个是应伯爵，第二谢希大，第三个花子由，第四个祝日念，第五孙天化，第六个常时节，第七个白来创，七人坐在一处。（第八十回）

西门庆二七这天，当年的结拜兄弟，因西门庆的死亡聚在一起，云离守和吴典恩没有来。吴典恩曾跟随西门庆的仆人一起拜访蔡京，谎称自己是西门庆的小舅子，因此得了一个官缺。他没钱去上任，也是西门庆贴补的。但吴典恩就是"无点恩"，不懂得报答人家这点儿恩情，后来还把吴月娘害惨。

> 伯爵先说道："大官人没了，今二七光景。你我相交一场，当时也曾吃过他的，也曾用过他的，也曾使过他的，也曾借过他的，也曾嚼他过的。今日他没了，莫非推不知道？洒土也迷了后人眼睛儿也；不然，他就到五阎王根前，也不饶你我了。你我如今这等计数，每人各出一钱银子，七人共凑上七钱。使一钱六分，连花儿买上一张桌面，五碗汤饭，五碟果子；使了一钱，一付三牲；使了一钱五分，一瓶酒；使了五分，一盘冥纸香烛；使了二钱，买一个轴子，再求水先生作一篇祭文，使一钱二分银子雇人抬了去大官人灵前，众人祭奠

了。咱还便益，又讨了他值七分银一条孝绢，拿到家做裙腰子。他莫不白放咱每出来？咱还吃他一阵。到明日出殡，出头饶饱餐一顿，每人还得他半张靠山桌面，来家与老婆孩子吃，省两三日买烧饼钱。这个好不好？"众人都道："哥说的是！"当下每人凑出银子来，交与伯爵，整理备祭物停当。买了轴子，央门外人水秀才作了祭文。这水秀才平昔知道应伯爵这起人，与西门庆乃小人之朋，于是包含着里面，作就一篇祭文。祭轴停当，把祭祀到西门庆灵前摆下，陈经济穿孝在旁还礼。伯爵为首，各人上了香。人人都粗俗，哪里晓的其中滋味！浇了奠酒，只顾把祝文来宣念。（第八十回）

"也曾吃过他的，也曾用过他的，也曾使过他的，也曾借过他的，也曾嚼过他的"，这几句话堪称帮闲的经典定义。毕竟跟过这个主子，事情不能做太绝，做得太绝的话，别人会知道，阴司也不会饶过。这七位都是穷人，拿不出以两为单位的银子，于是应伯爵提议：每人各出一钱，凑成七钱。为了说服兄弟们掏钱，他还算了笔细账，不仅不亏，还有得赚。对这些帮闲来说，钱比人情重要，辛辛苦苦图的不就是这个？一钱银子也要回本，毕竟这是他们最后一次能从西门府获得回馈。一般人会觉得，致哀的孝绢、白事的桌面都不吉利，但只要能换算成银钱，帮闲们不管这些。水秀才所作祭文，其文如下：

维重和元年，岁戊戌二月戊子朔，越初三日庚寅，侍生应伯爵、谢希大、花子油、祝日念、孙天化、常时节、白来创谨以清酌庶羞之奠，致祭于故锦衣西门大官人之灵曰：维灵生前梗直，秉性坚刚。软的不怕，硬的不降。常济人以点水，容人以沥露，助人以精光。囊箧颇厚，气概轩昂。逢药而举，遇阴伏降。锦裆队中居住，囤天库里收藏。有八角而不用挠掘，逢虱虮而瘙痒难当。受恩小子，常在胯下随帮。也曾在章台而宿柳，也曾在谢馆而猖狂。正宜撑头活脑，久战熬场；胡何一疾，不起之殃？见今你便长伸着脚子去了，丢下小子如班鸠跌弹，倚靠何方？难上他烟花之寨，难靠他八字红墙。再不得同席而偎软玉，再不得并马而傍温香。撇的人垂头跌脚，闪得人囊温郎当！今特奠兹白浊，次献寸筋。灵其不昧，来格来歆。尚享！

水秀才这篇祭文，是一篇入骨的讽刺文学，堪称千古绝唱。它不是在写西门庆，而是在写他的阳具，或者说，在水秀才眼里，西门庆就等同于阳具。这些帮闲是"小人之朋"，相当于阳具旁边的阴囊。好笑的是，帮闲们完全看不懂，还大声念了出来。

应伯爵做完这些事，也算对西门庆有个交代，很快便投奔了张二官。

李娇儿：西门府第一个出走的女人

众妻妾中第一个要走的，是平日与吴月娘还算和睦的李娇儿。《金瓶梅》这种故事，主要是男人讲给男人听、写给男人看，总要有些警示作用，提醒他们不要一天到晚当火山孝子，到头来竹篮打水。

那日院中李家虔婆，听见西门庆死了，铺谋定计，备了一张祭桌，使了李桂卿、李桂姐坐轿子来上纸吊问。月娘不出来，都是李娇儿、孟玉楼在上房管待。李家桂卿、桂姐悄悄对李娇儿说："俺妈说，人已是死了，你我院中人，守不的这样贞节。自古千里长棚，没个不散的筵席。教你手里有东西，悄悄教李铭捎了家去防后，你还恁傻！常言道：'扬州虽好，不是久恋之家。'不拘多少时，也少不的离他家门。"那李娇儿听记在心。（第八十回）

这是李娇儿第一次"听记在心"。李娇儿和李铭配合，瞒过吴月娘一人眼目，从西门府顺走不少东西。吴月娘的亲哥吴二舅和李娇儿旧有首尾，这时候也帮忙李娇儿出脱。

原来出殡之时，李桂卿、桂姐在山头，悄悄对李娇儿如此这般："妈说你，摸量你手中没甚细软东西，不消只顾在他家了。你又没儿女，守甚么？教你一场嚷乱，登开了罢。昨日应二哥来说，如今大街坊张二官府，要破五百两金银，娶你做二房娘子，当家理纪。你那里便图出身，你在这里守到老死也不怎么。你我院中人家，弃旧迎新为本，趋火附势为强，不可错过了时光。"这李娇儿听记在心。（第八十回）

能偷的都偷了，李桂卿和李桂姐便教李娇儿趁机作乱，她又一次"听记在心"。才出完殡，李娇儿就哭哭啼啼要上吊，吓得吴月娘赶快请了李虔婆来。

虔婆生怕留下他衣服头面，说了几句言语："我家人在你这里，做小伏低，顶缸受气，好容易就开交了罢？须得几十两遮羞钱！"吴大舅居着官，又不敢张主。相讲了半日，教月娘把他房中衣服首饰，厢笼床帐家活，尽与他，打发出门。只不与他元宵、绣春两个丫鬟去。李娇儿一心要这两个丫头，月娘生死不与他，说道："你倒好，买良为娼！"一句慌了鸨子，就不敢开言，变做笑吟吟脸儿，拜辞了月娘，李娇儿坐轿子抬的往家去了。（第八十回）

不成才的哥哥指不上，吴月娘只好用东西打发了李娇儿。但她至少做对了一件事情，即坚持不让李娇儿将元宵和绣春带走。如果让李娇儿将这两个会弹会唱的丫鬟带走，下场当然是沦为妓女。月娘当下戳穿了对方的用心，吓得对方不敢再纠缠。

话说李娇儿到家，应伯爵打听得知，报与张二官儿。就拿着五两银子，来请他歇了一夜。原来张二官小西门庆一岁，属兔的，三十二岁了。李娇儿三十四岁。虔婆瞒了六岁，只说二十八岁，教伯爵也瞒着。使了三百两银子，娶到家中，做了二房娘子。（第八十回）

西门庆曾经的官位、生意、帮闲、小妾，甚至是相好的妓女，一个接一个转移到张二官这里。换场换得如此迅速，就像《红楼梦》里说的，"乱哄哄你方唱罢我登场"。接着，应伯爵又帮张二官张罗潘金莲，将她好一通夸奖，"娶到家中，尽你受用"。本来张二官颇为动心，但听前来投奔的西门府小厮春鸿说潘金莲因为"在家养着女婿"才被赶出来，就不要了。潘金莲的生路，一条一条阴差阳错地断掉。如果张二官能早点儿娶了她，她或许又有几年好日子可以过。

站在一般世俗道德的角度，应伯爵这类人会被骂得一无是处。但我个人觉得，还是不要泛道德化。应伯爵今天不这么做，也有别人做，而且帮闲是应伯爵的事业，是他谋生的方式。朋友在世的时候，对他有用，就是朋友。一旦朋友不在了，便"人亡人情亡"。而且就算为西门庆讲义气，吴月娘也不会给他好处，何况他还有一家老小要养。西门庆生前没有亏待应伯爵，临死还特别交代要他拿专卖生意给别人做，应伯爵也送了西门庆最后一程，所以，还是放过他吧。

王六儿的告别演出

　　接下我们说说王六儿，又是一场告别演出。有时候，人的生活里有一点儿过不去，就很可怕。

　　不想那日韩道国妻王六儿亦备了张祭桌，乔素打扮，坐轿子来与

西门庆烧纸。在灵前摆下祭祀，只顾站着。站了半日，白没个人儿来陪侍。(第八十回)

韩道国和来保拿了四千两银子进货去了，作为伙计的家眷，王六儿算是替丈夫来送西门庆的。她不知道为什么被如此冷落，但读者是知道的：西门庆倒下的时候，吴月娘找玳安逼供，结果逼出了王六儿和林太太；她现在已是西门府的公敌。正因为她还不知道，所以才敢来。头七的时候，王六儿的弟弟王经已经被辞退出府了，此时她来了，大家全当没看见，小厮来安报告了吴月娘。吴月娘顿时火了。

那来安儿不知就里，到月娘房里，向月娘说："韩大婶来与爹上纸，在前边站了一日了。大舅使我来对娘说。"这吴月娘心中还气忿不过，便喝骂道："怪贼奴才！不与我走，还来甚么韩大婶，毡大婶！贼狗攮的养汉的淫妇，把人家弄的家败人亡，父南子北，夫逃妻散的，还来上甚么毡纸！"一顿骂的来安儿摸门不着。来到灵前，吴大舅问道："对后边说了不曾？"来安儿嘴谷都着不言语。问了半日，再说："娘稍出'四马'儿来了！"这吴大舅连忙进去对月娘说："姐姐，你怎么这等的！快休要舒口。自古人恶礼不恶。他男子汉领着咱偌多的本钱，你如何这等待人？好名儿难得，快休如此！你就不出去，教二姐姐、三姐姐好好待他出去，也是一般。做甚么怎样的，教人说你不是？"那月娘见他哥这等说，才不言语了。(第八十回)

吴大舅话里有话：韩道国手里握着西门府的大笔钱财，吴月娘如果不对王六儿好一些，韩道国一翻脸，这些钱就不见了。吴大舅想到了，但吴月娘一时想不清楚，听他讲了，才冷静下来。"良久，孟玉楼还了礼，陪他在灵前坐的。只吃一钟茶"——此前王婆来，潘金莲也只给了她一盅茶，这清淡两盅茶，却是威力惊人。

冷清的丧礼

陈经济和潘金莲也在西门庆的二七终于成了事。潘金莲为什么这么着急？她对西门庆有没有感情？都可以讨论。

> 到晚夕念经送亡，月娘分付把李瓶儿灵床，连影抬出去，一把火焚之，将厢笼都搬到上房内堆放。奶子如意儿并迎春收在后边答应，把绣春与了李娇儿房内使唤。将李瓶儿那边房门，一把锁锁了。（第八十回）

李瓶儿的故事，到这里终于彻底结束了。
想当初，李瓶儿之死写了两回，出殡则写了五回，洋洋洒洒。
而现在，西门庆的死占了半回篇幅，出殡连半回都不到。
西门庆出殡时，在场的人很少：

> 朗僧官念毕偈文，陈经济摔破纸盆，棺材起身，合家大小孝眷，放声号哭动天。吴月娘坐魂轿，后面众堂客上轿，都尾随材走，径出南门外五里原祖茔安厝。陈经济备了一匹尺头，请云指挥点了神主，阴阳徐先生下了葬。众孝眷掩土毕，山头祭桌，可怜通不上几家。只是吴大舅、乔大户、何千户、沈姨夫、韩姨夫与众伙计五六处而已。（第八十回）

完全不同于李瓶儿出殡时的喧腾：

那日官员士夫，亲邻朋友，来送殡者，车马喧呼，填街塞巷。本家并亲眷堂客，轿子也有百十余顶；三院捣子粉头，小轿也有数十。徐阴阳择定辰时起棺。西门庆留下孙雪娥并二女僧看家。平安儿同两名排军把前门，那女婿陈经济跪在柩前摔盆。六十四人上扛，有件作一员官，立于增架上，敲响板，指拨抬材人上肩。先是请了报恩寺朗僧官来起棺，刚转过大街口望南走，那两边观看的，人山人海。（第六十五回）

要说《金瓶梅》在文学写作上最擅长的，大概就是对比的手法了，将人生的冷与热展现得淋漓尽致。想当初，李瓶儿只不过是西门庆的第六房小妾，丧礼倒有很大排场；轮到正主西门庆，场面却是寒素凄凉。这好像是人生哲理的告白：你最终能够留住什么呢？什么也留不住。

丧礼就这样过去了。乱哄哄你方唱罢我登场，后西门庆时代正式开始，主题之一是众叛、亲离！

韩道国贪污叛主

西门庆家的缎子铺生意很好，买入卖出，通常情况下会利润翻倍或更多。但韩道国和来保拿四千两银子去进货，最后交给吴月娘的只有两千多两，不仅没有盈利，本金也只剩下一半。

崇祯本第八十一回的绣像"韩道国拐财远遁"，韩道国正带着财物匆忙赶路，骑在马上的应该是王六儿（如图35）；"汤来保欺主背恩"一幅，坐着的是吴月娘，身体倚在炕床上、指手画脚的是来保。他原本是卖身入府的仆人，讲话就算不低头哈腰，起码要立正站好，但他这副吊儿郎当、举止轻浮的样子，分明已不把主人放在眼里（如图36）。

韩道国和来保买货回来，船行江上，遇到一艘从家乡来的船，韩道国先得知西门庆已经死了。他马上转出一个念头，哄骗来保，将一半货物先行贱价转卖，握了一千两银子在手。等到来保发现被韩道国诓了，立刻也藏了价值八百两的货物。于是剩下的货就随便卖，只卖了两千余两，交给月娘。四千两银子带出去，不仅没有赚到钱，连本钱都折了一半。

这件事里，我们还可以看到一个女人的影响力。谁？王六儿。在韩道国和王六儿这对夫妻之间，王六儿一向是主导者，韩道国全听她的。王六儿也是故事中的女人里难得可以善终的，韩道国死后，她与韩二重逢，结为夫妻。至于其中有没有道德问题，各位不用替他们烦恼，人生就是这样，顺水推舟，走到哪里就是哪里。

图35-韩道国拐财远遁

这韩道国进城来，到十字街上，心中算计："且住；有心要往西门庆家去，况今他已死了，天色又晚，不如且归家，停宿一宵，和浑家商议了，明日再去不迟。"于是和王汉打着头口，径到狮子街家中。二人下了头口，打发赶脚人回去。叫开门，王汉搬行李驮垛进来。有丫鬟看见，报与王六儿说："爹来家了。"老婆一面迎接入门。拜了佛祖，拂去尘土，驮垛搭连放在堂中。（第八十一回）

在这个人世间，不管好人坏人，包括西门庆在内，都是动不动就要祭拜，而且真的很虔诚。所以，宗教对人来说就是这回事，韩道国拿香拜佛祖的时候也是诚心的，感恩佛祖保佑自己平安到家，还赚了一千两银子。这才是现实的人生。对于儒家来讲，道德好像是二十四小时的，但实际上，道德常常是在非常理性的时候才会用到，是很奢侈的东西。我们大半的人生中，是不会主动意识到它的，这不是说我们总在做不道德的事，而是说既没有做道德的事情，也没有做不道德的事情。

这一段最精彩的是韩道国和王六儿的对话。

图36-汤来保欺主背恩

王六儿替他脱衣坐下，丫鬟点茶吃。韩道国先告诉往回一路之事："我在路上撞遇严四哥，说老爹死了。刚才来到城外，又撞见坟头张安推酒米往坟上去，说明日是断七，果不虚传。端的好好的，怎的死了？"王六儿道："天有不测风云，人有旦夕祸福。谁人保得不无常？"韩道国一面把驮垛打开，里面是他江南置的衣裳细软货物，两条搭连内，倒出那一千两银子，一封一封倒在炕上。打开都是白光光雪花银两。对老婆说："此是我路上卖了这一千两银子先来了。"又是两包梯己银子一百两："今日晚了，明日早送与他家去罢。"因问老婆："我去后，家中他也看顾你不曾？"王六儿道："他在时倒也罢了！如今你这银，还送与他家去？"韩道国道："正是要和你商议，咱留下些，把一半与他如何？"老婆道："呸！你这傻才，这遭再休要傻了。如今他已是死了，这里无人，咱和他有甚瓜葛？不争你送与他一半，交他韶刀儿问你下落。到不如一狠二狠，把他这一千两，咱雇了头口拐了上东京，投奔咱孩儿那里。愁咱亲家太师爷府中着放不下你我？"韩道国说："丢下这房子，急切打发不出去，怎了？"老婆道："你看没才料！何不叫将第二的来，留几两银子与他，就交他看守便了。等西门庆家人来寻你，只说东京咱孩儿叫了两口去了。莫不他七个头八个胆，敢往太师府中寻咱们去？就寻去，你我也不怕他。"韩道国说："争奈我受大官人好处，怎好变心的？没天理了！"老婆道："自古有天理，到没饭吃哩！他占用着老娘，使他这几两银子，不差甚么！想着他孝堂，我到好意备了一张插桌三牲，往他家烧纸。他家大老婆，那不贤良的淫妇，半日不出来，在屋里骂的我好讪的。我出又出不来，坐又坐不住。落后他第三个老婆出来，陪我坐；我不去坐，坐轿子来家。想着他这个情儿，我也该使他这几两银子。"一席话，说得韩道国不言语了。（第八十一回）

《金瓶梅》的作者，大概平时很喜欢听人家讲八卦，也很喜欢看人家吵架，将措辞、语气统统记了下来，所以我们现在可以看到当时市井的语言，特别是闺房里面的对话。王六儿已经为两人想好后路，准备远走高飞。

来保欺主背恩

再说吴月娘这里。自从韩道国、王六儿夫妇卷款上东京后，月娘惦记银子下落，使来保去问。

第十五章　西门府的众叛亲离

那时自从西门庆死了，狮子街丝绵铺已关了。对门缎铺，甘伙计、崔本卖货银两，都交付明白，各辞归家去了；房子也卖了。止有门首解当、生药铺，经济与傅伙计开着。这来保妻惠祥，有个五岁儿子，名僧宝儿；韩道国老婆王六儿，有个侄女儿四岁，二人割衿，做了亲家。家中月娘通不知道。

这来保交卸了货物，就一口把事情都推在韩道国身上，说他先卖了二千两银子来家。那月娘再三使他上东京，问韩道国银子下落，被他一顿话说："咱早休去。一个太师老爷府中，谁人敢到？没的招是惹非。得他不来寻趁咱家念佛，到没的招惹虱子头上挠！"月娘道："翟亲家也亏咱家替他保亲，莫不看些分上儿。"来保道："他家女儿现在他家得时，他敢只护他娘老子，莫不护咱不成？此话只好在家对我说罢了，外人知道，传出去倒不好了。这几两银子罢，更休题了。"月娘听了无法，也只得罢了；又教他会买头，发卖布货。他甫会了主儿，月娘教陈经济兑银讲价钱，主儿都不服，拿银出去了。来保便说："姐夫，你不知买卖甘苦。俺在江湖上走的多，晓的行情，宁可卖了悔，休要悔了卖。这货来家，得此价钱就够了。你十分把弓儿拽满，迭了主儿，显的不会做生意。我不是托大说话，你年少，不知事体。我莫不胳膊儿往外撇？不如卖掉了，是一场事。"那经济听了，使性儿不管了。他也不等月娘来分付，掣手夺过算盘来，邀回主儿来，把银子兑了二千余两，一件件交付与经济经手，交进月娘收了，推货出门。月娘与了他二三十两银子房中盘缠，他便故意儿昂昂大意不收，说道："你老人家还收了。死了爹，你老人家死水儿，自家盘缠，又与俺们做甚？你收了去，我决不要。"一日晚夕，外边吃的醉醺儿，走进月娘房中，搭伏着护炕，说念月娘："你老人家青春少小，没了爹，你自家守着这点孩子儿，不害孤另么？"月娘一声儿没言语。（第八十一回）

来保翻脸比翻书还快。想当初，西门庆对来保是不错的，可是现在呢，月娘叫他到东京找韩道国，他根本不愿意去，因为他也不希望把事情闹大。"此话只好在家对我说罢了，外人知道，传出去倒不好了。"这是在怪月娘不懂事，全不像在对主人讲话的口气。接着，月娘让来保去见中盘商，由陈经济讲价钱，中盘商不买陈经济的账，来保说自己不是托大，实际就是托大："姐夫，你不知买卖甘苦。俺在江湖上走的多，晓得行情，宁可卖了悔，休要悔了卖。"道理和现在买卖股票差不多：今天五百块卖掉，明天发现涨了五十，你可能会"卖了悔"；股票一直下跌，从五百跌到二百五，眼看要成饺子股，你撑不下去了，忍痛杀出，这是"悔了卖"。来保觉得陈经济太不会做生意了，撺掇他随便卖掉。陈经济听了，立刻撒手不管。这说明陈经济真不是个当得起家的人，如果他能撑起西门府，月娘也赶不走他。

来保自顾自抢了算盘，真嚣张。他请了买主回来，一定是将货物贱价出清的，至于背后得了多少好处，就不用说了。卖得的银子交给陈经济，月娘还以为来保很好心，会做生意，要给他二三十两，他退却不要，口中说的全是戳月娘痛处的话——好差劲儿，不晓得该怎样形容他了。来保还借酒撒疯，言语挑逗月娘，月娘也不敢斥责。

西门府的任何一点儿好处，都有人想抢。蔡京府管家翟谦也来了，向吴月娘讨要四个会弹唱的丫鬟伺候老太太。这背后，韩道国一定也说了不少话，所以翟管家知道。

月娘见书，慌了手脚，叫将来保来计议："与他去好，不与他去好？"来保进入房中，也不叫娘，只说："你娘子人家不知事，不与他去，就惹下祸了。这个都是过世老头儿惹的，恰似卖富一般，但摆酒请人，就叫家乐出去，有个不传出去的？何况韩伙计女儿又在府中答应老太太，有个不说的？我前日怎么说来，今果然有此勾当钻出来。你不与他，他裁派府县，差人坐名儿来要，不怕你不双手儿奉与

他，还是迟了。难说四个都与他，不如今日胡乱打发两个与他，还做面皮。"（第八十一回）

大家听听来保这口气，月娘被他一吓唬，哪敢拒绝。迎春和玉箫愿意前往，路上都被来保强暴了。来保送人到东京，翟管家很满意，给了两锭元宝。他只交了一锭给月娘，还继续吓唬月娘："若不是我去，还不得他这锭元宝拿家来。"月娘不明就里，还要另送来保银子表示感谢，来保不受，月娘又送缎子给来保妻惠祥做衣服。

接下来，来保愈发嚣张。

这来保一日同他妻弟刘仓往临清马头上，将封寄店内布货，尽行卖了八百两银子，暗买下一所房子在外边，就来刘仓右边门首，开杂货铺儿。他便日逐随倚袑会茶。他老婆惠祥，要便对月娘说，假推往娘家去，到房子里从新换了头面衣服珠子箍儿，插金戴银，往王六儿娘家王母猪家，扳亲家，行人情，坐轿看他家女儿去。来到房子里，依旧换了惨淡衣裳，才往西门庆家中来。只瞒过月娘一人不知。来保这厮，常时吃醉了，来月娘房中嘲话调戏，两番三次。不是月娘为人正大，也被他说念的心邪，上了道儿。又有一般家奴院公，在月娘跟前，说他媳妇子在外与王母猪做亲家，插金戴银，行三坐五。潘金莲他也对月娘说了几次，月娘不信。惠祥听见此言，在厨房中骂大骂小。来保便装胖学蠢，自己夸奖，说众人："你们只好在家里说炕头子上嘴罢了。像我，水皮子上顾瞻将家中这许多银子货物来家。若不是我，都乞韩伙计老牛箍嘴，拐了往东京去。只呀的一声，干丢在水里也不响。如今还不得俺每一个是，说俺赚了主子的钱，架俺一篇是非。正是割股也不知，捻香的也不知。自古信人调，丢了瓢。"他媳妇子惠祥便骂："贼嚼舌根的淫妇！说俺两口子转的钱大了，在外行三坐五，扳亲家。老道出门，问我姊那里借的衣裳，几件子首饰，就说是俺落得主子银子治的。要挤撮俺两口子出门，也不打紧，等俺每出去。料莫天也不着饿老鸦儿吃草。我洗净着眼儿，看你这些淫妇奴才，在西门庆家里住牢着。"月娘见他骂大骂小，寻由头儿和人嚷闹、上吊；汉子又两番三次无人处在根前无礼，心里也气得没入脚处，只得交他两口子搬离了家门。这来保就大剌剌和他舅子开起个布铺来，发卖各色细布。日逐会倚祀，行人情，不在话下。（第八十一回）

来保的身份虽然是仆人，但也是西门庆生意上比较得力的帮手。他对布匹买卖很熟悉，知道这是自己发家致富的最佳来源，因此早就偷了相当于八百两银子的布匹。来保手里有钱后，他的太太惠祥也不好好当差了，串门的时候就穿得花枝招展，回到西门府才换上粗布衣服，瞒住吴月娘一个人便是。来保撩拨吴月娘成了家常便饭，只是没有得逞。

有人向月娘报告惠祥的行迹，月娘不信。惠祥知道了，骂不绝口，来保则尽日说道自己的辛苦。两人有卖身契在月娘手里，方法不同，但目的一样，就是让月娘把他们赶走，毕竟自己要走的话，主人可以不允许的。果然，月娘忍无可忍，就让来保和惠祥搬离了西门府。从此，来保夫妇自己开铺子，变成独立的商人，几年后做出一番事业，也说不定。

原来家道要零落，是非常快速的一件事情。

历史和文学对女性的物化

我们回头来说说潘金莲和陈经济。他们从见面就开始眉来眼去；在神秘的第五十三回至第五十七回，两人似乎已经在一起，其实并没有；直到第八十回，二人才成事。西门庆在世的时候，他们到底是不敢有实质行动的。在这个众妻妾纷纷自谋生路的时候，潘金莲的做法似乎完全不知道好歹，这是怎么回事呢？

在这个问题上，我很认同孙述宇先生的看法。他说，中国文学里所描述的女人从来都是只有男人才喜欢的样子——如花似玉，温柔听话，谈了恋爱之后，就要死守爱情的贞节；她可以幽幽怨怨，但是不会坏事，不会去革命，非常安全。而到了《金瓶梅》，居然出现了这一号人物，叫潘金莲，不仅有男人喜欢的样子，"还是个有心思有欲望有自己生活的人"（《金瓶梅的艺术》）。这类型的女人，男人从来是不欣赏的，所以男人不会写，因为过去的小说都是男人写给男人看的。一直到《金瓶梅》出现，中国文学史上才真正出现了潘金莲这样一个特别的"淫妇"。"淫妇"二字，其实也是男人下的定义，事实上她就是一个比较泼辣、充满生命力、敢做敢当的女人。"拼得一身剐，敢把皇帝拉下马"，不管青红皂白，要做自己的主人。虽然她挣扎的结果是失败，可是至少她是有动作的。

的确，从文学史上来看，这是一个很重要的进步。我们顺便来谈一下，中国古代历史和文学中是怎样对女人进行物化的。言语里可能在美化你，但是让你觉得没有力道，面对的不像是一个血色鲜丽的活人。比如，《北齐书》卢宗道宴客，中书舍人马士达赞弹筝篌女伎"手甚纤素"，"宗道即以此婢遗士达，士达固辞，宗道命家人将解其腕，士达不得已而受之"。又如《世说新语》里，丞相王导和大将军王敦到石崇家做客，王导酒力不行，但怕石崇杀陪酒的家伎，当美女敬酒时只好勉强饮下；善饮的王敦却不买账，硬是不喝，任由陪侍的三个美人被石崇斩杀，还自认豪迈。

无论是京剧，还是歌仔戏，都将绿珠和石崇的关系设定为永世不渝的爱情，但实际上呢？西晋时，石崇卷入八王之乱，穷途末路之际，他对绿珠说："我今为尔得罪。"这话实在过分，他卷入的明明是政治斗争，和绿珠有什么关系呢？可是他偏偏要这样讲。绿珠于是答道："当效死君前。"于是，她当着石崇、孙秀的面，于金谷园中跳楼自杀。在这种连生命都无法自主的情况下，一个家伎恐怕不会对主人有什么感情可言吧？但是，在后世的讲述里，绿珠成为爱情故事的主角，一个不愿在爱人死亡后独活的形象，甚至是一个美学上的象征。唐代杜牧《金谷园》诗中说："日暮东风怨啼鸟，落花犹似坠楼人。"一个被迫牺牲的惨痛生命，在诗人笔下显得好美。因为这是男人写给男人看的，女人被物化了。一直到现代诗才像样一些，曾任台湾中山大学外文系教授的钟玲，也写绿珠坠楼的故事，她写道：

> 你凌厉的目光逼视我
> 主公，我明白你的心意
> 你要我死在你眼前
> 因为绿珠是你所爱
> ……
> 我含泪奔向雕栏
> 舞姬一片惊呼
> 依稀见你举起手
> 不是挽留
> 是送我上路
> 栏杆外
> 我的彩带飘上天
> 落花伴我下坠
> 泼洒艳红的青春

作为主公的女人，她终于也有了一点儿主体思想、独立人格的形象。

最后，我们再来看王昭君。《汉书·匈奴传》记载："单于自言婿汉氏以自亲。元帝以后宫良家子王嫱字昭君赐单于。单于欢喜，上书愿保上谷以至敦煌，传之无穷，请罢边备塞卒吏，以休天子人民。"这样一条简单的描述，衍生出许多故事。在其中一个版本里，昭君十七岁入宫，六七年过去了，还没有见过皇帝。按照律法，如果皇帝驾崩，三十岁以下未被皇帝临幸过的宫女可以出宫回家。昭君初入宫时，如果愿意贿赂画工毛延寿，可能早就被汉元帝注意到了，但是她有自己的尊严，避之唯恐不及，于是被画得很丑，自然不会被选中。昭君二十三岁这年春天，匈奴呼韩邪单于请求汉元帝赐婚，没人愿意去，昭君不愿日后成为白头宫女，自请前往。这是一个重点，在这个事件里，昭君是按照自我意志来行动的。

临行，王昭君盛装打扮，向汉元帝辞行，汉元帝惊觉自己竟不知宫中有这样的美人，可是匈奴的迎亲使者在旁，只能后悔莫及。王昭君"锦貂裘生改尽汉宫妆"，登上车子，就往大漠去了。所以，这个时候的王昭君不是哀哀怨怨、哭哭啼啼的，失魂落魄的该是汉元帝。王昭君到了匈奴地界，马上被尊为"宁胡阏氏"，相当于皇后。错失美人的汉元帝杀掉了毛延寿，但于事无补。万万没想到就在昭君出塞同年的夏天相隔才几个月，汉元帝忽然暴毙而亡。命运在这里给了王昭君最大的伤害，如果当时她还在汉宫之中，就可以回家了。现在汉元帝用死"报复"了这个美丽的女人，她只好永远待在塞外了。

王昭君为呼韩邪单于生了一个儿子。呼韩邪单于死后，其子继立。按照匈奴的制度，新单于可以继承已故单于的妻妾，生母除外。这对自认是衣冠上国的王昭君又是很大的冲击，于是她给汉朝写信，请求还乡。但当时汉朝国力还不如汉元帝时，便草草复信给她，让她嫁鸡随鸡，入乡随俗。王昭君承受了，后来还为继立的单于生了两位公主。昭君的三个孩子，都在匈奴享有很高的待遇，长大后还因缘际会都曾回到长安过，去看看母亲的故土。可是，王昭君终其一生，再没有踏入玉门关一步。年老的时候，她是有机会回到汉朝的，但是她不愿意了，她宁愿在"处所多霜雪，胡风春夏起"的匈奴终老。

这样的王昭君，绝对不是幽怨、柔弱的汉明妃，而是一个也许伤心，却坚强独立、为自己负责的宁胡阏氏。可是，这样的故事，这样的角色，中国男人怎么受得了呢？于是越往后，王昭君的形象就变得越纤弱，命运完全掌握在男

人手里不说，说她喜欢汉元帝，出塞时带着深情的悲伤；马致远的《汉宫秋》甚至不让她活了，干脆在和亲路上便让她投水而亡，以圆满"饿死事小，失节事大""忠臣不侍二主，烈女不侍二夫"一类的道德观，完全抹杀了一个女人的可能性。

如果不是时代进步，我们可能永远不知道绿珠是什么心情，永远不知道王昭君是什么心情。所以，回头来看，《金瓶梅》的贡献非常大，它写了一个反面的所谓的淫妇、坏女人，可是她是有生命的，想要为自己争取一点儿什么。只是，因为缺乏能耐，终至身首异处。

《金瓶梅》里面有四个重要的角色，分别代表了贪、嗔、痴、慢。贪是西门庆，也可以说是西门庆和吴月娘；嗔是潘金莲；痴是李瓶儿；慢，傲慢的

南宋 佚名《汉宫秋图》(局部)

慢,是春梅。后面我们会看到潘金莲故事的结局,孙雪娥也会被带上一笔。孙雪娥原本可能和来旺成为一对寻常夫妻,却由于命运的拨弄,走到了更惨的绝路。

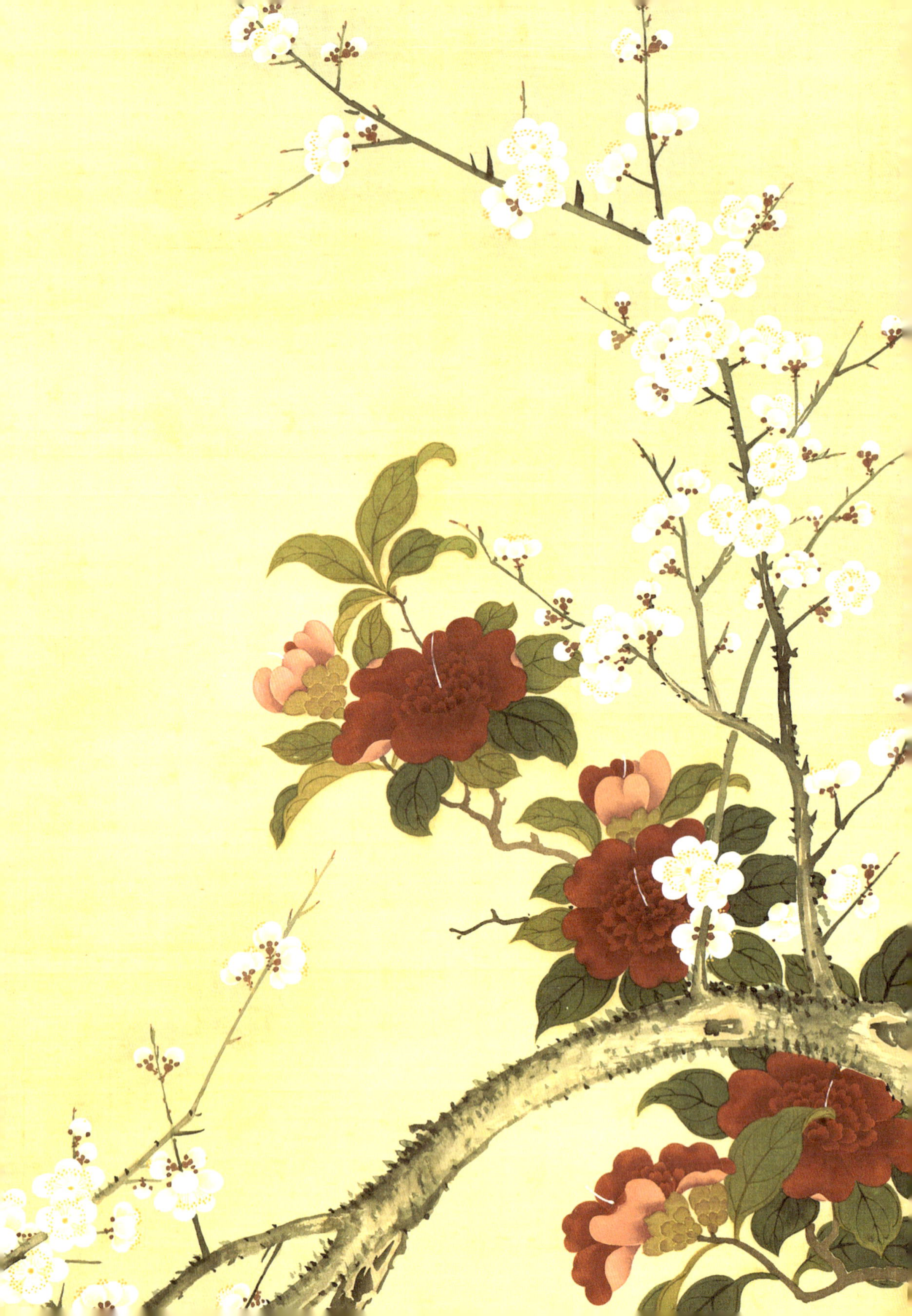

第十六章

潘金莲的末路

这次我们要送走潘金莲，也许气氛会比较沉重。

各位想想看，潘金莲在文学史上的知名度有多高？先不要管她是好人还是坏人。《牡丹亭》里的一句话，也可以套用在她身上："似这般花花草草由人恋，生生死死随人愿，便酸酸楚楚无人怨。""无人怨"是说没有人会替她叹一口气，没有人会想要替她说一句持中的话。但在文学的殿堂里，她是一个很重要的人物，位阶大概相当于男性角色中的曹操。

各位想想，在潘金莲之前，无论现实中的，还是虚构的，有没有知名度这么高的女人——杨玉环可能差不多，其他像卓文君、蔡文姬、班昭等，都比不上。但民间骂杨贵妃的比较少，骂潘金莲的比较多。潘金莲已经成为一个代名词，一个形容词，甚至一个动词了，在今天仍然是常常被活用的。这是一个虚构的人物，但她代表的是再真实不过的人性；这世界上没有一个潘金莲，但多的是有潘金莲这样个性的人。他们就生活在我们的周遭，也许和你也有几分像，只是你不想承认。知名度如此之高的一位女士，长久以来，我们是不是只认识了她的一部分？绝大多数人一提到潘金莲，好像不骂她两句就对不起她，事实上潘金莲不是这么简单的。就我个人来讲，我读《金瓶梅》的次数越多，就越没有办法说清楚这个人。为什么？因为她太真实了，是最接近现实人生的人物，我们每天都能在报纸的社会版上看到她的影子。

我想我们还是应该好好地送走她，给她一个结论。

不确定的悲剧人生

西门庆死后，如果潘金莲当一个乖乖的寡妇，谋定而后动，那她就不是潘金莲了。我们回头看一下潘金莲的出身背景。她算得上聪明伶俐、努力用功，她在可能的范围内，尽量学会了人家要她学的东西，光这一点就不容易。她的父亲是裁缝，她小时候上过两年学，可是后来父亲死了，家中难以度日，潘姥姥就开始把她当作商品出售。九岁，她被卖到王招宣府（也就是林太太家）里，学习弹唱，也学了一套女人在那样的时代里立身处世的本领。几年间，她已经会描鸾刺绣、品竹弹丝，有自己的一套化妆术，会梳流行的发型，穿紧身衣服（扣身衫子），这些都是第一回里就提到了的。十五岁时，王招宣过世了，潘姥姥又把潘金莲弄出来。后来进入西门府时，她肚子里面已经有几百首曲子——都是在九岁到十五岁这六年里学会的，其中尤其出类拔萃的是琵琶。

十五岁到十八岁这三年，潘金莲在张大户家里，出落得很漂亮。有一天，趁老婆不在家，张大户就将潘金莲收用了。这事很快露馅，张大户老婆苦打潘金莲，逼着张大户把她解决掉。张大户舍不得，就把她嫁给武大，但还是住在自家的房子里。潘金莲名义上是武大的老婆，但张大户随时可以来找她。张大户找潘金莲的时候，武大就出去卖炊饼，或者当作没看到。张大户死了，潘金莲和武大郎从住处被赶了出来，另一方面，这也是她自己的主张。潘金莲让武大用她自己的钗环首饰去典了一处房子，住下来之后，每天嗑嗑瓜子，秀秀三寸金莲，过得很无聊。三寸金莲是她重要的资本，也是她能够直接炫耀的一点点虚荣。

这时，武大的英雄弟弟武松出现了。如果不是这个弟弟，武大也许还不会死得那么惨。之前一直被当作物品使用的潘金莲，由此展开了自己的感情生活。武松应该是潘金莲真正的初恋，潘金莲也向他表白了。她以为凭自己学到的那一套本领，应该是可以拥有这个男人的。谁知这些迷惑男人、取悦男人的招式，在武松那里是完全用不上。武松不仅推开了她，还放下狠话："武二眼里认的是嫂嫂,拳头却不认的是嫂嫂。"潘金莲铩羽而归,初恋到此结束。

在这样一种沮丧的情绪里,西门庆来了。潘金莲这一辈子,有三个男人是比较入心的。第一个是武松,她的恋爱对象;第二个是西门庆,她的激情对象;第三个是陈经济,一场游戏一场梦。话说,她阴差阳错被西门庆看上,熊熊的烈火起来了,一发不可收拾,西门庆的"潘驴邓小闲",补偿了她在武松那里受到的挫折。通过王婆的设计变成西门庆的情妇,又在王婆的指点下毒死武大,最终进了西门府,成为西门庆的第五个妾。

此时潘金莲二十六岁。西门府的生活富裕,吃穿用度都和从前不一样了,可是与众妻妾相比,她没有钱,没有权,没有势,没有靠山,空着一个身子进去,唯一能够凭借的就是自己的身体。以色娱人,事实上是最焦虑的,因为没人能抵抗年老色衰,何况不一定等你年老,人家就会有了新欢。她怕失宠,一旦失宠,她就一无所有,不像李瓶儿还有钱,孟玉楼也有一些家底,吴月娘有娘家人,李娇儿再不济,还有妓院可以回去。没有退路的潘金莲,唯一能做的就是"把拦汉子",对每个人都嫉妒,任何人稍有风吹草动,她都要进入战备状态,或直接开战。她在西门府六七年,没有一日松懈,越变越不可爱。

西门庆说潘金莲"专会咬群",太到位了。进府之后,她先压下孙雪娥,又对付宋惠莲,接着把李瓶儿和她的儿子官哥儿送上了死路——宋惠莲、李瓶儿、官哥儿,先后至少有三条人命是在她手里的。我们现在提起潘金莲,常常会用到这些词:阴险、狠毒、猜忌、利嘴、争宠、吃醋、工于心计、虐待狂、无耻……几乎所有你能想到反面的字眼,都可以放在她身上。可是很奇怪,为什么当我们看到她死亡的时候,并不觉得痛快,而是觉得可怜?或许还会有疑问:为什么她这一生就活该被操纵、被利用、被摆布、被糟蹋呢?

潘金莲被自己真正的母亲卖过,被丈夫的正头娘子卖过,被王婆卖过。她受到了很多来自旁人的损害,但她会一步一步走上绝路,和自己的个性是很有关系的。什么叫作命运?命运是环境、个性以及动物的求生本能相互作用的结果。环境包括不可改变的和随时变动的。个性是与生俱有的,有的人比较容易看得开，有的人就是放不开；有的人看到这一点，有的人看到那一点。有些人天生容易看得开，也喜欢劝人"想开一点儿"，但这句话被想不开的人听了，简直要气死了。他当然知道应该"想开一点儿"，问题是才下眉头，又上心头，就是过不去——过不去也是一种个性。每个人再怎么样，都有动物的求生本能，这一点不由得你不泄气，比如有人现在不想活了，要绝食，两三个小时过去，肚子饿了，还是会去找东西吃，吃完再绝食。环境、个性和动物的求生本能，三者互动，就造就了所谓的命运。潘金莲就在自己这样的命运中打转。

这也是我个人认为《金瓶梅》最成功的地方，它描写复杂的人性，也描写复杂的人生。人生本来就很复杂，各种转折，各种机缘，不停地流动：如果潘金莲没落在王婆手里，如果周守备愿意一下子出一百两，把潘金莲也买了，故事的走向就大不同。人性也很复杂，我们常常根本搞不清楚自己要什么，想什么，在做什么。复杂的人生和复杂的人性搅拌在一起，裹挟着潘金莲走到最后这步田地。潘金莲聪明，又不够聪明；坏，又没有坏透。在人性的光谱上，她或许偏黑一点儿，但仍然只是芸芸众生当中稍微特异一点儿的一个分子而已。她当然不是英雄，也够不上枭雄，所以后来活得像狗熊，没有办法让自己拥有平凡的幸福。《倾城之恋》的最后，大城市陷落了，成千上万的人死去，但总有容得一对平凡人的地方。潘金莲如果够聪明，稍微有一点点算计，还是可以给自己一个活路的，可是她就顺着惯性行进下去了。环境，个性，只顾今天、不管明天的求生本能，都一步一步将她推到没有光的所在。

西门庆死去之后，潘金莲之前的活路都不见了，却马上要面对不确定的未来。她要怎样往下走呢？

潘金莲的危险处境

李娇儿像逃离火场一样，逃离了西门府；可是等到最后春梅都被买走了，潘金莲却还一直浑然无觉似的。她难道真的以为西门庆临死之前交代过要姐妹好好地在一处，月娘就会听，自己真可以长长久久地待在这个"家"里吗？还是说，她也想择良木而栖，却选上了一无可取的陈经济，迷失在这场恋爱游戏里。

潘金莲每天痴痴迷迷的，就是等着陈经济。春梅反而比她有办法，看不得她这副样子，要想法子让两人见一面。

> 春梅道："娘，你放心，不妨事。塌了天，还有四个大汉扶着哩。昨日大娘留下两个姑子，今晚夕宣卷，后边关的仪门早。晚夕我推往前边马坊内取草装填枕头，等我往前边铺子里叫他去。你写下个来帖儿，与我拿着。我好歹叫了姐夫，和娘会一面。娘心下如何？"妇人道："我的好姐姐！你若肯可怜见，叫得他来，我恩有重报，不可有忘！我的病儿好了，替你做双满脸花鞋儿。"春梅道："娘说的是哪里话？你和我是一个人，爹又没了，你明日往前后进，我情愿跟娘去；咱两个还在一处。"妇人道："你有此心，可知好哩！"妇人于是轻拈象管，款拂花笺，写就一个柬帖儿，弥封停当。（第八十三回）

一声"好姐姐"，可见潘金莲此时已将自己放得很低。反而春梅嗅到了危险的味道，看得比较远，在为离开西门府做打算了。后来她有了出路，果然没有忘了潘金莲，建议周守备也将潘金莲娶进来，她自己"情愿做第三的也罢"。这是多么大的恩惠。尤其春梅又深知潘金莲的为人，招惹这样的人在身边，等于请了一位瘟神，如果不是有很大的义气，还有感情，春梅犯不着做这件事。我个人认为，春梅比潘金莲更懂得人情义理。春梅对潘金莲，比潘金莲对她要好。对他人好是一种能力，我相信各位都接受这句话吧。

陈经济当时是什么处境呢？他虽然还在铺子上做生意，可是已经被吴月娘关在外面，不准进西门府了，还不给饭吃。陈经济没办法，只好到自己舅舅家吃饭。潘金莲通过薛嫂知道了这件事。

妇人写了，封得停当，交与薛嫂，便说："你上覆他，教他休要使性儿往他母舅张家那里吃饭，惹他张舅唇齿。说你在丈人家做买卖，都来我家吃饭，显得俺们都是没处活的一般，教他张舅怪。或是未有饭吃，教他铺户里拿钱，买些点心和伙计吃便了。你使性儿不进来，和谁赌憋气哩？恰是贼人胆儿虚一般！"薛嫂道："等我对他说。"

（第八十五回）

"俺们"是谁？不光是潘金莲和陈经济，也包括还住在西门府里的其他人，张竹坡说潘金莲"犹以丈母娘口气"。她还是护着西门庆面子的，吴月娘都不怕丑了，她反而怕被别人嘲笑。一边和女婿偷情，一边从丈母娘的角度考虑家事，潘金莲一点儿也没觉得不妥。读到这里，我想她真的是打算一直待在西门府的。没想到风云突变，月娘出手了。

吴月娘大权在手

吴月娘心里在想什么？西门庆死时没有儿子，于是把自己所有的家业都托付给了女婿陈经济，而没有托付给吴月娘。吴月娘愿意把这一副家当给陈经济吗？肯定不愿意，只是当时没有儿子，她不好发作。如果孝哥儿没有出生，吴月娘最后是不得不靠着陈经济的。但是她现在有了一个儿子，就无法容忍陈经济的存在了。不然可能等不到孝哥儿长大，家产已经被人抢走了。西门庆也很天真，他没有想到：有他在，一切搞定；他不在，就不一定了。

吴月娘终于等到——这么讲不太好，终于等到西门庆死了，权力落到了她的手上。她几次三番和家里的妾吵架时，总会提到自己的贞节，像在维护信仰一样，把潘金莲、孟玉楼等人都骂进去，用此来表示她是站得住脚的。所以在陈经济开玩笑说孝哥儿像自己儿子的时候，她气到"半日说不出话来，往前一撞，就昏倒在地，不省人事了"（第八十六回）。侯文咏曾经分析了一大篇，说似有其事，这说法，我个人完全不能同意。吴月娘与陈经济是绝不可能的。她这一生，受了委屈，也常常"一声儿没言语"，维护的就是这么一点儿东西。现在有人要破坏，她当然要正面迎战。

但吴月娘和潘金莲不同，她很沉得住气。西门庆活着的时候，他要娶几个，吴月娘完全管不了。可是等西门庆不在之后，我们发现吴月娘真是一个厉害角色。潘金莲和陈经济的事，秋菊一共向吴月娘报告过五次，前三次是在她去泰山之前，后两次是在她从泰山回来之后。吴月娘只是暗示潘金莲没有不透风的墙，却没有立刻揭发二人。她要等家里人都知道潘金莲和陈经济的关系之后再动手。

如果西门庆还活着，恢复了健康，吴月娘去泰山还愿，自然说得通。但是西门庆已经死了，她何必去还愿呢？与她同行的，有吴大舅，还有玳安和平安，她唯一的命脉孝哥儿却被放在家里。潘金莲还在家里，有李瓶儿的前车之鉴，吴月娘不是冒了很大的险吗？她难道不怕潘金莲会把孝哥儿也弄死吗？但换个角度想，她甘冒大险，因为她要一举除掉潘金莲和陈经济两个祸患。

她故意离开了将近一个月，让潘金莲和陈经济胡搞，甚至弄出一个孩儿来，搞得几乎人尽皆知。如此一来，她要发落潘金莲就轻而易举了，街坊邻居没人会讲一句话；彻底赶走陈经济，也理所应当，不至于落下恶毒岳母的骂名。至于西门庆的家风名声，对她来说一点儿都不重要。

先卖春梅，孤立金莲

时机成熟的时候，她一出手就是重手。先卖春梅，解决最大的麻烦。如果她先卖掉潘金莲，春梅饶不了她。而把春梅卖掉，就等于砍掉了潘金莲的左右手。然后接着以陈经济说孝哥儿像自己儿子的戏言，赶走了陈经济。接着，她才找王婆卖潘金莲。女人之间的战争或许不牵扯国家的政治、经济之类，但动的脑子一点儿不少。

十月间，吴月娘出其不意，让薛嫂跑到潘金莲的房间里，告诉她春梅被卖掉了。对着当初买春梅进府的中间人薛嫂，吴月娘也没有漫天要价，只想平进平出，十六两银子买来，现在十六两卖掉就是了。但周守备很喜欢春梅，一出手就五十两，薛嫂又向月娘还了三两银子的价，从中一举赚得三十七两。

妇人听见说领卖春梅，就睁了眼半日说不出话来，不觉满眼落泪，叫道："薛嫂儿，你看我娘儿两个没汉子的好苦也！今日他死了多少时儿，就打发我身边人。他大娘这般没人心仁义，自恃他身边养了个尿胞种，就放人踢到泥里。李瓶儿孩子周半还死了哩，花巴痘疹未出，知道天怎么算计，就心高遮了太阳。"薛嫂道："孩儿出了痘疹了没曾？"妇人道："何曾出来了？还不到一周儿哩。"薛嫂道："春梅姐说爹在日曾收用过他。"妇人道："只收用过二字儿？死鬼把他当心肝肺肠儿一般看待，说一句听十句，要一奉十。正经成房立纪老婆且打靠后。他要打哪个小厮十棍儿，他爹不敢打五棍儿。"薛嫂道："可又来，大娘差了！爹收用的恁个出色姐儿，打发他，箱笼儿也不与，又不许带一件衣服儿。只教他罄身儿出去，邻舍也不好看的。"妇人道："他对你说，休教带出衣裳去？"薛嫂道："大娘吩咐小玉姐，便来，教他看着，休教带衣裳出去。"那春梅在傍边见打发他，一点眼泪他没有。见妇人哭，说道："娘，你哭怎的？奴去了，你耐心儿过，休要思虑坏了。你思虑出病来，没人知你疼热的。等奴出去，不与衣裳也罢，自古好男不吃分时饭，好女不穿嫁时衣。"正说着，只见小玉进来，说道："五娘，你信我奶奶倒三颠四的。小大姐扶持你老人家一场，瞒上不瞒下，你老人拿出他箱子来，拣上色的包与他两套，教薛嫂儿替他拿了去，做个一念儿，也是他番身一场。"妇人道："好姐姐，你到有点仁义。"小玉道："你看谁人保得常无事？虾蟆、促织儿，都是一锹土上人。兔死狐悲，物伤其类。"一面拿出春梅箱子来，凡是戴的汗巾儿、翠簪儿，都教他拿去。妇人拣了两套上色罗缎衣服鞋脚，包了一大包，妇人梯己与了他几件钗梳簪坠戒指，小玉也头上拔下两根簪子来递与春梅。余者珠子缨络、银丝云髻、遍地金妆花裙袄，一件儿没动，都抬到后边去了。春梅当下拜辞妇人、小玉，洒泪而别。临出门，妇人还要他拜辞月娘众人，只见小玉摇手儿。这春梅跟定薛嫂，头也不回，扬长决裂，出大门去了（如图37）。小玉和妇人送出大门回来，小玉到上房回大娘，只说："罄身子去了，衣服都留下了没与他。"这金莲归进房中，往常有春梅，娘两个相亲相乐说知心话，今日他去了，丢得屋里冷冷落落，甚是孤恓，不觉放声大哭，有诗为证：

耳畔言犹在，于今恩爱分。
房中人不见，无语自消魂。（第八十五回）

潘金莲除了哭之外，一点儿办法都没有，她现在完全处于弱势。潘金莲道出西门庆当年是如何宠爱春梅的，但吴月娘对她够狠，不让带走一件东西。我们从这个片段中可以看出春梅的坚强，已经被卖了，还反过来劝潘金莲。"罄身儿出去"又如何，春梅不在乎。

小玉的戏开始多了，因为她将是西门府又一位当家主母。而在这些丫鬟里，她也是个敢拿主意的，有自己的担当。小玉并没有执行吴月娘让春梅"罄身儿出去"的命令，而是替她打包了衣服，还让她带走用过的首饰。如果没有小玉主张，潘金莲或许不会拿东西给春梅的，春梅更不会开口要。除了两身衣服，几件首饰，其余的都抬到后边去了。用"抬"字，说明当时西门家的富裕，多偷拿几样也不会怎样，但是潘金莲真是没主张。如果她厉害些，偷着多给春梅一些，谁会去跟她算？除此之外，这也说明她是一个没什么感情的人，或者说，她从未被教过怎样去关心人，对别人好。因为她从小到大总被卖来卖去，大家只是利用她，糟蹋她，宰制她，她不懂得怎么样对别人好。后来潘金莲离开西

第十六章 潘金莲的末路

门府的时候，也只带了一些衣服鞋脚，一个女人争了半天，到头来也只有这些东西。

春梅这时可谓前途茫茫，坚强的她，在最后分别的时刻，哭了。潘金莲还要春梅去和吴月娘辞行，崇祯本中批点曰"金莲太不济"，意思是说她真没用。她是懂得仁义吗？不是。此时再讨好吴月娘有用吗？没有。还是小玉看得明白，摆摆手，制止了。

"这春梅跟定薛嫂，头也不回，扬长决裂，出大门去了。"这一段请各位记着，等到后面吴月娘和春梅再次见面时，不妨回头来看。人生就是这样，起起落落，翻翻滚滚，浮浮沉沉。

图 37 春梅头不回到底

春梅出府后，陈经济马上到薛嫂那里去找她。当时陈经济手里还有一点儿钱，薛嫂故意走开，让陈经济和春梅独处。春梅进了守备府后，马上就怀孕，这个孩子才是大有蹊跷。

接着轮到陈经济。潘金莲在房中听见陈经济被打跑了（如图38），忧上加

忧，闷上添闷，可还是一点儿办法也没有。很快，祸事也降临到她头上。

万金难买没想到

如果潘金莲落在薛嫂手里，可能还好些，但吴月娘找来的是王婆。王婆上一次来看潘金莲，潘金莲只给她一杯茶，如果那时候潘金莲能够对她好一点儿，也许又是另外一回事了。但这就是现实人生，"千金难买早知道，万金难买没想到"，王婆是不会饶她了。

图38-雪娥唆打陈经济

> 这金莲一见王婆子在房里，就睁了，向前道了万福坐下。王婆子开言便道："你快收拾了，刚才大娘说，教我今日领你出去呢。"（第八十六回）

这个"睁"字用得很好，足见潘金莲当时的吃惊与绝望。她还想抵抗一下，王婆上来就是一番奚落。

当下金莲与月娘乱了一回。月娘到他房中，打点与了他两个箱子，一张抽屉桌儿，四套衣服，几件钗梳簪环，一床被褥；其余他穿的鞋脚，都填在箱内。把秋菊叫到后边来，一把锁就把他房门锁了。金莲穿上衣服，拜辞月娘，在西门庆灵前大哭了一场。又走到孟玉楼房中，也是姊妹相处一场，一旦分离，两个落了一回眼泪。玉楼悄瞒着月娘，悄悄与了他一对金碗簪子，一套翠蓝缎袄、红裙子，说道："六姐，奴与你离多会少了，你看个好人家，往前进了罢。自古道，千里长篷，也没个不散的筵席。你若有了人家，使个人来对奴说声，奴往哪里去，顺便到你那里看你去，也是姐妹情肠。"于是洒泪而别。临出门，小玉送金莲，悄悄与了金莲两根金头簪儿。金莲道："我的姐姐，你倒有一点人心儿在我上。"轿子在大门首，王婆又早雇人把箱笼桌子抬的先去了。独有玉楼、小玉送金莲到门首，坐上轿子才回。正是：

世上万般哀苦事，无非死别共生离。（第八十六回）

月娘一件东西都不想给春梅，到潘金莲这里，却"打点与了他两个箱子，一张抽屉桌儿，四套衣服，几件钗梳簪环，一床被褥；其余他穿的鞋脚，都填在箱内"。为什么要写得这么详细呢？还是那句话，女人就只有这些东西了。接着，潘金莲的屋子就被锁上了。这又是痛快的画面——对月娘而言。当初李瓶儿的屋子，也是她说锁就锁了。你不得不感慨，在那样的年代，大老婆还是有她的威势在，对于家里的妾、丫鬟，她都有生杀发卖的权利，遑论一间屋子。

潘金莲为了一件皮袄，曾经和吴月娘耍了多少心机。现在，那件皮袄一定还在屋子里，终究不是她的。她在西门庆灵前大哭，大概一半是因为两人的感情，一半是因为对个人前途的惶恐。

潘金莲和吴月娘闹的时候，孟玉楼没有出面做任何事，像往常很多时候一样。可是，到底要分离了，她也对潘金莲说了些仁义之言。有人说，如果潘金莲会多少攒一点儿私房钱，就算月娘赶她出去，就算王婆要转卖她，她也能给自己赎身；或者像孟玉楼，媒婆自然会上门来帮你找好人家。可惜潘金莲在西门庆家几年，几乎没有积蓄。当然话说回来，西门庆是一个非常精明能干的商人，他也不会让潘金莲有攒私房钱的空间。他每个钱都算得很仔细，潘金莲要不到更多的零用，也没办法。虽然管过公账，那也是要算得很清楚的，何况潘金莲又因为她最后那一点儿尊严，不屑于去拿这个钱。

孟玉楼劝潘金莲找个好人家，她没有听进去，或者说她根本搞不清楚状况。临出门，孟玉楼偷偷给了潘金莲一点儿东西，小玉也给了两根簪子，二人送到门首看她上轿才走开。

> 都说金莲到王婆家。王婆安插他在里间，晚夕同他一处睡。他儿子王潮儿，也长成一条大汉，笼起头来了，还未有妻室，外间支着床子睡。这潘金莲，次日依旧打扮乔眉乔眼，在帘下看人。无事坐在炕上，不是描眉画眼，就是弹弄琵琶。王婆不在，就和王潮儿斗叶儿下棋。那王婆自去扫面喂养驴子，不去管他。朝来暮去，又把王潮儿刮剌上了。（第八十六回）

潘金莲还是天天打扮得漂漂亮亮，又回到了帘下，没准私心想着再遇到一个西门庆。她把自己像一件商品一样陈列着，盼望顾客上门。但没有顾客的话，她也不甘寂寞，撩拨了王婆的儿子王潮，既是消遣，也是讨好。

陈经济对潘金莲还算不错，他常常到王婆家里，动不动就给王婆下跪，口称"王奶奶"。越是这样，王婆越看扁他，价钱要得越高。一百两银子其实是王婆信口说的，没想到陈经济当真了。而潘金莲对王婆的称呼，也从"老王"

变回了"干娘"——早知今日,何必当初?虽然陈经济立马上京城去想办法,但王婆这边是不会暂停销售潘金莲的。

张二官有心买潘金莲,听原先西门府的小厮春鸿说她养女婿,于是作罢。春梅央求周守备买潘金莲回来与自己做伴,银子终于加到王婆满意的数字,谁想还未交易,武松就来了,一切都来不及了。

金莲惨死:武松的嫂子情结

《水浒传》里的武松手起刀落,完全是以英雄尺度写的,作者只管大方向,不会拘泥于小细节。可是《金瓶梅》中的武松是有心机的,是会骗人的,而且有虐待狂倾向。也就是说,同样用人性的光谱来看,这里的武松绝对不是那种光明灿烂的英雄,而是更多暴露了人性中晦暗阴狠的那部分。

按说王婆曾和潘金莲联手杀死了武松的哥哥,怎么对他一点儿忌讳都没有呢?一方面是因为武松伪装了自己的面貌,故意说好听的话迷惑对方;另一方面王婆利令智昏,毕竟陈经济还不晓得在哪里,武松却爽快地应了一百两银子的价码,外加五两谢媒钱。见到武松,潘金莲不仅不怕,还很兴奋。对她来说,武松是自己的初恋,是理想对象,现在人就在眼前,哪儿还顾得了其他(如图39)。

> 那妇人便帘内听见武松言语,要娶他看管迎儿;又见武松在外,出落得长大,身材胖了,比昔时又会说话儿。旧心不改,心下暗道:"这段姻缘,还落在他家手里。"就等不得王婆叫他,自己出来,向武松道了万福,说道:"既是叔叔还要奴家去顾管迎儿,招女婿成家,可知好哩。"(第八十七回)

王婆盘算着先前并未与月娘说定潘金莲的卖价,讹了二十两银子,准备自已赚大头。

月娘问："甚么人家娶了去了？"王婆道："兔儿沿山跑，还来归旧窝。嫁了他小叔，还吃旧锅里粥去了。"月娘听了，暗中跌脚。常言：仇人见仇人，分外眼睛明。与孟玉楼说："往后死在他小叔子手里罢了。那汉子杀人不斩眼，岂肯干休？"不说月娘家中叹息，却表王婆交了银子到家，下午时，教王潮儿先把妇人箱笼桌儿送过去。（第八十七回）

吴月娘知道潘金莲此番必死，但没有提醒王婆。孟玉楼当然更清楚，可是她也自顾不暇，不愿再添事端了。

《水浒传》里武松杀潘金莲，很利落：左右邻居叫来，把门关着，当众审判，潘金莲胸膛被刀子挖了个血窟窿，内脏被抓出来。《金瓶梅》里就不一样了。不少人认为武松对潘金莲是有欲望的，却无法疏解，才会有这样的举动（如图40）。

晚上婆子领妇人进门，换了孝，戴着新髽髻，身穿红衣服，搭着盖头。进门来，见明间内明亮亮点着灯烛，武大灵牌供养在上面，先

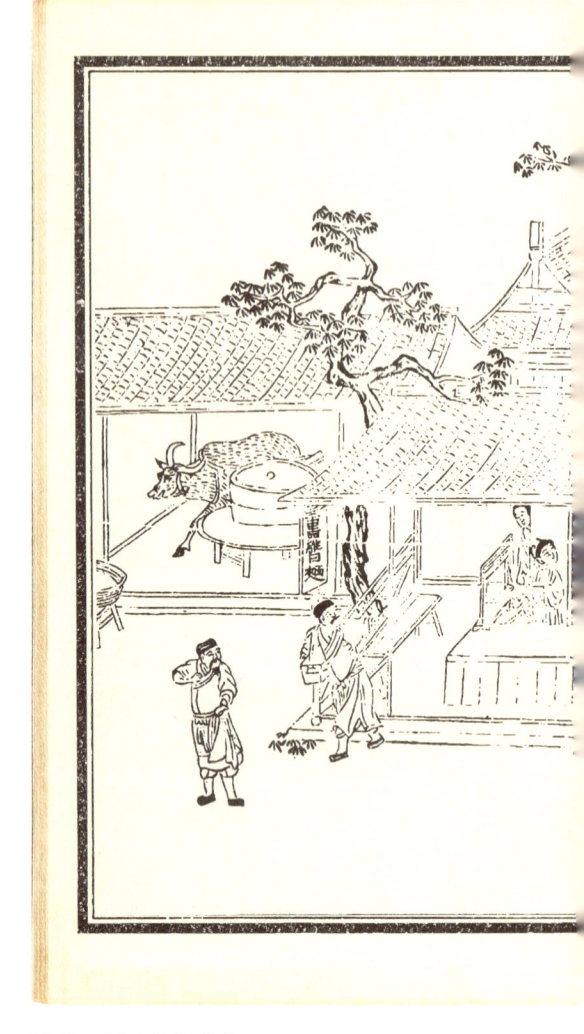

图39-王婆子贪财忘祸

第十六章 潘金莲的末路

自有些疑忌。由不的发似人揪，肉如钩搭。进入门来，到房中。武松吩咐迎儿把前门上了拴，后门也顶了。王婆见了，说道："武二哥，我去罢，家里没人。"武松道："妈妈请进房里吃盏酒。"武松教迎儿拿菜蔬摆在桌上，须臾烫上酒来，请妇人和王婆吃酒。那武松也不让，把酒斟上，一连吃了四五碗酒。婆子见他吃得恶，便道："武二哥，老身酒够了，放我去，你两口儿自在吃盏儿罢。"武松道："妈妈且休得胡说，我武二有句话问你。"只闻飕的一声响，向衣底掣出一把二尺长刃薄背厚扎刀子来，一只手笼着刀靶，一只手按住俺心，便睁圆怪眼，倒竖刚须，便道："婆子休得吃惊！自古冤有头债有主，休推睡里梦里，我哥哥性命都在你身上。"婆子道："武二哥，夜晚了，酒醉拿刀弄杖，不是耍处。"武松道："婆子休胡说！我武二就死也不怕。等我问了这淫妇，慢慢来问你这老猪狗。若动一动步儿，身上先吃我王七刀子。"一面回过脸来，看着妇人骂道："你这淫妇听着，我的哥哥怎生谋害了？从实说来，我便饶你。"那妇人道："叔叔如何冷锅中豆儿爆，好没道理。你哥哥自害心疼病死了，干我甚事？"说犹未了，武松把刀子忔楂的插在桌上，用左手揪住妇人云髻，右手匹胸提住，把桌子

图40 武都头杀嫂祭兄

319

一脚踢翻，碟儿盏儿都落地打得粉碎。

那妇人能有多大气脉？被这汉子隔桌子轻轻提将过来，拖出外间灵桌子前。那婆子见头势不好，便去奔前门走，前门又上了拴。被武松大叉步赶上，揪翻在地，用腰间缠带解下来，四手四脚捆住，如猿猴献果一般，便脱身不得，口中只叫："都头不消动怒，大娘子自做出来，不干我事。"武松道："老猪狗！我都知了，你赖哪个？你教西门庆那厮垫发我充军去，今日我怎生又回家了？西门庆那厮却在哪里？你不说时，先剐了这个淫妇，后杀你这老猪狗！"提起刀来，便望那妇人脸上搠两搠。妇人慌忙叫道："叔叔且饶放我起来，等我说便了。"武松一提，提起那婆娘，旋剥净了，跪在灵桌子前。武松喝道："淫妇快说！"那妇人唬的魂不附体，只得从实招说。将那时收帘子打了西门庆起，并做衣裳入马通奸，后怎的踢伤了武大心窝，用何下药，王婆怎地教唆下毒，拨置烧化，又怎的娶到家去，一五一十，从头至尾说了一遍。王婆听见，只是暗地叫苦，说："傻才料，你实说了，都教老身怎的支吾？"这武松一面就灵前一手揪着妇人，一手浇奠了酒，把纸钱点着，说道："哥哥，你阴魂不远，今日武二与你报仇雪恨！"那妇人见头势不好，才待大叫，被武松向炉内挝了一把香灰塞在他口，就叫不出来了。然后劈脑揪翻在地，那妇人挣扎，把鬏髻簪环都滚落了。武松恐怕他挣扎，先用油靴只顾踢他肋肢，后用两只脚踏他两只胳膊，便道："淫妇自说你伶俐，不知你心怎么生着？我试看一看！"一面用手去摊开他胸脯。说时迟，那时快，把刀子去妇人白馥馥心窝内，只一剜，剜了个血窟窿，那鲜血就邈出来。那妇人就星眸半闪，两只脚只顾登踏。武松口噙着刀子，双手去斡开他胸脯，扑挖的一声，把心肝五脏生扯下来，血沥沥供养在灵前。后方一刀割下头来，血流满地。迎儿小女在旁看见，唬的只掩了脸。武松这汉子，端的好狠也！（第八十七回）

原本是喜堂的位置，却供着武大的牌位。王婆想逃走，路却已经都堵死。先前潘金莲叫武松"叔叔"时，是带着蜂蜜的甜味的，现在她还是继续用"叔叔"称呼他。武松杀潘金莲之前，先剥光了她的衣服，这是《水浒传》中没有的，也让多少评论者心生不平。你要杀便杀，干吗把人家脱光？在他的潜意识里，或许潘金莲对他具有性吸引力，但他的理性对此是抗拒的。说不定，他还是被她引诱了，这令他更气愤。气愤演变成恨意，他故意凌虐她，羞辱她，还要骗她："从实说来，我便饶你。"武松说要看看潘金莲的心是什么样的，"一面用手去摊开他胸脯……把刀子去妇人白馥馥心窝内，只一剜，剜了个血窟窿……武松口噙着刀子，双手去斡开他胸脯"——完全是性暴力。或许他自己也没意识到，他对潘金莲的身体很感兴趣，正在用变态的方式抒发。

武松杀了王婆和潘金莲，崇祯本中说："不敢生悲，不忍称快，然而心实恻恻难言哉！"两具尸体摊在地上，迎儿说："叔叔，我也害怕。"武松以英雄自居，他杀潘金莲是要为他哥哥来出一口气，可是迎儿是他哥哥留在世间的唯一骨肉，他却说"孩儿，我顾不得你了"，一边搜刮财物准备逃跑，一边还不忘把她反锁在案发现场。迎儿接下来会怎么样？饿死，还是被卖入青楼？好像全不关他的事。这样的英雄，算英雄吗？还是说，这样的角色体现了更多人性？

西门府第一次算命的时候，吴神仙算出潘金莲将会早亡。第二次算命她没赶上，倒是记起了吴神仙的断语，自谓："明日街死街埋，路死路埋，倒在洋沟里就是棺材。"一语成谶。

一个女人就这样结束了她一生。

白居易《太行路》诗云："人生莫作妇人身，百年苦乐由他人。"可我还是要说，除却旧时代女性普遍的身不由己，潘金莲的命运，更多是环境、个性，以及动物的求生本能相互作用的结果。各位读过《金瓶梅》，可能对潘金莲会有另外一番解读。

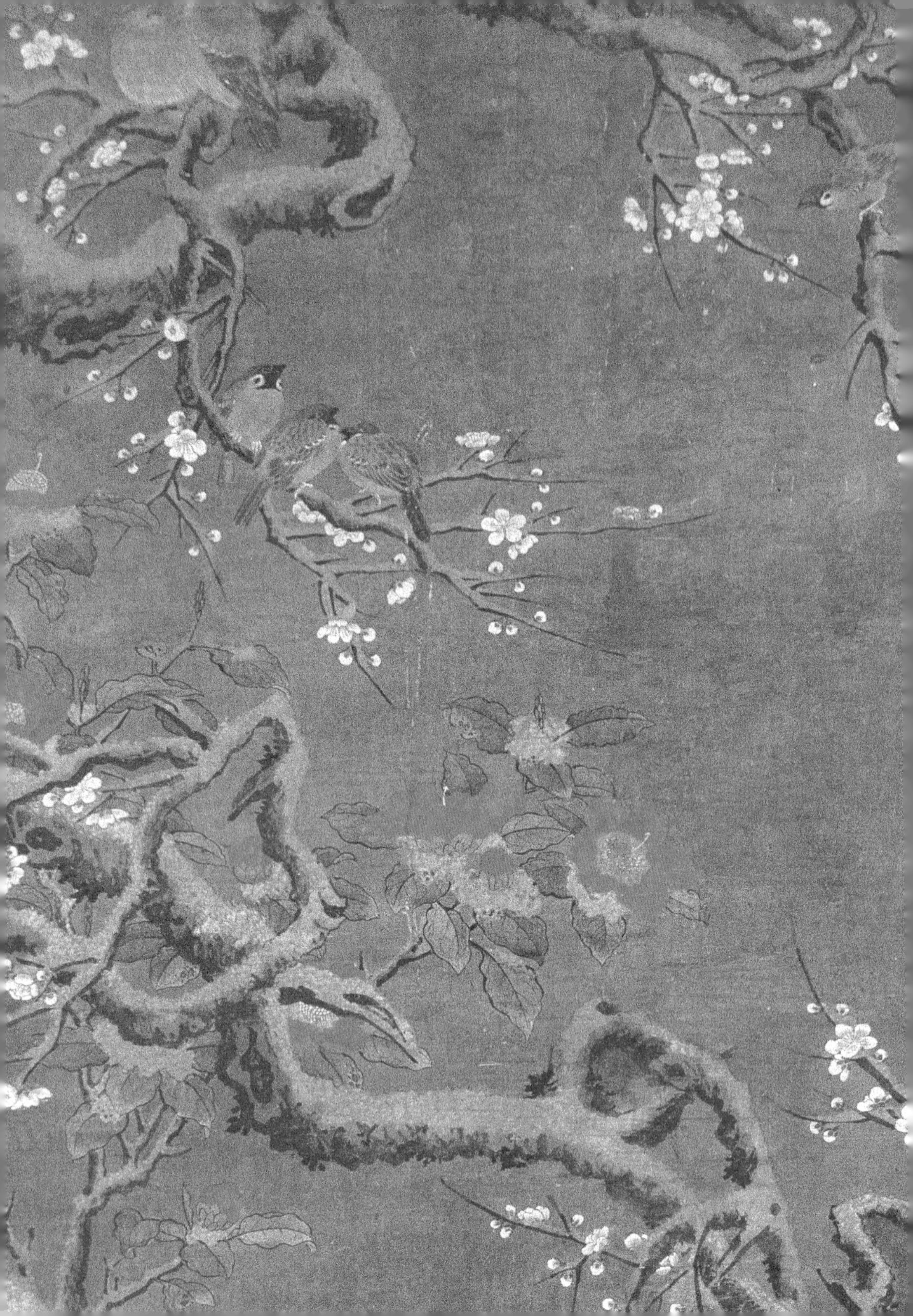

第十七章

春梅：《金瓶梅》的一抹亮色

春梅事实上是《金瓶梅》的第三部分。第八十回之后，西门府已经完全破败，只有两个人的故事是让读者能稍微喘口气的：一个是春梅，看她这样飞黄腾达；还有一个是孟玉楼，算是嫁得如意。陈经济则是让你恨不得打他一顿屁股的，他怎么老是做这种事呢？虽然后二十回篇幅最多的是陈经济，可是他的事情都很无聊，我们也懒得理他，随便带过去就好。他反正是不成器到这种程度，不晓得该怎么办。

各位觉得后二十回的春梅写得好不好？前面是如此用心，如此保护这个角色。我个人认为，当她还是婢女的时候，是一个配角，可是个性鲜明突出，只要有她在，好像就有光芒的感觉。可是等到她贵为夫人，飞黄腾达，当了主角了，反而让人觉得她的心不见了。大多时候平庸懒散，最后乱七八糟地淫死，简直糟蹋了这个角色。因此，很多人说写到后二十回，作者已经意兴阑珊了，懒得再像前面那样去经营情节。这当然见仁见智。

春梅的人情义理

关于春梅这个角色，我们可以先从书名来说起。中国最有名的古典小说，大家一下子能想到的大概是《红楼梦》，可是不要忘记《红楼梦》曾经有多少个名字——《石头记》《情僧录》《风月宝鉴》……到最后才有广为流传的《红楼梦》。可是《金瓶梅》打从一开始就叫《金瓶梅》。我个人认为，从这一点来看，至少这位兰陵笑笑生，打从一开始就对潘金莲、李瓶儿和春梅这三个角色自有定论。当然也有不同看法，像张竹坡就说"金瓶梅"三个字的意思是"金瓶插梅"，表面上荣华富贵（金的瓶子），但一片一片凋零时，就分外孤清。可是我觉得这个说法不太能够服人，最简单的，还是三个人的名字，这才可见作者的创新。这样推论的话，春梅在这本书里面应该是举足轻重的，而事实上也是。

我来考考大家，你认为中国文学史上的婢女形象，哪几位可以坐在最上面？红娘，红娘是一个，还有谁？袭人也可以。春梅，还有呢？春梅的个性比较像谁？晴雯。平儿也不错。而在《红楼梦》之前，除了红娘，大概就一个春梅了。春梅的个性应该是影响了后来的晴雯的，《红楼梦》里说晴雯"心比天高，身为下贱"，也和前期的春梅很像。传统戏曲里面的丫头最喜欢取什么名？春香、秋香的，都无足道哉，因为她们没有独立的人格。一大堆春香，你也搞不清楚谁是谁；唐伯虎点秋香，也不怎么样。文学史上很有个性的婢女里，春梅比红娘更具独立人格，更有意思。

春梅第一次出现在这部小说里是在第九回，西门庆把潘金莲娶回家之后，将原先服侍月娘的春梅拨给了她。作者对春梅的定义是"性聪慧，喜谑浪，善应对，生的有几分颜色"（第十回）。"性聪慧"是说她很聪明；"喜谑浪"是说她活泼大方，会开玩笑，禁得起别人和她打情骂俏；"善应对"是说她反应很快，嘴巴很厉害；"生的有几分颜色"，换句话说，从外表看，她应该比不上潘金莲，也许连孟玉楼也够不上，可是一个人的美，绝对不止在脸蛋和身材，而是整体活起来的感觉。

我们说她是个很有亮点的婢女，因为她在有限的篇幅（尤其是前八十回）里，充分发挥了自己的个性。比如，她很骄傲，几次说"他还不知道我是谁哩"，这句话，她跟乐工李铭讲过，也骂过唱曲子的瞎子申二姐。她很有自尊，这一点潘金莲还比不上她，潘金莲一辈子依靠男人为生，没了男人，她一点儿作为都没有。而春梅相对的自尊自贵，当那些人吵成一团的时候，她常常冷眼在旁，一副不屑与之为伍的样子。她也很残忍。她的残忍是对谁的？先是秋菊，后是孙雪娥。春梅对秋菊，就是鲁迅讲的，一个人学会怎样当奴隶，就学会怎样当主子。春梅最不愿意当奴隶，她一旦可以将更低下者当作奴隶的话，绝对是要以主子自居的。至于春梅为什么对孙雪娥这么残忍？因为记仇。孙雪娥可能是春梅这一辈子当中，唯一打过她的人。当她还是月娘的丫头的时候，有一次在灶上被孙雪娥拿刀背打过，春梅当时没怎么样，但是她记下了，等她有能力时，就要用最残忍的方式回敬孙雪娥。

但这样的春梅，对潘金莲却保有绝对的忠诚和服从。她救了潘金莲好几次，尤其让人感动的是，她已经飞上枝头当凤凰了，还努力想要拯救潘金莲，而且表示潘金莲来守备府后，可以越级在她前面。这种情感已经超越了主仆关系，称得上是珍贵的友情了。后来春梅能够善待月娘，也很了不起，表现出了她大度的一面。这样一个底层的人，在求生存之外，有自己的人情义理。

这种人情义理不一定是儒家的那一套，而是每个人活在这世上，对人间的一种对应，自成标准。对秋菊，对孙雪娥，是人不犯我，我不犯人，你既然犯我，我就要加倍奉还；她跟定的主子是潘金莲，就对她绝对忠诚；富贵之后，面对吴月娘，她显出自己的气度，而不是冷言冷语。春梅的大度，恰恰表现出她当时拥有的多，犯不着再去计较过往的枝节；如果马上落井下石，反而显得小家子气。

所以就冲着这一点，我个人就不能同意很多研究《金瓶梅》的学者说春梅满身奴性，而且是对于封建地主发自内心的奴性。《秋水堂论金瓶梅》作者田晓菲也将这种说法痛骂一顿，因此深获我心。人不是那么简单的，世间的人情义理不是那么简单的。春梅是一个立体的人，身为下贱，心比天高。她有她的傲气，自尊自贵；她也残忍，但又可以对人忠心，应对进退中体现出大气度。

西门庆为什么会那么宠她呢？不仅是宠她，简直是怕她。比如潘金莲回娘家了，西门庆和李瓶儿喝酒，春梅进来直接就责问西门庆还不叫人把潘金莲接回来。李瓶儿请春梅喝酒，春梅毫不给面子，说自己不爱喝的时候，就算主子潘金莲下令也不喝。西门庆讨好春梅，请她先喝自己一杯茶。春梅也不当回事，可有可无地呷了一口，就放下了。西门庆要吩咐人去接潘金莲，春梅说不用，她已经打发人在门口等了，也就是先斩后奏。

　　西门庆怕春梅，你可以说他就是犯贱，"人必自侮，而后人侮之"。以西门庆来讲，他本来是一个虐待妇女的领袖，可是偏偏家里就出现了这么一个奇人：就不怕他，就要处处顶撞他。这样一来，他反而怕她了。生活中，我看过好几个这种例子，有人对自己老婆很坏，对外面的女性朋友很好，朋友责问他，他还说："因为你很凶悍，所以我好欣赏你啊。"西门庆在女人堆里打转，几乎个个怕他（潘金莲虽然会跟他拌嘴，心里也是怕的），只有春梅这个丫鬟敢对他使脸色。所谓"奇货可居"，他反而对这个女孩刮目相看。

春梅的三场重头戏

　　后二十回中，春梅有三场重头戏，后来都成了讲唱文学中的独立单元。其一是"春梅姐不垂别泪"，讲唱文学里叫《遣春梅》；其二是"永福寺夫人逢故主"，讲唱文学里叫《永福寺》；其三是"春梅游旧家池馆"，讲唱文学里叫《旧家池馆》。为什么与春梅有关的这三段内容会成为小市民阶层喜欢听的桥段呢？除了市井小民欣赏春梅这种敢做敢当、敢说敢骂的个性之外，春梅由一个低贱的丫鬟摇身一变，成为人上之人，和从前的主子月娘平起平坐，也部分满足了他们的幻想。就像印度宝莱坞的电影，几乎都千篇一律，载歌载舞，极尽豪华，happy-ending（完美结局）；或者如当年琼瑶的"三厅电影"，最后王子和公主结婚，过着幸福快乐的日子。这些事情在现实生活中发生的概率极低，小市民花一点儿钱，买到两个小时的梦，虽然知道戏散梦醒，但这也是艺术的一种实质功能，给你一些安慰，然后你比较能心平气和一些，继续面对粗糙的人生。

　　西门庆死的时候三十三岁，宣和元年正月二十一，同年十月，春梅就被卖掉了。周守备很喜欢她，出了一锭银子，也就是五十两，但是中间人薛嫂已经同月娘讲好是十三两，有三十七两等于是被薛嫂拿去了。隔了不到一个月，潘

图41-陈经济感旧祭金莲

金莲也被卖掉了。表面上潘金莲的价钱更好，一百两，可她最后落得惨死，身首异处。接下来，是孟玉楼、孙雪娥……西门庆临终，还要大家守着，不要散，但一个家败落下来，速度之快根本无法预料。

春梅的儿子到底是谁的？应该是陈经济的可能性比较大。前面我们讲，陈经济随口说孝哥儿好像是自己的儿子，气得吴月娘整个昏死过去。但我不认为这是在暗示吴月娘和陈经济有首尾，而是作者有意埋了个对比。孝哥儿被奶妈抱着，一看到陈经济便大哭，可是春梅的儿子金哥，在相似的场景之下，看到陈经济就要他抱。这才是很明显的表示了。而且，春梅被卖的隔天，陈经济就去薛嫂家找她了，两人还来上一段"男性版送别"（侯文咏语）。次年八月，春梅的儿子出世，时间也对得上。作者还强调春梅的儿子长得很漂亮，也是带有暗示的，毕竟陈经济的样子也不差。

在看月娘和春梅在永福寺重逢这段之前，我们先看看第八十八回的绣像。第一幅是"陈经济感旧祭金莲"（如图41）。

陈经济上京城，好不容易凑了一百两银子，完全不管家里亲爹的灵柩，就赶回来要救潘金莲，到了清河县，才发现潘金莲已经路死路埋，大为伤感。潘金莲这一生都不甘人下，却难逃被人摆布，不想身死之后，终能够得到一个俊俏后生最后的一点儿情谊。话说回来，潘金莲比陈经济年长七八岁，在和这个小后生的关系里，她是引导者，在他身上找到了一种主动挑逗的乐趣。潘金莲要陈经济去筹钱，他谨听遵命，真的去筹这一百两，但问题是他太没有能力了，连月娘都摆不

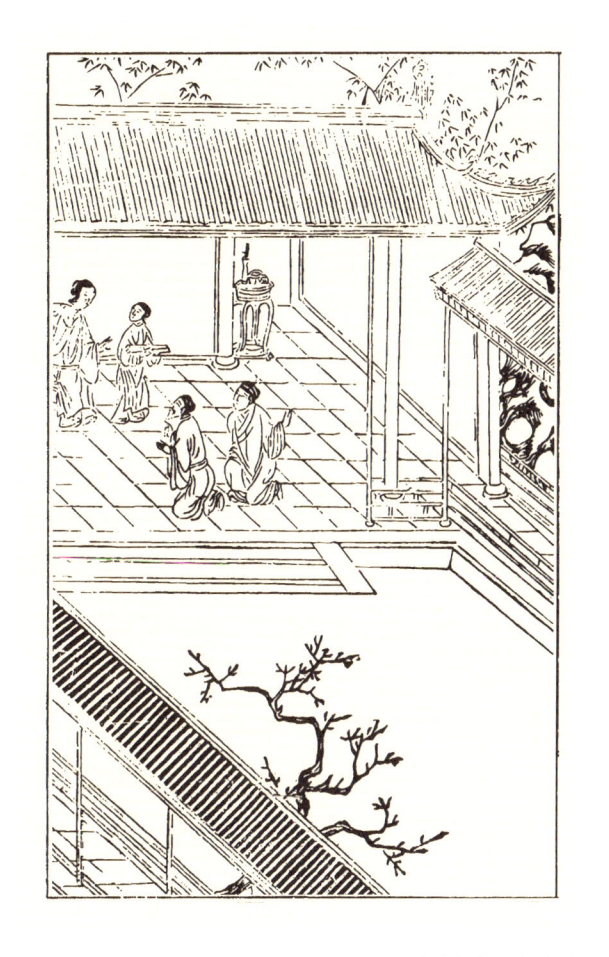

图42-庞大姐埋尸托张胜

平，哪有办法去抵抗王婆？他只能在一切无可挽回之后，趁着夜色，在离命案现场很远很远的桥边祭奠她。一座香炉，一对蜡烛，一壶酒，一些正在烧的纸钱，就是他能给予的全部了。陈经济回去后，潘金莲马上托梦向他诉苦，央求对方将自己下葬。陈经济害怕因此会落把柄在吴月娘手里，便建议鬼魂潘金莲去找春梅出面。第二幅是"庞大姐埋尸托张胜"（如图42），接着上一幅来的。春梅不时打听案件进展，想早日安葬潘金莲，但"凶犯还未拿住，尸首照旧埋瘗，地方看守，无人敢动"。后来潘金莲终于成功地给春梅托梦，春梅又使人打听，获知"所有杀死身尸，地方看守，日久不便，相应责令各人家属领埋"

（第八十八回），遂让人去领潘金莲，帮她入土。

风光的春梅、可怜的西门大姐

《金瓶梅》里有一句非常传神的话："时来谁不来，时不来谁来。"西门庆一死，西门府很快变得门可罗雀。以前没有电视，没有报纸，吴月娘等人完全闭塞了，外面的消息要从薛嫂口中才能知道。

这天，吴月娘和一些家人站在门口看热闹，从头到尾都是吴月娘和小玉在讲话。尤其是小玉，和主子有的没的乱扯，这也显示小玉的地位越发重要，吴月娘对她越来越宠爱。当后来小玉和玳安的事情被发现时，吴月娘非但没有怎么样，反而促成他们。

> 月娘众人正在门首说话，忽见薛嫂儿提着花箱儿，从街上过来。见月娘众人道了万福。月娘问："你往哪里去来？怎的影迹儿也不来我这里走走？"薛嫂儿道："不知我终日穷忙的是些甚么。这两日，大街上掌刑张二老爹家，与他儿子和北边徐公公家做亲，娶了他侄女儿，也是我和文嫂儿说的亲事。昨日三日，摆大酒席，忙的连守备府里咱家小大姐那里叫，我也没去，不知怎恼我哩。"月娘问道："你如今往哪里去？"薛嫂道："我有桩事，敬来和你老人家说来。"月娘道："你有话进来说。"一面让薛嫂儿到后边上房里坐下，吃了茶。薛嫂道："你老人家还不知道，你陈亲家从去年在东京得病没了，亲家母叫了姐夫去，搬取家小灵柩。从正月来家，已是念经发送，坟上安葬毕。我只说你老人家这边知道，怎不去烧张纸儿，探望探望。"月娘道："你不来说，俺这里怎得晓的，又无人打听。倒只知道潘家的吃他小叔儿杀了，和王婆子都埋在一处，却不知如今怎样了。"薛嫂儿道："自古生有地儿死有处。五娘他老人家，不因那些事出去了，却不好来。平

元 佚名《梅花仕女图》

日不守本分，干出丑事来，出去了，若在咱家里，他小叔儿怎得杀了他？还是冤有头，债有主。倒还亏了咱家小大姐春梅，越不过娘儿们情肠，差人买了口棺材，领了他尸首葬埋了。不然，只顾暴露着，又拿不着小叔子，谁去管他？"孙雪娥在旁说："春梅在守备府中多少时儿，就这等大了？手里拿出银子，替他买棺材埋葬，那守备也不嗔，当他甚么人？"薛嫂道："耶哟，你还不知，守备好不喜他，每日只在他房里歇卧，说一句依十句，一娶了他，见他生的好模样儿，乖觉伶俐，就与他西厢房三间房住，拨了个使女伏侍他。老爷一连在他房里歇了三夜，替他裁四季衣服，上头。三日吃酒，赏了我一两银子，一匹缎子。他大奶奶五十岁，双目不明，吃长斋，不管事。东厢孙二娘，生了小姐，虽故当家，挞着个孩子。如今大小库房钥匙倒都是他拿着，守备好不听他说话哩。且说银子，手里拿不出来？"几句说的月娘、雪娥都不言了。坐了一回，薛嫂起身。月娘分付："你明日来，我这里备一张祭桌，一匹尺头，一分冥纸，你来送大姐与他公公烧纸去。"薛嫂道："你老人家不去？"月娘道："你只说我心中不好，改日望亲家去罢。"那薛嫂约定："你教大姐收拾下等着我，饭罢时候。"月娘道："你如今到哪里去？守备府中不去也罢。"薛嫂道："不去，就惹他怪死了。他使小伴当叫了我好几遍了。"月娘道："他叫你做甚么？"薛嫂道："奶奶你不知。他如今有了四五个月身孕了，老爷好不喜欢，叫了我去，一定赏我。"提着花箱，作辞去了。雪娥便说："老淫妇说的没个行款儿！他卖与守备多少时，就有了半肚孩子，那守备身边少说也有几房头，莫不就兴起他来，这等大时道？"月娘道："他还有正经大奶奶，房里还有一个生小姐的娘子儿哩。"雪娥道："可又来！到底还是媒人嘴，一尺水十丈波的。"不因今日雪娥说话，正是：

从天降下钩和线，就地引起是非来。（第八十八回）

第十七章　春梅：《金瓶梅》的一抹亮色

热闹已经都是别人家的事了，都跟西门家没有关系了。这里提到了哪些新闻呢？掌刑张二老爹，就是娶了李娇儿的张二官，为儿子娶亲，亲家是北边的徐公公。这更显出张二官才是另一个西门庆，代替了西门庆的官位，也与权贵结了亲家。陈经济的父亲死了，陈经济奉母命将灵柩运回故乡，灵柩已经到达清河，并且发送了，吴月娘居然也不知道。而从吴月娘的言语里，我们知道薛嫂等三姑六婆也很少上门了，因为不像从前那样容易讨到好处。潘金莲被春梅安葬的事，吴月娘也不知道。《金瓶梅》的作者真是最了不起的作者，不着痕迹地告诉读者西门家已经走到哪一个阶段了。吴月娘往日与春梅有嫌隙，根本不会主动打听春梅的近况，通过薛嫂，才得知春梅已经可以使唤人去埋潘金莲了。

薛嫂又向吴月娘等人绘声绘色地描述了春梅在周守备府里的好日子，"几句说的月娘、雪娥都不言了"。等薛嫂一走，两人便都憋不住嫉妒，不愿面对春梅已是人上人的事实。

吴月娘为什么不见她的亲家？一是她还在为春梅的发达气闷；二是因为她对陈经济是真痛恨，所以只叫人把大姐送过去；三是她心里有鬼，当初陈经济来投奔，说好是寄存财物，她却全给吞了，现在没脸见陈家的人。

通过后面的永福寺重逢一节，我们能够知道此时孟玉楼也在场，但她什么也没说。孟玉楼比较聪明，而且比较有人情味，她和吴月娘、孙雪娥的观点不一样，她是相信薛嫂所言的。对于吴、孙二人以自欺欺人的方式自我安慰，孟玉楼不以为然，这两个人蠢在一起，她懒得去理她们就是了。

西门大姐活在西门家也是蛮可怜的。各位回想一下，整个故事里，西门庆有没有和西门大姐讲过一句话？没有。他会叫陈经济过来吃饭，可是这个女儿似乎与他没有任何瓜葛。直到他要死了，也没有对女儿交代几句。当陈经济来向吴月娘索要先前存放的财物时，吴月娘做的第一件事，便是对西门大姐讲："孩儿你是眼见的，丈人丈母哪些儿亏得他来，你活是他家人，死是他家鬼，我家里也难以留你。"硬把她赶回陈经济身边。

西门大姐和陈经济感情原就不睦。陈经济喜欢活泼艳丽的、会调情的，而西门大姐从小到大，可能也没人理她，就养成了孤僻的性子，又蠢蠢笨笨的，两人完全不对盘。没被赶出家门的时候，西门大姐还动不动就骂陈经济"吃我们家的饭"之类，让对方很没面子。这回她完全落到陈经济手里，朝打暮骂是免不了的。西门大姐被打怕了，跑回西门府，又硬被送了回去。

西门大姐走投无路，上吊自杀，吴月娘带着大批人马来教训陈经济。多像张爱玲《五四遗事》的故事啊！旧时候，嫁出去的女儿被夫家虐待，娘家人要么无计可施，要么无动于衷，等这女儿上吊死了，才出面讨伐，主要图的是什么？钱。女儿不死，娘家人还没有办法出面；死了，娘家人就可以讹诈一笔钱。陈经济也好，吴月娘也好，都在等着西门大姐上吊的那一天。

西门庆死后第一次上坟，吴月娘没有让西门大姐出席，这于情于理都说不过去。毕竟坟里不光埋着西门庆，还有西门庆的第一位妻子、西门大姐的生母陈氏。但西门大姐不敢提出异议，只能留下和孙雪娥以及丫鬟一起看家。吴月娘带着孟玉楼、小玉和如意儿，抱着孝哥儿出发了（如图43）。

永福寺相见，不计前嫌

以前常常有应酬，但打从西门庆死后，这群女人有好些日子没出门了。上坟归来，路经永福寺，吴月娘提议顺便去逛逛。

> 这长老见吴大舅、吴月娘，向前合掌道了问讯，连忙唤小和尚开了佛殿，请施主菩萨随喜游玩，小僧看茶。那小沙弥开了殿门，领月娘一簇男女，前后两廊参拜。观看了一回，然后到长老方丈处。长老连忙点上茶来，雪锭般盏儿，甜水好茶。吴大舅请问长老道号。那和尚笑嘻嘻说："小僧法名道坚，这寺是恩主帅府周爷香火院。小僧忝在本寺长老，廊下管百十僧众。后边禅堂中，还有许多云游僧行，客串座禅，与四方檀越答报功德。"一面方丈中摆斋，让月娘："众菩萨

请坐，小僧一茶而已。"月娘道："不当打搅长老宝刹。"一面拿出五钱银子，交大舅递与长老："佛前请香烧。"那和尚笑吟吟打问讯谢了，说道："小僧无甚管待，施主菩萨，少坐略备一茶而已，何劳费心赐与布施？"不一时，小和尚放了桌儿，拿上素菜斋食饼馓上来，那和尚在旁陪坐。举箸儿才待让月娘众人吃时，忽见两个青衣汉子走的气喘吁吁，暴雷也一般报与长老说道："长老还不快出来迎接，府中小奶奶来祭祀来了。"慌的长老披袈裟、戴僧帽不迭。分付小沙弥连忙收了家活："请列位菩萨且在小房避避，打发小夫人烧了纸，祭毕去了，再款坐一坐不迟。"吴大舅告辞，和尚死活留住，又不肯放。

那和尚慌的鸣起钟鼓来，出山门迎接，远远在马道口上等候。只见一簇青衣人，围着一乘大轿，从东云飞般来。轿夫走的个个汗流满面，衣衫皆湿。那长老躬身合掌说道："小僧不知小奶奶前来，理合远接，接待迟了，勿见罪。"这春梅在帘内答道："起动长老！"那手下伴当，又早向寺后金莲坟上，抬将祭桌来，摆设已齐，纸钱列下。春梅轿子来到，也不到寺，径入寺白杨树下金莲坟前，下了轿子，两边青衣人伺候。这春梅不慌不忙，来到坟前插了香，拜了四拜，说道："我的娘，今日庞大姐特来与你烧陌纸钱。你好处生天，苦处用钱。早知你死在仇人之手，奴随问怎的，也娶来府中，和奴做一处。还是奴耽误了你，悔已是迟了。"说毕，令左右把纸钱烧了。这春梅向前放声大哭，有《哭山坡羊》为证：

烧罢纸，把凤头鞋跌绽。叫了声娘，把我肝肠儿叫断！自因你逞风流，人多恼你，疾发你出去，被仇人才把你命儿坑陷！奴在深宅怎得个自然？又无亲，谁把你挂牵？实指望你同床儿共枕，怎知道你命短无常，死的好可怜！叫了声不睁眼的青天，常言道：好物难全，红罗尺短！（第八十九回）

这一段画面很多，有声有色。吴大舅、吴月娘还算是有钱人，长老招待他们用茶，备了斋饭，但都是普通吃食，和尚在旁陪坐。后脚春梅来了。家中仆人先到，催促长老出来迎接。长老连忙吩咐小和尚把桌上的东西全收了——置吴月娘等人于何地？但又不能就这样将人赶走，便让他们到小房避避，等接待完春梅，再续这一摊。

春梅根本不理会长老的邀请，直接就到了潘金莲坟前。她"不慌不忙"，与方才家仆的"气喘吁吁"形成鲜明对比，完全是一位夫人的派头。躲在小屋子里的吴月娘等人，此时还不知来人是谁，就先感受到了对方的声势。吴月娘从小和尚口中得知，守备府的小奶奶正在哭自己新近下葬的姐姐。此时，孟玉楼已经猜到来者何人，但月娘仍没搞清楚，或者说还是不肯相信。待得知小奶奶姓庞，孟玉楼心中完全有数。

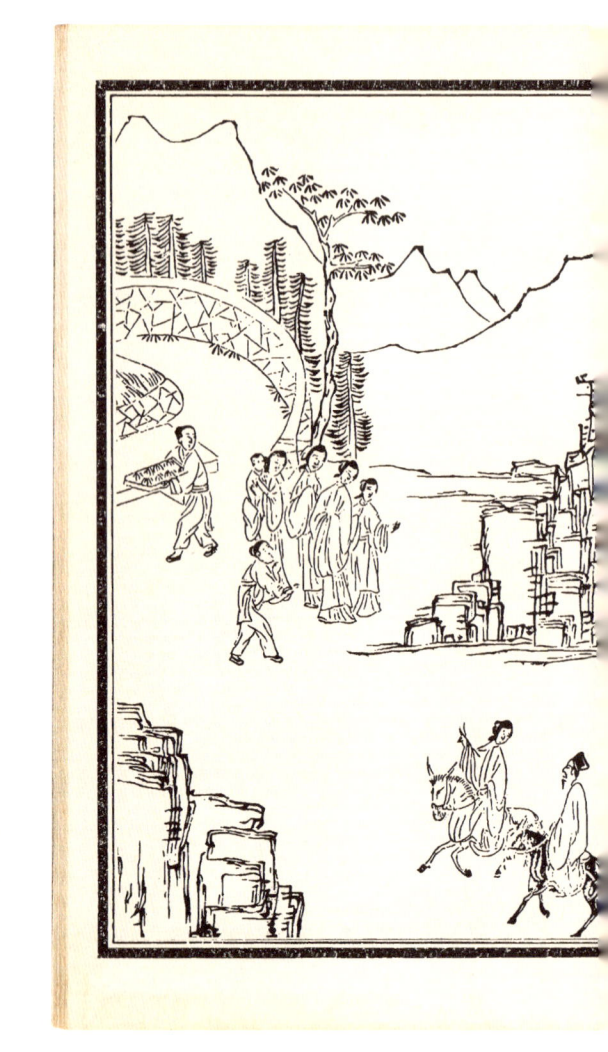

图43-清明节寡妇上新坟

长老吩咐小和尚给春梅"快看好茶"——要快，还要好，不一样就在这里了。这时，吴月娘才透过僧房的帘子，望见来人是春梅。春梅的穿戴和从前全然不同，长老给她"独独安放一张公座椅儿"，拜见之后，就在一旁陪着，不敢坐下来一起吃喝。不仅如此，"长老只顾在旁，一递一句与春梅说话，把吴月娘众人拦阻在内，又不好出来的"，这其实挺伤人的。小和尚来通报，长老不愿放他们走，遂禀告春梅寺中尚有其他施主。吴月娘拖着不肯出来，最后推

第十七章 ● 春梅：《金瓶梅》的一抹亮色

阻不过，双方终于见了面（如图44）。

四五个月之前，春梅才被吴月娘狠心卖掉。此时，她是如何对待吴月娘的呢？

> 吴月娘与孟玉楼、吴大妗子推阻不过，只得出来，春梅一见，便道："原来是二位娘与大妗子。"于是先让大妗子转上，花枝招飐磕下头去。慌的大妗子还礼不迭，说道："姐姐今非昔日比，折杀老身！"春梅道："好大妗子，如何说这话？奴不是那样人，尊卑上下，自然之理。"拜了大妗子，然后向月娘、孟玉楼，插烛也似磕下头去。（第八十九回）

图44 永福寺夫人拜故主

这里又可以看到春梅的人情义理了。她用丫鬟对主子的礼节面对吴月娘等人。有人说她是奴性不改，我倒不这么看，在春梅的认知里，对待旧人应该是这样的。

吴月娘却暴露了人性的荒谬与悲哀。在她简单的逻辑里，春梅如今发达了，那她就以对待夫人的方式相待。她以"奴"自称，叫春梅"姐姐"，并立刻进行自我检讨，春梅也给她面子："好奶奶，奴哪里出身，岂敢说怪？"月娘又叫孝哥儿和小玉过来给春梅行礼，春梅拔下一对金头银簪，插在孝哥儿的

337

帽子上。孝哥儿听话,"真个与春梅道了唱个喏,把月娘喜欢的要不得",她是为春梅变成"小奶奶"且不计前嫌而喜欢,丝毫不想以前是如何对待这个人的。

此时,吴月娘还没有想到春梅祭拜的"娘"是谁,或者是不愿相信。但无论她愿不愿意,这个人正是她最痛恨的潘金莲。还是孟玉楼说破的:"说的潘六姐死了,多亏姐姐,如今把他埋在这里。"如同之前很多次心中不悦时的表现,吴月娘"就不言语了"。吴大妗子赶紧打圆场:"谁似姐姐这等有恩!不肯忘旧,还葬埋了他。你逢节令题念他,来替他烧钱化纸。"接着,孟玉楼想去拜祭潘金莲,可吴月娘完全不动。我们透过孟玉楼的视角,看看潘金莲的坟是什么样子。

潘金莲的坟在白杨树下,"三尺坟堆,一堆黄土,数柳青蒿",无限凄凉。她在意了一生,争强好胜了一辈子,最后就是这样而已。色即是空,一切都没有了。

春梅嫌长老这一桌素斋不够看,把她自己带的也摆上来,摆了两桌子。真是主客异位了,以前属于西门庆他们家的排场,现在统统变成春梅的了。

> 正饮酒中间,忽见两个青衣伴当,走来跪下,禀道:"老爷在新庄,差小的来请小奶奶,看杂耍调百戏的。大奶奶、二奶奶都去了。请奶奶快去哩。"这春梅不慌不忙,说:"你回去,知道了。"那二人应诺下来,又不敢去,在下边等候。(第八十九回)

如今春梅不仅有钱,而且有势。位阶越高,讲话要越少。这里没有写一句春梅的气势,可是每一笔都在写她今非昔比了。春梅还说:"奴也没亲没故,到明日娘好的日子,奴往家里走走去。"可以想象,吴月娘一定高兴得没入脚处,简直是受宠若惊了。春梅又说吴大妗子骑驴来不像样,就拨了一匹马给她,让她骑马回去。春梅与月娘拜别,"看着月娘、玉楼众人上了轿子,他也坐轿子"。她礼数还是很周全,没有自己先上轿子。接下来,"两下分路,一簇

明 佚名《画乐学清晖册》

人跟随,喝着道往新庄上去了"。可以说,所有富贵荣华也跟着春梅去了,属于西门庆家的荣华富贵都没有了。

故地重游,物是人非

第九十六回写"春梅游旧家池馆"。转眼间,西门庆已去世三年了,这天同时也是孝哥儿生日,春梅送了礼。吴月娘收了礼物,使玳安回帖:

> 重承厚礼,感感。即刻舍具菲酌,奉酬
> 腆仪。仰希
> 高轩俯临,不外。幸甚。
> 下书"西门吴氏端肃拜请大德周老夫人妆次"。

春梅中午才到西门府——这就是摆谱,她何必早来呢?春梅现在已经是周守备正室,排场不得了。但到了厅上,她还是"向月娘插烛也似拜下去"。我认为这是春梅了不起的地方,她已经有权有势,可是对于旧人,她仍然用旧的规矩,这是她的人情义理。吴月娘就没有这些斟酌,又是姐姐长姐姐短了。

当初春梅要走的时候,小玉给了她一对簪子,现在春梅就回送了小玉一对金头簪子;曾和她为抢夺棒槌大打出手的如意儿,也得了两支银花。吴月娘告知如意儿现在是来兴媳妇,春梅回说:"她一心要在咱家,倒也好。"为了填李瓶儿的窝,如意儿也曾用尽心机,既然你那么喜欢待在西门家,好啊,你现在可以待了。

从前李瓶儿和潘金莲是住在前院的,所以春梅要到前边已经荒废的花园看看。她先到李瓶儿那里,发现都空着,草也乱长;再到潘金莲这边,楼上还是堆着生药香料——西门庆家里只剩下一个生药铺了。房间里只有两座橱柜,床已经不见了。对旧时候的女子来讲,嫁妆里的这张床,几乎就象征着婚姻的幸福与不幸。潘金莲刚入西门府的时候，西门庆用十六两银子给她买了一张黑漆欢门描金床，等于春梅的身价了。后来，因为李瓶儿有一张螺钿敞厅床，潘金莲就央求西门庆给她买一张"螺钿有栏杆的床"，花了六十两。

孟玉楼嫁过来时，自己带了两张床。其中一张拔步床，给西门大姐做了陪嫁。西门大姐上吊自杀后，吴月娘带人打上门，又把床抬了回来。但这张床不值钱，只卖了八两银子。等孟玉楼再嫁时，便把潘金莲的床陪给她了。李瓶儿那张价值六十多两银子的螺钿床，则卖了三十五两，春梅说可惜了，还不如自己花三四十两买下。月娘只是说："好姐姐，诸般都有，人没早知道的！"随后"一面叹息了半日"。

吴月娘的叹息里有真有假。今天看到春梅回来这等气势，想到自己，她总是有感慨的。但你真的相信月娘已经穷得要把这些床都卖了吗？不是的，钱还是有的，只是这些都与她讨厌的人事物有密切关联，所以恨不得早点儿处理掉。但她又不能明说，只能用叹息掩饰心思。这又是人间的真相，在一些文人小说里反而看不到。

孟玉楼的床，李瓶儿的床，潘金莲的床，当初一张一张抬进西门府。可是西门庆死了才三年，她们不仅人已经不在这里，床也陆续被抬走了。这些女人曾经有过的绮丽风光，也随着床的消失，没有了。

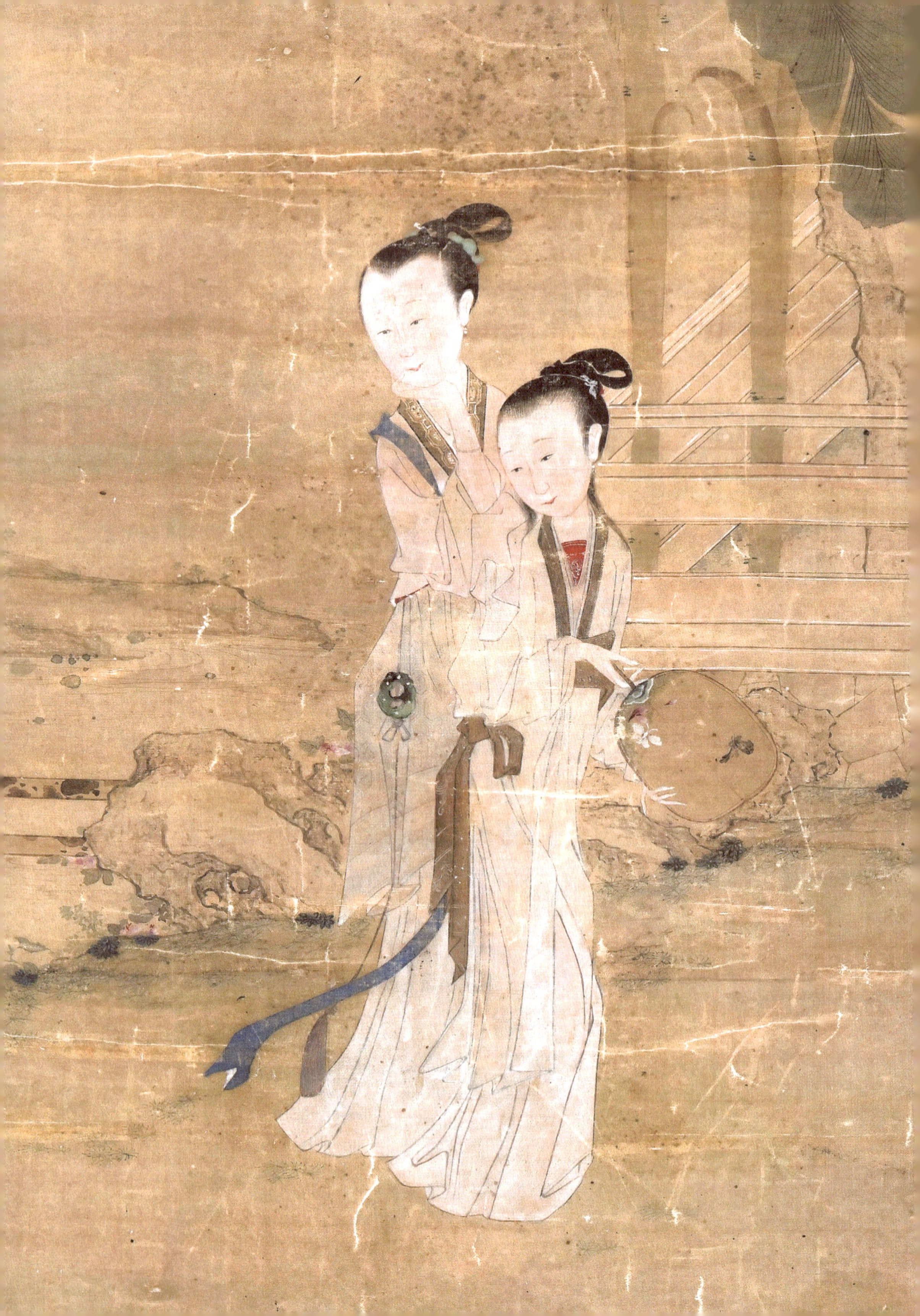

第十八章 两个女人迥然不同的命运

曾经，我有一个很要好的朋友正在看陀思妥耶夫斯基的《卡拉马佐夫兄弟》。我也曾很努力地把它看完——各位知道努力的意思。可是，那位好友有一天对我说，当他看到尾声的时候，忽然有一种怅然愁绪，觉得好像就要跟最好的朋友分开了。他当时讲这种话，老实说我是不明白的，可是最近我也有类似的感觉了。和大家一起读这么久的《金瓶梅》，好像也和故事里的人混熟了，一天到晚待在西门庆家，他们吃什么、穿什么也都知道。现在要合起这本书来，就好像要跟好朋友告别一样。

很奇怪，我看了《金瓶梅》之后，非得赶快把张爱玲"叫回来"不可。某一阵子你会特别想看某一本书，某一阵子你觉得无以为继，讲不出道理。

孙雪娥的悲惨结局：小心眼作祟

今天，我们要来谈两个人。一个是孟玉楼，她是这个故事里难得喜剧收场的，从此过着幸福快乐的日子的。高鹗续写的《红楼梦》后四十回，至少让谁可以过得好一点儿？探春。探春虽然远嫁，可是最后她又回来了，而且出落得比从前更好。这样的写法对读者来说是一种安慰，人生本来就不是惨到全部败亡，总会有一些人在某种机遇下，还是可以活得下去的。王六儿也重新过上了幸福快乐的日子，和她的新丈夫，还有一个过继的孩子。照理讲，如果盘点《金瓶梅》里的坏女人，王六儿应该榜上有名，可是作者也让她善终。除了和早先就有一段感情的韩二捣鬼在一起,还有一个火山孝子何大官人平白送他们田产和一个女儿,七拼八凑,也成了一家三口,过上了殷实的日子。这种日子曾是书中好多女人梦寐以求的,比如潘金莲就一直强调,如果有一个她看得上的丈夫,跟她过一辈子,她是愿意好好待着的。但是,人生到底要从何说起呢?

然后我们再说说孙雪娥和来旺儿。孙雪娥和吴月娘是一边的,都属于那种脑筋不太灵光又小心眼的人。孟玉楼遇见李衙内的当天,来旺儿与孙雪娥重逢,两份缘分同时开启,结局却完全不同。

来旺儿归来,我更感兴趣的是吴月娘的反应。

> 那来旺儿趴在地下,与月娘、玉楼磕了两个头。月娘道:"几时不见你,就不来这里走走?"来旺儿悉将前事说了一遍:"要来,不好来的。"月娘道:"旧儿女人家,怕怎的?你爹又没了。当初只因潘家那淫妇,一头放火,一头放水,架的舌,把个好媳妇儿,生逼临的吊死了。将有作没,把你垫发了去。今日天也不容他,往那去了。"来旺儿道:"也说不的,只是娘心里明白就是了。"说了回话,月娘问他:"卖的是甚样的生活?"拿出来瞧,拣了他几件首饰,该还他三两二钱银子,都用等子称与他。叫他进入仪门里面,分付小玉取一壶酒来,又是一盘点心,教他吃。(第九十回)

吴月娘似乎对来旺儿和宋惠莲没有不好的印象,言语间像是有老交情的自己人,将宋惠莲死亡的责任,全推给了潘金莲。她似乎忘了来旺儿和孙雪娥是有旧的,而且来旺儿也曾经说要杀掉西门庆,这个人对西门家来说是有危险的。可能因为家里的旧人已经走得差不多了,吴月娘又想要有自己的人马,在来旺儿和玳安之间,她是倾向于来旺儿的。她本来就很讨厌玳安,因为玳安太精明能干了,如果来旺儿过来,或许可以让他制衡玳安。

但故事并没有这样发展。很快，孙雪娥偷了东西，要和来旺儿私奔，被一起抓获（如图45）。孟玉楼都可以风光再婚，如果孙雪娥明着来，然后继续留在西门府里，会不会好一些呢？但有些人就是糊涂一辈子，孙雪娥连这一点儿智慧也没有，只想赶快离开，终于落到春梅手中，又被卖入娼家。

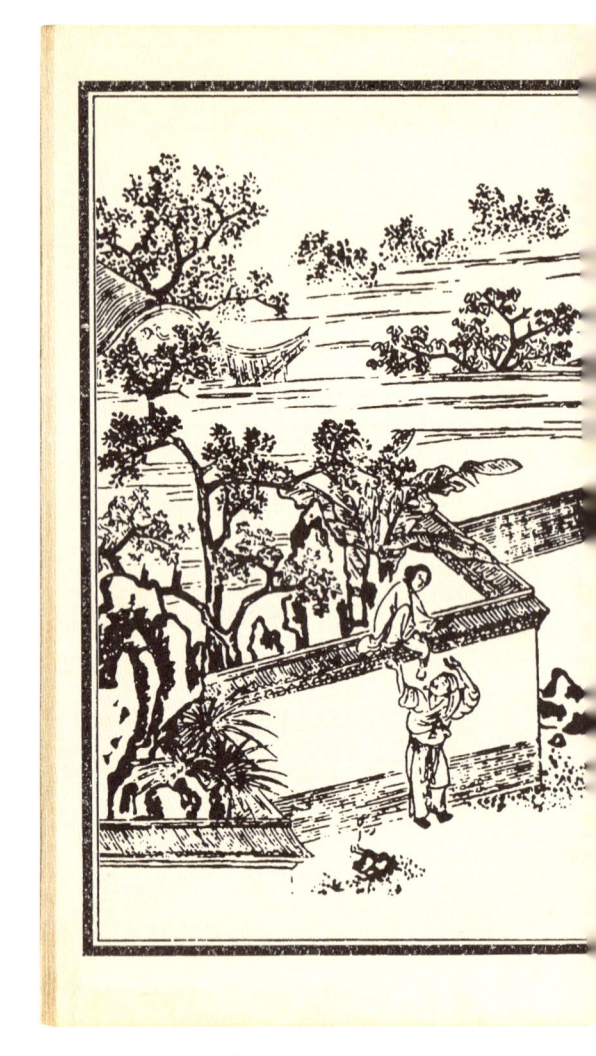

> 那雪娥见是春梅，不免低身进见，入来望上倒身下拜，磕了四个头。这春梅把眼瞪一瞪，唤将当直的家人媳妇上来："与我把这贱人，撮去了鬏髻，剥了上盖衣裳，打入厨下，与我烧火做饭。"（如图46）这雪娥听了，口中只叫苦。自古世间打墙板儿翻上下，扫米却做管仓人！既在他檐下，怎敢不低头？孙雪娥到此地步，只得摘了髻儿，换了艳服，满脸悲恸，往厨下去了。（第九十回）

图45 来旺偷拐孙雪娥

再铁石心肠的读者，再对孙雪娥无所谓的读者，看了这几句话，心里面还是会同情她吧？接下来她会过什么日子，猜也猜到了。

孟玉楼的美与自主意识

崇祯本第七回中这样形容孟玉楼的样子："行过处花香细生，坐下时淹然百媚。"张爱玲就很喜欢这两句话。孟玉楼的美，其实西门庆并不懂得欣赏。西门庆喜欢皮肤白白、身材肉肉又娇小玲珑的女人。孟玉楼偏偏是长挑身材，脸上还有细细几点麻（雀斑）。可是，每个女人的美是不一样的，孟玉楼的"风流俏丽"一直要到三十七岁被李衙内看到，才惊为天人。风流俏丽，好像也一向不在西门庆的审美观里。

孟玉楼嫁给西门庆时三十岁，比西门庆还大两岁。而嫁给李衙内时，已经三十七岁了，笑笑生"公然写他笔下的美人是三十七岁"，"说明作者是一个真正懂得女人与女人好处的人"（田晓菲语）。各位回想一下，中国古典文学里，女人通常是什么时候最美？二八俏佳人。三十岁就是半老徐娘了，风韵犹存并不是什么好话。到了五十岁，就是老妪了。中国文化一方面支撑着倚老卖老的社会，但另一方面，男人总是喜欢年轻的女性。

《金瓶梅》的作者真是一个有阅历的人，不是坐在家里编偶像剧那种，知道女人过了三十才是最美的。这个美包括心智上的成熟，对于人生有一定的方向和准则，而不是乱七八糟胡来。

西门庆当初娶孟玉楼确实是看上她的钱，一辈子都不懂得孟玉楼好在哪里，总是好久才去敷衍一下。可是李衙内不一样，他看孟玉楼，第一眼就看上了她的好，这样才足以让感情维持下去。李衙内的父亲后来要赶孟玉楼走，李衙内被打得很惨，他却宁愿死，也不愿意放弃这个女人。反过来说孟玉楼不管对西门庆，还是李衙内，都是看上了人。我个人认为，《金瓶梅》故事中，孟玉楼的结局最好，因为她两次结婚都是出于自主意识，都是因为"我想要"。她算是最自由，最幸福的。

她的自主意识，一部分来自她的年龄，一部分来自她的个性，一部分来自老娘有钱——这也反映了明朝晚期的社会风气。"三言二拍"里，女人如果手中有钱的话，事实上是有相当的社会地位的。18、19世纪欧洲印象派时期，所谓的"沙龙"也是由贵妇一手建立的，因为她们有钱，有相当的社会地位。孟玉楼有钱、有智慧，终于为自己争取到了比较好的婚姻，或者说比较好的未来。

清自清，浑自浑

孟玉楼的两次婚事，作者都写得很详细。第一次是在第七回，第二次是在第九十一回，一进一出，一娶一嫁，作者写出了不同的文学趣味。孟玉楼当初带来的，吴月娘大多让她带走了，只留下一对银回回壶给孝哥儿做纪念。

吴月娘能够答应这门婚事，和对方是谁很有关系。李衙内出身官家，请的也是官媒，她自然乐得做顺水人情。孟玉楼其实早就有离开西门家的念头，因为她看到了春梅、潘金莲的经历，知道千里搭长棚没有不散的筵席，她不愿意在这里待下去了，李衙内出现得适逢其时。

（孟玉楼）又见月娘自有了孝哥儿，心肠儿都改变，不似往时，"我不如往前进一步，寻上个叶落归根之处，还只顾傻傻的守些甚么？到没的耽阁了奴的青春，辜负了奴的年少。"正在思慕之间，不想月娘进来说此话，正是清明郊外看见的那个人，心中又是欢喜，又

是羞愧,口里虽说:"大娘,休听人胡说,奴并没此话。"不觉把脸来飞红了。(第九十一回)

吴月娘探知了孟玉楼愿意,就让官媒陶妈妈到玉楼房间。

等够多时,玉楼梳洗打扮出来。那陶妈妈道了万福,说道:"就是此位奶奶,果然语不虚传!人材出众,盖世无双!堪可与俺衙内老爹,做得个正头娘子。你看,从头看到底,风流实无比;从头看到脚,风流往下跑。"玉楼笑道:"妈妈休得乱说!且说你衙内今年多大年纪?原娶过妻小来没有?房中有人也无?姓甚名谁?乡贯何处?地里何方?有官身无官身?从实说来,休要捣谎。"陶妈妈道:"天么,天么!小媳妇是本县官媒人,不比外边媒人快说谎。我有一句说一句,并无虚假。俺知县老爹年五十多岁,止生了衙内一人,今年属马的,三十一岁,正月二十三日辰时建生。见做国子监上舍,不久就是举人进士;有满腹文章,弓马熟闲,诸子百家无不通晓。没有大娘子二年光景,房内只有一个从嫁使女答应,又不出材儿。要寻个娘子当家,一地里又寻不着门当户对的。敬来宅上说此亲事,若成,免小媳妇县中打卯,还重赏五两在外。若是咱宅上肯做这门亲事,老爹说来,门面差徭,坟茔地土钱粮,一例尽行蠲免;有人欺负,指名说来,拿到县里任意拶打。"玉楼道:"你衙内有儿女没有?原籍哪里人氏?诚恐一时任满,千山万水带去,奴亲都在此处,莫不也要同他去?"陶妈妈道:"俺衙内老爹身边男花女花没有,好不单径。原籍是咱北京真定府枣强县人氏,过了黄河,不上六七百里。他家中田连阡陌,骡马成群,人丁无数。走马牌楼,都是抚按明文,圣旨在上,好不赫耀惊人。如今娶娘子到家,做了正房,无正房入门为正。过后他得了官,娘子便是五花官诰,坐七香车,为命妇夫人,有何不好?"(第九十一回)

孟玉楼沉得住气，拿得住身段。如果人家一流露出意思，自己就赶快跳出来，那便自贬身价了。而且，对方派了官媒来，她一定要盛装打扮，要让对方一见就惊为天人。"等够多时"四字，可见孟玉楼的城府。

她的用心也没有白费，立刻获得了陶妈妈的赞美。她没有理会对方称自己可做"正头娘子"的断语，而是先关心起李衙内的个人情况。她问的都是重要的事，而且态度很严肃：你先别管我怎样，先把委托人的情况照实讲清楚！

李衙内先前也是个花花公子，但陶妈妈专拣好的说，听着像是个正人君子。当时的婚姻风气还蛮自由的，官家公子看上丧偶女子，也可以说动老爹请官媒前去说合。李衙内的父亲李通判也放话出来，要是这门亲事成了，"门面差徭，坟茔地土钱粮，一例尽行蠲免。有人欺负，指名说来，拿到县里任意拶打"。这一方面是利用公家的权力来行私惠，一方面是在威胁月娘：孟玉楼嫁过来，西门府多一门为官的亲戚；事情不成，那些刑罚会轮到谁，你也清楚。

吴月娘当然不会阻拦这门亲事，而且乐观其成。可是孟玉楼仍旧不动声色，因为陶妈妈还没有回答完她的问题。她怕今后势单力薄，所以特别关心李衙内有无儿女、原籍何处。陶妈妈一一道来，还特别强调孟玉楼此去不仅能做正房，日后李衙内一旦得官，她就是诰命夫人。

这孟玉楼被陶妈妈一席话，说得千肯万肯，一面唤兰春放桌儿看茶食点心，与保山吃。因说："保山，你休怪我叮咛盘问，你这媒人们说谎的极多，初时说的天花乱坠，地涌金莲，及到其间，并无一物，奴也吃人哄怕了。"陶妈妈道："好奶奶，只要一个比一个，清自清，浑自浑。歹的带累了好的。小媳妇并不捣谎，只依本分说媒，成就人家好事。奶奶肯了，讨个婚帖儿与我，好回小老爹话去。"玉楼取了一条大红缎子，使玳安教铺子里傅伙计写了生时八字。吴月娘便说："你当初原是薛嫂儿说的媒，如今还使小厮叫将薛嫂儿来，两个同拿了帖儿去说此亲事，才是理。"不多时，使玳安儿叫薛嫂儿，见陶妈妈道了万福。当行见当行，拿着帖儿出离西门庆家门，往县中回衙内话去。一个是这里冰人，一个是那头保山。两张口四十八个牙，这一去，管取说得月里嫦娥寻配偶，巫山神女嫁襄王。（第九十一回）

哪句话是重点？就是这句"奴也吃人哄怕了"。张竹坡注意到了，文龙也说孟玉楼讲这句话是拼了全身的力气。这句话的背后，是孟玉楼对她和西门庆婚事的不满。虽然当时人也是自己选的，但她到底是受骗了，进门做第三房不说，西门庆对她也并不热乎。不过，孟玉楼深知隐忍之道，表面上不争不抢，也不勾三搭四，遇有挑拨离间的机会，捅的也尽是软刀子。西门庆的死，对孟玉楼来讲是一个转机。从进门到现在，她等了六七年，才将这句心里话说出来。

田晓菲《秋水堂论金瓶梅》说这一段写得"层次分明"。陶妈妈进来后，孟玉楼先让她等半天，然后是连珠炮一般的问题，不满意就继续追问，一层一层问到满意之后，才给她茶和点心。陶妈妈心里清楚，这门婚事成了，于是颇为自得地讲了一句："清自清，浑自浑。"谁是清的？官媒陶妈妈；谁是浑的？私媒薛嫂。对于孟玉楼的这门婚事比前一次好，她很有自信。但孟玉楼毕竟因为薛嫂才进了西门府，此次出府，还要有薛嫂出面。

孟玉楼再嫁李衙内

孟玉楼比李衙内大了六岁，陶妈妈和薛嫂合计将孟玉楼的年龄改小一些。问过算命先生后，将三十七改为三十四。"妻大两，黄金长；妻大三，黄金山。"谁清谁浑？沆瀣一气而已。

作者对于孟玉楼的婚事不厌其详，也给后二十回增添了一些轻松愉快。李家四月初八下聘，孟玉楼四月十五过门。西门庆断气后不过一年零三个月，春梅、潘金莲、孙雪娥、孟玉楼，全走了。

孟玉楼带来的拔步床之前给了西门大姐，吴月娘便让她把潘金莲那张价值六十两银子的螺钿床带走。孟玉楼想留下一个丫头，吴月娘不要，也让她全带走。

　　玉楼戴着金梁冠儿，插着满头珠翠、胡珠环子，身穿大红通袖袍儿，系金镶玛瑙带、玎珰七事；下着柳黄百花裙，先辞拜西门庆灵位，然后拜月娘，月娘说道："孟三姐，你好狠也！你去了，撇的奴孤另另独自一个，和谁做伴儿？"（第九十一回）

　　二人拉着手哭了一通。吴月娘一方面舍不得孟玉楼，毕竟她们相处得不错；一方面慑于对方嫁的是官家，所以她不敢克扣对方一点儿东西；往更坏想，她的眼泪里面还有嫉妒羡慕，人家孟玉楼越嫁越好。吴月娘常常得意于自己的女儿身，只嫁一次，丈夫死了，就守着所谓的妇德。可是现今是什么世道？她固守的这些东西，能帮助她的生活吗？

　　然后家中大小，都送出大门。媒人替他戴上红罗销金盖袱，抱着金宝瓶。月娘守寡，出不的门，请大姨送亲。穿大红妆花袍儿、翠蓝裙，满头珠翠，坐大轿，送到知县衙里来。满街上人看见说："此是西门大官人第三娘子，嫁了知县相公儿子衙内，今日吉日良时，娶过门。"也有说好的，也有说歹的。说好者道："当初西门大官人，怎的为人做人，今日死了，止是他大娘子守寡正大，有儿子，房中搅不过这许多人来，都教各人前进来，甚有张主。"有那说歹的，街谈巷议，指戳说道："此是西门庆家第三个小老婆，如今嫁人了，当初这厮在日，专一违天害理，贪财好色，奸骗人家妻子。今日死了，老婆带的东西，嫁人的嫁人，拐带的拐带，养汉的养汉，做贼的做贼，都野鸡毛儿零撏了！常言：'三十年远报。'而今眼下就报！"旁人都如此发这等畅快言语。（第九十一回）

第十八章　两个女人迥然不同的命运

"指戳"这两个字用得真好,整个画面都活了起来。如果将这个场景拍成电影,会是一个很好的特写。嫁人的嫁人——孟玉楼,拐带的拐带——李娇儿,养汉的养汉——潘金莲,做贼的做贼——孙雪娥,西门家完全是清河镇的八卦焦点。不过,八卦归八卦,对李家来说,这是一门正式而盛大的亲事。孟玉楼过门后,"衙内这边下回书,话众亲戚女眷做三日,扎彩山、吃筵席,都是三院乐人妓女,动鼓乐扮演戏文"。

吴月娘那日亦满头珠翠,身穿大红通袖袍儿,百花裙,系蒙金带,坐大轿,来衙中做三日赴席,在后厅吃酒。知县奶奶出来陪待。月娘回家,因见席上花攒锦簇,归到家中,进入后边院落,见静悄悄,无个人接应。想起当初有西门庆在日,姊妹们那样热闹,往人家赴席来家,都来相见说话,一条板凳姊妹们都坐不了,如今并无一个儿了。一面扑着西门庆灵床儿,不觉一阵伤心,放声大哭。哭了一回,被丫鬟小玉劝止,住了眼泪。正是:

平生心事无人识,只有穿窗皓月知(第九十一回)

这一段把吴月娘凄凉的心情全写出来了。想当初,西门庆每娶一个女人进门,都让她伤心一次。看着西门庆和李瓶儿、潘金莲等人你侬我侬,她又生了多少闷气。当那些眼中钉要么死掉,要么远离,只剩下她一个人,她却生出一种孤独感。这恐怕是连吴月娘自己也想不到的,但这是最贴近人性的真实感情。

家里冷冷清清,她只能对着西门庆的牌位哭,然后被小玉劝住。小玉的画面越来越多,说明她在吴月娘心上的分量越来越重,已经渐渐成为吴月娘的知己。当然小玉本也是聪明能干的人。

孟玉楼嫁过去之后,从此就无忧无虑了吗?不是,还有两个惊险在等她。

孟玉楼曾送给西门庆一支发簪,作为定情信物,上面有"金勒马嘶芳草地，玉楼人醉杏花天"的字样。潘金莲对这支发簪印象深刻，西门庆死后，有一天她发现发簪在陈经济手里，还曾怀疑他和孟玉楼有关系，后来陈经济赌神发咒是花园中拾得的，才又还他。但一直要到第九十回，我们才了然，原来这支发簪上镌刻的，正是孟玉楼的命运预言。

第九十回中，众人离开永福寺，玳安"早在杏花村酒楼下边，人烟热闹，拣高阜去处，那里幕天席地设下酒殽，等候多时了"。李衙内刚好也在这个地方，"看教场李贵走马卖解，竖肩椿，隔肚带，轮枪舞棒，做各样技艺顽耍"。忽然之间，孟玉楼进入了他的视线，"当下李衙内一见那长挑身材妇人，不觉心摇目荡，观之不足，看之有余"，连忙让家人前去打听。——正是金簪文字所描绘的场景（如图47）。西门庆是过客，陈经济是误会，原来归宿在李衙内那里。

图47-孟玉楼爱嫁李衙内

李衙内家里有个叫玉簪儿的丫鬟，是丑角形象，打扮得五颜六色，"在人跟前轻声浪颡，做势拿班"。但这种人对孟玉楼根本构不成威胁，她以退为进，两三下就把玉簪儿解决了（如图48）。

孟玉楼真正的危机在陈经济。陈经济先用金簪胁迫，想勾搭孟玉楼，孟玉楼假意应承，将计就计，要"把他当贼拿下，除其后患"，并原原本本地告诉了李衙内。谁知人抓住了，也上了堂，陈经济却诬告孟玉楼曾与自己有奸情，并侵占了自己的财物。徐知府是故事里唯一的清官，偏偏办了糊涂案件，他听

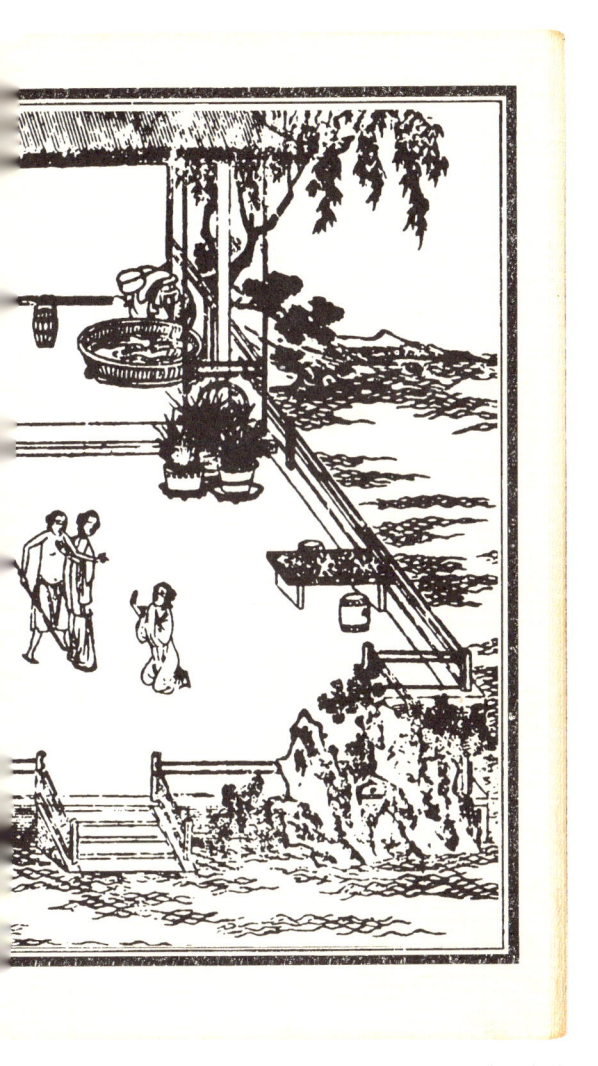

第十八章 ● 两个女人迥然不同的命运

信陈经济的话,"当厅把李通判数说的满面羞,垂首丧气而不敢言"。

内心焦躁的李通判责令儿子休掉孟玉楼,她刚刚得到的好姻缘,眼看就要归零。

李通判即把儿子叫到跟前,喝令左右:"拿大板来,气杀我也!"说道:"你当初为娶这个妇人来家,今时他家女婿因这妇人带了许多装奁金银箱笼,口口声声称是当朝逆犯杨戬寄放应没官之物,来问你要。说你假盗出库中官银,当贼情拿他。我道一字不知,反被正宅徐知府,对众数说了我这一顿。此是我头一日官未做,你照顾我的。我要你这不肖子何用?"即令左右,雨点般大板打将下来。可怜打得这李衙内皮开肉绽,鲜血迸流。夫人见打得不像模样,在旁哭泣

图48- 李衙内怒打玉簪儿

劝解。孟玉楼又在后厅角门首,掩泪潜听。当下打了三十大板,李通判分付左右:"押着衙内,实时与我把妇人打发出门,令他任意改嫁,免惹是非,全我名节。"那李衙内心中怎生舍得离异?只顾在父母跟前哭啼哀告:"宁把儿子打死在爹爹跟前,并舍不得妇人。"李通判把衙内用铁索墩锁在后堂,不放出去,只要囚禁死他。夫人哭道:"相公,你做官一场,年纪五十余岁,也只落得这点骨血。不争为这

355

妇人，你因死他。往后你年老休官，倚靠何人？"李通判道："不然，他在这里，须带累我受人气。"夫人道："你不容他在此，打发他两口儿，上原籍真定府家去便了。"通判依听夫人之言，放了衙内，限三日就起身，打点车辆，同妇人归枣强县家里攻书去了。（第九十二回）

所幸，李衙内没有放弃孟玉楼。纨绔子弟与三嫁妇人之间，终归有真爱在。张爱玲《倾城之恋》中，范柳原和白流苏，"仅仅是一刹那的彻底的谅解……够他们在一起和谐地活个十年八年"；孟玉楼和李衙内，打都打不散，可能够过一辈子了。而李通判将李衙内和孟玉楼赶回老家，未尝不是一件好事，天高皇帝远，两人从此只管过自己的日子就好。

陈经济的飘荡人生

现在我们要来看陈经济的飘荡人生。

先说说他的妻子西门大姐。西门大姐很可怜，在娘家没得到什么亲情，在丈夫那里也没享受过爱情，而且她不会为自己争取，在精神上、物质上都是贫乏的。她个性孤僻，不会讨好后母，也不会拉拢丈夫，有些人真是你替她着急也没用，她就是不会做。活着的时候任人摆布，最后凄惨地死去——上吊自杀或许是她唯一能够行使的自主权了。这样的女子大有人在。

世界上像陈经济一样的人也多得很。他先是公子哥儿，家里有头有脸，也很有钱。成了西门庆的女婿之后，西门庆也比较倚重他，他也挺能干，叫他做什么，都使命必达。可是，陈家和西门家先后败落，他也成了受难家属。偏偏他还不知收敛，主动惹事，先成罪犯，后成乞丐，最后沦为乞丐头子的男宠。他这一生，欢喜过，伤心过，但他没有自省的能力，从来没有反思过自己为什么江河日下。后来，父亲故友王宣几次帮助他（类似唐人小说中的杜子春故事），他也毫无起色。在文龙看来，陈经济是"无知少年，孟浪小子；全无道

《金瓶梅》插画图册 - 呈娇娘经济销魂

理，一味荒唐；栩栩欲火，历历如见"。

陈经济想学西门庆，但如果他真的成了第二个西门庆，故事就没意思了。后来，占据了西门庆的官位和女人（李娇儿）的是张二官，继承西门庆家业的是玳安。陈经济自己不成才，而且和吴月娘有冲突，早早被赶出西门府（如图49）。

陈经济和西门庆的差别在哪里？论者曰：西门庆爱钱胜于爱女人。他用赚的利钱去找女人，找女人有时候甚至更赚钱，这是他精明能干的地方。他很清楚自己在做什么。陈经济呢，爱女人胜于爱金钱。西门庆是用赚的利钱找女人，他却用要做生意的本钱去找女人。本来，就算被吴月娘赶出来，大笔财物被月娘占了，父亲也死了，但他的母亲身上还有两三千两银子。如果陈经济安分一些，照样可以快快乐乐过他的太平日子。可是，他居然在不到一年之间千金散尽，怪不得他的母亲会被气死。

图49- 吴月娘大闹授官厅

我们举一个例子。第九十二回中，陈经济给冯金宝一百两银子作为安家费，自己带了九百两，跟着杨大郎去买货。他居然把九百两银子的货钱全交给杨大郎，自己赶去讹诈孟玉楼。孟玉楼先同情他，再劝诫他，最后警告他，他仍不明所以，拿出簪子来要挟对方。孟玉楼只有下手了。

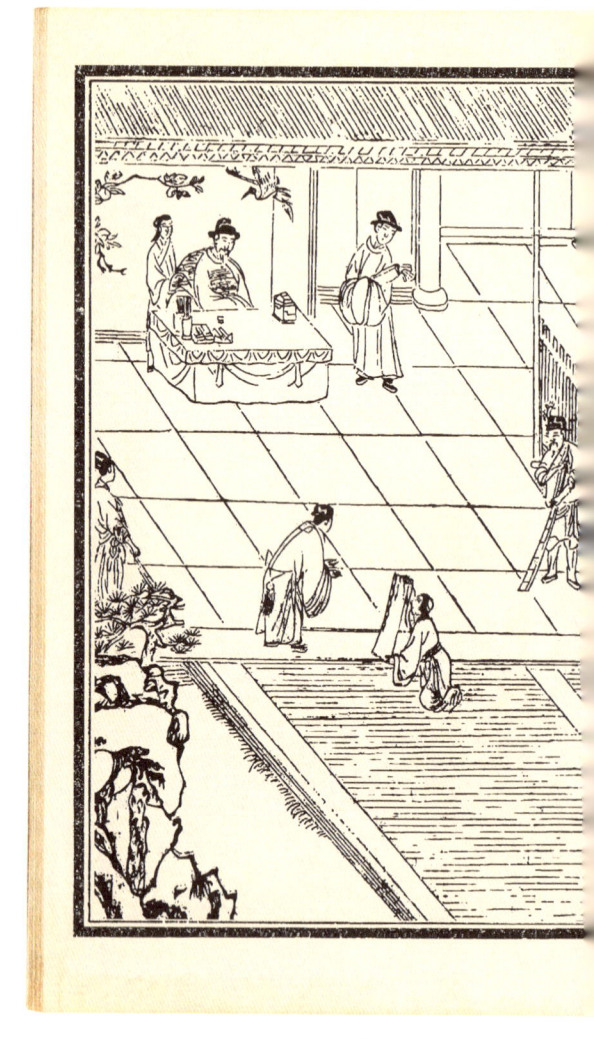

看官听说，正是：

第十八章 ❀ 两个女人迥然不同的命运

佳人有意，哪怕粉墙高万丈；
红粉无情，总然共坐隔千山。

当时孟玉楼若嫁得个痴蠢之人，不如经济，经济便下得这个锹镢着。如今嫁个李衙内，有前程，又是人物风流，青春年少，恩情美满，他又勾你做甚？休说平日又无连手。这个郎君，也早合当倒运，就吐实话，泄机与他，到吃婆娘哄赚了。正是：花枝叶下犹藏刺，人心难保不怀毒。（第九十二回）

陈经济看不清形势，偷鸡不成蚀把米。他回家就逼死了西门大姐，"被吴月娘告了一状，打了一场官司出来。唱的冯金宝又归院中去了。刚刮剌出个命儿来，房儿也卖了，本钱儿也没了，头面也使了，家火也没了。又说陈定在外边打发人克落了钱，把陈定也撵去了"（第九十三回）——一败涂地。这时，他想起了放在杨大郎那里的九百两银子。杨大郎"拐了他半船货物，一向在外卖了银两，四散躲闪"，此时假装不在家，只让弟弟杨二风出面应对。杨二风是个泼皮无赖，反向陈经济要人："你把我哥哥叫的外边做买卖，这几个月通无音讯。不知抛在江中，推在河内，害了性命。你倒还来我家寻货船下落！人命要紧？你那货船要紧？"（第九十三回）随后给了他一顿拳头（如图50）。

图50 陈经济被殴严州府

陈经济"家火桌椅都变卖了，只落得一贫如洗"，付不出房钱，流落冷铺。冷铺是乞丐安身的地方，花子给陈经济饭吃；"有当夜的过来，教他顶火夫，打梆子摇铃"。

> 那时正值腊月残冬时分，天降大雪，吊起风来，十分严寒。这陈经济打了回梆子，打发当夜的兵牌过去，不免手提铃串了几条街巷。又是风雪，地下又踏着那寒冰，冻得耸肩缩背，战战兢兢。临五更鸡叫，只见个病花子，躺在墙底下。恐怕死了，总甲分付他看守着他，寻个把草教他烤。这经济支更一夜，没曾睡，就歪下睡着了。不想做了一梦，梦见那时在西门庆家，怎生受荣华富贵，和潘金莲拘搭顽耍戏谑，从睡梦中就哭醒了。（第九十三回）

田晓菲说，这一段话概括了一部《红楼梦》。

陈经济已经家破人亡，沦为乞丐，王宣介绍他去当道士。名为道士，其实也是男宠。但陈经济不以为耻，还乐得有赚头。这时，他遇到了他曾经喜欢的冯金宝，冯金宝现在当回妓女，两个人一见面就抱头痛哭。

> 经济便取袖中帕儿，替他抹了眼泪，说道："我的姐姐，你休烦恼，我如今又好了。自从打出官司来，家业都没了。投在这晏公庙，一向出家做了道士，师父甚是重托我，往后我常来看你。"（第九十三回）

"我如今又好了"，这句话真让人心寒齿冷，这家伙没救了。他真心觉得自己又好了，完全没有羞耻感。就算别人觉得他可怜，他自己一点儿也不觉得，注定是乱七八糟的一辈子了。

没想到，春梅赶走孙雪娥后，主动寻来陈经济，"叙说寒温离别之情，彼此皆眼中垂泪"。春梅让他进了守备府,说是自己的姑表兄弟。她虽然看不起这个男人,但两人的感情是真的感情。想这陈经济一无所有时,触景生情,伤心是真的伤心。自认为"我如今又好了"时开心起来,还是真的开心。浑人也是有七情六欲的,而且作者写得真好!

西门庆在世时,周守备去过他家很多次,几乎都由陈经济作陪,他怎么可能不知道这是西门庆的女婿呢?个中缘由,词话本没有交代,但崇祯本里有补充。

> 看官听说:若论周守备与西门庆相交,也该认得陈经济,原来守备为人老成正气,旧时虽然来往,并不留心管他家闲事。就是时常宴会,皆同的是荆都监、夏提刑一班官长,并未与经济见面。况前日又做了道士一番,哪里还想的到西门庆家女婿?所以被他二人瞒过,只认是春梅姑表兄弟。(崇祯本第九十七回)

但这就能说得通吗?我觉得很牵强。毕竟周守备娶春梅时,就知道她是西门庆的婢女,会弹乐器,长得很漂亮——这算老成正气吗?他连春梅都记在心上了,怎么可能不记得陈经济呢?

陈经济的人生回光返照,但这并没有改变他的为人。他后来死在张胜手里,可谓恰如其分。

陈经济出场的篇幅虽然多,但内容、技巧皆不出色。春梅帮他娶的葛员外的女儿葛翠萍,从头到尾没说过一句话,完全是个龙套。后面韩爱姐那么爱他,也让人莫名其妙。这些情节,似乎是为了配合叶头陀口中的"三妻之会"而生凑的,随便看看就好。反正陈经济这样个人,一笔勾销。

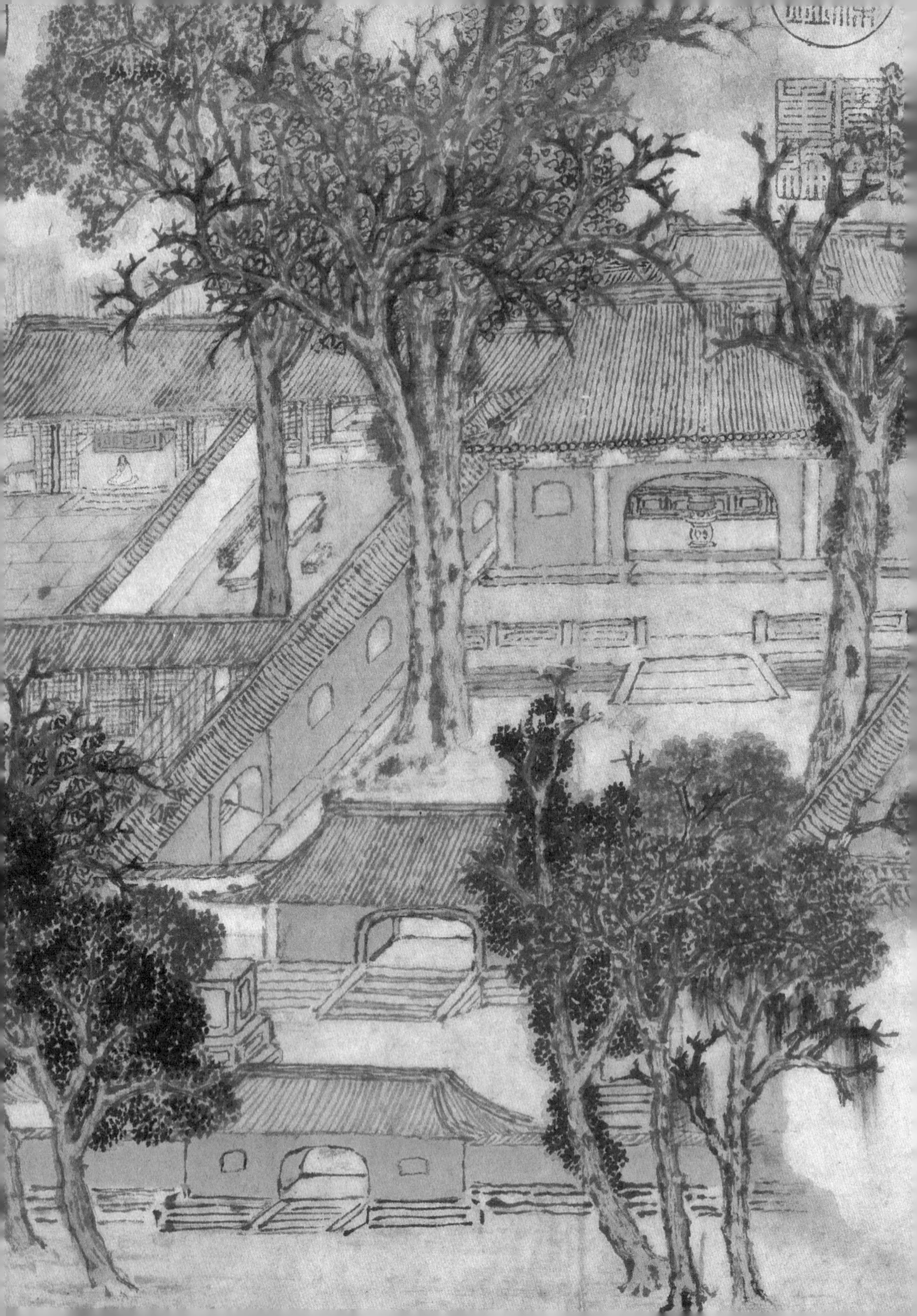

第十九章

沉重苍劲的结局

有好几位朋友说，读《金瓶梅》，体会到更多人生滋味，觉得真的是在阅读自己。也有朋友说，如果没有这个机会读《金瓶梅》，它就永远停留在那里，永远只是一本"淫书"。还有一位朋友更有趣，她上这门课，带着《金瓶梅》坐了两年地铁，直到最后这几次，才把额外包上的书皮揭掉，而且放在显眼的地方；地铁上的人纷纷为之侧目，但她觉得很光荣。芸芸众生这么多人，有几个人在读它，有几个人读完它，又有几个人读通了它？能有这样的机会分享这部书，对各位和我而言，都是一件很幸福的事情。

现在我们要读到《金瓶梅》的第一百回，也就是它的结尾了，感觉好像要和好朋友告别一样。不过没有关系，这些"朋友"已经留在你的心里，晚上、早上、半夜，或者其他什么时候，都会自自然然地出现。

混混韩二的真性情

论者曰："国、家两条并行线终于交会"，起因却是国破、家亡。国家、社会在崩坏当中时，老百姓通常不见得知道，一直到整个崩掉了，人们才发现，国事早就不可为了。书中最后的国破家亡，让这部《金瓶梅》留下一个"沉重苍劲的结局"（田晓菲语）。

《金瓶梅》的故事由一个女人开始，也由一个女人结束。最初是潘金莲，艳妇，朝三暮四，情欲深重。最后是韩爱姐，却几乎是一个贞节烈女的形象。春梅死了，陈经济也死了，葛翠萍和韩爱姐为陈经济守节。这两人守得很勉强。很快，葛翠萍被娘家人带走，只剩韩爱姐怀抱月琴流浪，寻找父母。

第十九章　沉重苍劲的结局

这韩爱姐一路上怀抱月琴，唱小词曲，往前找寻。随路饥餐渴饮，夜住晓行。忙忙如丧家之犬，急急似漏网之鱼，弓鞋又小，万苦千辛。行了数日，来到徐州地方。天色晚来，投在孤村里面。一个婆婆，年纪七旬之上，头绾两道雪鬓，挽一窝丝，正在灶上杵米造饭。这韩爱姐便向前道了万福，告道："奴家是清河县人氏，因为荒乱，前往江南投亲。不期天晚，权借婆婆这里投宿一宵，明早就行，房金不少。"那婆婆只顾观看这女子，不是贫难人家婢女，生的举止典雅，容貌非俗。但见：

乌云不整，惟思昔日家豪。眉敛远山，为忆当年富贵。此夜月朦云雾琐，牡丹花被土沉埋。

婆婆道："既是投宿，娘子请炕上坐。等老身造饭，有几个挑河夫子来吃。"那老婆婆炕上柴灶，登时做出一大锅稗稻掺豆子干饭。又切了两大盘生菜，撮上一把盐。只见几个汉子，都蓬头精腿，裈裤兜裆，脚上黄泥流，进来放下荷筐锹镢，便问道："老娘，有饭也未？"婆婆道："你每自去盛吃。"当下各取饭菜，四散正吃。只见内一人，约三十四五年纪，紫面黄发，便问婆婆："这炕上坐的是甚么人？"婆婆道："此位娘子是清河县人氏，前往江南寻父母去，天晚在此投宿。"那人便问："娘子，你姓甚么？"爱姐道："奴家姓韩，我父亲名韩道国。"那人向前扯住问道："姐姐，你不是我侄女韩爱姐么？"那爱姐道："你倒好似我叔叔韩二。"两个抱头相哭做一处。因问："你爹娘在哪里？你在东京，如何至此？"这韩爱姐一五一十，从头说了一遍："因我嫁在守备府里，丈夫没了，我守寡到如今。我爹娘跟了何官人往湖州去了，我要找寻去。荒乱中又没人带去，胡乱单身唱词，觅些衣食前去，不想在这里撞见叔叔。"那韩二道："自从你爹娘上东京，我没营生过日，把房儿卖了，在这里挑河做夫子，每日觅碗饭吃。既然如此，我和你往湖州寻你爹娘去。"爱姐道："若是叔叔同去，可知好哩。"当下也盛了一碗饭，与爱姐吃。爱姐吃了一口，见粗饭不能下咽，只吃了半碗就不吃了。（第一百回）

这是整部《金瓶梅》里最后一次讲到衣服和餐食。饭是粗糙的"稗稻插豆子干饭"，菜是胡乱切的两大盘生菜，放上一把盐。挑夫的衣服也破破烂烂。美味的炖烂，丰富的夜宵，西门庆讲究的氅衣，潘金莲在乎的皮袄，绫罗绸缎，那些大红通袖袄子，都到哪里去了？故事的最后，我们终于见到了当时最底层人生活的面貌。富贵来来去去，临了就是这样而已。

韩二和流浪的侄女韩爱姐相认时，"两个抱头相哭做一处"，又问她家中情形，当即决定要和她同去寻找亲人（如图51）。反观杀死潘金莲之后的武松，完全不管亲哥哥留下的唯一骨血迎儿，还把她锁在案发现场。人们常说武松是大英雄，可是英雄有时候的行为，连一点儿人的味道也没有。而韩二这种不是东西的小混混，倒还有源自天性的亲情。这个世界再不平静，总会有一个地方容得下他们吧。

韩二和韩爱姐在湖州寻到王六儿时，何官人、韩道国都已经死了。王六儿靠何官人留下的田地为生，还带着他六岁的女儿。相见之后，王六儿与韩二结成夫妻，搭伙度日，而韩爱姐则出家为尼了。

《金瓶梅》是一本秋天的书

很多人说《金瓶梅》是一本秋天的书。第一回，武松打虎，发生在农历十月，作者特别强调天气有些冷了。第一百回，又是秋天。吴月娘带着孝哥儿，和玳安、小玉、吴二舅一起逃难到永福寺。当晚，普静老师父念经，"看看念至三更时，只见金风凄凄，斜月朦朦，人烟寂静，万籁无声"。秋天是丰美的收获季，可是秋天到了，冬天还会远吗，凋亡已经等在那里了。

前面的情节都是现实主义的，到了最后，却以魔幻的形式来终结。无论小玉看到的亡魂，还是吴月娘的梦境，都告诉你，人生如梦幻泡影，如露亦如电，应作如是观。

最后的审判，颠覆了被普遍认同的"善有善报，恶有恶报，如是未报，时候未到"的观念，这很大胆。一般的旧小说，总要带着"劝善"的使命感，但《金瓶梅》没有落入这般俗气。它不要伪善，不要虚假，就是告诉你："人事如此如此，天理未然未然。"这才是最接近现实的人生。我们看过多少恶人活百岁，好人没棺材。劝自己"时候未到"，问题是我们都等不到。所谓善恶有报，很多时候是骗人的。命好的继续好，命坏的继续坏，你可以很不服气，那就不服气吧。

图51-韩爱姐路遇二捣鬼

命好的，比如西门庆，托生为富户沈通的次子沈钺。你看他一生为恶多端，可是下辈子照样当有钱人家的孩子。李瓶儿，托生为袁指挥家的女儿，是官员千金。而可怜人下辈子还是可怜。孙雪娥，托生到贫民姚家，搞不好没几岁又要被卖了；西门大姐，托生为东京城外藩役钟贵女儿，也是底层人家。甚至男的继续当男的，女的继续当女的，一点儿都没有改变。

经普静超度而投生的人里，有三个人已经定了来生的名字，他们恰好都和春梅有比较密切的关系。一是统制周秀，也就是周守备下辈子名叫"沈有善"；二是西门庆名叫沈钺；三是周义，春梅就是淫死在他身上。他的名字可有趣了。

已而又见一小男子，自言："周义，亦被打死。蒙师荐拔，今往东京城外高家为男，名高留住儿，托生去也。"（第一百回）

　　"高留住"，稿留住！作者写了这部百万言的小说，到现在一百回最后的结局了，他藏在这个无名小卒的身后，巧妙表达出希望作品流传的心愿。果然，尽管这部小说打从明朝中晚期开始，历经了几百年，一再被列为禁书，但还是流传下来了。这是作者最卑微也最伟大的心愿，会心一笑。

　　吴月娘原本要去投奔云离守，但她做了一个梦，预见了可能的危险，最终放弃了这个计划。如果她真到了云离守那里，可能就不只是噩梦了。

　　西门庆有两个儿子：官哥儿和孝哥儿。可是这两个人从头到尾没有一句对白，就像两个幻影一般。官哥儿留给人的印象就是哭；孝哥儿唱个诺，鞠个躬，也没有其他了。现在，孝哥儿十五岁了，吴月娘要带他去结亲，他也没有一句话。不料，亲未结成，孝哥儿却被普静师傅幻化了，"在佛前与他剃头摩顶受记"。月娘恸哭不止，又无可奈何。虚幻的归于虚幻，人生重回当下（如图52）。

　　田晓菲在《秋水堂论金瓶梅》的结尾中说："只是一部书而已。一部书，只是文字而已，然而读到后来，竟有过了一生一世的感觉。"

　　《红楼梦》也会带给我们类似的感慨，还有张爱玲。张爱玲的《封锁》，两个小时中发生在电车上的故事，像过了一生一世。还有《等》，推拿房外短短的时间，就是好多人的一生一世。一只乌云盖雪的猫从屋檐上慢慢走过去，"生命自顾自走过去了"。

《金瓶梅》是明代的百科全书

　　希望我们有生之年，有机会可以推广《金瓶梅》，让更多人知道它的好。《大不列颠百科全书》说《金瓶梅》是中国第一部伟大的现实主义小说——这句话够分量吧。它同时也是15世纪下半叶和16世纪京杭大运河沿岸城市经济与社会民生的百科全书，甚至是可以说是整个明代的百科全书。故事中有将近七百个人物，涵盖了各个阶层，各生活层面，举凡官场、商场、欢场、民俗、物价、交通、婚姻、性爱、饮食、服饰、器物、丧葬、曲艺，无所不包，完整记录了当时社会的原貌。尤其特别的是它对明朝中晚期物价的翔实记录，一栋房子多少钱，一块布多少钱，一个丫鬟多少钱，每次要给娼妓多少钱，多少钱就可以买到牲礼、鸡、鸭、水果、饼干，从几千两写到了几钱几分，全世界没有第二本小说兼具这样的社会经济史料功能。多亏《金瓶梅》作者的耐心，才能记录得这样齐整。

图 52- 普静师幻度孝哥儿

兰陵笑笑生笔下涉及的饮食行业有二十几种，食物有二百多种，包括主食、菜肴、点心、干鲜果品等，比《红楼梦》还要多。而且《红楼梦》中常常出现天方夜谭式的食物，比如著名的茄鲞，到底是真的假的，我们也不知道。而《金瓶梅》中西门府里的食物，都是当时的城市商人家庭能够吃到的。各位还记得吧，无论西门府什么时候来客人，都有炖烂可以下饭。不是因为这些人牙齿不好，而是说明他家的厨房是不灭火的，蒸笼里随时有热菜可以端出来。

茶有十九种，饮茶的场面有两百三十四次。酒有二十四种，大小的饮酒场面达到二百四十七次。而关于性的场面与饮茶、饮酒相比是小巫见大巫，虽说总共一百零五次，其中大描写三十六处，小描写三十六处，根本没有描写的三十三处。大描写就是葡萄架那类的，小描写有零星的行为，没有描写的就是"云雨一番""一夜狂到天亮"这种。这哪能叫淫书呢？你说他是酒书、茶书、饮食书，可能更贴切些。我的意思是，作者的注意力并没有集中在性事上，他还是贴着人、贴着人的生活在写。

这部书当然也写到了民俗节庆、日常活动，而且写得非常多，相当于是晚明生活的浮世绘，第一手的社会民俗长卷。官场上的应酬事务，民间的人情往来，大买卖，小生意，都可以在《金瓶梅》里找到。比如，当时有挑着担子帮人磨镜的工匠，和尚可以在街上卖艺，和仇英《清明上河图》中的情景一模一样。绸缎铺怎么开，生药铺什么样，也都写得非常清楚。

书中详细的婚事描写有两次，第一次在第七回，第二次在第九十一回，主角都是孟玉楼。我们可以借此看到当时的婚俗和结婚程序。丧事总共写了三次，第一次是官哥的，第二次是李瓶儿的，第三次是西门庆的。清明节也写了三次，第一次在二十五回，大家一起荡秋千；第二次在四十八回；第三次在第八十九回。其中，第二次清明节正值西门府最盛的时候，西门庆升官又得儿，家人、亲戚上百人，隆重地上了一次坟。第三次清明节时，西门庆已经死了，同去上坟的只有十几人。

元宵节写了四次，刚好呼应西门庆从起到落。端午节写了两次，第一次在第六回，是这部书写到的第一个节日；第二次在第九十七回，陈经济快死的时候，刚好是全书最后一个节日。可是，这又是一本秋天的书，故事结束在秋天，中秋节写了三次。中秋节由于也是吴月娘的生日，所以总是并在一起写。此外像除夕、元旦（春节），甚至腊八，都有写到。日子过到哪里了，怎么过，都被这位兰陵笑笑生规规矩矩地记了下来。

《金瓶梅》巧妙的布局结构

《金瓶梅》虽然也是章回小说，而且是由说唱文学凑合而成的本子，可是它的结构仍然很结实，和《红楼梦》相比较也不遑多让。人物、情节、环境，从头到尾是一致的。

故事的核心场景是西门府，此外还有玉皇庙和永福寺。张竹坡有言："玉皇庙热之源，永福寺冷之穴。"好事、喜事大多发生在玉皇庙，比如做醮、热结十兄弟，所以玉皇庙是代表热闹、快乐的地方。永福寺则是象征分离、沧桑，像冰冷的地穴一般，埋葬着潘金莲、陈经济，孝哥儿也在此被幻化。换句话说，玉皇庙是阳之极，永福寺是阴之极。此外狮子街也有其象征意义。西门家的人经常在狮子街上晃来晃去，看过热闹的花灯，也碰上了死神的使者——西门庆最后一次和王六儿胡混后，被狮子街桥下窜出的黑影吓到，到家不久便一命呜呼。西门府、玉皇庙、永福寺、狮子街，构成了故事的环境。

一百回的故事中，出现了三次预言，将故事走向交代出来。第一次是二十九回吴神仙看相，每个人都看了，吴神仙的断语相当于故事大纲。《红楼梦》太虚幻境里的"正册""副册""又副册"，有相同的作用。但这种写法是《金瓶梅》首创，每个角色的结局都早早定好了。第二次是四十六回瞎子卜龟。那个瞎老太婆摸到李瓶儿，说她像一段红罗，很美，只是尺头短了一些。直到瞎子走了，潘金莲才出来，还说自己"街死街埋，路死路埋，倒在洋沟里便是棺材"。虽然有吴神仙留下的心理阴影，但说得这么泼辣的时候，她是绝不相信会一语成谶的。想想她当时的得意，让人不由得替她深深叹了一口气。第三次是一百回中小玉见鬼和吴月娘的梦，主要人物都有了着落，故事结束。

《金瓶梅》的结构上还有一个很大的优点，即张竹坡所说的"善用犯笔而不犯"。犯的意思是重叠、侵犯。在文字上，前面用了，后面又用，就是犯。比如，先写李瓶儿的丧事，又写西门庆的丧事，好像犯了，其实不一样，简单说便是"太太死，满街白；老爷死，没人抬"，今非昔比的沧桑。又如春梅游旧家池馆，通过春梅的眼睛再去看一次已经凋零的西门府院落，同样的地点，不同的时间，短短三年，已如隔世一般。这个优点，也在《红楼梦》中众女子的个性上得到发扬。比如，宝钗和袭人的贤惠不一样，林黛玉和晴雯的傲气也不一样，要很好的作者才能写出来。就像画一幅画，就算只有一种颜色，厉害的画家可以通过轻重浓淡的变化，在画中呈现不同的光泽和色彩。

《金瓶梅》中还善用各式物品，我称之为"金瓶物语"。《红楼梦》中也有"红楼物语",但开山之作还是《金瓶梅》。如果没有《金瓶梅》的创制,搞不好《红楼梦》里面就没有"因麒麟伏白首双星",没有"金玉良缘"了。

潘金莲的小红鞋,从花园里面到花园外面,又到了陈经济手里,再到秋菊那里,意外扯出宋惠莲的一只小红鞋。潘金莲要秋菊丢掉,春梅说送给秋菊穿,秋菊说:"娘这个鞋,只好盛我一个脚指头儿罢。"这句神来之笔,让潘金莲大为光火:"贼奴才,还叫甚么娘哩!他是你家主子前世的娘!不然,怎的把他的鞋这等收藏的娇贵?到明日好传代。没廉耻的货!"(第二十八回)绣花鞋代表女人,也代表女人的身价,这等内涵在故事中得到了非常充分的运用。

那个给西门庆"伟哥"的胡僧,长得活像男性的外生殖器;潘金莲、春梅和如意儿争夺的棒槌,也充满了性的象征意义。

李瓶儿有皮袄,潘金莲没有。为了得到一件皮袄,潘金莲又是吞尿,又是咽精,花了多大力气,作为读者都替她酸楚。但是,这样来之不易的皮袄,她穿过几次?搞不好就那么一次而已。当她被赶出去的时候,皮袄在月娘那里。

还有那三张被抬进抬出的床,最后会属于谁呢?

我问各位,如果一定要你认同一个《金瓶梅》中的角色,你会选谁?或者说,你愿意穿越到谁身上?西门庆?各位真有志气。春梅?春梅也不错。孟玉楼第三志愿。如意儿?她后来也算平平安安的。玳安、小玉也不错。有没有人要当潘金莲?有没有人要当李瓶儿?

各位有没有注意到,书中大部分人物都属于浅思维的平庸角色。《金瓶梅》中角色最特别的地方,就是能够代表最大多数人的人生。所以《金瓶梅》常被认为不是哲学家写的小说,也不是诗人写的小说,而是真正小说家写的小说。人物没有什么强烈情绪,天天就是吃喝拉撒睡。

美学之要在"真"

《金瓶梅》里面的人生,有别于所谓的帝王将相,也不是英雄豪杰,更不是神魔鬼怪,这些人或非人的想法跟普通人都不一样。帝王将相只想杀人,英雄豪杰只想被杀,神魔鬼怪上天入地,但谁也没见过。普通人整天在想什么?下课要去吃什么，厕所好不好上，地铁能不能挤到座位……这是我们最实际的人生。

我似乎从头到尾在骂陈经济，可是陈经济这种不知死活的人，在我们身边多得很。

孟玉楼比较像样，可是不要忘记，她顶多是一个"自了汉"——独善其身就好了，不会推己及人，兼善天下的。如果有人危及她，她一定出手，你看她把陈经济害得多惨。而我们很多人，是不是就是这样的？不会操心国计民生，也不想将来怎样，太遥远了。日子过得下去就好了。

当然你要将人物分类也可以。比如，吴月娘、潘金莲和李瓶儿，分别代表了婚姻、情欲，以及爱情。吴月娘代表婚姻，得以善终，说明作者肯定婚姻是长期维持稳定的两性关系的方式。潘金莲代表情欲，结果"街死街埋"，暗示泛滥的情欲是不该有的。李瓶儿代表爱情，虽然短暂，毕竟还有那么一些令人惋惜的回肠荡气，所以她死后比生前更加有光。这也符合许多爱情的面貌——结束之后才成佳话。

佛家说，人有贪嗔痴慢。贪是吴月娘和西门庆，嗔是潘金莲，痴是李瓶儿，慢是春梅。这些看起来轰轰烈烈的角色，也都是和你我一样的平凡人。每个人有不一样的环境、个性、机缘与求生的本能，搭配出一条自己的路。从这个意义上说，《金瓶梅》中人物的命运，大部分是由自己决定的。吴月娘的长寿善终，孟玉楼的美满婚姻，西门庆的纵欲早夭，李瓶儿的缠绵恶疾，潘金莲的血腥杀戮，以及宋惠莲、西门大姐的上吊自杀，每个人的结局，从社会学、生理学、心理学上来分析，都是合情合理的。

《金瓶梅》了不起，告诉你这就是每个人结结实实的命运。西门庆，一个破落户，潘驴邓小闲，会赚会花。《金瓶梅》美学最重要的一个字是"真"。这就吊诡了，一本几百年来最有名的"淫书""禁书"，反而是最真的书——真实的食物、真实的语言、真实的人物、真实的人性、真实的人生……可能就是因为它太真了，才会被禁掉。

生活在道光、光绪年间的《金瓶梅》批点者文龙，曾这样概括自己阅读此书的感受："天下确有此等人，确有此等事，且遍天下皆是此等人，皆是此等事，可胜浩叹哉！"意思是故事里的人物都生猛鲜活，有血有泪，充满了生命力，也就是真。文龙称西门庆为"凶暴小人"，在其将死之时，松了口气般，说："若再令其不死，日月亦为之无光，霹雳将为之大作。"但跟着他就讲："其为人不足道也，其事迹亦不足传也，而其名遂与日月同不朽。"读过《金瓶梅》的人有限，但很少有人不知道西门庆是谁吧。放在现实人生里，西门庆是坏榜样，但经过文学家的生花妙笔，却能够诞生一个不朽的人物形象。

作为中国文学史上第一个自然主义文本，《金瓶梅》化丑为美，保留了人世间的一份真。

与几乎同时代的中国传统小说相比，《金瓶梅》的叙事语言上也有自己的特点。《三国演义》以半白话文写成，比较典雅；《水浒传》相对接近说书先生的口吻；《金瓶梅》则采用了原生态的市井语言。比如潘金莲泼辣的言辞，应伯爵耍嘴皮子的功夫，孟玉楼刀切豆腐两面光，吴月娘气急时骂人的粗话，还有媒婆的三寸不烂之舌，尼姑道士满口的生意经，都非常活泼。因此，《金瓶梅》也是语言学研究中很重要的第一手资料。

还有人问，《金瓶梅》的宗教背景究竟是什么？儒说不上，佛和道有一点儿。但故事中佛和道的存在，都带有明显的世俗性与功利性，不是利他的，而是利己的。现在很多人走进庙宇，也是临时抱佛脚而已。

"宁为太平犬，不做乱世人。"这种话我们听得太多了。什么是宗教？或许活着本身就是宗教。

《金瓶梅》当然也有缺点。比如因为它是说唱类俗文学到纯文学之间的过渡型，所以它的辞藻不够优美；夹了很多诗词歌赋，还套用前人故事；虎头蛇尾，后二十回明显随便。关于最后一条，文龙讲得最有趣："九十回以后，笔墨生疏，语言颠倒，颇有可议处，岂江淹才尽乎？"

但是，无论如何，《金瓶梅》仍然是一部伟大的现实主义作品。

文龙主张，读《金瓶梅》"若能高一层着眼，深一层存心，远一层设想"，即能摆脱"淫书"的迷障，看到它的美好。

我们花了很长时间阅读这部书，做到"高一层着眼，深一层存心，远一层设想"了吗？

不要强调好人坏人，道德不道德。这些人都有自己的不得已处，人生就是这样尽力走下来。

我们再读一读第九十九回和第一百回开头的诗吧，词话本和崇祯本是不同的。

"美不胜收"的《金瓶梅》

先看词话本第九十九回开头：

> 一切诸烦恼，皆从不忍生。
> 见机而耐性，妙悟生光明。
> 佛语戒无论，儒书贵莫争。
> 好个快活路，只是少人行。（第九十九回）

只是普通的佛家劝世诗，没有什么特别。

崇祯本第九十九回开头是一首刘伯温的词，词牌是《苏幕遮》。

> 白云山，红叶树，阅尽兴亡，一似朝还暮。多少夕阳芳草渡，潮落潮生，还送人来去。
> 阮公途，杨子路，九折羊肠，曾把车轮误。记得寒芜嘶马处，翠管银筝，夜夜歌楼曙。

境界开阔多了，典故运用得也很娴熟。从这里就可以看出，《金瓶梅》崇祯本已经离说书先生的世界越来越远，越来越接近真正的纯文学。

词话本第一百回开头写道：

> 人生切莫恃英雄，术业精粗自不同。
> 猛虎尚然遭恶兽，毒蛇犹自怕蜈蚣。
> 七擒猛获奇诸葛，两围云长羡吕蒙。

> 珍重李安真智士，高飞逃出是非门。

李安和张胜都是周守备府的虞候。张胜杀陈经济，又要杀春梅，先被李安制住，后被周守备（时已胜任山东统制）吩咐大棍打死。陈经济死后，春梅想勾搭李安。李安将事情告知母亲，听从母亲劝告，到青州投奔叔叔，保全了性命。

崇祯本第一百回开头写道：

> 旧日豪华事已空，银屏金屋梦魂中。
> 黄芦晚日空残垒，碧草寒烟锁故宫。
> 隧道鱼灯油欲尽，妆台鸾镜匣长封。
> 凭谁话尽兴亡事，一衲闲云两袖风。

境界高，意象也美，并且不再局限于李安一个人的事情，而是综观烟云般的人生。

大家已经读过词话本，有兴趣的话，不妨找崇祯本来感受一下。

我们这样一路走来，记不记得前面我曾经说，我们要去攀登一座山，这座山有些奇险，行人少到，可是应该也"有花有月有楼台"。非常感谢各位一路相随，不离不弃。今天，我们真的到了山顶。

> 想六十年后你自孤峰顶上坐起
> 看峰之下，之上之前之左右
> 簇拥着一片灯海——每盏灯里有你（周梦蝶《孤峰顶上》）

美不胜收。